Geoff Dyer

LES DERNIERS JOURS DE ROGER FEDERER

Et autres manières de finir

Titre original : *The Last Days of Roger Federer*

Les Derniers jours de Roger Federer a été publié
pour la première fois en 2022 par Canongate Books Ltd

Conception graphique : Cyriac Allard

ISBN : 978-2-36468-714-1

Citation en exergue : Anita Brookner, *Hôtel du Lac*, traduit de l'anglais
par Solange Lecomte, Belfond, 1988.

P. 11 et 373 : Louise Glück, "Nuit de foi et de vertu",
in *Nuit de foi et de vertu*, traduit de l'anglais (États-Unis)
par Romain Benini, Gallimard, 2021.

p. 249 : Annie Ernaux, *Mémoire de fille*, Gallimard, 2016.

p. 363 : Nietzsche, *Par-delà Bien et Mal*, traduit de l'allemand
par Patrick Wotling, in *Œuvres*.

Crédits photographiques :

Photographie de couverture et p. 31 : Jack Kerouac s'écoute parler
à la radio, 1959, © John Cohen/Getty Images.

P. 55 : William Turner, *Une Nymphe et un satyre, étude*,
vers 1805-1815, Tate, /Tate Images.

P. 60 : William Turner, *Regulus*, 1828, retravaillé en 1837,
Tate/Tate Images.

P. 70 : Picadilly Circus, London, 7 Avril 2020, © Chris Dorley
Brown.

P. 95 : Giorgio De Chirico, *Turin Spring*, 1914, Collection privée.

P. 149 : Albert Bierstadt, *The last of the Buffalo*, 1888-1889,
Corcoran Collection, Gift of Mary Stewart Bierstadt.

P 370 : Edward Weston, *Dead Man, Désert du Colorado,*
17 *mai* 1937, Scala, Florence/Edward Weston © Center for Creative
Photograpy, Arizona Board of Regents.

Les derniers jours de Roger Federer

Et autres manières de finir

Traduit de l'anglais (Grande-Bretagne)
par Paul Matthieu

Geoff Dyer

FEUILLETON
Non-Fiction

Éditions
du sous-
sol

Pour Rebecca

Elle se redressa enfin et posa les mains sur la rambarde. C'était la tombée du jour ou, plutôt, le moment où le ciel crépusculaire allait en s'assombrissant imperceptiblement.

Anita BROOKNER

S'il est aussi difficile de commencer, imaginez ce que ce sera de finir

Louise Glück

01.

"The End" est le dernier morceau du *premier* album des Doors, sorti en janvier 1967 et enregistré au mois d'août de l'année précédente, un an à peine après la formation du groupe. C'est l'aboutissement de plusieurs concerts au Whisky a Go Go à Hollywood, quoique aucune des versions successives de cette chanson n'ait été conservée pour témoigner de son évolution. Quoi qu'il en soit, tout gaga du Go Go qu'il ait pu être, il est donc évident que Jim Morrison était dès ses débuts obsédé par *la fin* – et pas seulement dans "The End". La chanson "When the Music's Over" se clôt sur l'affirmation plusieurs fois répétée selon laquelle la musique est votre seule amie "jusqu'à la Fin". Il ne prenait guère de risque à se fendre d'une telle assertion et à envisager la fin sous cet angle ; tôt ou tard, la réalité était vouée à lui donner raison.

"The End" est la toute dernière chanson que le groupe a jouée en public, au Warehouse à La Nouvelle-Orléans, le 12 décembre 1970. Au mois de mars de l'année suivante, Morrison, alors âgé de vingt-sept ans, s'installait à Paris, où il fut retrouvé mort, chez lui, dans sa baignoire, le 3 juillet.

02.

Dans une version de "Tangled Up in Blue", l'anonyme amoureuse de Bob Dylan (ou du narrateur à qui il prête sa voix dans cette chanson) déclare à ce dernier : "Ce n'est pas la fin, / Nous nous recroiserons un jour ou l'autre sur l'avenue..."

Elle a raison : on est encore loin de la fin au moment où elle prononce ces paroles. C'est le deuxième couplet du long morceau qui ouvre l'album *Blood on the Tracks*. Dylan continua de travailler cette chanson de diverses façons après qu'une maquette de l'album eut été finalisée, prête à sortir dans les bacs et, à la dernière minute, rejetée en faveur d'une version rythmiquement plus insistante de “Tangled Up in Blue”, enregistrée avec des musiciens différents, à Minneapolis. (Ces changements furent si tardifs que le disque fut commercialisé sous son ancienne pochette, sur laquelle seuls les musiciens d'origine étaient crédités.) Il l'a jouée depuis en public, apportant parfois des modifications conséquentes aux paroles et à la musique, plus de mille six cents fois.

03.

Sur la façade du salon de coiffure où je vais me faire couper les cheveux, sur Main Street, à Venice Beach – là où tout a démarré pour les Doors –, s'étale une fresque de Jim Morrison, épaules dénudées, arborant une crinière de cheveux noirs dont on a l'impression qu'elle n'a jamais eu besoin du moindre coup de ciseaux. Récemment, une fresque similaire est apparue, dans la rue même où j'habite. Partout dans Venice, à vrai dire, on trouve des traces du roi Lézard, des hommages à la divinité dionysiaque du rock. Sur la promenade au bord de la plage, on croise toujours au moins un musicien de rue en train de jouer “Break on Through” ou un autre tube des Doors.

04.

Je tâtonnais, incertain quant à la manière d'entamer l'écriture de ce livre consacré à la façon dont les choses se terminent, le jeudi 10 janvier 2019, quand, lors d'une conférence de presse à la veille du premier tour de l'Open d'Australie, Andy Murray annonça qu'il se retirait du circuit. Plus encore qu'émouvante, ce fut une scène insoutenable.

Dès la première question, relativement anodine, il perdit tous ses moyens. Incapable de répondre, il quitta la salle pendant plusieurs minutes, le temps de retrouver sa contenance. C'était la fin, déclara-t-il à son retour. Il espérait pouvoir tirer sa révérence à Wimbledon, au mois de juillet, mais il n'était même pas sûr d'arriver à tenir jusque-là. Lorsqu'un autre journaliste lui demanda si cela signifiait que l'Open d'Australie serait son dernier tournoi, Murray répondit que c'était très probable. Ce qui voulait dire que le match qui l'opposerait à Roberto Bautista Agut le lundi suivant – ou dimanche pour moi, à Los Angeles – serait peut-être le tout dernier de sa carrière. Murray expliqua que la souffrance – non seulement celle de la pratique du tennis au plus haut niveau mais aussi le simple fait d'enfiler ses chaussettes et ses chaussures tous les matins – était devenue insupportable. Comme il arrive souvent lors de ces conférences de presse, ses réponses frappées au coin du bon sens rendaient les questions quelque peu superflues. Avait-il consulté un psychologue du sport ? Oui, mais ça ne l'avait pas aidé, car il continuait de souffrir. Si la souffrance avait disparu, il se serait senti au mieux de sa forme. Tout cela était atrocement pénible à regarder, et d'autant plus fascinant, bien entendu. C'était la fin, affirmait Murray, en partie parce qu'il n'en voyait pas la fin – l'entraînement, la convalescence, la douleur ; rien ne lui permettait d'entrevoir le moment où il reviendrait à son meilleur jeu. Une phrase de "The End" tournait en boucle dans ma tête tandis que je regardais ce gladiateur des courts de tennis "égaré dans un désert romain de souffrance".

L'une des questions qui avaient suscité ma curiosité sur ce sujet – la fin de toutes choses, les dernières œuvres des artistes, le temps qui s'enfuit – était celle, depuis longtemps évoquée, du jour inévitable où Roger Federer prendrait lui aussi sa retraite. Le départ imminent du premier des quatre meilleurs joueurs du monde donnait subitement à cette éventualité, même de manière indirecte, un caractère d'urgence inattendu. À l'heure où l'un de ses grands rivaux, âgé de six ans de moins que lui, s'apprêtait à raccrocher les raquettes, le temps de Roger semblait plus que jamais compté[01].

Les écrivains ont souvent une fin en ligne de mire lorsqu'ils entament un livre. Pour certains, cela peut prendre la forme d'un synopsis, sur la foi duquel est établi un contrat d'édition où figure en toutes lettres la date convenue à laquelle ils devront rendre leur manuscrit. Je ne suis pas de ceux-là, mais l'élimination d'Andy Murray au premier tour de l'Open d'Australie cette année-là, comme prévu, suite à sa flamboyante défaite face à Bautista Agut au terme de cinq sets harassants, comme il se doit (et dont il avait perdu les deux premiers), me forçait soudain à donner un coup de collier. Il me paraissait important qu'un livre fondé sur ma propre expérience des changements induits par la vieillesse soit terminé avant la retraite de Roger, à la lueur du long crépuscule de sa carrière. Même si je n'avais encore aucune idée de la direction ou de la forme qu'il prendrait *in fine*, il était temps de se mettre au travail – sur ce livre que je finirais par écrire alors que la vie telle que nous la connaissions jusqu'alors touchait elle-même à sa fin.

05.

En 1972, dans le cadre d'une randonnée en milieu sauvage, la Duke of Edinburgh's Award Expedition (niveau Bronze), nous campions quelque part au beau milieu du Gloucestershire, moi et sept autres collégiens, quand la radio annonça la nouvelle. George Best mettait un terme à sa carrière de footballeur. Il devait avoir vingt-six ans ; j'en avais quatorze. Aucun d'entre nous n'avait encore touché à la moindre goutte d'alcool – le simple fait de nous trouver en pleine campagne plutôt qu'à la maison avec nos parents suffisait à faire de cette excursion la plus exaltante des

01 — Oui, “Roger”, pas “Federer” ; même si je ne l'ai jamais rencontré, pour moi ce sera toujours et à jamais Roger, tout simplement. *(Outre les références bibliographiques, toutes les notes sont de l'auteur.)*

aventures, mais si elle est restée dans nos mémoires, c'est surtout à cause de cette nouvelle fracassante. Best devait finalement rechausser les crampons par la suite, et ce n'est que le 1er janvier 1974 qu'il disputa son dernier match sous le maillot de Manchester United, avant de se laisser glisser sur la pente d'un long déclin hasardeux et éthylique. Ce n'était pas la première fois que j'entendais parler d'une sommité mettant fin à sa carrière, mais jamais encore je n'avais vu quelqu'un cesser de pratiquer une activité qu'il adorait, celle qui plus qu'aucune autre donnait un sens à sa vie. C'était par ailleurs la première fois que j'entendais parler d'une retraite qui n'en était pas une en réalité, de quelqu'un qui lâchait quelque chose puis recommençait. Dans le cas de Best, c'était le signe avant-coureur d'un schéma qui deviendrait récurrent : renoncer à l'alcool, puis renoncer à essayer d'arrêter de boire.

06.

La retraite, dans le monde dans lequel j'ai grandi – le monde du travail mal payé, souvent pénible et ingrat –, était quelque chose à quoi les membres de ma famille commençaient à aspirer à un âge étonnamment précoce. C'était une forme de promotion, presque une ambition en soi. Dans le monde auquel j'appartiens aujourd'hui, la retraite est quelque chose dont on n'entend presque jamais parler, ou du moins qu'on ne revendique pas. Si vous avez pris votre retraite – que vous n'êtes plus capable d'écrire ou que vous vous trouvez dans l'impossibilité de publier ce que vous avez écrit –, vous le gardez pour vous ; vous gardez le manuscrit pour vous parce que personne n'en veut. Et de toute manière, dans la mesure où ce travail consiste en grande partie à rester confortablement assis chez soi pour lire, la différence entre travail et retraite est imperceptible, même si vous vous mettez à lire – quoique je le déconseille vivement, quelle que soit la météo du jour – avec une couverture sur les genoux.

07.

Le Duke of Edinburgh's Award était un événement majeur dans mon école. Sans doute était-ce une modeste façon parmi d'autres de tenter d'importer l'éthique formatrice de l'enseignement public dans un collège élitiste où le sport officiel était non pas le football mais le rugby. J'y ai renoncé très tôt, me soustrayant aux exigences plus rigoureuses et aux expéditions exténuantes des niveaux Argent et Or, de même qu'à l'école élémentaire j'avais renoncé aux médailles de natation d'endurance après avoir atteint le Bronze, que j'avais décroché tant bien que mal en effectuant sur le dos presque toutes les longueurs requises dans les eaux saturées de chlore de la piscine de Pittville. (Je dis bien *sur* le dos, ce qui ne signifie pas exactement la même chose que nager le dos crawlé. Il ne s'agissait même pas de nage à proprement parler, mais en battant furieusement des jambes et en gesticulant des mains sur le côté, j'étais capable de couvrir des distances bien plus longues que ne me l'aurait permis n'importe quelle méthode de propulsion conventionnelle et agréée.) Ma mère cousit consciencieusement l'écusson de bronze sur mon short, et les choses en restèrent là. Mes parents ne savaient pas nager ; c'était l'une des nombreuses compétences qu'ils jugeaient l'un comme l'autre hors de leur portée, et ils étaient pleinement satisfaits de la médiocre performance de leur progéniture en termes d'endurance en milieu aquatique, qui constituait à leurs yeux une preuve largement suffisante de progrès générationnel.

Les épreuves sportives organisées sous le haut patronage du duc d'Édimbourg n'avaient jamais soulevé l'enthousiasme de mon indécrottable et rouspéteur antimonarchiste de père ; convaincu qu'il s'agissait ni plus ni moins d'une combine ourdie par ce crétin de duc pour s'en mettre plein les poches (lequel duc, soit dit en passant, lui ressemblait de manière troublante), il ne fut pas contrarié le moins du monde par mon abandon. Le bronze, dans ma famille, a toujours été suffisant.

Des années plus tard, j'ai accepté de participer à une série d'émissions radiophoniques où chaque intervenant devait choisir un mot en lien avec les Jeux olympiques. Je ne me souviens pas du mien, mais Gillian Slovo avait eu l'astucieuse idée de choisir le mot "quatrième" pour s'intéresser aux athlètes qui, ayant raté le podium d'une petite marche, finissent par sombrer dans l'oubli et quittent le stade sans la moindre reconnaissance, fondus dans la masse du peloton anonyme. Ayons donc une pensée toute particulière pour les membres de ce groupe de perdants de justesse qui, une fois que la flamme olympique s'est éteinte et qu'ils sont rentrés chez eux pour retrouver l'ingrate routine de l'entraînement ou l'angoisse de la retraite, se voient par la suite décerner la médaille de bronze, mais loin des acclamations et de toute cérémonie, à cause d'une disqualification pour dopage au sein du trio qui aura connu la gloire du podium[01].

08.

"J'ai toujours tout laissé tomber", annonce d'emblée le narrateur de *La Belle Affaire*, le deuxième roman de T. C. Boyle, lequel s'est révélé l'exact opposé d'un lâcheur, un écrivain si prolixe que ses éditeurs ont le plus grand mal à suivre le rythme de sa productivité, mais qui n'enseigne plus à l'université de Californie du Sud, où j'occupe le bureau et la chaise (mais pas la chaire) qui étaient jadis les siens. Le premier paragraphe du roman dresse la liste de tous les renoncements du narrateur : "J'ai toujours tout laissé tomber. Quitté les scouts, la chorale, la clique ; plaqué ma tournée de journaux du matin, envoyé balader le caté, largué

01 — La différence absolue entre la troisième et la quatrième place – entre le bronze et rien du tout – aux Jeux olympiques ne vaut pas dans une Coupe du monde. Même si les deux équipes vaincues en demi-finale s'affrontent lors d'une "petite finale", elles sont si déçues par leur défaite respective au tour précédent que ni l'une ni l'autre n'ont vraiment envie de disputer ce match – que personne n'a vraiment envie de regarder, du reste. Pour elles, la compétition est terminée ; il n'y a aucune consolation à finir troisième plutôt que quatrième.

le basket. J'ai giclé de la fac, coupé au service pour raisons psychiques (P 4), repiqué aux études pour un doctorat en lettres britanniques, XIXe siècle, avec tous les atouts dans ma manche : place au premier rang, notes prises comme il faut et même lunettes de corne. Résultat : la veille de l'examen de semestre, salut !" Cet épique curriculum d'exploits avortés se conclut ainsi : "La colonie de vacances, c'est bien la seule fois où je ne me suis pas dégonflé." Le paragraphe suivant tient en cinq petits mots : "Mais que je vous raconte."[01]

Dit comme ça, ça paraît si facile.

09.

J'ai laissé tomber le foot petit à petit, les intervalles entre chaque match s'allongeant au fil de mes blessures jusqu'à ce que les matchs eux-mêmes deviennent des intervalles entre chaque blessure. Le passage du temps était toujours interrompu de diverses manières, mais moins fréquemment – puis plus du tout –, par ce qui a fini par devenir un marqueur obsolète et finalement effacé de ma mémoire appelé le football. Je ne me rappelle pas à quand remonte mon tout dernier match, mais au moins deux fois par an il m'arrive encore de *rêver* que je joue au foot. Ma femme dit que pendant ces rêves je donne des coups de pied dans le lit. Elle ne me réveille jamais – comme elle le fait si je me mets à gémir dans mon sommeil, en proie aux affres d'un cauchemar – parce qu'elle sait à quel point je suis heureux dans ces moments-là. Ce sont mes meilleurs rêves de l'année. C'est du moins ce que je prétends, mais, de plus en plus souvent, dans ces rêves je ne marque pas le moindre but ni ne fais la moindre longue passe puissante. Le ballon reste plutôt coincé entre mes pieds, ou impossible à déloger dans les hautes herbes, si bien que je me retrouve planté sur place, en train de dribbler sans avancer. Peut-être que

01 — T. C. Boyle, *La Belle Affaire*, traduit de l'anglais par Gérard Piloquet, Phébus, 1991, p. 15.

je frétille des jambes dans le lit parce que j'essaie de me débarrasser des mystérieux obstacles qui se sont enracinés dans mon inconscient.

Chaque fois que je joue au tennis, j'ai du mal à m'endormir le soir. C'est sans doute en partie parce que, sitôt de retour à la maison, je m'écroule et fais une longue sieste ou sombre dans un bref coma, de sorte que, lorsque vient l'heure d'aller me coucher, bien que je sois épuisé et perclus de douleurs (dans le bas du dos, les genoux, l'épaule gauche et le coude), je n'ai pas sommeil. Et puis c'est amusant de rester comme ça, allongé, à rejouer dans ma tête les séquences cruciales ou les échanges décisifs du match du jour – jusqu'à un certain point. Mais bientôt je deviens incapable de faire le tri entre ces différents moments, ou d'en interrompre le flux continu, et je suis pris au piège dans un tourbillon infernal de balles jaunes qui prend peu à peu les allures d'une pluie de météores sponsorisés par Slazenger dans la trame de l'espace.

10.

"Vu une étoile filante ce soir[01]..."

Même si le documentaire de Martin Scorsese sur la tournée Rolling Thunder de Bob Dylan en 1975 était déjà disponible sur Netflix depuis un ou deux jours, le cinéma Prince Charles, à Londres, en ce 13 juillet 2019, était plein à craquer – et il y avait des gens de tout âge dans la salle, des adolescents, des contemporains de Dylan et d'autres plus vieux encore. Qui pourrait attirer un public d'une telle diversité démographique, pour voir un film qui n'était même pas la retransmission en direct d'un concert ? Des salves d'applaudissements retentissaient de temps à autre ; la

01 — Bob Dylan, "Shooting Star", *Lyrics – Chansons, 1962-2001*, traduit de l'anglais (États-Unis) par Robert Louit et Didier Pemerle, Fayard, 2008, p. 405.

première eut lieu au moment culminant d'"Isis", qui arrive non pas à la fin mais au milieu de la chanson, après le "Oui" tonitruant qui conclut cet étonnant quatrain dialogué :

Elle m'a dit "Où tu étais ?" J'ai dit "Nulle part en particulier"
Elle m'a dit "Tu as changé." J'ai dit "Pas vraiment"
Elle m'a dit "Tu es resté parti." J'ai dit "C'est bien normal"
Elle m'a dit "Tu vas rester ?" J'ai dit "Oui, ça se pourrait[01]*"*

Tous les spectateurs assis sur les célèbres fauteuils défoncés du cinéma Prince Charles sont restés en transe pendant les cent quarante minutes du film. Dans l'ivresse collective du moment, j'ai eu le sentiment distinct que tout le monde dans la salle se posait la même question que moi : comment quelqu'un peut-il être génial *à ce point* ? Je n'avais pas la réponse, mais cette interrogation a joué un rôle déclencheur chez moi, initiant l'une des nombreuses phases dylaniennes qui ont ponctué toute ma vie adulte. Je peux passer six mois sans l'écouter, puis quelque chose m'incite à mettre "I'll Keep It with Mine", "Boots of Spanish Leather", ou n'importe quelle autre chanson, et c'est reparti, je suis de nouveau instantanément et complètement ensorcelé.

Souvent, quand il s'agit de la musique qui a bercé votre jeunesse, la curiosité que vous pouvez éprouver pour tel ou tel morceau – "Tiens, je me demande ce que ça me ferait de réécouter Keep Yourself Alive ou Spanish Bombs aujourd'hui..." – se dissipe au milieu de la chanson, souvent plus tôt encore, même. Avec Dylan, vous restez agrippé à votre fauteuil défoncé, même quand vous connaissez la chanson par cœur (à condition toutefois de vous tenir à bonne distance de cet hymne assommant qu'est "Blowin' in the Wind", une chanson que je serais enchanté de ne plus jamais entendre jusqu'à la fin de mes jours – ce que j'ai du reste éprouvé pratiquement dès le début, la première fois que je l'ai entendue, c'est-à-dire sans doute avant même de l'avoir vraiment écoutée). Non pas que sa musique ne

01 — Dylan, "Isis", *ibid.*, p. 270.

vieillisse jamais ; simplement, elle accompagne notre propre vieillissement, comme sont incapables de le faire les chansons de Freddie Mercury ou de Joe Strummer. Et pas parce que ces derniers sont morts jeunes, mais parce que c'est nous qui avons vieilli et passé l'âge d'écouter leur musique. *London Calling* est un album fantastique ; avoir vu les Clash en concert, à Lewisham, en février 1980, demeure l'un des meilleurs souvenirs musicaux de ma vie, mais aujourd'hui, même au volant de ma voiture, je n'ai presque plus la patience d'écouter l'une de leurs chansons jusqu'au bout[01]. Il ne reste plus rien à entendre. Mais je continuerai à écouter Dylan, toutes ses chansons, dans leurs versions nouvelles ou originales, que j'écoute depuis quarante ans, sans que mon émerveillement soit le moins du monde émoussé, jusqu'à la fin de mes jours, même après, je l'espère, qu'il aura disparu, quand le simple fait incroyable que cet homme existe, et que nous pourrions probablement aller le voir en concert ici ou là ce soir même, ne sera plus vrai.

Cela étant, je ne me donnerai sans doute pas la peine d'aller le voir ce soir, ou demain soir, ou n'importe quel autre soir, quand bien même il donnerait un grand concert gratuit à deux pas de chez moi – comme il l'a fait, du reste, à Hyde Park, un mois après que je suis allé voir le film de Scorsese au Prince Charles.

11.

Le film se clôt sur une liste, année par année, de tous les concerts de Bob Dylan à partir de la tournée Rolling Thunder, comme des noms sur un monument aux morts : une litanie ininterrompue (ou presque) et interminable (jusqu'à ce que

01 — J'ai également vu Queen en concert, au Cheltenham Town Hall, le 14 mars 1974, et à cette occasion j'ai réussi à me faire dédicacer la pochette de leur deuxième album par les quatre membres du groupe. J'ai depuis égaré cette pièce de collection, d'une valeur sans doute inestimable aujourd'hui. (J'exclus aussi les Doors, sans aucune hésitation, de toute réserve quant au vieillissement de la musique autrefois adorée.)

la crise du Covid vienne y mettre un terme). J'ai assisté à quatre d'entre eux, le premier à Earls Court en 1978, le dernier à Austin, au Texas, le 6 mai 2015, dans une petite salle commodément située à un quart d'heure à vélo de l'endroit où je résidais. Les musiciens étaient formidables, le son magnifique, et les places excellentes (douzième rang d'orchestre). Tout était parfait, me semble-t-il, mais je n'arrêtais pas de repenser à une phrase qu'une amie à moi avait prononcée la dernière fois qu'elle-même l'avait vu en concert, également au Texas : “Il est vraiment en bout de course.” Sauf que ce n'était pas le cas, et ce n'est toujours pas le cas. Si le Covid le permet, on est encore loin d'en avoir vu le bout.

Alors : pourquoi reste-t-il dans la course, et pourquoi se déplace-t-on pour le voir continuer à courir ? La seconde question est la plus facile : les gens vont à ses concerts non pas pour voir Bob Dylan mais pour l'*avoir* vu. Je peux comprendre cette impulsion, mais elle n'a jamais été suffisamment impérieuse à mes yeux pour que la qualité de la performance musicale n'entre pas en ligne de compte. On ne prend guère de plaisir à avoir vu un ou une artiste qui n'est plus à son meilleur depuis longtemps. Je peux dire, en toute honnêteté, que j'ai vu Van Morrison (à Hay, il y a une vingtaine d'années) et Miles Davis, dans un état de léthargie avancée, au Royal Festival Hall en juin 1987. Aucun de ces deux concerts ne fut mémorable, mais il demeure possible, affirment certains de mes amis, de voir Morrison au sommet de sa forme (avant qu'il ne fasse plus rien d'autre que de protester contre la privation de ses droits individuels par le fascisme à l'ère du Covid). Je suis aussi peu enclin à les croire sur parole que lorsque j'entends des gens prétendre que Dylan était fabuleux lors de tel ou tel concert récent pendant son interminable tournée. J'ai cru en revanche à ce que m'a dit une autre amie que j'ai croisée l'avant-dernière fois que j'ai vu Dylan en concert, à la Brixton Academy en 2003. Il jouait surtout des claviers désormais, apparemment, afin de pouvoir s'appuyer sur son instrument. J'étais habitué à entendre Dylan transformer ses chansons sur scène au point de les rendre méconnaissables, mais sa façon de chanter, sans parler de la sono vaseuse de l'Academy, était telle qu'on avait du mal à identifier lequel des titres de son répertoire il était en train de massacrer, à n'importe quel moment de la soirée.

"C'était vraiment atroce, ai-je lâché tandis que nous flânions sur Stockwell Road après le concert.

— Tu l'as trouvé mauvais ? a répliqué mon amie. Tu aurais dû le voir la dernière fois."

Donc oui, certains concerts ont été pires que d'autres, mais Michael Gray, dans *The Bob Dylan Encyclopedia*, résume une expérience somme toute pas si atypique que cela dans une entrée d'index qui doit certainement compter parmi les meilleures jamais imprimées dans un ouvrage de référence – "*faire cuire un œuf sur scène, la possibilité de* : Au Japon, en 1986, Dylan aurait déclaré : 'Quelqu'un vient vous voir pendant deux heures, ou pendant une heure et demie, enfin bref… C'est *vous* que cette personne est venue voir. Vous pourriez faire n'importe quoi sur cette scène. Vous pourriez faire cuire un œuf ou enfoncer un clou à coups de marteau dans une planche de bois.' Au lieu de se lancer avec truculence dans sa 700e version de Tangled Up in Blue ou sa 1 500e version de All Along the Watchtower, ne serait-ce pas infiniment plus fabuleux s'il débarquait sur scène et se mettait à faire cuire un œuf *pour de vrai*[01] ?"

Nous reviendrons plus tard sur un autre ouvrage de référence quelque peu inhabituel, mais pour le moment, et quelles qu'en soient les raisons, le fait est que oui, les gens continuent à se précipiter pour voir Dylan en concert. Mais *lui*, pourquoi continue-t-il ? Il faut bien servir quelqu'un, a-t-il écrit un jour dans l'une de ses chansons. Cette affirmation est peut-être spécifiquement liée au moment de sa vie où il a redécouvert la foi, mais le fait est qu'il faut bien *faire* quelque chose. Cela devient problématique, toutefois, dès lors que vous pouvez tout vous permettre et que le

01 — Michael Gray, *The Bob Dylan Encyclopedia*, New York, Continuum, 2006, p. 248.

monde entier ne désire qu'une seule chose : vous servir et vous voir.

Il est possible qu'il y prenne un certain plaisir, mais si la scène est, comme il l'affirmait lui-même en 1997, "le seul endroit où [il est] heureux[01]", alors pourquoi ne le montre-t-il pas ? À la fin du concert à Austin, alors que d'autres artistes auraient salué la foule, Dylan s'est contenté de lancer un regard appuyé aux spectateurs. Il n'y avait aucune agressivité dans ce regard, aucune hostilité, mais simplement de l'indifférence, peut-être même une forme d'absence. Tous les écrivains ont besoin de sortir de chez eux de temps à autre, mais la vie domestique de Bob Dylan est-elle déprimante au point qu'il n'éprouve jamais le désir de rester tranquillement dans l'une des nombreuses propriétés que compte son portefeuille immobilier[02] ? Peut-être que l'argent facilite les choses, même si, d'une certaine manière et lorsqu'on en possède en quantités faramineuses, il ne facilite rien du tout. Se pourrait-il que la seule façon de ne plus avoir à "subir deux fois toutes ces choses[03]" soit de les subir deux *mille* fois ? Le plus étrange, c'est qu'une vie comme celle de Dylan est tellement inimaginable qu'elle en deviendrait presque insensée : le résultat d'une inextricable extrapolation de la façon dont ses chansons ont donné tant de sens à la vie de gens qui ont passé tant de temps à essayer de démêler ce qu'elles pouvaient bien signifier.

01 — Cité *in* Ian Bell, *Time Out of Mind*, New York, Pegasus, 2014, p. 336.

02 — La seule idée que Bob Dylan puisse avoir une vie domestique suscite une fascination toute particulière, en partie parce que nous disposons de très peu d'éléments factuels venant compléter la vision du chanteur, seul chez lui à L. A., en train de regarder les infos du soir, sur l'album *Desire*. Comme il ne se passe pas grand-chose, hormis un tremblement de terre à Black Diamond Bay, il éteint la télé et va se chercher une autre bière. Peut-être qu'une nouvelle technologie archéologique, dans un futur lointain, saura nous révéler, à partir de ces preuves textuelles fragmentaires, quelle marque de bière il buvait, ce qu'il y avait d'autre dans son frigo, s'il portait des pantoufles... ?

03 — Bob Dylan, "Stuck Inside of Mobile with the Memphis Blues Again", in *Lyrics – Chansons, 1962-2001*, *op. cit.*, p. 153.

12.

L'enchaînement incessant et épuisant des concerts a eu un effet dévastateur sur la voix de Dylan, même si certains témoins affirment que, de temps à autre, elle retrouve toute sa puissance, comme par magie. Le reste du temps, cette voix qui, selon la formule demeurée célèbre de David Bowie, sonne "comme du sable et de la colle", semble émaner depuis plus d'une décennie d'un larynx affligé de manière permanente par une sorte de grippe incurable et pourtant étrangement fortifiante. Le biographe Ian Bell considère, à raison, que la voix de Dylan est son meilleur instrument et évoque, dans une image saisissante, la "formation rocheuse érodée" de cette "ruine magnifique"[01]. Ajoutez à cela l'imagerie saturée d'histoire et le style musical délibérément archaïque des plus récents albums, et cette figure déjà légendaire s'élève pour atteindre un royaume mythique dans lequel il est adulé à la fois comme honorable doyen des années 1960 et sémillant survivant des années 1860. Quiconque suggère que sa voix est aussi éraillée que celle d'un lézard qui aurait une grenouille coincée au fond de la gorge, que sa musique se résume à du rock laborieux et à des boogies pour le troisième âge, ne fait que trahir un bagage culturel qui ne remonte pas à plus loin que Donny Osmond. Le revers de la médaille, c'est qu'une phase terminale peut très facilement devenir interminable.

Mais cette voix – je l'écoute encore en ce moment même, à l'instant où j'écris ces mots… Comment pourrait-elle ne pas être flinguée, compte tenu de tout ce qu'il lui a fait subir, des épreuves ahurissantes auxquelles il l'a soumise, rien qu'au cours de la tournée Rolling Thunder, à l'époque où il enquillait les chansons sans jamais baisser d'intensité, soir après soir ? Je réécoute, plus précisément, le tout début de "Going, Going, Gone", dans une version extraite d'un disque pirate où figurent des titres laissés de côté dans l'album live *Hard Rain*, enregistré pendant la deuxième

01 — Bell, *op. cit.*, p. 528 et 527.

partie de la tournée Rolling Thunder (qui n'apparaît pas dans le film de Scorsese). Lorsque Dylan chante "*I've just reached a place*", on a la sensation distincte qu'il est bel et bien, à ce moment précis, *arrivé quelque part*. Nous sommes là, avec lui, à cet endroit et à ce moment précis. Ou prenons encore cette chanson, dans l'album *Oh Mercy*, où il chante : "Vu une étoile filante ce soir / Et j'ai pensé à toi". Rien n'est plus crédible que cette affirmation, même si la suite des paroles s'ingénie à la saper de manière tacite. S'il avait omis le couplet où il est question d'"écoute[r] le moteur, écoute[r] la cloche", etc., et qu'il avait laissé la chanson passer de façon aussi rapide et insignifiante qu'une étoile filante, de sorte qu'elle se serait terminée presque aussitôt après avoir commencé – trop éphémère même pour atteindre les trois minutes de rigueur d'un *single* –, alors sa brièveté aurait été accordée à la fugacité évoquée par cette phrase d'ouverture. Aujourd'hui, il est très rare que Dylan donne l'impression d'avoir atteint un endroit ou un moment précis, quels qu'ils soient. Même lorsqu'il ralentit le tempo d'une chanson, on dirait qu'il cherche à l'expédier au plus vite. Peu importe qu'il n'arrive plus à atteindre certaines notes – il ne s'est jamais pris pour Pavarotti –, mais on n'a plus le sentiment, en l'écoutant chanter, qu'il soit encore capable d'exprimer avec une fidélité sans précédent la vérité d'un quelconque moment donné.

C'est dur à accepter, précisément parce que les gens ont toujours *cru* en Dylan – en tant que voix du mouvement contestataire, d'une génération, ou de ce qu'on voudra. De manière plus intime, nous le croyons lorsqu'il confesse, dans "Sara", qu'il était resté "des jours entiers au Chelsea Hotel / À écrire 'Sad-Eyed Lady of the Lowlands' pour toi[01]", même si, comme l'a fait remarquer Clinton Heylin, "on sait de source sûre qu'il a écrit cette chanson à Nashville[02]". Nous le croyons lorsqu'il dit, à la fin de "Up to Me", que

01 — Dylan, "Sara", in *Lyrics – Chansons, 1962-2001*, *op. cit.*, p. 278.
02 — Clinton Heylin, *Behind the Shades*, Londres, Viking, 1991, p. 269.

“Nul autre ne pouvait jouer cet air, tu sais que c’était mon rôle[01]”. C’est incontestable. Aucune cour de justice au monde ne pourrait réfuter une telle revendication.

Nous l’avons cru même si en tant que témoin il n’a cessé d’affirmer, sous le serment du parolier, que rien de ce qu’il raconte ne peut être pris au pied de la lettre, que ce n’est “pas [lui]” : *“No, no, no, it ain’t me, babe.”* (En dehors du sanctuaire des chansons, dans ses interviews et autres, mieux vaut partir du principe qu’il dit rarement la vérité.) Ce n’est pas seulement qu’il y a un hiatus entre les chansons et ce qui a pu se produire ou non dans la vraie vie (preuve irrecevable devant la cour d’appel artistique) ; les chansons elles-mêmes prêtent singulièrement le flanc au contre-interrogatoire. Où était-il employé – et à quel poste – dans “Tangled Up in Blue” ? Dans une version, il “chargeai[t] des marchandises sur un camion” dans “une usine aéronautique” à L. A., et dans une autre il travaillait “sur un bateau de pêche / Juste à la sortie de Delacroix[02]”. Même une destination qui paraît immuable – Tanger, au tout début de “If You See Her, Say Hello” – se transforme subitement, en une occasion, en “nord de Saigon”. Ce détail est d’une précision admirable – il ne s’agit ni de l’ouest ni du sud de Saigon –, mais il est possible que le nord dont il est question soit si lointain qu’il parle en réalité de Hanoi. (Dans une version radicalement différente de “Tangled Up in Blue” datant de 1984, sur l’album *Real Live*, il annonce que “tous les lits sont défaits” ; dans cette version de “If You See Her”, enregistrée lors d’un concert en Floride, en avril 1976, *tout* est défait. La phrase la plus saisissante est sans aucun doute la suivante : “Si tu fais l’amour avec elle, regarde par-derrière”, conseil qui, à l’ère du porno sur Internet, paraît un tantinet superflu.) Les circonstances de la vérité telle que la livre Dylan changent, tout autant que sa qualité, mais nous avions autrefois le choix de décider, non pas si nous le croyions ou non, mais quelle version – quel

01 — Dylan, “Up to Me”, in *Lyrics – Chansons, 1962-2001, op. cit.*, p. 263.
02 — Dylan, “Tangled Up in Blue”, *ibid.*, p. 251.

lieu (de concert et d'incident) – nous préférions parmi de multiples vérités. Il paraît inconcevable que quiconque puisse préférer une version récente d'une vieille chanson, ou même une chanson récente à une ancienne. Quand j'écoute un nouvel album de Bob Dylan, ma réaction est de citer la réplique célèbre qu'il balança au spectateur qui fit un esclandre lors du concert au Royal Albert Hall en 1966 : "Je ne te crois pas[01]."

13.

Dans une séquence du documentaire de Scorsese – figurant à l'origine dans *Renaldo et Clara*, que j'ai vu *deux* fois à la fin des années 1970, malgré la durée décourageante du film, deux cent trente-cinq minutes dont la moitié au moins ne méritait pas d'être filmée et encore moins regardée –, on voit Dylan et Allen Ginsberg se recueillir sur la tombe de Jack Kerouac, à Lowell, dans le Massachusetts. Ils lisent les mots gravés sur la sépulture : "Il a honoré la vie." Dans la séquence plus longue de *Renaldo et Clara*, ils se lancent dans une espèce de combat de coqs à propos des tombes d'écrivains célèbres. Lorsque Dylan demande à Ginsberg s'il est allé sur celle de Tchekhov, il répond que non mais qu'il a vu celle de Maïakovski à Moscou. Dylan est allé sur la tombe de Victor Hugo à Paris, mais Ginsberg a vu celle d'Apollinaire, déposé un exemplaire de *Howl* sur celle de Baudelaire (évidemment), *et* il est capable de réciter de mémoire à Dylan ce qui est écrit sur celle de Keats à Rome : "Ici repose celui dont le renom est écrit dans l'eau." (Ginsberg se trompe ; l'épitaphe parle de

01 — Dans la mesure où l'histoire a déjà été altérée – ou amendée (le concert au Royal Albert Hall avait eu lieu en réalité au Manchester Free Trade Hall, dix jours plus tôt) –, il est bien dommage qu'on ne puisse pas apporter de nouveaux changements à cette anecdote apocryphe mais véridique. J'ai toujours regretté que la repartie spirituelle de Dylan n'ait pas été l'annonce littérale du morceau à venir ("I Don't Believe You") – qu'il avait déjà joué, hélas – plutôt que le prélude à "Like a Rolling Stone", qu'il enjoignit à ses musiciens de jouer "à fond, putain".

"nom", pas de "renom", mais ce genre de pédanterie est contraire à l'esprit des romantiques et des poètes Beat.) Lorsque Ginsberg pointe du doigt la sépulture de Kerouac et demande à Dylan si c'est cela qui l'attend, lui aussi, Dylan rétorque qu'il souhaite être enterré dans une tombe dépourvue de toute inscription.

Il y a un moment merveilleux dans *Walk Me Home* (1993), un film écrit et interprété par John Berger, où le personnage joué par Berger déclare qu'il veut être inhumé dans une terre qui n'appartient à personne. Mais pour en revenir au film de Scorsese, après la scène de Dylan et Ginsberg au cimetière, nous retrouvons un Dylan âgé et grisonnant, interviewé en studio, qui affirme à propos du grand roman de Kerouac : "Il parlait de la route de la vie."

14.

En 1959, trois ans avant sa célèbre série de photos du jeune Dylan dans le quartier d'East Village, et moins de deux ans après la publication de *Sur la route*, John Cohen a pris cette photo de Kerouac. Ce dernier avait alors trente-six ou trente-sept ans. Sa conviction que *Sur la route* était "un grand roman" avait été renforcée plutôt que sapée par le fait que le manuscrit avait été refusé par tous les éditeurs pendant six ans avant que Viking finisse par l'accepter en septembre 1957. Dès 1952, en réponse à un éditeur qui l'avait qualifié de "chaos absolument incohérent", il prédisait ce qui allait arriver : "*Sur la route* sera publié par quelqu'un d'autre, avec quelques changements et omissions et additions, et sera reconnu en bonne et due forme, en temps voulu, comme le premier ou l'un des premiers livres de prose moderne en Amérique[01]." Ce qu'il n'avait pas prévu, c'était l'effondrement soudain de l'écrivain et de l'homme qu'il allait devenir au lendemain de la réalisation de cette prophétie.

La lutte acharnée pour maîtriser une "prose spontanée" a tout à la fois permis à Kerouac d'écrire un grand roman et l'a condamné, pour le restant de sa vie créative, à en pondre de très mauvais. En 1961, il était conscient du coût paradoxal et inattendu de son style littéraire. "Ce qui s'est passé, c'est que dès que j'ai découvert formellement la prose spontanée, ce n'était déjà plus spontané !" "En fait je crois que j'ai oublié aujourd'hui comment écrire"[02], ajoutait-il. À mesure que l'idée libératrice des "miaulements spontanés déments[03]" se raidissait en une méthode inflexible, Kerouac devint prisonnier de la "liberté d'un allez-vous-faire-foutre[04]" qu'il avait contribué à faire jaillir. Conscient que le flot de la spontanéité pouvait se tarir, il annonçait son intention de "retourne[r] à la prose soignée de *Town & City*[05]", son premier livre. S'il avait tenu parole, il aurait pu creuser un sillon créatif plus profond que celui auquel il s'était habitué, grevé par l'absorption des "doses énormes de benzédrine

01 — Jack Kerouac, *Lettres choisies, 1940-1956*, traduit de l'anglais (États-Unis) par Pierre Guglielmina, Gallimard, 2000, p. 346.

02 — Kerouac, *Lettres choisies, 1957-1969*, traduit de l'anglais (États-Unis) par Pierre Guglielmina, Gallimard, 2007, p. 314-315.

03 — *Ibid.*, p. 75.

04 — *Ibid.*, p. 370.

05 — *Ibid.*, p. 383.

[qu'il prenait] pour écrire [s]es romans[01]" et des "bons vieux comprimés de phénobarbital pour compenser l'effet déprimant de la benzédrine 8 heures après l'ingestion (après 8 heures d'écriture)[02]".

Il expérimenta également l'acide, mais, tandis que ses vieux copains Allen Ginsberg et Neal Cassady ourdissaient joyeusement une révolution psychédélique, Kerouac devint de plus en plus hostile aux revendications narco-idéologiques du mouvement hippie émergent. Le fait que les hippies soient des descendants directs des Beats, et que son immersion passionnée dans le bouddhisme ait joué un rôle précurseur dans leur propre fascination pour tout ce qui avait trait à l'Orient, ne fit que renforcer sa résolution confusément réactionnaire. Aux yeux de Timothy Leary, Kerouac "demeura immuablement un noceur catholique, un bohémien de la vieille école qui n'avait pas la moindre fibre hippie[03]". Furieux que ses idées soient "volées [...] par des Juifs[04]", Kerouac s'enfonça dans un bourbier de paranoïa et d'alcoolisme bouffon.

"Maintenant que je suis libre de faire ce que je veux, écrivait-il en 1962, je me suis délibérément emprisonné, en pénitence de je ne sais pas quoi[05]." Lui qui rêvait de vivre isolé dans une cabane au fond des bois ne quitta jamais les banlieues résidentielles de la Floride ou du Massachusetts, où il habitait avec sa mère au milieu de "ces alignements sans fin de maisons modernes parfaites et pas une d'elles où l'on ne trouve de ces femmes au foyer mornes qui regardent par la fenêtre celui qui ose marcher jusqu'aux magasins qui sont trop loin de toute façon sous un soleil brûlant dans un désert plat et sans arbre, beurk[06]". Même loin des feux de la rampe, la rumeur allait bon train et les gens finissaient toujours par savoir que le roi des Beats

01 — *Ibid.*, p. 332.
02 — *Ibid.*, p. 268.
03 — Timothy Leary, cité in Kerouac, *Letters : 1957-1969*, édité par Ann Charters, Londres, Viking, 2000, p. 280.
04 — Kerouac, *Lettres choisies, 1957-1969*, *op. cit.*, p. 331.
05 — *Ibid.*, p. 357-358.
06 — *Ibid.*, p. 334-335.

était dans les parages, et Kerouac, débusqué, se retrouvait embarqué dans des virées qui pouvaient durer une semaine entière, “à boire et à parler avec des centaines et des centaines de [s]es connaissances jour et nuit, en rondes successives[01]”.

Regardant une photo de lui un jour, il prit conscience de ce que “ce purin de célébrité a fait de moi ; ça me tue rapidement[02]”. Sa situation était d'autant plus intolérable que cette idolâtrie ne l'empêchait pas de se faire tailler en pièces par la critique. D'un point de vue rétrospectif, les articles hostiles ont tendance à venger l'écrivain et à incriminer le critique ; dans le cas de Kerouac, le passage du temps n'a fait que prouver la justesse de la réaction de Dorothy Parker devant la “répugnante monotonie[03]” des *Souterrains*.

À la pique la plus célèbre – celle de Truman Capote, pour qui *Sur la route* ne relevait pas de la littérature mais de la dactylographie – fait écho une déclaration poignante de Kerouac lui-même, qui avouait en 1967 : “Je ne peux plus taper [à la machine] comme autrefois, je crains de ne plus pouvoir écrire comme autrefois non plus.” C'était durant “une des pires périodes de [sa] vie[04]”, à une époque où sa mère était paralysée suite à une attaque cérébrale et où Kerouac – qui, en 1959, se lamentait de décliner, de devenir de plus en plus “décadent et ivre[05]” – avait bel et bien fini par se transformer en un “gros ballon bombé saturé de tristesse[06]”. Ruiné et buvant “plus que jamais”, il se faisait “jeter des salles de billard, sauf de la salle de billard des Noirs où je vais me faire éclater la tête un de ces jours[07]”. Il craignait déjà de souffrir de lésions cérébrales suite à une bagarre antérieure – “peut-être que jadis j'étais

01 — *Ibid.*, p. 367.
02 — *Ibid.*, p. 241.
03 — Dorothy Parker, citée in Kerouac, *ibid.*, p. 149.
04 — Kerouac, *ibid.*, p. 481.
05 — *Ibid.*, p. 209.
06 — *Ibid.*, p. 334.
07 — *Ibid.*, p. 481.

un peu ivre, mais maintenant j'ai le cerveau bouché à cause de la soupape de bonté bouchée par la blessure[01]" –, et ce n'était pas la dernière fois qu'il devait se faire casser la gueule avant sa mort en 1969.

Mais envisager la vie de Kerouac sous le seul prisme d'un talent tragiquement gâché revient à s'en tenir aux clichés. Dès lors qu'il eut terminé *Sur la route*, il fut indemnisé contre tout risque de jamais commettre – ou d'avoir jamais commis – une grave erreur de toute son existence. On ne peut pas juger de la valeur d'une vie à l'aune de la chronologie. Il avait tout parié sur le fait de devenir un grand écrivain, et il avait gagné. Rien ne saurait diminuer l'accomplissement et la *victoire* que représente *Sur la route*. Kerouac se trouvait à Manhattan avec Joyce Glassman lorsque parut la critique élogieuse de Gilbert Millstein dans le *New York Times*, le 5 septembre 1957, qui qualifiait le roman d'"authentique œuvre d'art" dont la publication était "un événement historique". Selon Ann Charters, biographe de Kerouac et éditrice de sa correspondance en anglais, ils "achetèrent un exemplaire du journal dans un kiosque sur Broadway, peu avant minuit, et lurent l'article ensemble au Donnelly's Irish Bar sur Columbus Avenue avant de rentrer chez elle et de se rendormir. Joyce se souvient : 'C'était la dernière fois de sa vie que Jack se couchait anonyme. La sonnerie du téléphone l'a réveillé le lendemain matin, et il était célèbre'[02]".

Tout le reste – pas seulement tout ce qui avait précédé mais toutes les retombées désastreuses qui devaient suivre – est insignifiant en comparaison de ce moment, l'instant où prit fin la longue attente de la reconnaissance. Même si sa "soupape de bonté" s'est bouchée par la suite, l'éclatante générosité d'esprit incarnée par sa conception de Dean Moriarty irrigue chaque ligne de son chef-d'œuvre.

01 — *Ibid.*, p. 225.
02 — Ann Charters, in Kerouac, *Letters : 1957-1969*, *op. cit.*, p. 64.

15.

La seule et unique fois de ma vie où j'ai vu Boris Becker, à Wimbledon en 2018, il essayait désespérément d'ouvrir la porte des toilettes dans l'enceinte du court central. Le pauvre homme tenait à peine debout. Il semblait accablé par des problèmes aux genoux et aux hanches, sans parler de ses problèmes de cheveux, de ruine financière et d'autres tracas, extrêmement inhabituels pour un Allemand, liés à la perte de son immunité diplomatique en qualité d'attaché de la République centrafricaine. Sur une photo prise durant l'été du Covid, en 2020, on le voyait arborer un (gros) ventre rose, qui venait s'ajouter à son problème de tennis-elbow. Il ne s'agissait pas toutefois d'un cas de tennis-elbow dans le sens traditionnel et invisible du terme, provoquant des douleurs au niveau du coude ; on aurait dit qu'il avait une balle de tennis implantée dans ses coudes à la peau distendue – une maladie jusqu'alors inconnue appelée le coude testiculaire. Il paraissait d'autant plus en piètre forme physique qu'il avait été pris en photo sur un yacht aux côtés de sa petite amie, vêtue d'un bikini qui mettait en valeur, comme ne manquaient pas de le faire remarquer les tabloïds, son corps de rêve. Manifestement, il ne se mouchait donc pas du coude, comme on dit. Et sans même parler de la petite amie et de tout le reste, même s'il ne s'était pas trouvé à bord d'un yacht (avec Björn Borg et sa compagne) près d'Ibiza, même si, comme le poète Philip Larkin, il en avait été réduit à passer ses vacances avec sa maman à King's Lynn, même si ses jambes flageolantes et ses coudes en compote l'avaient fait souffrir deux fois plus, même si sa situation capillaire avait été pire encore et ses commentaires sportifs pour la BBC encore plus consternants de banalité – rien de tout cela n'aurait la moindre importance en regard du fait qu'il a remporté trois fois le tournoi de Wimbledon. À vingt et un ans. Cela suffit à rendre sa vie magnifique, peu importent les désastres qui ont pu suivre.

16.

"Et moi, le dernier, poursuis seul mon chemin,
Et les jours s'assombrissent autour de moi[01]..."

L'éclat d'une jeunesse glorieuse peut être parfois historique aussi bien que personnel. Dans *Première Lumière*, Geoffrey Wellum raconte comment, quelques mois avant le début de la Seconde Guerre mondiale, il entreprend de réaliser son rêve : devenir pilote de chasse. À dix-huit ans, engagé dans la Royal Air Force, il est aux commandes d'un Spitfire pendant la bataille d'Angleterre. Contrairement à nombre de ses camarades, Wellum survit à cette bataille ainsi qu'à de multiples sorties au-dessus de la France. De retour de mission en septembre 1941, il est accueilli par le commandant de son escadrille, qui lui annonce qu'il est "écarté des opérations". Parce qu'il n'a pas été à la hauteur ? Au contraire, il a trop bien réussi : "Vous êtes arrivé en bout de course, vous êtes cuit, terminé." En chemin vers le mess, Wellum croise l'adjudant "Mac" MacGowan. Voyant que Wellum est bouleversé, Mac lui lance, d'un ton laconique et guindé typique de l'époque : "Vous avez bien assez démontré que vous en aviez." Quoi qu'il en soit, poursuit-il, "le bar va bientôt ouvrir, et s'il n'est pas ouvert, eh bien nous le ferons ouvrir, nom de Dieu, et nous boirons chacun le plus énorme verre de scotch que vous ayez jamais vu de toute votre vie". Plus tard, lorsqu'il "franchit le portail pour la dernière fois", Wellum médite sur son expulsion hors du paradis angoissant et mortellement dangereux du combat aérien en ce moment crucial pour la nation :

> *Un has been. Plus d'aucune utilité pour personne. Un simple survivant, mon nom retiré de l'Ordre de Bataille dans le cabanon de rassemblement. Un pilote de chasse foutu à l'âge de vingt ans, condamné à ne plus vivre, ou plutôt exister, que dans les mémoires, réduit au rôle de spectateur depuis les coulisses.*

01 — Alfred Lord Tennyson, *Morte d'Arthur, a poem.*

> *Aurai-je jamais l'occasion, une fois dans ma vie, d'éprouver de nouveau le sentiment de vérité et de camaraderie que j'ai connu au sein d'un escadron de Spitfire de première ligne, et à un tel moment dans l'histoire de notre pays, qui plus est ? [...] Pose-toi la question : à quoi bon tout le reste désormais ? Mieux vaudrait être avec Peter, Nick, Laurie, Roy, Butch, Bill, John et les autres. [Tous morts.] La vie n'a plus aucun sens. Qu'est-ce qui pourrait remplacer ou même approcher les dix-huit derniers mois*[01] *?*

Wellum écrivit l'essentiel de *Première Lumière* vers le milieu de sa vie, mais le livre ne fut publié qu'en 2002 ; il avait alors quatre-vingts ans.

17.

La photo de Kerouac prise par Cohen, montrant l'écrivain en train de régler un poste de radio pour s'écouter lui-même, ne saisit pas simplement *un moment* mais toute une vie ; pas simplement l'homme, mais la légende – et vice versa. Il écoute sa propre voix, une *trace* enregistrée de ce qu'il a accompli, mais on sent bien également qu'il essaie de localiser ce qui s'est perdu entre-temps, en partie à cause du succès, en partie à cause de l'âge, en partie parce que cette énergie ne pouvait être alimentée que par la voracité provoquée par les rejets. Sa voix est là mais, désormais incapable de la créer activement, il ne peut que la rejouer et la rembobiner. Condamné à vivre le reste de sa vie dans le sillage de sa propre légende, il tente de retrouver cette voix qui s'éteint peu à peu alors même qu'elle ressurgit à la mémoire, que son écho résonne dans les souvenirs. Gestuellement, visuellement, ces échos sont ceux de l'homme qu'il fut jadis, penché sur sa machine à écrire, en train de taper frénétiquement les mots de sa prosodie bop, ou ceux du pianiste Bill Evans devant son clavier. C'est émouvant et

01 — Geoffrey Wellum, *First Light*, Londres, Penguin, 2020, p. 291-293.

beau, car si pour Kerouac ces échos proviennent du passé, ils étaient en train d'être transmis par les ondes dans le futur, dans des chambres d'adolescents solitaires à qui ils inspireraient des idées d'aventure – non seulement le frisson de prendre la route mais aussi celui de devenir écrivain. On peut l'entendre dans les paroles d'une chanson qui passait souvent à la radio – non pas une chanson de Dylan, en l'occurrence, mais de Bruce Springsteen, "Dancing in the Dark". "J'en ai marre de rester assis ici, chante-t-il, et de m'échiner à écrire ce livre." Pas n'importe quel livre mais – de manière implicite – ce *grand* livre. L'ambition, l'espoir et la voracité de Kerouac demeurent. Cet aspect romantique – et funeste – ne mourra jamais. On peut encore le voir. On peut encore l'entendre.

Les choses changent à mesure qu'on vieillit. À cet instant précis, je ne désire *rien* d'autre que de rester assis et m'échiner à écrire – ou plus précisément à corriger – ce livre.

18.

J'ai vu la photo de Cohen à Paris, dans une exposition consacrée à la Beat Generation. La pièce maîtresse – une véritable relique profane – était le rouleau tapuscrit sur lequel Kerouac avait écrit à toute vitesse une première version de *Sur la route* dans un élan débridé de créativité dopée à la benzédrine. La volonté de Kerouac d'écrire de manière spontanée ne l'empêchait pas d'être scrupuleux, et il révisa soigneusement ce manuscrit afin d'en accentuer la spontanéité. Pour presque tous les écrivains, le travail fastidieux de la révision aboutit à des améliorations – jusqu'à un certain point, au-delà duquel ces corrections finissent par brider l'inspiration, et c'était très exactement ce que craignait Kerouac.

Dans le cas de Dylan, il est impossible de dire s'il en va de même. Chaque élément perdu au cours de la révision est contrebalancé par un gain – et vice versa. Prenez les paroles d'"Idiot Wind". Dans les premières versions enregistrées de cette chanson, le vent "souffle en rond autour de ta mâchoire / Du barrage de Grand Coulee jusqu'au Mardi gras". Ce n'est qu'à la cinquième version qu'il se met à "souffle[r] en rond autour de ma tête / Du barrage de Grand Coulee au Capitole[01]". Il n'existe pas de meilleur exemple de la façon dont les mots de Dylan se gravent dans notre conscience tout en continuant – même après qu'il a cessé de changer les paroles – à s'adapter aux changements de l'époque, à épouser les contours de l'histoire. Ginsberg y voyait le "grand poème national de la désillusion", dans le texte rédigé pour la pochette de l'album *Desire*, mais il aura fallu attendre le 6 janvier 2021 – par une journée de grand vent – pour que s'exprime toute la puissance accumulée de l'idiotie devant le Capitole à Washington. Si ce changement dans les paroles était assurément un gain monumental, un autre passage inclus dans les premières versions a disparu au cours des prises suivantes : "Me suis dit que je t'avais perdue de toute façon, pourquoi continuer, à quoi bon ? / Pour pouvoir te parler il aurait fallu que je trouve une bonne excuse." Ces paroles-là ont disparu, comme les villages ou les hameaux inondés et submergés par les eaux suite à la construction d'un barrage. Et c'est une perte terrible.

19.

"Il ne reste rien à sauver, tout est perdu désormais[02]", écrit D. H. Lawrence dans l'un des poèmes tardifs et bâclés auxquels il avait donné le titre de "Pansies" (en écho poétique, à sa manière anglaise passablement agaçante, aux *Pensées* de Pascal).

Dans le film de J. C. Chandor, *All Is Lost* ("Tout est perdu", 2013), Robert Redford joue un marin solitaire qui dort dans son bateau, une nuit, au beau milieu de l'océan

01 — Dylan, "Idiot Wind", in *Lyrics – Chansons, 1962-2001, op. cit.*, p. 255.

02 — David Herbert Lawrence, *Poèmes*, traduit de l'anglais par Sylvain Floc'h, L'Âge d'Homme, coll. "Au cœur du monde", 2007, p. 765.

Indien, lorsqu'un container à la dérive perfore sa coque. Tout le reste du film s'attache à montrer, de la façon la plus minutieuse qui soit, comment Redford se bat pour sauver sa peau et son embarcation. Tel Chuck Yeager confronté à une avarie soudaine et catastrophique à la fin de *L'Étoffe des héros* – "J'ai essayé le plan A ! le plan B ! le plan C[01] !" –, il effectue toute une série de vérifications et de procédures. Les marins aguerris auront sans doute repéré des incohérences dans les décisions prises par Redford, ou des erreurs qu'aucun navigateur en solo ne commettrait jamais, mais à mes yeux, tout cela paraissait – et devait forcément paraître – convaincant. Cela ne tient pas seulement au fait que l'enchaînement soigneusement détaillé des péripéties et des retournements de situation rend haletant ce film quasiment dépourvu de dialogue – c'est aussi qu'il ne se passe *rien d'autre*. Il n'y a pas d'histoire en toile de fond, aucun élément expliquant pourquoi cet homme, dont nous ne connaîtrons jamais le nom, a entrepris cette traversée solitaire. Jusque dans les tout derniers moments, le film se concentre si étroitement sur les aspects pratiques de son aventure qu'il parvient à se soustraire à toute signification symbolique, religieuse ou allégorique – toutes choses auxquelles il se révèle dès lors singulièrement perméable. (Ce n'est pas pour rien que Hamlet parlait d'une "mer de tourments".) Plus les histoires de survie sur la houle de l'océan sont réduites au strict essentiel, plus elles sont susceptibles de charrier de plus vastes résonnances. Hemingway avait bien compris ce principe – et ne s'est pas privé d'en user et d'en abuser dans *Le Vieil Homme et la Mer*. Redford n'arrête pas d'essayer de réparer son bateau. Incapable de le remettre à flot, il fait tout pour ralentir sa détérioration. Même la nuit, sans autre source de lumière que la blancheur inentamée de ses dents, il continue de s'acharner. Cette lutte incessante contre les éléments donne à Redford des allures de Sisyphe – qu'il nous faut imaginer "heureux", affirmait Albert Camus. À un moment, alors que

01 — Tom Wolfe, *L'Étoffe des héros*, traduit de l'anglais (États-Unis) par Paule Guivarch, Gallimard, 1982, p. 380.

les revers de fortune se suivent en cascade, Redford se met à crier “*Fuck !*”. Le mot n’est jamais complètement prononcé, ce n’est qu’une longue plainte angoissée : “*Fffwwwuuuh...*” Ce cri s’apparente presque à une prière, après quoi il reprend ses efforts, bien qu’ils soient voués à l’échec. Il rafistole, il écope, il bricole, il invente des stratagèmes. Il est dans son élément. C’est certainement pour cette raison précise qu’il est parti en mer. Et on aurait tort, lorsqu’il lit à voix haute les mots fatidiques – “Tout est perdu” – qu’il a écrits dans une lettre glissée pour l’éternité dans une bouteille, d’interpréter ces derniers comme l’aveu d’un regret. On pourrait tout aussi bien affirmer qu’il a enfin atteint sa destination et accompli son destin.

Vous prévoyez tout dans les moindres détails, vous faites tout bien comme il faut, et puis, à un moment, il se produit un événement impondérable, surgi de nulle part et entièrement imprévisible. Vous y remédiez. Vous continuez jusqu’à ce que surgisse le prochain obstacle. Tout en reconnaissant que ça paraît “débile de dire ça”, Andy Murray, dans le documentaire *Resurfacing* (2019), déclare que, après s’être consciencieusement plié aux séances de rééducation à la suite de sa première opération de la hanche, il avait l’impression de “mériter que ça se finisse mieux”. Vous consentez tous ces efforts, vous vous donnez toute cette peine, et puis à un moment, quoi que vous ayez accompli, vous vous retrouvez à court d’options. Vous êtes à bout de souffle, ou, comme le dit Al Pacino dans *Révélations*, vous n’avez “plus aucun coup à jouer”. Ces coups, c’est tout ce que vous avez à votre disposition, et à mesure qu’il devient évident que vous en avez de moins en moins, et que vos chances d’accomplir quelque chose, à part différer l’inévitable, s’amenuisent à vue d’œil, il est difficile de croire qu’il n’y a plus rien à faire. “Je peux”, écrit Gerard Manley Hopkins dans l’un de ses “terribles sonnets” : “Je peux quelque chose, espérer, souhaiter la venue du jour, ne pas choisir de ne pas être[01].”

01 — Gerard Manley Hopkins, *Poèmes*, traduit de l’anglais par Jean-Georges Ritz, Aubier-Montaigne, 1980, p. 189.

Yeager, au moment où il n'a plus aucun coup à jouer, après avoir essayé le plan B et le plan C, a encore une option : s'éjecter. C'est une option radicale, et désagréable, mais elle est sur la liste, c'est l'une des mesures de sécurité prévues à bord de l'avion. L'équivalent, pour Redford, est d'abandonner son bateau et de sauter dans son radeau de sauvetage. Mais même alors, il reste une solution, encore plus radicale (ou du moins c'est ce dont je croyais me souvenir, à tort) : ne pas abandonner le radeau mais le détruire, l'incendier dans l'espoir que la lumière du feu sera repérée par le navire qui vient de passer non loin. En réalité, il met le feu accidentellement à son radeau en essayant d'attirer l'attention du navire, mais le résultat est le même. Il ne reste donc plus rien à faire sinon se préparer à mourir, se préparer à sombrer dans le néant.

20.

Dans "La Nef de mort", le plus long de ses *Derniers Poèmes*, publiés à titre posthume, Lawrence commence par songer au "long voyage vers l'oubli[01]". La franchise avec laquelle il affronte en imagination cette perspective offre un contraste saisissant avec la règle de vie qu'il semblait s'être fixée au quotidien, puisque jusqu'à la toute fin, Lawrence se révéla pratiquement incapable d'admettre, y compris à lui-même, qu'il était sans doute mourant. On pourrait pinailler sur le pronostic suggéré par l'adjectif "long" – Lawrence acheva ce poème en novembre 1929, alors qu'il ne lui restait que trois mois à vivre –, mais il faut garder à l'esprit que, de son propre aveu, il était "bronchitique de naissance[02]". Il fut frappé par une pneumonie à l'âge de seize ans, puis de nouveau presque dix ans

01 — Lawrence, *Poèmes*, *op. cit.*, p. 827.

02 — Lawrence, *The Letters of D. H. Lawrence*, vol. VI, *1927-1928*, édité par James T. Boulton, Margaret H. Boulton et Gerald M. Lacy, Cambridge, Cambridge University Press, 1991, p. 115.

plus tard, cette fois d'une double pneumonie. Au fil de ses pérégrinations avec Frieda, sa femme, s'installant, parfois pour de très brèves périodes, dans diverses parties du monde, la vie de Lawrence alternait régulièrement entre un optimisme vigoureux et des accès d'insatisfaction, des problèmes de santé plus ou moins graves, des périodes de convalescence, de rémission et de maladie. La décision de quitter tel ou tel endroit était souvent directement liée au besoin de laisser derrière lui une maladie pour aller ailleurs, là où le climat, ou bien l'altitude et la qualité de l'air – le Nouveau-Mexique constitua pendant longtemps le lieu idéal à tous ces titres –, serait plus bénéfique pour sa santé. Au moment de quitter Ceylan (où il n'avait "jamais été aussi malade de toute [s]a vie[01]"), Lawrence exposa les options qui s'offraient à lui dans une version globalisée de la liste A-B-C de Yeager : "Si je n'aime pas l'ouest de l'Australie, j'irai à Sydney. Si ça ne me plaît pas non plus, alors la Californie. Si je n'aime pas l'Amérique, alors l'Angleterre[02]." Durant les dernières années de sa vie, à mesure que les possibilités d'un changement radical de décor et de conditions de vie se réduisaient, il niait son état de santé à la moindre occasion ("Pourtant je ne suis pas *malade*[03]") ou refusait du moins d'admettre de *quelle* maladie il était atteint. Même après avoir souffert d'une hémorragie interne, en 1927, la première d'une longue série à venir, il demeura viscéralement attaché à une conception générale de son bien-être dans laquelle sa santé défaillante se réduisait à un état chronique ou à une mauvaise habitude qu'il aurait contractée par accident.

Tout ce qui l'affecte est systématiquement minimisé. Plutôt que d'avouer qu'il a été malade, il préfère dire à ses amis qu'il a traversé une période "maussade", pour faire

01 — Lawrence, *The Letters of D. H. Lawrence*, vol. IV, *1921-1924*, édité par Warren Roberts, James T. Boulton et Elizabeth Mansfield, Cambridge, Cambridge University Press, 1987, p. 239.

02 — *Ibid*, p. 224.

03 — Lawrence, *The Letters of D. H. Lawrence*, vol. VII, *1928-1930*, édité par Keith Sagar et James T. Boulton, Cambridge, Cambridge University Press, 1993, p. 205.

croire qu'il n'a tout simplement pas été dans son assiette pendant quelque temps. S'il reconnaît qu'il a été souffrant, il s'empresse d'atténuer l'importance de ce désagrément en en parlant comme d'un compagnon de voyage importun dont il se serait lassé : "ma santé me fait des misères, et j'en ai par-dessus la tête[01]". Cette propension à considérer sa maladie comme un élément extérieur ou distinct de sa propre personne continuait de s'exprimer alors même qu'il en avait conscience : "D'une certaine manière je ne suis pas malade, mais mes bronches et mon asthme *m'accablent*, écrit-il. J'ai le sentiment puissant que ma maladie n'est pas vraiment moi – je me sens parfaitement bien et en bonne santé, *en moi-même*. Et pourtant il y a cette poitrine qui pèse sur moi et me met au supplice, et c'est comme si un démon y avait élu domicile, triomphant et extérieur à moi[02]." S'il a la grippe ou un simple rhume, il rechigne à souligner que tout le monde autour de lui est dans le même cas, qu'il n'y a rien de particulièrement étrange à ce qu'il ait lui aussi attrapé ce virus, qu'il a tout bonnement rejoint la cohorte des indisposés. Il tient tellement à éviter de se confronter à la réalité de ses maux qu'une rechute de malaria, après la crise qui l'avait terrassé au Mexique, devient presque un motif de réjouissance. De retour dans "la zone de turbulences paludéennes", il explique à Rhys Davies que ses "dents claquaient comme des castagnettes – et c'est la seule chose vraiment espagnole que j'aie faite". Quand il écrit à sa sœur Emily King, il préfère user d'une métaphore plus domestique, comparant ses claquements de dents au "cliquetis d'une machine à coudre[03]".

Quelles que soient ses souffrances, il s'agit toujours de quelque chose – l'asthme, les problèmes "bronchitiques" – qui est déclenché par les nerfs, ou par un changement dans sa vie d'homme, ou par un chagrin. "Mais je crois que l'origine de tout mon mal-être est une sorte de rage, écrit-il

01 — *Ibid.*, p. 591.
02 — *Ibid.*, p. 595.
03 — *Ibid.*, p. 263 et 262.

de France en novembre 1929. Je m'en aperçois à présent, l'Europe me met dans un état de rage intérieure qui provoque l'inflammation infernale de mes bronches[01]." C'est invariablement le lieu – celui où il se trouve au moment où il tombe malade, peu importe lequel – qui est coupable. Oaxaca et l'Ad Astra à Vence, où il séjourna, sont aussi "abominables" l'un que l'autre ; de manière spécifique, ainsi qu'il le répète avec insistance, "c'est l'Europe qui m'a rendu à ce point malade[02]".

Le voilà donc – l'aveu direct et sans équivoque qu'il est bel et bien malade ; mais, comme le faisait remarquer son ami Earl Brewster : "Jamais il ne m'a donné l'impression de penser que son rétablissement faisait le moindre doute[03]." Il ne fut jamais question pour lui que de continuer d'avancer et, si cela se révélait impossible, du moins de s'en sortir. Même la phase durant laquelle la maladie et son état de faiblesse s'aggravèrent était quelque chose dont il lui semblait possible de se sortir, de se remettre, qu'on pouvait dépasser. La réalité, c'est que la capacité de faire quoi que ce soit l'abandonnait peu à peu. Il n'écrirait plus aucun roman, déclara-t-il, après *L'Amant de Lady Chatterley*. Mais l'avalanche de textes courts ne cesserait pas pour autant : poèmes, essais, lettres, une préface pour un ouvrage consacré au Livre des Révélations de Frederick Carter qui finirait par former la matière d'un bref livre à part entière : *Apocalypse*, son tout dernier. Le monde d'un homme qui avait passé une grande partie des douze années précédentes à arpenter celui-ci sans relâche, toujours à la recherche d'un nouvel endroit où s'installer (et bientôt d'où partir de nouveau), rétrécissait de manière inexorable, quoiqu'il demeurât enthousiaste à l'idée de retourner au Nouveau-Mexique et qu'il eût même voulu "pouvoir aller sur la lune[04]". La moindre

01 — *Ibid.*, p. 574.
02 — *Ibid.*, p. 574.
03 — Earl Brewster, cité in John Worthen, *D. H. Lawrence : The Life of an Outsider*, Londres, Allen Lane, 2005, p. 392.
04 — Lawrence, *The Letters of D. H. Lawrence*, vol. VII, *1928-1930*, *op. cit.*, p. 591.

promenade le fatiguait, l'essoufflait, l'épuisait. Il était fier autrefois de s'occuper des affaires domestiques, d'aménager les diverses maisons dans lesquelles Frieda et lui vécurent, mais tout cela était désormais trop pour lui. Son dernier roman était un hymne à la gloire de la passion sexuelle et du renouveau, mais cela faisait partie du processus qui l'avait peu à peu conduit à accepter de vivre sans désir : "le désir s'est éteint en moi, le silence a monté[01]". Il perdait de plus en plus de poids. Il n'écrivait plus, ne peignait plus, réduit à "regarder tourner les aiguilles de l'horloge[02]". Il n'y a là rien d'exceptionnel. Cela finit par arriver à tout le monde un jour ou l'autre – mais c'est arrivé à Lawrence alors qu'il avait à peine la quarantaine.

Lawrence observait et notait tout ce qu'il voyait, sentait, touchait, avec délicatesse et avec une licence délibérée. Il devint célèbre pour avoir écrit certaines choses à propos du corps qui, pensait-on, ne devraient jamais être écrites, dans un langage qui ne devrait jamais être publié. Mais il y avait un mot qu'il ne pouvait pas se résoudre à employer pour parler de lui-même et de son propre corps : "tuberculose". C'était un terme indicible, innommable.

À un certain niveau, un niveau de contradiction qui ne lui avait jamais posé le moindre problème, il était convaincu que l'une des causes de sa maladie, selon lui – la colère –, était aussi ce qui lui permettait de tenir celle-ci à distance. L'intensité de sa rage, notamment envers l'Angleterre, était inséparable de sa vitalité. Pendant "les deux dernières années il était telle une flamme qui continue miraculeusement de brûler en dépit du fait qu'il n'y avait plus aucun combustible pour justifier son existence[03]", écrivit son ami Aldous Huxley. C'est vrai, mais la vie trouvait toujours le moyen de nourrir la flamme de Lawrence.

01 — Lawrence, *Poèmes*, *op. cit.*, p. 730.
02 — Lawrence, *The Letters of D. H. Lawrence*, vol. VII, *1928-1930*, *op. cit.*, p. 395.
03 — Aldous Huxley, cité in Worthen, *op. cit.*, p. 395.

En 1929, la galerie Warren, sur Maddox Street, à Londres, organisa une exposition de ses tableaux. Elle fut inaugurée le 14 juin et attira autant de visiteurs qu'elle suscita de réactions hostiles dans la presse en raison de son aspect pornographique, avant que la police n'intervienne et confisque treize des vingt-cinq toiles exposées. Pour Lawrence, ce fut le énième épisode d'une série de mesures répressives et de censures qui avait débuté en 1915, quand *L'Arc-en-ciel* avait été frappé d'interdiction et pire encore. Le 13 novembre de cette année-là, le tribunal de Bow Street avait ordonné que tous les exemplaires soient saisis et détruits, une offense, devait-il déclarer en 1919, qu'il ne "pardonnerait jamais à l'Angleterre[01]". Face au rejet, à l'humiliation et à l'injustice – à tous les revers que l'existence pouvait lui infliger –, Lawrence avait constamment tenu à faire preuve d'une force de caractère lui permettant de surmonter toutes les épreuves. On le sent encore de manière intermittente à la fin : "Mais je veux faire quelque chose pour ma santé, car je sens que la vie me quitte, et je crois que c'est cette vieille Europe moribonde qui me tue[02]." Mais il ne tarde pas à se résoudre à la passivité. "Ils veulent m'envoyer au sanatorium[03]", écrit-il le 23 janvier 1930. Peu avant d'aller à l'Ad Astra, il était "alité et n'avai[t] le droit de *rien* faire[04]". S'il se soumettait à cette oisiveté forcée, c'était uniquement parce que cela lui permettrait de se rétablir – de quitter son lit et de retrouver toutes ses facultés – plus rapidement.

Le 14 février, alors qu'il ne pèse plus qu'une "petite quarantaine de kilos", il reconnaît : "Je souffre d'un très léger problème tuberculaire[05]." Cette phrase apparaît à la

01 — Lawrence, *The Letters of D. H. Lawrence*, vol. III, *1916-1921*, édité par James T. Boulton et Andrew Robertson, Cambridge, Cambridge University Press, 1984, p. 391.

02 — Lawrence, *The Letters of D. H. Lawrence*, vol. VII, *1928-1930*, *op. cit.*, p. 617.

03 — *Ibid.*, p. 626.

04 — *Ibid.*, p. 638.

05 — *Ibid.*, p. 648.

page 648 du septième volume de sa correspondance. Il lui reste alors quinze jours à vivre.

21.

Lawrence avait déjà imaginé la fin dans “La Nef de mort”, qui parle d’un petit bateau embarquant pour sa dernière traversée. Au fil de son voyage, tous les signaux et les repères qui rendent possible la navigation disparaissent progressivement. On touche ici au plus près de ce que les mots peuvent exprimer de l’extinction de la conscience :

Et tout a disparu, le corps a sombré,
il s’est abîmé, a disparu, totalement disparu.
Les ténèbres d’en haut pèsent sur celles d’en bas,
et, entre elles, la petite nef
a disparu
elle a disparu.

C’est la fin, c’est l’oubli.

Mais Lawrence ne s’arrête pas là.

Pourtant, né de l’éternité, un filet
se détache sur la noirceur,
un filet horizontal,
pâleur vaporeuse et ténue sur l’obscurité.

Est-ce illusion ? ou la pâleur vaporeuse
monte-t-elle un peu ?
Ah, attends, attends, car voici l’aurore,
l’aurore cruelle du retour à la vie,
hors de l’oubli[01].

01 — Lawrence, *Poèmes*, *op. cit.*, p. 830.

22.

Dans *All Is Lost*, au dernier moment, une main tendue descend, comme chez Michel-Ange, pour sauver Redford, et le film se termine à l'instant précis de ce contact. Je me souviens d'une phrase de I. A. Richards, du temps où j'étudiais la tragédie à l'université : "La moindre touche de théologie offrant la consolation d'un Paradis au héros tragique est fatale." Mais enfin, la noyade ne l'est pas moins. Et de toute façon il n'est suggéré à aucun moment que Redford soit censé figurer un héros tragique. C'est juste un type lambda qui se réveille un matin et se retrouve dans une mer de tourments.

23.

Je souffre depuis plusieurs années d'une panoplie de problèmes de dos qui me donnent l'impression d'être tantôt aussi fragile que du verre, tantôt figé dans un bloc de béton, parfois les deux en même temps. Mais mon vrai talon d'Achille, c'est mon cou. Sujet à toutes sortes de crampes, de tensions ou d'ankyloses, même pendant mon sommeil, ce long et faible cou signifie que je peux aller me coucher le soir en pleine forme et me réveiller le lendemain matin en ayant vieilli de quatre-vingts ans en huit heures. L'avantage de ce cou de girafe, c'est qu'il est aussi prompt à se rétablir qu'à se blesser, toujours prêt à se remettre dans le droit chemin et à tirer un trait sur les avanies qu'il a pu subir. Le torticolis dont je souffre actuellement est de la petite bière comparé à un épisode qui m'a fait craindre d'avoir atteint le bout de la route, tennistiquement parlant. Le printemps 2019 semblait toucher à sa fin, à Londres, lorsque j'ai commencé à ressentir des douleurs au poignet ; je redoutais qu'il s'agisse d'une résurgence d'une blessure qui m'avait tenu éloigné des courts pendant une année entière, dix ans auparavant. La première fois, j'avais dû subir une intervention chirurgicale (déchirure du cartilage), alors je suis retourné voir le médecin qui m'avait opéré à l'époque. Il avait vu et soigné des milliers d'autres patients depuis, mais dans la mesure où il était la seule personne au monde qui m'ait jamais opéré le poignet, pour moi ce rendez-vous était dans la continuité immédiate du précédent. Comme tout le monde, il avait pris quelques kilos – alors que pour ma part, on dirait que plus je vieillis, plus je m'amaigris. Il portait une cravate de couleur vive et l'une de ces chemises à rayures et à col blanc qui semblent aussi populaires parmi les hommes de sa profession que parmi ceux qui travaillent dans la finance. Il procéda à divers gestes, pressions et palpations, torsions et tractions, supinations et pronations.

“Ça vous fait mal quand je fais ça ?

— Pas vraiment.

— Et ça ?

— Pas du tout.”

Il tira et appuya plus fort. “Et là ?

— C'est tout ce que vous avez dans le ventre ?” répliquai-je. Nous nous étions toujours bien entendus, je m'en souvenais. Tandis qu'il continuait à m'ausculter et à me manipuler, je lui demandai quelle était la durée moyenne des effets bénéfiques de l'opération. Il se contenta de hausser les épaules, sans cesser de tordre et de tâter. “Ce n'est pas fourni avec une garantie à vie, j'imagine ? demandai-je.

— Rien n'est garanti. Tout est comme chez Zara désormais. Rien ne dure pour la vie – pas même la vie.

— Au contraire, c'est même la seule chose qui soit garantie à vie, rétorquai-je. C'est la qualité de la vie qui ne peut pas être garantie.”

La qualité de mon poignet, heureusement, était meilleure que ce que j'avais craint. Aucune déchirure. Une injection de cortisone et le problème serait réglé. Laissez-le au repos pendant une semaine, me dit-il, et si tout allait bien, je pourrais reprendre ma raquette. Je quittai l'hôpital avec une étrange sensation dans le poignet (pulsation et engourdissement) mais d'un pas guilleret, ravi de pouvoir bientôt rejouer au tennis et réjoui par l'absurdité soudaine d'un autre des *Derniers Poèmes* de Lawrence :

Et si, dans les phases changeantes de la vie d'un homme,
je tombe malade, si je deviens misérable,
si mes poignets semblent brisés et mon cœur mort,
si ma force m'abandonne et voit ma vie
réduite à un rebut de vie[01]*...*

24.

"la dernière ivresse de la réalité qui s'évapore[02]*..."*

Entre décembre 1928 et janvier 1929, Lawrence travailla sur un long essai pour le catalogue de l'exposition organisée à la galerie Warren. Cette "introduction" prit la forme d'une histoire de l'art occidental hautement originale et partiale, rédigée de telle sorte que, de manière implicite, l'histoire de l'art constituait elle-même une introduction ou un prélude à... ses propres tableaux ! Ou, pour le dire en lawrencien, on pouvait considérer que la tradition artistique occidentale avait atteint une sorte de parachèvement dans les tableaux qu'il avait peints avec un tel plaisir désinvolte.

Cet essai est en quelque sorte le prolongement et l'explicitation de certaines sections de son *Étude de Thomas Hardy*, entamée en 1914 puis abandonnée, dans laquelle il avait déjà tenté de récapituler l'histoire de l'art occidental. Dans un chapitre intitulé "La lumière du monde", il affirme qu'un courant artistique particulier a "atteint son apogée avec notre Turner national" :

01 — Lawrence, *Poèmes*, *op. cit.*, p. 837.

02 — Friedrich Nietzsche, *Le Crépuscule des idoles*, traduit de l'allemand par Henri Albert, in *Œuvres*, Flammarion, coll. "Mille & Une Pages", 2020, p. 1041.

Toujours il cherchait la Lumière, le moyen de transfuser la lumière dans le corps, jusqu'à ce que le corps soit emporté, réduit à une tache de sang, devienne une tache rougeâtre de soleil rougeoyant à l'intérieur du soleil blanc. C'était le point d'aboutissement ultime chez Turner, ce moment où, une fois le corps disparu, la lumière rougeâtre rencontre la lumière cristalline en une fusion parfaite, l'aube absolue, le crépuscule doré absolu, l'extrême de toute vie, où tout n'est qu'Un, un seul Être, une parfaite et éblouissante Unicité...
Si Turner avait pu peindre sa dernière toile, ç'aurait été une surface blanche incandescente, la même blancheur à la fin qu'au début, procédant du néant pour rejoindre le néant, en passant par toute la gamme des couleurs[01].

On trouve des échos annonciateurs de la "Nef de mort" – "le corps disparu" – dans ce passage qui peut se lire comme une vision en blanc des ténèbres du néant évoquées dans son poème plus tardif. À ce stade précoce dans la vie de Lawrence, à l'époque où il écrivait son livre sur Hardy, le "point d'aboutissement ultime chez Turner" était le signe d'une profonde défaillance, non pas chez l'écrivain – qui exprimait parfaitement cette vision – mais chez le peintre. "[Je ne peux pas,] écrit Laurence, regarder un des derniers tableaux de Turner sans faire abstraction de moi-même, sans nier que je possède des membres, des genoux, des cuisses et une poitrine. Si je regarde le *Château de Norham*, et que je me rappelle que j'ai des genoux et une poitrine, alors ce tableau n'est que du rien pour moi." Du fait même de sa perfection, insiste Lawrence, "Turner est un mensonge".

Il est d'autant plus parfait que Turner lui-même ait été tacitement d'accord avec Lawrence. Le corps qui, selon Lawrence, devait être nié par l'art de Turner afin d'atteindre à ce point de parachèvement spirituel était nécessairement soumis, comme chez tout un chacun, à ses propres besoins inévitables, non seulement dans la vie de l'artiste – Turner

01 — Lawrence, *Study of Thomas Hardy*, in *Life with a Capital L*, édité par Geoff Dyer, Londres, Penguin, 2019, p. 68-70.

eut deux enfants avec sa maîtresse Sarah Danby – mais aussi dans son travail. En 1857, ayant entrepris la tâche titanesque de cataloguer toute l'œuvre du peintre décédé, John Ruskin découvrit les dessins érotiques de Turner. Réalisés "dans un certain état de folie[01]", ces dessins constituaient aux yeux de Ruskin "la preuve d'un dérangement de l'esprit[02]", verdict avec lequel Lawrence aurait été d'accord, quoique pour des raisons entièrement différentes. C'est la négation des pulsions exprimées dans ces œuvres – comportant entre autres des dessins d'organes génitaux féminins et de figures en train de copuler, datant pour certains d'aussi tard que 1845 – qui était pour Lawrence à la fois une cause et un symptôme de cette dégénérescence. La vie du corps au sein du corpus d'œuvres – ce que Lawrence appelle ailleurs "le sale petit secret du sexe" – ne fut révélée qu'après que le corps physique de l'artiste eut cessé d'exister. Ruskin fit à son tour acte de dénégation en jetant au feu les dessins qu'il avait eu le choc et le malheur de découvrir, transformant ainsi brièvement les appétits triviaux du corps en ce flamboiement de lumière qu'évoquait justement Lawrence.

C'est du moins ce qu'on pourrait croire. Mais il se peut que la dénégation de Ruskin soit elle-même plus complexe qu'il semblerait à première vue : l'aveu, ou la fausse confession, de quelque chose qui ne s'était jamais produit en réalité. En affirmant qu'il avait détruit les dessins de Lawrence – déclaration formulée, qui plus est, dans des termes quasi juridiques tels que "et atteste par la présente[03]" –, Ruskin cherchait peut-être à les préserver. Si tout le monde pensait que ces œuvres scandaleuses n'existaient plus – ne représentaient plus une menace pour les bonnes mœurs –, alors elles étaient elles-mêmes à l'abri de la menace des censeurs.

Une sorte de réconciliation tardive et doublement posthume pourrait avoir lieu si l'un de ces dessins répudiés,

01 — John Ruskin, cité in Franny Moyle, *The Extraordinary Life and Momentous Times of J. M. W. Turner*, Londres, Viking, 2016, p. 443.
02 — Ruskin, *ibid.*, p. 14.
03 — Ruskin, *ibid.*, p. 443.

apparemment détruits et pourtant sauvegardés malgré tout, était utilisé pour illustrer la couverture d'une nouvelle édition du dernier grand roman de Lawrence, *L'Amant de Lady Chatterley*.

25.

La dissolution du monde physique dans les dernières œuvres de Turner – où les objets tangibles, châteaux, palais, personnes et même contours géographiques, se fondent dans un brouillard de lumière éclatante – fut considérée, à l'époque, comme le signe d'une diminution progressive des aptitudes de l'artiste, le symptôme d'une “décrépitude sénile[01]”. Dès 1829, Benjamin Robert Haydon déclarait que “les tableaux de Turner ont toujours l'air d'avoir été peints par un homme qui est né sans mains[02]”. En 1838, certains jugeaient que “son talent déchaîné confin[ait] à la folie[03]”. Si de tels verdicts semblent prématurés – *Le Dernier Voyage du Téméraire* fut exposé à la Royal Academy l'année suivante –,

01 — Philip Gilbert Hamerton, cité in *Late Turner : Painting Set Free*, édité par David Blayney Brown, Amy Concannon et Sam Smiles, Londres, Tate Publishing, 2014, p. 60.

02 — Benjamin Robert Haydon, cité in Moyle, *op. cit.*, p. 354.

03 — Cité in James Hamilton, *Turner : A Life*, Londres, Sceptre, 1997, p. 283.

en 1843, après avoir vu *Ombre et obscurité* et *Lumière et couleur* à la même Royal Academy, Robert Browning concluait : "Turner a perdu la raison au-delà de tout espoir[01]." Même Ruskin, son plus fervent soutien, trouvait certaines de ses œuvres tardives "paresseuses et bâclées[02]" et voyait dans les toiles réalisées après 1846 "le signe d'une maladie mentale[03]" ou "la preuve d'un déclin moral progressif[04]".

Avec le temps, ces mêmes œuvres en sont venues à être interprétées comme la manifestation visible de la volonté de l'artiste de "passer outre toute forme de précaution[05]", de s'affranchir à la fois des exigences matérielles du marché et du carcan artistique de l'époque. Turner, affirme-t-on souvent, était résolu à peindre comme bon lui semblait, au mépris des conventions ou du goût de ses commanditaires. Tout aussi résolu à être correctement rémunéré pour son travail, il se sentait libre de n'en faire qu'à sa tête en partie parce que le marché de l'art était à ce moment-là en plein changement. Alors que les mécènes qui commandaient un tableau s'attendaient raisonnablement à ce que le résultat soit plus ou moins conforme à leurs espoirs et à leurs demandes spécifiques, il existait désormais un cercle restreint mais fidèle de collectionneurs – riches industriels, ou commerçants, comme le père de Ruskin – prêts à acquérir des œuvres qu'il avait créées en toute indépendance. Les marchands d'art prenaient une place de plus en plus importante dans la négociation des ventes, soutirant aux acheteurs la réponse désirée sans formuler la question aussi frontalement que Turner lui-même : "Ne valent-ils pas plus[06] ?" La dématérialisation accomplie et célébrée par ses toiles témoigne – et est elle-même le produit – de conditions matérielles bien particulières.

01 — *Ibid.*, p. 301.
02 — Ruskin, cité in Moyle, *op. cit.*, p. 424.
03 — Ruskin, cité in *Late Turner, op. cit.*, p. 25.
04 — Ruskin, cité in Moyle, *op. cit.*, p. 424.
05 — Moyle, *op. cit.*, p. 356.
06 — Turner, cité in Peter Ackroyd, *Turner*, Londres, Chatto & Windus, 2005, p. 60.

Turner, dans son ambition de saisir sur la toile les effets transitoires de la lumière, fut un précurseur des impressionnistes, lesquels lui vouaient une grande admiration, notamment Monet et Pissarro qui virent ses tableaux à Londres dans les années 1870. Ils louaient précisément les qualités dont la presse se gaussait, mais les plaisanteries qui circulaient à l'époque aux dépens de Turner – on disait que ça n'aurait fait aucune différence si les toiles avaient été accrochées à l'envers, ou qu'il était impossible de faire la distinction entre un tableau de Turner et un plateau de pâtisseries renversé dans une galerie d'art – laissaient entendre qu'il était allé encore plus loin, qu'il avait à lui tout seul initié le mouvement vers l'abstraction. "Le ciel et l'eau ne faisaient plus qu'un avec la peinture elle-même", écrit Adrian Stokes pour exprimer la façon dont Turner anticipe l'ère de l'abstraction – où la peinture devient en soi le sujet du tableau – et inaugure à la fois, de manière plus immédiate, sa propre "dernière grande période", celle où "le monde [est] purifié par la lumière[01]". C'était le Turner – non seulement en avance sur son temps mais capable de se catapulter au-delà des frontières rigides de l'histoire de l'art – qui finirait par être reconnu au XXe siècle comme un artiste bien plus important qu'un simple peintre de scènes mythiques, historiques et maritimes.

Cet élan apparent vers l'abstraction semblait encore plus extrême pour une raison très simple. Dès 1806, Joseph Farington estimait que *La Bataille de Trafalgar vue depuis les haubans tribord du mât de misaine du Victory* était "très fruste" et "inachevé[02]" – jugement tacitement partagé par Turner lui-même, qui retravailla ce tableau et en dévoila une nouvelle version deux ans plus tard. Si les toiles de Turner ont l'air inachevées, écrit sa biographe Franny Moyle, "la question de l'achèvement était d'autant plus problématique que Turner se mit par ailleurs à exposer dans sa galerie des

01 — Adrian Stokes, *The Image in Form*, édité par Richard Wollheim, Harmondsworth, Pelican, 1972, p. 212 et 228.

02 — Cité in Ackroyd, *op. cit.*, p. 39.

œuvres qui *de fait* étaient inachevées, ouvertement présentées comme un travail en cours et généralement acceptées en tant que telles par ses contemporains[01]". Certains tableaux tardifs avaient l'air abstraits parce qu'ils étaient inachevés, laissés en plan avant d'avoir pu prendre un tour *moins* abstrait, mais cette absence de substantiation contribua à étayer la réputation de l'artiste en tant que peintre proto-abstrait, à lui donner de la substance, précisément – à la parachever. Au XXe siècle, à partir du moment où l'on commença à accrocher côte à côte des tableaux achevés et inachevés, cet effet de brouillage – entre le figuratif et l'abstrait, entre l'achevé et l'inachevé – renforça d'autant le processus de dissolution exprimé dans les tableaux eux-mêmes. Les critiques "n'ont pas réussi à se mettre d'accord sur la question de savoir si des œuvres telles que *Coucher de soleil sur un lac* (v. 1840-1845) sont achevées ou ont été abandonnées en cours de route[02]", peut-on lire dans le catalogue de l'exposition à la Tate intitulée *Late Turner : Painting Set Free* ("Le dernier Turner : la peinture libérée")[03]. Soit le paysage ne s'est pas encore dévoilé au regard, n'a pas encore accédé à l'existence, soit, comme

01 — Moyle, *op. cit.*, p. 232.
02 — *Late Turner, op. cit.*, p. 76.
03 — Si les derniers tableaux de Turner pointent vers l'avenir, les débats qu'ils suscitent nous renvoient également dans la direction opposée, vers le passé. Goethe fit une observation déterminante sur le style tardif de manière générale lorsqu'il remarqua que le Titien "dans son grand âge ne dépeignait plus qu'*in abstracto* les matériaux qu'il représentait autrefois de manière concrète : par exemple, uniquement l'*idée* du velours et non pas le tissu lui-même" (Johann Wolfgang von Goethe, cité in Julius S. Held, "Commentary", *Art Journal* 46, no 2 (été 1987), p. 127). À propos de certains de ces "tableaux très tardifs", l'historien de l'art Francis Haskell se demande s'ils furent "simplement laissés inachevés à sa mort, ou est-ce que la liberté tremblante de ses coups de pinceau et le traitement parfois arbitraire des apparences naturelles représentent un style tardif, à travers lequel le peintre cherchait à transmettre une impression si personnelle de ses émotions les plus profondes qu'il était prêt à s'aventurer bien au-delà des facultés de compréhension de ses commanditaires ?" (Francis Haskell, "Titian and the Perils of International Exhibition", *The New York Review of Books* 37, no 13 (août 1990).)

l'écrivit J.-K. Huysmans après avoir vu une exposition en 1887, les paysages représentés dans ces tableaux se sont "volatilisés[01]". Ce qui n'est pas encore devient impossible à distinguer de ce qui a été : une définition potentielle de l'éternité.

26.

Il nous faut revenir à cette phrase extraordinaire dans l'essai de Lawrence : "Si Turner avait pu peindre sa dernière toile..."

Quelle idée : que Turner ne soit jamais parvenu à peindre son dernier tableau, qu'il n'ait jamais atteint l'apothéose que son œuvre – comme l'affirmaient nombre des commentateurs cités – semblait annoncer depuis toujours. Ainsi, Turner le précurseur de l'impressionnisme et du modernisme demeura le romantique par excellence, condamné au corporel. À propos de *Château de Norham, lever de soleil* (v. 1845), Lawrence écrit que "seule une infime ombre de vie tache la lumière, est le dernier mot qui puisse être prononcé, avant l'embrasement et le silence éternel[02]". Consciemment ou non, Lawrence semble ici faire écho à Shelley, qui, dans son élégie pour Keats, déplorait la manière dont "la vie, semblable à un dôme de verre aux mille couleurs, tache le blanc rayonnement de l'éternité[03]".

L'idée de Lawrence selon laquelle Turner ne peignit jamais son dernier tableau peut aussi être interprétée comme la projection sur l'artiste et sur ses toiles de l'expérience vécue par le spectateur qui les regarde. Lady Trevelyan,

01 — Joris-Karl Huysmans, *Œuvres complètes*, vol. X, Slatkine, 1972, p. 182.

02 — Lawrence, *Study of Thomas Hardy*, *op. cit.*, p. 69.

03 — Percy Bysshe Shelley, *Adonais*, in *Œuvres poétiques complètes*, tome II, traduit de l'anglais par Félix Rabbe, Éditions du Sandre, 2007, p. 284.

une amie de Ruskin, le formulait très simplement : “On n’arrive jamais au bout d’un de ses tableaux[01].”

27.

Regulus, exposé pour la première fois en 1828, puis retravaillé par la suite et de nouveau exposé en 1837, s’inspire de l’histoire d’un consul romain capturé par les Carthaginois durant la première guerre punique. Ayant été autorisé à retourner à Rome afin d’organiser un échange de prisonniers, Regulus se prononça contre une telle manœuvre puis revint à Carthage informer ses ravisseurs du refus de Rome. Si les Carthaginois furent impressionnés par la façon dont il avait honoré les termes de sa libération provisoire, cela ne les empêcha nullement d’exprimer leur profond mécontentement face au rejet de leur offre : ils lui tranchèrent les paupières, afin que ses yeux soient brûlés par le soleil d’Afrique du Nord. Et son châtiment ne s’arrêta pas là :

01 — Lady Trevelyan, citée in Moyle, *op. cit.*, p. 412.

après s'être fait arracher les paupières, Regulus fut enfermé dans un tonneau aux parois intérieures hérissées de piques qu'on fit rouler à travers les rues de Carthage.

Le tableau de Turner a fait l'objet de certains débats quant à la présence ou non de Regulus parmi les petits personnages représentés sur la toile ; et s'il figure bel et bien dans cette scène, celle-ci le représente-t-elle de retour à Carthage ou bien sur la route du départ pour Rome (les paupières encore intactes) ? Nous ne sommes pas obligés de choisir entre ces deux options. Affranchi de toute dimension chronologique avérée (avant et après), le tableau ramasse et englobe l'ensemble de l'épisode afin de recréer par procuration, pour le spectateur, à la fois l'expérience subjective de savoir ce qui attend Regulus et le fait historique attesté du sort qu'il a subi. Quand bien même il serait en route pour Rome, on a déjà sorti le tonneau, dans le coin en bas à gauche du tableau, en prévision de son retour. Entre-temps, le soleil commence à oblitérer toute la scène : la source planétaire de la dégénérescence maculaire qui ne laisse plus ou moins intacte que la périphérie du champ de vision. Au centre, tout est décoloré. Et ce soleil – régulièrement évoqué par Lawrence comme un symbole de consumation – finira par consumer de plus en plus le paysage. Ce tableau dépeint une scène mytho-historique "classique" typiquement turnérienne, dans laquelle tout est en train de brûler, dont tous les éléments identifiables – bâtiments, personnages – se volatilisent, tant et si bien qu'il ne nous reste plus rien d'autre à contempler qu'un flamboiement informe qui appartient spécifiquement et exclusivement à Turner. Prenez le temps de regarder, nous enjoint ce tableau, et ce que vous voyez sera de plus en plus oblitéré par ce qui vous permet précisément de voir – ce qui fait écho à la question faussement inquiète du critique de *Blackwood's Magazine* qui se demandait si les yeux de Turner avaient été "aveuglés par l'éclat de ses propres couleurs[01]". On peut donc voir ce tableau comme la représentation dramatisée de la trajectoire de l'art même de

01 — Cité in *Late Turner*, *op. cit.*, p. 27.

Turner, qui culmine – ou se condense – en un embrasement de lumière brûlante et aveuglante. Au-delà de cette limite, il ne reste plus guère à voir que des choses telles que *Coucher de soleil sur un lac*, une peinture extrême, réalisée entre 1840 et 1845 mais proche à tous égards du "dernier" tableau imaginé ou rétrospectivement prophétisé par Lawrence.

28.

Puisque Lawrence avance l'idée selon laquelle Turner n'a jamais peint son dernier tableau, on peut se demander à quel moment a surgi la possibilité d'un tel dernier tableau. Peut-on extrapoler à rebours et partir de cette apothéose inaccomplie pour remonter le temps jusqu'au moment exact auquel cette possibilité est apparue pour la première fois ?

Avant sa mort en 1844, William Beckford, l'un des tout premiers mécènes de Turner, se plaignait de ce que celui-ci "[peignait] désormais comme si sa cervelle et son imagination étaient mélangées sur sa palette avec de la mousse et du savon[01]". Je connaissais vaguement l'œuvre de Turner mais n'ai réellement commencé à m'intéresser à lui qu'après avoir lu l'essai inclus dans le recueil *About Looking* ("Du regard") dans lequel John Berger nous rappelle que le père de l'artiste tenait un salon de barbier. Prenant soin de ne pas s'aventurer dans une analyse explicative péremptoire, Berger nous demande simplement ceci :

> *Regardez certains de ses derniers tableaux et imaginez, dans la petite boutique au fond de la ruelle, l'eau, la mousse, la vapeur, le métal étincelant, les miroirs embués, les bassines ou les bols blancs dans lesquels le liquide savonneux est remué par le blaireau du barbier et les détritus dispersés. Songez à l'équivalence entre le rasoir de son père et le couteau à palette dont Turner faisait un usage immodéré, en dépit des critiques et des usages de son temps. Plus profondément – sur le plan de la fantasmagorie infantile –,*

01 — William Beckford, cité in *Late Turner*, *op. cit.*, p. 33.

songez à la combinaison toujours possible, suggérée par un salon de barbier, du sang et de l'eau, de l'eau et du sang[01].

Ainsi, le tout dernier tableau de Turner – tel que le concevait Lawrence – frémissait-il déjà dans sa conscience bien avant qu'il eût peint son tout premier.

29.

Les peintures de l'éternité doivent survivre dans le temps, comme nous tous. *Regulus*, patiemment accroché à la Tate Britain, n'est pas aussi spectaculaire que ce à quoi je m'attendais après en avoir lu certaines analyses. Voir l'original ne fut pas une expérience réellement plus exaltante que d'en voir des reproductions dans des livres. On dirait que le tableau s'est terni avec le temps, qu'il a jauni – ce qui n'est guère étonnant en soi si l'on songe à ce que le premier biographe de Turner appelait "son regard voilé[02]". Du point de vue médical, la prédominance de plus en plus prononcée du jaune dans l'œuvre de Turner est peut-être due à la cataracte contractée à force de regarder le soleil en face. La cataracte, dans ce contexte, apparaît comme l'inverse du supplice oculaire subi par Regulus – comme si la nature essayait de se racheter ou de réparer un tort.

30.

À plus de quatre-vingts ans, John Berger se fit opérer de la cataracte. Deux jours plus tard, il remarqua que le papier blanc sur lequel il écrivait était devenu "plus blanc que tout ce que je m'étais habitué à voir". Il se souvient de la blancheur extraordinaire des objets dans la cuisine de

01 — John Berger, *Selected Essays*, édité par Geoff Dyer, Londres, Bloomsbury, 2001, p. 337.
02 — Walter Thornbury, cité in *Late Turner*, p. 60.

sa mère quand il était enfant, et comment "peu à peu la blancheur s'est atténuée sans que je m'en rende compte". Après la cataracte, "la blancheur du papier surgit à mes yeux, et mes yeux accueillent cette blancheur comme un vieil ami depuis longtemps perdu de vue[01]". Prenant soudain conscience du rajeunissement de ses yeux, de même que Lawrence était conscient de ses genoux et de ses membres quand il regardait le *Château de Norham*, Berger répond ici au plaidoyer plus général de Lawrence en faveur du corps. (Je serais tenté de dire que le vieil ami perdu de vue, *c'est* Lawrence !) La blancheur est devenue palpable.

31.

Lumière et couleur (la théorie de Goethe) fut exposé à la Royal Academy en 1843 : un tourbillon carré, une centrifugeuse de couleurs prises au piège. "Du rouge, du bleu et du jaune[02]", comme l'expliqua Turner lui-même de manière gnomique à Ruskin.

On raconte que Goethe, sur son lit de mort, onze ans auparavant, avait demandé "plus de lumière". Disons que Turner l'a *pris au mot*.

On peut dès lors retourner à Turner, pour ainsi dire, et se demander ce qui a disparu avec lui. Dans l'art anglais, un appétit pour le visionnaire (ce prosaïque "appétit" convient bien mieux que le romantique "élan") et pour le transcendantal qui n'est réapparu que... Qui n'est jamais réapparu, à vrai dire. Il s'est *éteint* avec Turner (qui en a montré en quelque sorte les derniers feux en train de s'éloigner) ; le prix annuel qui porte aujourd'hui son nom s'est révélé si efficace que nous pouvons oublier cela sans éprouver le moindre regret ni, surtout, le sentiment de perte qui serait susceptible de le faire rejaillir.

01 — John Berger, *Cataract*, Londres, Notting Hill Editions, 2011, p. 44.
02 — Cité in *Late Turner*, p. 186.

32.

Pluie, vapeur et vitesse – le Grand Chemin de fer de l'Ouest a été peint en 1844, en pleine période d'engouement pour le train en Grande-Bretagne. Turner avait alors soixante-neuf ans. Le tableau montre un endroit de la Tamise qu'il avait souvent représenté, à Maidenhead, où Brunel avait construit un pont ferroviaire cinq ans plus tôt. On aperçoit sur la gauche le vieux pont routier de Maidenhead.

Les premières voies ferrées avaient été ouvertes en 1825, et le réseau avait proliféré dans l'ensemble du pays au cours des années 1830. Il s'agit donc d'un phénomène relativement récent – le train –, caractérisé par son énergie sans précédent, que peint ici Turner, au soir de sa vie d'artiste, avec une intensité inentamée et une puissance à la hauteur de son sujet. Pour réduire les questions soulevées par le tableau en termes binaires : le train est-il le moteur même du progrès, ou un instrument au service de la destruction d'une vieille Angleterre immuable et idyllique où, selon l'expression de George Eliot, "jusqu'alors les vaches avaient brouté dans une tranquillité que ne perturbait nulle stupeur[01]" ? Est-ce un tableau nostalgique déplorant la disparition de la Tamise et de la vie rurale d'antan – incarnée par le laboureur, qui travaille au rythme lent des saisons – ou une représentation de l'énergie irrésistible et héroïque de l'ère du chemin de fer ? Les deux, bien entendu.

D'après un témoignage, une femme qui avait pris place à bord d'un train du Grand Chemin de fer de l'Ouest vit un passager, dont elle ne s'aperçut que plus tard qu'il s'agissait de Turner, bondir de son siège et tendre le cou par la vitre ouverte du wagon pour éprouver la sensation tumultueuse de vitesse. Cette anecdote est peut-être tout aussi sujette à caution que celle, rapportée par Turner lui-même, selon laquelle il s'était enchaîné au mât du navire pendant la tempête dépeinte dans un tableau plus ancien, *Tempête de*

01 — George Eliot, *Middlemarch*, traduit de l'anglais par Sylvère Monod, Gallimard, coll. "Folio", 2005, p. 731.

neige en mer – bateau à vapeur au large de l'embouchure d'un port, mais elle démontre de façon saisissante le but de cette peinture : représenter non pas une impression mais une sensation – celle de la vitesse. Même si nous voyons le train de l'extérieur – comme si nous le regardions passer devant nous à toute allure –, nous partageons l'expérience vécue par les passagers à son bord.

Si ce tableau a une valeur documentaire, c'est en ce qu'il signale un changement dans la nature de la perception – comment notre perception du temps et de l'espace est transformée par la vitesse. L'énergie du train, aux yeux de l'auteur de *La Foire aux vanités*, William Thackeray, est telle qu'elle semble presque déborder du cadre du tableau : "Voici un train qui vous fonce dessus, avançant réellement à quatre-vingts kilomètres par heure, et que le lecteur ferait bien de s'empresser d'aller voir avant qu'il ne disparaisse de la toile pour se retrouver à la gare de Charing Cross sur le mur d'en face[01]." À cet égard, l'effet produit par le tableau de Turner annonce celui du fameux film des frères Lumière, cinquante ans plus tard, lorsque les spectateurs reculèrent, terrorisés, en voyant le train entrer en gare, persuadés qu'il allait traverser l'écran et débouler à grand fracas dans la salle de projection.

On est bien loin du célèbre poème où Philip Larkin, à bord d'un train lors du Whitsun (dimanche de Pentecôte), plus d'un demi-siècle après la projection du film des frères Lumière, éprouve d'abord et avant tout, à mesure que le train prend de la vitesse, que "toute impression / De hâte [est] retombée[02]". Du point de vue historique, cette impression de hâte avait disparu depuis longtemps en réalité. C'est l'aspect le plus étonnant du terme "vitesse" employé dans le titre du tableau de Turner : la rapidité même avec laquelle le chemin de fer s'intégra dans le paysage, dont il devint

01 — William Makepeace Thackeray, cité in John Gage, *Turner : Rain, Steam and Speed*, Londres, Allen Lane, 1972, p. 14.

02 — Philip Larkin, "Les Mariages de Pentecôte", in *La Vie avec un trou dedans*, traduit de l'anglais par Guy Le Gaufey avec la collaboration de Denis Hirson, Éditions Thierry Marchaisse, 2011, p. 105.

une composante à part entière, attrayante, harmonieuse et plutôt paisible, et non pas un élément destructeur comme on le crut brièvement au début. Il est presque certain que Monet et Pissarro eurent l'occasion de voir *Pluie, vapeur et vitesse* à Londres, mais leurs propres peintures de scènes ferroviaires sont entièrement dépourvues de cette impression de frénésie et de menace catastrophique qu'on ressent chez Turner ; elles évoquent plutôt ces affiches publicitaires idylliques qui vantent les charmes bucoliques d'une petite expédition en tortillard pour aller passer la journée à la campagne. Les voies ferrées dont on trouvait qu'elles défiguraient le paysage y apportent désormais une touche qui l'améliore encore : les petits trains qui cahotent gaiement en faisant *teuf-teuf* sont essentiels à l'harmonie de la scène, de même que le laboureur – figure centrale dans l'"Élégie écrite dans un cimetière de campagne" de Thomas Gray, et marginale, à peine discernable, dans le tableau de Turner – est incapable de lutter contre les éléments dans *Pluie, vapeur et vitesse*.

Les impressionnistes, de toute façon, préféraient les *gares* – les lieux de convergence sociale. De là, il n'y a qu'un bond à faire pour franchir de nouveau la Manche et retrouver le train en tant que *lieu* idéal pour observer, d'un œil aussi précis que nonchalant, campagnes et villes défiler par la vitre et finir par se confondre d'une manière qui rend reconnaissable entre tous le paysage anglais :

Un petit théâtre en plein air passa, une fabrique de glace,
Et quelqu'un lançant sa balle de cricket…

33.

Il est facile, à la lecture des "Mariages de Pentecôte", de se laisser prendre au piège d'une nostalgie lancinante pour le train, non seulement pour la période d'avant les "Beeching's cuts" (l'impitoyable programme de restructuration du réseau ferroviaire britannique dans les années 1960) mais pour l'idée même qu'il ait existé un système ferroviaire national, antérieur au découpage de la British Rail en une multitude de compagnies privées qui semblent se livrer une concurrence féroce pour savoir laquelle fera le maximum de profits *et* le maximum de mécontentement chez les usagers. Ce qui est certain en ce qui me concerne, c'est que le train, du plus loin que je me souvienne, a toujours été un symbole élégiaque. Mon père disait qu'il m'emmenait regarder les trains arriver et repartir en sifflant de la gare de Leckhampton, située à dix minutes de chez nous, mais dans mes souvenirs d'enfance, je me revois surtout jouer dans les quasi-ruines de la gare désertée, entre les bâtiments et les voies ferrées livrés à l'abandon. Ces souvenirs en côtoient d'autres, un peu plus tardifs, ceux de la gare de Cheltenham Spa, plus grande et plus trépidante – des compartiments semi-privatisés plutôt que des voitures collectives, des wagons-restaurants plutôt que des voitures-bars –, lesquels à leur tour mènent inexorablement au présent, à l'heure où le tout dernier refuge encore disponible pour se livrer à cette activité en voie d'extinction qu'est la contemplation, le "Wagon silencieux", est en train de disparaître sur certaines lignes. Ainsi le train véhicule-t-il désormais toutes sortes de motifs de lamentation, notamment celui de ne pas pouvoir lire la biographie de Turner par Peter Ackroyd sans être dérangé à tout bout de champ par la sonnerie des portables et les conversations à sens unique : "Je suis dans le train, là !" Le seul avantage de voyager en train, aujourd'hui, c'est que c'est toujours mieux que de voyager en car.

La désolation qu'on ressent lorsqu'on monte à bord d'un train en Angleterre a des racines historiques si profondes que le poème "Going, Going" ("Tout s'en va") de Larkin en 1972 – "et c'en sera fini de l'Angleterre" – fait figure de résurgence relativement récente d'une vieille complainte poétique déjà présente dans l'élégie de Gray ou dans "Le Village abandonné" d'Oliver Goldsmith. La différence ? "On dirait, à cet instant précis, / Que ça arrive tellement vite", écrit Larkin d'une voix dénuée de tout sentiment d'urgence ou de panique, presque posée. Même pour Larkin, le regret n'est pas encore arrivé à pleine maturation et appartient au futur (c'en *sera* fini de l'Angleterre). Wordsworth avait vécu l'expérience typiquement romantique de tomber sur un cottage déjà en ruine ; Larkin voit partout des signes de la ruine à venir. L'issue n'est sans doute pas moins indubitable ni inévitable que la mort elle-même dans cet autre poème plus tardif de Larkin qu'est "Aubade", mais elle n'est pas encore advenue, elle est toujours en devenir.

Adrian Stokes décèle quelque chose de similaire chez Turner, lorsqu'il fait remarquer que celui-ci a peint à "une époque où les villes et les villages anglais étaient souvent d'une beauté stupéfiante, et d'autant plus poignante que la menace de grands changements planait de manière implicite[01]". Il est donc peut-être opportun, et même grand temps, d'inverser l'argument central de Raymond Williams dans *The Country and the City* ("La Campagne et la Ville"). S'avisant qu'un récent témoignage de nostalgie pour un paysage anglais disparu lui rappelait quelque chose qu'il avait lu des années auparavant, Williams se mit en quête de cette référence plus ancienne puis, de là, chercha à identifier le moment du déclin – l'instant où l'idylle vient tout juste de se terminer –, remontant sans cesse plus loin dans le passé et arrivant ainsi à la toute dernière gare, l'immaculé terminus du jardin d'Éden.

Un projet de recherche exactement inverse pourrait montrer comment la crainte de la ruine ne cesse d'être mise à jour et reléguée à un futur toujours un peu plus proche, pour culminer avec le changement climatique, qui implique la ruine de l'idée même de futur. Une telle entreprise devrait nécessairement prendre en considération les représentations postapocalyptiques de l'avenir dans certains films comme *Je suis une légende* (2007) ou *28 Jours plus tard* (2002). À l'exception de *La Route* de Cormac McCarthy, l'aspect le plus singulier de tous ces scénarios, c'est qu'ils ont toujours,

01 — Stokes, *op. cit.*, p. 213.

même brièvement, une dimension idyllique : fini la queue aux caisses du supermarché, fini les embouteillages sur l'autoroute ou la foule dans les rues du centre de Londres. Un autre aspect de ces visions dystopiques, souvent souligné, c'est qu'elles étaient autrefois situées dans un futur tellement lointain qu'il en était presque inconcevable ; puis, petit à petit, le temps d'attente jusqu'à la catastrophe envisagée par ces œuvres de science-fiction s'est réduit au point que le désastre semble désormais frapper avec impatience à la porte de l'avenir le plus imminent. Il n'y aurait rien eu d'étonnant, dès lors, à ce que des chercheurs lancés dans un tel projet voient la réalité les rattraper et réduire à néant tous leurs efforts, au moment où le confinement imposé par la crise du Covid vida les rues de Londres au mois d'avril 2020, comme en témoignent les photos prises par Chris Dorley-Brown.

34.

"Tous les kiosques avaient baissé le rideau, le train symbolique attendait, la grande aiguille de l'horloge tressautait d'une minute à l'autre[01]."

Le jour où j'ai pris le train d'Oxford à Lewisham avec un ami pour aller voir le concert des Clash, nous ne connaissions rien à la géographie londonienne et ne nous doutions pas une seule seconde que Lewisham était à l'autre bout de la ville par rapport à la gare de Paddington. Le trajet retour à Paddington, nous forçant à emprunter au petit bonheur la chance toute une série de métros et de bus, était si long et tortueux que nous avons loupé le dernier train pour Oxford[02].

Ah, le dernier train ! Parfait si votre soirée est terminée, naturellement, et que vous avez tout le temps d'aller à la gare pour prendre ce train ou même celui d'avant, plus rapide. Mais en général il plane sur la soirée telle la menace d'un couvre-feu, d'une exécution sociale. Je me souviens encore de ce jour de 1989 où je suis monté dans un train pour Cambridge en compagnie d'un autre ami avec nos vélos. Nous avons passé un merveilleux après-midi, tout droit sorti d'un poème de Rupert Brooke, à pédaler sur les routes de campagne jusqu'à Grantchester, mais le véritable motif de notre petite expédition était que nous voulions voir le concert du trio de McCoy Tyner (Louis Hayes à la batterie, Avery Sharpe à la contrebasse) au Corn Exchange. C'était fantastique, et c'était atroce, parce que nous avons dû partir avant la fin, alors que les musiciens commençaient à jouer

01 — Elizabeth Taylor, *A Game of Hide and Seek*, Londres, Virago, 1986, p. 254.

02 — Nous avons fini par devoir emprunter un moyen de transport qui n'existe plus aujourd'hui : le "train laitier", qui circulait cahin-caha, comme en état de stupeur, entre le dernier train de voyageurs de la veille et le premier train de la journée. Il partait si tôt, s'arrêtait si souvent – et roulait à une telle allure d'escargot entre deux arrêts – que seuls y grimpaient les voyageurs qui d'une manière ou d'une autre s'étaient retrouvés en rade.

“Walk Spirit, Talk Spirit”, afin de rejoindre la gare à temps pour attraper le dernier train à destination de King’s Cross.

Dans *Brève Rencontre*, de David Lean, Laura (Celia Johnson) et Alec (Trevor Howard) n’ont jamais assez de temps. Ils sont constamment obligés de courir pour attraper leurs trains respectifs, celui de Ketchworth dans le cas de Laura et, pour Alec, celui de Churley, dans la direction opposée – même s’ils ont systématiquement le temps, avant ou après ce moment de précipitation, de prendre une tasse de thé dans le petit salon de la gare de Milford Junction. Hormis en une occasion notable, ils doivent courir pour attraper des trains qui ne sont pas les derniers trains du soir – on a cette impression uniquement parce qu’il commence très tôt à faire sombre : une obscurité de film noir s’abat sur la station de métro de la gare, où les passions de l’inconscient jaillissent entre deux courses effrénées pour rejoindre le quai (une obscurité insuffisante, toutefois, pour apaiser les craintes de Laura qui s’inquiète en permanence à l’idée que quelqu’un puisse les voir en train de se galocher). Ils pourraient l’un comme l’autre prendre un autre train, plus tard, mais ils sont tellement prisonniers des habitudes et des règles de conduite qu’ils se sont imposées que rien ne saurait entraver leur détermination à prendre les mêmes trains qu’avant le début de leur trouble liaison.

Rien, ou presque. Lorsque Alec annonce qu’il ne prend pas son train, qu’il retourne à l’appartement que son ami Stephen lui prête gracieusement, Laura résiste à la tentation et monte, elle, dans son train habituel. Mais au dernier moment, juste avant que celui-ci ne quitte la gare, elle descend, saute sur le quai et court rejoindre Alec à l’appartement. Nous la voyons grimper l’escalier à travers la cage en fer de l’ascenseur et les barreaux métalliques des fenêtres, mais on ne sait pas trop si elle est en train de pénétrer dans une prison ou de s’évader du simple cadre confiné de la vie maritale. La porte de l’appartement s’ouvre, et elle entre dans la pièce. Trempée jusqu’aux os, à cause d’une averse qui n’est cependant pas montrée à l’écran, elle dit à Alec qu’elle ne peut pas rester, et pourtant elle enlève son manteau et son chapeau humides. Ils parlent longuement, bien sûr, du fait qu'elle est toute mouillée. D'habitude, elle est boutonnée de pied en cap, engoncée dans les multiples couches protectrices – manteau, veste – de l'élégance et des conventions. Même à cet instant, dans ce moment d'extrême intimité, plusieurs barrières continuent de s'ériger entre eux pour la prémunir contre leurs désirs. Afin de satisfaire par ailleurs aux exigences de l'intrigue, le temps joue contre eux, une fois de plus, incarné en l'occurrence par l'ami Stephen qui revient inopinément à l'appartement. Laura parvient à s'éclipser sans se faire repérer, mais Stephen devine ce qui se trame, si bien que, lorsqu'ils se retrouvent un peu plus tard à la gare, Alec est moralement humilié tandis que Laura est dévastée par la honte. Toutefois, cette intrusion inattendue a réussi à dénouer le drame moral et sentimental au cœur du film, l'enchaînement des circonstances ayant empêché Laura de suivre la même voie funeste que ses tragiques prédécesseuses, Emma Bovary et Anna Karénine. Après leur toute dernière rencontre interrompue à la gare, elle s'enfuit en courant, bien décidée à se jeter sous le train express, comme Anna, mais elle réapparaît dans le salon de thé de la gare, pâle, échevelée, épuisée. Lawrence pensait que Tolstoï avait jeté Anna sous le train afin de la punir pour une transgression dont il s'était délecté. Le scénario de Noël Coward exfiltre Laura de l'appartement et la met à l'abri du danger avant qu'elle ait le temps d'aller jusqu'au bout de sa folie. Les conventions partagées de la respectabilité – les vêtements, le foyer, le mari, les enfants, les mots croisés du *Times*, l'*Anthologie Oxford de la poésie anglaise* – tiennent bon, même secouées par le *Concerto pour piano n*^o^ *2* de Rachmaninov (que le mari, Tom, demande bien sûr à Laura de mettre moins fort lorsqu'elle pousse le volume du gramophone domestique)[01].

01 — Contrairement à Connie et Mellors dans *L'Amant de Lady Chatterley*, Alec et Laura appartiennent à la même classe sociale, et pourtant on a le sentiment distinct que ce n'est pas seulement le mariage mais plus généralement les fondements mêmes de la société qui sont menacés – afin d'être d'autant plus fermement confortés à la fin. Cette plus large dimension de transgression, de manquement à la norme en matière de

Le présupposé induit par cette conclusion est que, après avoir repris le cours normal de sa vie d'épouse et de mère de famille dévouée, Laura ne commettra plus jamais la moindre incartade. L'époque de ses escapades romantiques et (presque) sexuelles est révolue. Mais quelque chose s'est réveillé en elle, ou s'est mis tout du moins à frémir. Un jour, à bord du train qui la ramène chez elle, peu de temps après qu'elle est tombée amoureuse d'Alec, elle observe et traverse du regard son reflet dans la vitre sombre du wagon. Cette brève rencontre avec lui est aussi ce qu'Emily Dickinson appelle une "rencontre de soi-même". La facilité avec laquelle elle ment à son mari et à son entourage amical, le bonheur qu'elle éprouve – tout cela la rend consciente, comme jamais auparavant, d'une facette d'elle-même qui s'est révélée précisément en demeurant cachée : "Soi-même derrière soi, dissimulé[01]."

35.

Gardez ces images – celle de Dickinson et celle de Laura plongée dans son propre reflet – à l'esprit en prévision du moment où, d'ici à quelques stations au cours de ce sinueux

comportements de classe, est posée comme un élément clé – à la fois au sens où tout finira par revenir dans l'ordre, sagement verrouillé, et au sens musical d'une note ou d'une tonalité définissant l'ensemble de l'œuvre – dès le tout premier dialogue du film, une anecdote à propos d'un passager qui essaie de voyager dans un wagon de première avec un billet de troisième classe. Les contrevenants à l'ordre social seront appréhendés et châtiés ! Cette petite histoire est le point focal de notre attention, elle est mise littéralement au premier plan tandis que la rencontre entre les deux amants – leur dernière, du reste, avant que le film enchaîne sur un long flash-back qui nous ramène à leur toute première – se déroule discrètement à l'arrière-plan. Le statu quo socio-sexuel s'accroche et tient bon, mais de justesse, à l'image de la nation tout entière, elle-même assiégée et engagée dans le long combat de la Seconde Guerre mondiale (même si, au moment de la sortie du film, en novembre 1945, la victoire écrasante du parti travailliste aux législatives aura déjà ouvert la voie à une sorte de révolution parlementaire).

01 — Emily Dickinson, "Nul besoin d'être une Chambre – pour être Hanté".

voyage à bord de notre tortillard narratif, nous arriverons en gare de Turin. Là, “au début de sa crise, Nietzsche se précipitait sans cesse vers son miroir, s’y regardait, s’en détournait, s’y regardait de nouveau, écrit E. M. Cioran. Dans le train qui le conduisait à Bâle, la seule chose qu’il réclamait avec insistance c’était un miroir encore. Il ne savait plus qui il était, il se cherchait, et lui, si attaché à sauvegarder son identité, si avide de soi, n’avait plus, pour se retrouver, que le plus grossier, le plus lamentable des recours[01]”.

36.

Le café de la gare de Wymondham, dans le Norfolk, ressemble à s’y méprendre au salon de thé de Milford Junction. J’ai longtemps cru que c’était là qu’avait été tourné *Brève Rencontre*, mais en réalité il a simplement été décoré sur le modèle du film. N’empêche, c’était un endroit agréable où attendre le train pour rentrer à Londres après avoir assisté à l’une des fêtes annuelles organisées dans une maison de campagne des environs, le genre de maisons qu’évoque Williams de manière si émouvante dans *The Country and the City* : “Songeons à ce qu’elles représentent, en termes de travail, à l’exploitation et aux expropriations auxquelles il a fallu se livrer de manière systématique, sur une très longue durée, afin de bâtir autant de maisons, à cette échelle[02].” Songez à ces maisons sous l’angle de l’hédonisme, avec sept sonos dans la cave, équipées de lasers et de machines à fumée, conçues pour transformer tout le domaine souterrain en night-club le temps d’une seule nuit, et vous obtenez les fêtes les plus fantastiques qu’on puisse imaginer. Jusqu’au jour où elles ont cessé. Elles étaient trop coûteuses pour leurs organisateurs (même si le

01 — E. M. Cioran, *De l’inconvénient d’être né*, in *Œuvres*, Gallimard, coll. “Quarto”, 1995, p. 1399.

02 — Raymond Williams, *The Country and the City*, Londres, Chatto & Windus, 1973, p. 105.

billet d'entrée n'était pas donné) ; les voisins se plaignaient du bruit qu'on entendait se propager à des kilomètres à la ronde dans le vaste ciel au-dessus des champs du Norfolk. Et nous, les fêtards, commencions à nous faire vieux, ce qui avait toutefois pour effet de rendre la fête encore plus précieuse à nos yeux : c'était la meilleure soirée de l'année – même si bon nombre des invités passaient chaque été une partie de leurs vacances à Ibiza dans des fêtes tout aussi déchaînées.

Le format était toujours le même. Nous campions sur le sublime domaine de la propriété, et le samedi après-midi il y avait un spectacle d'acrobaties aériennes avec de vieux avions. Ensuite, nous nous rassemblions sur la pelouse en nous disposant de façon à dessiner un cœur, pour une photo prise du toit de la maison, tous habillés de la même couleur selon un code qui changeait d'une année sur l'autre. La séance photo se poursuivait par un apéro géant, dans une ambiance encore très sage, puis les gens se dispersaient pour aller manger un morceau et se changer avant de passer aux choses sérieuses. La fête proprement dite commençait dès la tombée de la nuit par un grand feu d'artifice lancé du toit, puis on ouvrait à toute volée les portes de la maison et tout le monde se précipitait à la cave. C'était dans la pièce principale, surnommée le "hangar à tracteur", qu'avaient été aménagés la sono et le système d'éclairage les plus puissants, mais la fête battait son plein dans toutes les pièces de ce sous-sol ; partout il régnait une ambiance fabuleuse, même pendant ces interludes où vous vous retrouviez à jouer des coudes parmi la foule pour passer d'une piste de danse à l'autre, en longeant les couloirs de pierre humides ou en grimpant l'étroit escalier digne du château médiéval de Hohenwerfen, parce que la musique dans telle ou telle salle n'était pas tout à fait à votre goût et que vous espériez trouver mieux ailleurs. Oh, la pure félicité en cette aube que d'être dans la force de l'âge ! Mais c'était bien là tout le problème – l'aube arrivait *tellement* vite. La nuit passait en un éclair, si bien que cinq minutes à peine après vous être engouffré dans la cave, vous ressortiez à la lumière du jour, hébété, les yeux écarquillés, au milieu des arbres majestueux et de la pelouse qui s'étendait à perte de vue jusqu'à la lisière noyée de brume du lac d'Excalibur. Formulé ainsi, on pourrait croire que le silence était alors revenu, mais on continuait d'entendre les battements sourds de la musique montant de la cave, qui justifiaient un peu plus encore les motifs de plainte du voisinage et vous incitaient à retourner plonger dans les entrailles de la maison pour profiter des derniers vestiges de débauche.

37.

L'un des personnages de *La Veuve enceinte* de Martin Amis est "bien lancé sur le train à grande vitesse de ses cinquante ans[01]". Je viens tout juste de descendre moi-même de ce train pour prendre la correspondance qui vous catapulte dans la soixantaine. Compte tenu de sa vitesse sans cesse croissante et potentiellement terminale, je ferais mieux de commencer dès maintenant à rester attentif pour être sûr de ne pas rater ma station ni d'oublier quelque chose à bord. Ou alors, puisque ce prochain train est en réalité le *même* train, celui qui s'est lentement extirpé de l'enfance, peut-être devrais-je plutôt rester bien assis et me cramponner à mon siège en espérant que personne ne vienne contrôler le billet sur lequel est tamponné mon âge. C'est exactement ce que j'ai ressenti, il y a un peu plus d'un an, au KitKatClub à Berlin – une ville où, le week-end, il n'y a pas de dernier train ; quelle que soit l'heure à laquelle vous sortez de boîte, il y a toujours un U- ou S-Bahn dans lequel sauter pour rentrer chez vous. J'ai lu quelque part que W. H. Auden se croyait systématiquement la personne la plus jeune dans n'importe quelle assemblée – ce qui est assez admirable, quand on songe à ce visage qui semblait avoir plus de mille ans –, et sans aller aussi loin dans l'aveuglement, le fait est qu'à aucun moment je ne me suis senti embarrassé par mon

01 — Martin Amis, *La Veuve enceinte*, traduit de l'anglais par Bernard Hoepffner, Gallimard, 2012, p. 142.

âge vénérable une fois que nous avons eu franchi les portes de ce club. Et puis le Covid est arrivé et tout s'est arrêté : plus de fêtes, plus de boîtes de nuit, plus de siège auquel se cramponner à bord d'aucun train, et je me suis retrouvé du jour au lendemain dans la peau d'un retraité dépressif dont l'existence s'est réduite à une promenade sur la plage au cours de laquelle il croise deux jeunes filles qui lèvent brièvement les yeux puis échangent quelques commentaires à voix basse sur "ce *vioque*".

38.

En 2013, je suis arrivé à l'aéroport de Miami pour donner une conférence à l'université Stetson de Floride. Mon hôte, l'écrivain Mark Powell, m'attendait devant les tapis roulants de la zone de livraison des bagages. Tandis que nous nous dirigions vers sa voiture, il m'a demandé si je voyais un inconvénient à ce que... Sa phrase restée en suspens m'a fait craindre qu'il me propose quelque chose de déplacé, quelque chose de très *embarrassant*. Le problème, a-t-il poursuivi, c'était que sa mère était censée atterrir bientôt, dans un autre terminal ; est-ce que ça ne me dérangeait pas trop de l'attendre avec lui ? Bien sûr que non, aucun souci, ai-je répondu, et tout s'est très bien passé, son vol est arrivé à l'heure et bientôt nous quittions tous les trois l'aéroport dans une grosse voiture confortable et climatisée. La situation avait tout de même quelque chose d'un peu gênant, car cette charmante vieille dame d'une politesse scrupuleusement américaine avait insisté pour s'asseoir à l'arrière et n'arrêtait pas de m'appeler "Mister Dyer", et je trouvais tellement idiot de lui dire : "Je vous en prie, appelez-moi Geoff" que la conversation s'est prolongée ainsi pendant plusieurs kilomètres avant que je parvienne à la prier de se dispenser de telles formalités sans avoir l'air d'autant plus imbu de ma personne.

Nous avions une longue route à faire, et après avoir bavardé de tout et de rien pendant une demi-heure, Mark nous a demandé si nous avions envie d'écouter un peu de musique. Ça me paraissait une excellente idée, et il a glissé un CD, dans le lecteur haut de gamme de la voiture, d'une femme qui chantait des trucs sur le Tennessee et le Dixie – le genre de country alternative à la noix que je ne supporte pas d'habitude mais dont je suis tombé ce jour-là instantanément amoureux. C'était la bande-son tellement parfaite pour accompagner notre voyage que nous étions soudain tous les trois les protagonistes d'un film indépendant à petit budget au début duquel un professeur anglais tout de tweed vêtu – je ne portais jamais de tweed et n'avais rien d'un professeur, mais pour les besoins du film ce serait une entorse compréhensible à la réalité des faits – débarque sur un campus américain pour donner une conférence assommante sur Tennyson ou Wordsworth, mais finit par la suite, à cause de toute une série de mésaventures relativement bénignes, très éloignées en tout cas d'un scénario à la *Délivrance*, par se lancer dans un long road-trip avec son hôte et la mère de ce dernier, remisant sa veste en tweed au profit d'une chemise et d'un chapeau de cow-boy en cours de route, le film se concluant en majesté par une conférence triomphale à Nashville, au Grand Ole Opry.

39.

C'est ainsi que j'ai entendu Gillian Welch pour la première fois, en 2013, ce qui veut dire que je l'ai découverte honteusement tard dans ma vie – après David Cameron, c'est dire ! L'une des nombreuses raisons qui la rendent merveilleuse, c'est que... J'allais dire que c'est parce qu'elle est profondément imprégnée de Dylan, mais il y a tellement de gens profondément imprégnés de Dylan que ce n'est pas assez précis dans son cas. C'est plutôt parce qu'elle a emprunté certaines choses à Dylan d'une manière toute dylanienne, justement, en particulier sa capacité à piocher çà et là dans le passé des petits bouts de folklore typiquement américain. Il y a aussi cette façon de marmonner et de faire traîner sa voix (notamment sur "Wrecking Ball" et "One Monkey", dans l'album *Soul Journey*), la nature elliptique des chansons et, parfois, des allusions apparemment directes au répertoire de Dylan. C'est peut-être juste moi, mais la manière dont elle chante "*fortune lady*" dans "Revelator" résonne comme une invocation directe, à travers le temps, de la "*fortune-telling lady*" de "Desolation Row". (On serait presque tenté d'affirmer qu'avec ces paroles à propos d'une diseuse de bonne aventure, Dylan lui-même prédit l'allusion future qu'y fera Welch.) Sur la chanson "One Monkey", elle répète de sa voix traînante : "*Here comes a slow train...*" On ne sait pas bien au juste vers où se dirige ce "train lent", mais on peut être sûr et certain – on l'entend très précisément – *d'où* il vient. Et puis il y a aussi "Lowlands", une réponse soit au "Sad-Eyed Lady of the..." de Dylan, soit à "Highlands", que certains considèrent comme la propre réponse de Dylan à la chanson précédente.

40.

"La grande chance de Nietzsche", selon Cioran, était "d'avoir fini comme il a fini. Dans l'euphorie !"[01]. Cioran – qui a lui-même fini ravagé par la démence sénile – ne fait pas allusion en l'occurrence au moment où la vie de Nietzsche a réellement pris fin, le 25 août 1900, après avoir passé plus d'une décennie assisté, par sa mère dans un premier temps, puis préservé telle une effigie impuissante par sa sœur. Élisabeth s'empara non seulement du corps de son frère mais, plus tragique encore, de son corpus, supervisant la transformation d'un écrivain qui avait dénoncé "la maudite fureur antisémite [...] cause d'une rupture *radicale* entre ma sœur et moi[02]" – et qui écrivait encore, peu avant de

01 — Cioran, *De l'inconvénient d'être né, op. cit.*, p. 1284.
02 — Nietzsche, *Correspondance*, vol. IV, traduit de l'allemand sous la responsabilité de Jean Lacoste, Gallimard, 2015, p. 482.

s'effondrer et de devenir à moitié incohérent : "j'ai à l'instant fait fusiller tous les antisémites[01]..." – en une figure associée de manière indélébile à Hitler et au nazisme. "Malchanceux dans la vie, écrit Richard Wolin dans *La Séduction de la déraison*, Nietzsche eut à maints égards encore moins de chance dans la mort[02]."

Les visiteurs de la Villa Silberblick, à Weimar, qui devint la résidence du philosophe malade et de sa sœur ainsi que le lieu d'archivage des documents que celle-ci gardait sous son étroit contrôle, entendaient des hurlements provenant de la chambre à l'étage où Nietzsche était alité, des cris qui semblaient la manifestation sonore d'une profonde souffrance psychique mais qui ne signifiaient absolument rien, hormis le fait biologique qu'il était en vie et capable de les produire, sans être tourmenté par le souvenir ou le moindre résidu de son intelligence disparue et de sa lucidité dévastée. Les plus éminents ou dévots de ces pèlerins étaient autorisés à monter le voir dans sa chambre, où ils le découvraient adossé contre la tête de lit ou allongé "dans une robe de lin blanc qui lui donnait des airs de gourou[03]", mais qui lui donne aussi, à nos yeux, l'air de lui-même, puisque c'est de cette période de sa vie que datent les portraits iconiques dessinés par Hans Olde (et reproduits sur la couverture du tout premier livre de Nietzsche que j'ai eu entre les mains, l'édition Penguin Classics d'*Ainsi parlait Zarathoustra*). En août 1888, dans le post-scriptum d'une longue lettre, Nietzsche écrit que "certains naissent posthumes[04]", mais la dernière décennie de son existence soulève une perspective terrifiante, celle de voir sa vie posthume commencer alors qu'on est encore théoriquement toujours en vie. Et il y était préparé, lui

01 — Nietzsche, *Dernières Lettres*, traduit de l'allemand par Yannick Souladié, Éditions Manucius, coll. "Le Philosophe", 2011, p. 237.

02 — Richard Wolin, *The Seduction of Unreason*, 2e éd., Princeton, NJ, Princeton University Press, 2019, p. 32.

03 — Curtis Cate, *Friedrich Nietzsche*, Londres, Hutchinson, 2003, p. 565.

04 — Nietzsche, *Ecce Homo*, traduit de l'allemand par Éric Blondel, in *Œuvres*, *op. cit.*, p. 1239.

qui avait écrit : “On paie cher d’être immortel : pour cela on meurt plusieurs fois de son vivant[01].”

41.

Cioran ne fait donc pas allusion à la fin de la vie de Nietzsche mais à la phase de son existence qui prit fin le 3 janvier 1889, à Turin, lorsqu’il vit un cocher frapper son cheval. Nietzsche se précipita pour entourer de ses bras le cou de la pauvre bête, puis il s’écroula. Il reprit conscience mais ne recouvra jamais la raison.

Durant les jours qui avaient mené à cette scène, le ciel turinois était devenu plus clair tout en s’assombrissant, comme il arrive lorsque le soleil fait irradier les nuages d’une noirceur éclatante. Nietzsche savait qu’il s’était lancé dans une entreprise capitale, “défier l’humanité en tant que telle avec [sa] terrible accusation”, et pourtant, quel que soit le “verdict” final, il savait que l’accusateur lui-même serait frappé par une condamnation tout aussi terrible, car “s’attache à mon nom une indicible quantité de malheurs[02]”. Dans *Ecce Homo*, il passe allègrement de la plaisanterie – ravi qu’on le prenne pour “un bouffon”, il affirme que, comparé à son Zarathoustra, Dante n’est “qu’un croyant” – à la sombre contemplation de son “sort” : “Un jour s’attachera à mon nom le souvenir de quelque chose de formidable – une crise comme il n’y en eut jamais sur terre[03].”

Rédigé en moins de trois semaines, entre le 15 octobre et le 4 novembre 1888, *Ecce Homo* ne cesse de se balancer ainsi – de manière brillante, effrayante, absurde, comique, somptueuse, désolante – en équilibre précaire au bord de l’effondrement. La lumière, dans les lettres écrites juste avant sa crise, vacille brièvement avant de se consumer, souvent

01 — *Ibid.*, p. 1271.
02 — Nietzsche, *Selected Letters*, édité par Christopher Middleton, Indianapolis, Hackett, 1996, p. 340.
03 — Nietzsche, *Ecce Homo*, *op. cit.*, p. 1272 et 1289.

dès la phrase suivante, dans le non-sens et l'obscurité. Le 5 janvier, dans un éclair de lucidité impénétrable, il écrit à Jacob Burckhardt : "je suis chaque nom de l'histoire[01]". Je n'ai aucune idée de ce que cela peut bien vouloir dire, mais je me rappelle être tombé sur cette phrase pour la première fois, citée par je ne sais plus quel auteur, dans un passage sur la liste scrupuleuse des noms des morts gravés sur les monuments commémoratifs de la Première Guerre mondiale. Il semblerait donc que cette sentence de Nietzsche, comme tant d'autres dans son œuvre, ait une dimension prophétique, ou, pour le formuler de manière plus subtile, la faculté proleptique d'évoquer un moment dans le futur où le passé demeurera présent sous la forme d'un écho persistant.

C'est là un symptôme, ou du moins un effet secondaire, de ce que Nietzsche considérait comme son idée la plus importante : l'Éternel Retour. Chaque instant de la vie que nous menons, affirmait-il, sera revécu encore et encore, pour l'éternité. Si nous acceptons un tel concept, il n'y a pas – il ne peut pas y avoir – de fin. Puisque, selon ce principe, chaque moment est éternellement revécu, la phase euphorique finale de Nietzsche – un mélange d'aveuglement et de lucidité – se dissipera, en une fraction de seconde, et sera aussitôt suivie par la décennie qu'il a passée dans un état d'hébétude, comme un zombie, puis par son enfance, par les journées et les nuits interminables de sa plus grande période de solitude, les maladies et les migraines incessantes, les espoirs ravivés constamment suivis de nouvelles déceptions, l'impression de plus en plus forte d'avoir été catastrophiquement ignoré (et son corollaire, une mégalomanie elle aussi toujours croissante). Le seul phénomène exclu de ce carrousel infini serait la confirmation de la gloire et de l'influence universelles posthumes qu'il finirait par obtenir : la satisfaction de savoir que tout ce qu'il avait prédit pour lui-même – même dans ses plus grands moments d'égarement – adviendrait en effet. Ce qu'il y gagnerait ? Le fait de ne rien savoir du 2 novembre 1933, le jour où Hitler vint

01 — Nietzsche, *Dernières Lettres*, *op. cit.*, p. 242.

cérémonieusement visiter la salle des archives, dans laquelle Élisabeth lui offrit la canne de son frère. La perspective de la réapparition constante de sa sœur Élisabeth, écrivait-il dans *Ecce Homo*, était l'idée la plus "abysmale[01]" inhérente à l'Éternel Retour.

42.

Nombreux sont les commentateurs, surtout parmi les universitaires, à trouver déroutant le concept de l'Éternel Retour. Milan Kundera note que ce "mythe loufoque", qu'il considère lui-même comme une "idée mystérieuse", "a mis bien des philosophes dans l'embarras[02]". Pour ma part, n'étant pas assez instruit en philosophie, je m'y suis tout de suite senti comme un poisson dans l'eau. Paradoxalement, l'Éternel Retour du même signifie que nous n'avons qu'une seule vie. C'est une formule qui ne nous donne pas d'autre choix que de composer avec *cette* vie dans laquelle nous sommes tout entiers contenus.

Non seulement il n'y a pas de vie après la mort, mais, de manière encore plus cruciale, il n'y a pas d'échappatoire dans la mort, aucun moyen d'atténuer ce qui nous arrive en nous faisant accroire que, si terrible que puisse être l'existence, un jour ou l'autre nous en aurons terminé avec tout cela. La chose est impossible à prouver, et pourtant, de temps en temps, toujours aux moments les plus inattendus, nous effleure l'impression que nous avons déjà vécu notre vie (et, selon Nietzsche, que nous la vivrons de nouveau, encore et encore). C'est l'une des toutes premières choses qui m'ont frappé chez Nietzsche, cette explication que proposait la

01 — Nietzsche, *Ecce Homo*, in *Œuvres philosophiques complètes*, vol. VIII, traduit de l'allemand par Jean-Claude Hémery, Gallimard, 1974, p. 249. (Ce passage ne figure pas dans la traduction d'Éric Blondel utilisée pour toutes les autres citations d'*Ecce Homo*.)

02 — Milan Kundera, *L'Insoutenable Légèreté de l'être*, traduit du tchèque par François Kérel, nouvelle édition revue par l'auteur, Gallimard, coll. "Folio", 1987, p. 11.

théorie de l'Éternel Retour à la sensation de déjà-vu – cette éphémère intuition qui relève à la fois de la prémonition et du souvenir. L'aspect le plus étrange du déjà-vu est la façon dont cette sensation se prolonge légèrement au-delà de l'instant pendant lequel nous l'avons éprouvée et identifiée comme telle, de sorte qu'elle *inclut* la remarque qu'elle nous inspire – “Tiens, j'ai comme une impression de déjà-vu” – et que nous nous retrouvons ainsi brièvement pris au piège dans la boucle du moment, de même que nous sommes prisonniers des boucles éternelles de la vie.

Le film *Un jour sans fin* (1993) joue avec l'idée d'Éternel Retour mais en y ajoutant la possibilité d'une légère amélioration ou d'un progressif apprentissage au fil du temps et des répétitions. La meilleure illustration filmique de cette théorie est l'installation vidéo de Christian Marclay intitulée *The Clock* (2010) : exactement les mêmes vingt-quatre heures, en boucle, pour l'éternité, ponctuées de divers moments paroxystiques mais aucun point final à telle ou telle heure exacte, à midi, ou même à la fin de la journée, à minuit. Et pas de pause. Minuit est à peine passé que la même journée – la même boucle infinie de 86 400 secondes – recommence déjà à défiler.

43.

Turin fait partie de ces villes dans lesquelles, pour des raisons diverses et variées, je retourne sans cesse. La première fois que j'y suis allé, au début des années 1990, je me suis rendu dès que possible sur la piazza Carlo Alberto, où Nietzsche avait vécu. Une plaque sur la façade d'un immeuble expliquait – selon ma traduction approximative – que

Dans cette maison,
Federico Nietzsche
a connu la plénitude de l'esprit
qui défie l'inconnu ;
la Volonté de Puissance

qui galvanise le héros.
Ici, comme l'attestent sa haute destinée
et son génie,
il a écrit Ecce Homo
le livre de sa vie.
En mémoire
des heures créatives
Printemps/Automne 1888.
À l'occasion du centenaire de sa naissance
la Ville de Turin a placé [ce mémorial].
15 octobre 1944

Ainsi, bien qu'elle ait été dévoilée après la chute de Mussolini (qui, contrairement à Hitler, avait été dans sa jeunesse "un fin connaisseur et grand admirateur[01]" de Nietzsche), cette plaque honorait sa mémoire en des termes associés au fascisme. Il n'empêche que ce témoignage commémoratif avait du moins le mérite d'exister, et à chacun de mes séjours dans cette ville je suis passé devant, parfois par pur hasard.

En 2013, alors que je me trouvais à Turin pour un festival de jazz, je suis allé me promener dans un quartier que je connaissais bien mais qui, l'espace d'un instant, m'a paru bizarrement étranger, suite à d'importants travaux de rénovation urbaine. Une clôture en tôle ondulée bleue bloquait l'accès à tout un pan de l'immeuble au coin de la piazza Carlo Alberto, que je n'avais pas tout de suite reconnue. Persuadé de jouer de malchance, je me suis dit que la plaque devait se trouver derrière cette clôture, pour la plus grande frustration du pèlerin avide de trouver la confirmation de sa foi – le tampon sur son passeport psychique, le selfie sans appareil photo. Et puis je l'ai aperçue, au coin de la rue par où j'avais débouché sur la place. Le bouleversement du paysage urbain rendait plus flagrante que jamais la nécessité d'ériger un nouveau mémorial afin de libérer Nietzsche de la rhétorique ampoulée de l'héroïsme et de la volonté de

01 — Wolin, *op. cit.*, p. 59.

puissance propre à l'époque de la guerre et aux relents fascistes. Il aurait dû plutôt y avoir à cet endroit une statue le représentant au moment où il s'était jeté au cou du pauvre cheval battu par son cocher ; une sculpture qui n'aurait pas forcément été réaliste mais qui aurait été expressément inspirée par cet épisode.

J'ai commencé alors à imaginer un grand concours invitant divers sculpteurs à présenter leurs idées dans la perspective d'une telle œuvre d'art. Je me voyais déjà dans la peau d'un membre influent du conseil municipal de Turin, mais j'ai presque aussitôt compris qu'il serait encore préférable d'être carrément le maire de la ville, ou, dans l'idéal, un dictateur aux pouvoirs illimités qui aurait les moyens de se dispenser de tout le cirque bureaucratique préliminaire requis en général par des projets d'une telle ampleur. C'est peut-être dans ce genre de moments que commence à se faire sentir le besoin impérieux d'avoir du pouvoir : quand vous êtes convaincu que vous avez raison, que la pertinence de votre idée – ériger une statue de Nietzsche sur une place publique – est tellement évidente que l'opinion d'autrui n'est plus qu'un obstacle qu'il convient de franchir en le piétinant sans la moindre pitié et le plus vite possible.

C'était une idée d'autant plus géniale qu'au centre de la place se dressait déjà une statue équestre – celle de je ne sais quel *generalissimo*, juché sur sa monture, vissé sur son piédestal, sabre au clair, n'allant nulle part mais – comme toujours avec ce genre de statues – y allant quand même. Il fait face au Museo Nazionale del Risorgimento Italiano, coiffé d'un de ces chapeaux militaires d'antan qu'on appelle je ne sais plus comment. Turin, comme la plupart des grandes villes européennes, regorge de monuments similaires ; ériger des statues comme celle-ci, en l'honneur d'un quelconque personnage historique de troisième rang, fait partie intégrante et constitue l'une des récompenses de l'accession au rang de nation. Mais ce médiocre spécimen d'art statuaire serait dépoussiéré et rehaussé dès lors que viendrait le contrebalancer le monument dédié à

Nietzsche, lequel – conformément aux spécifications qui commençaient à se préciser dans la présentation de mon projet – serait :

a) de plain-pied plutôt que sur un socle,
b) à échelle réelle,
c) discrètement niché dans un coin de la place (en accord avec la façon dont Nietzsche avait créé une œuvre qui avait changé la face du monde tout en passant sa vie dans une obscurité presque complète).

C'était une idée merveilleuse, et à laquelle le conseil municipal serait sensible car, bien que la place soit dominée par cette vieille statue, elle était en partie occupée par une exposition temporaire d'affiches écologistes pour la promotion des transports en commun (un bus luxueux sous lequel on pouvait lire la légende : "Je ne conduis pas, j'ai un chauffeur") et des pistes cyclables. Totalement plate, Turin est la ville idéale pour circuler à vélo (ou elle le serait, s'il n'y avait pas autant de rues traîtreusement pavées et de lignes de tramway mortellement dangereuses), de sorte qu'il semblait parfaitement sensé d'affirmer que "les cyclistes font de meilleurs amants" en montrant une scène bucolique dans laquelle on voyait un vélo couché dans l'herbe avec des vêtements éparpillés tout autour, y compris un soutien-gorge et une petite culotte.

Le nouveau monument à la mémoire de Nietzsche – qui serait tout sauf monumental – serait en parfaite harmonie avec cette ambiance, signalant la transition entre la conquête de la nature (représentée par le soldat chevauchant son destrier) et la réconciliation avec la nature symbolisée par l'image du philosophe étreignant un autre équidé. Il illustrerait par ailleurs l'évolution de la réputation de Nietzsche lui-même, "héros" et chantre du surhomme devenu être de compassion et protofigure de l'homme-qui-murmure-à-l'oreille-des-chevaux, même si rien dans son œuvre n'indique qu'il se soit soucié le moins du monde du sort des animaux maltraités. L'ironie, c'est que même si l'intervention de Nietzsche a dû grandement soulager le pauvre canasson martyrisé, c'était en réalité le pauvre Nietzsche qui avait le plus besoin d'aide, de compassion et d'amour. Peut-être, ai-je alors songé – comme si je n'étais plus seulement l'organisateur et le juge de la compétition mais que, tel un dictateur, je soumettais mon propre projet et m'arrangeais pour qu'il soit approuvé à l'unanimité des suffrages du conseil –, serait-il possible de créer une statue qui représenterait l'homme et le cheval s'étreignant et se réconfortant mutuellement. Puis j'ai repris ma promenade, simultanément absorbé par ce projet de grands travaux publics et de renouveau éco-urbain et renâclant à l'idée de m'y engager plus avant, sauf pour imaginer la grandiose cérémonie d'inauguration et le dévoilement de la statue, suivis par la projection, plus tard dans la soirée, du dernier film de Béla Tarr, *Le Cheval de Turin* (2011), que je n'avais jamais eu la patience de regarder jusqu'au bout.

44.

Peu importe qu'il soit impossible de savoir ce qui s'est réellement passé sur la piazza Carlo Alberto en ce jour de janvier 1889. De nombreuses tentatives ont été faites pour reconstituer l'histoire de Nietzsche étreignant le cheval maltraité en recoupant les divers comptes rendus qui en ont été livrés, mais aucun n'a pu être corroboré par des témoins fiables ou des sources contemporaines de l'époque (le premier récit de cet épisode ne fut publié que treize ans plus tard) ; toutefois, aucun d'entre eux n'a jamais été contredit non plus par des faits établis. Ce qui est assez approprié en l'occurrence, dans la mesure où Nietzsche fut condamné à être l'unique témoin du "drame solitaire" que fut sa vie, pour reprendre la formule de Stefan Zweig, une tragédie dans laquelle "aucun autre personnage n'est présent"[01]. Nous sommes ici dans le royaume du mythe qui nourrit sa propre vérité. Cette version de ce qui s'est passé correspond à la réalité qu'elle

01 — Stefan Zweig, *Nietzsche*, traduit de l'allemand par Alzir Hella et Olivier Bournac, Stock, 2004, p. 9.

a elle-même engendrée – comme devrait le faire la statue commémorant l'événement qui se produisit ce jour-là.

Et elle devrait accomplir autre chose encore : rendre hommage à la réussite de Nietzsche tout en soulignant son échec monumental, un échec et un ultime revers de fortune tout aussi cataclysmiques que ceux de Van Gogh. Le biographe Curtis Cate rapporte en détail les performances éditoriales de Nietzsche, deux ans avant son arrivée à Turin. En 1886, la moitié des mille exemplaires imprimés du premier volume d'*Humain, trop humain* avaient été vendus, ce qui était mieux qu'un tiers du volume II et un cinquième du *Voyageur et son ombre* (également tirés l'un et l'autre à mille exemplaires). Les chiffres de vente d'*Aurore* et du *Gai Savoir* étaient respectivement de 216 et 212 exemplaires, pour des tirages similaires. Aucun des volumes de *Zarathoustra* ne s'était vendu à plus de mille exemplaires. Il faut comparer ces chiffres à ceux de 1914, année durant laquelle furent imprimés 150 000 exemplaires d'une édition de poche spécialement publiée à l'intention des soldats allemands qui partaient au front[01].

La cruelle ironie, c'est que Nietzsche était simultanément sur le point de perdre la raison et de trouver enfin le lectorat bienveillant qui lui avait été jusqu'ici refusé. En 1888, le chercheur universitaire danois Georg Brandes prononça une série de conférences sur l'ensemble de son œuvre. "Soudain, écrit Wolin, le nom de Nietzsche était sur toutes les lèvres à Copenhague[02]." La remarque peut paraître d'une modestie presque comique, mais ces conférences donnèrent le coup d'envoi d'un brusque revirement dans la carrière éditoriale de Nietzsche, constituant un encouragement suffisant, aux yeux d'un écrivain avide de reconnaissance, pour le convaincre qu'il était lu – et considéré – partout ailleurs dans le monde : "j'ai même de véritables génies parmi mes lecteurs. À Vienne, à Saint-Pétersbourg, à Stockholm, à Copenhague, à Paris et à New York – partout on fait ma découverte[03]". Bien obligé

01 — Cate, *op. cit.*, p. 470.
02 — Wolin, *op. cit.*, p. 28.
03 — Nietzsche, *Ecce Homo*, in *Œuvres, op. cit.*, p. 1242.

d'admettre, dans le même passage d'*Ecce Homo*, qu'il n'avait en revanche pas encore été découvert "dans le pays plat de l'Europe, l'Allemagne", il interprétait cette absence de reconnaissance outre-Rhin, dans *Le Crépuscule des idoles*, comme une preuve supplémentaire susceptible d'expliquer pourquoi "l'Allemagne est considérée toujours davantage comme le *pays plat* de l'Europe[01]". Le contraste était saisissant par rapport au pic majestueux, "à 6 000 pieds au-delà de l'homme et du temps[02]", où lui était venue pour la première fois l'idée de l'Éternel Retour. Dans *Le Gai Savoir*, il injectait une légère dose de compromis dans son opposition manichéenne entre le haut et le bas :

Ne reste pas au ras du sol !
Ne t'élève pas trop haut !
C'est à mi-hauteur
Que le monde apparaît le plus beau[03].

45.

"Le poids le plus lourd[04]."

Les deux premières journées de mon séjour à Turin en 2013 avaient été pluvieuses – Enrico Rava avait donné un concert sur l'une des places principales de la ville, le vendredi soir, sous une averse torrentielle –, mais le temps s'améliora le dimanche : pas l'ombre d'une goutte, ciel légèrement voilé, température agréable. Je m'étais acquitté de mes engagements la veille, dans l'après-midi (prononçant une conférence devant un public clairsemé), si bien que j'avais toute une journée de libre avant de regagner l'aéroport dans la soirée pour

01 — Nietzsche, *Le Crépuscule des idoles*, *op. cit.*, p. 1073.
02 — Nietzsche, *Ecce Homo*, *op. cit.*, p. 1265.
03 — Nietzsche, *Le Gai Savoir*, traduit de l'allemand par Patrick Wotling, in *Œuvres*, *op. cit.*, p. 45.
04 — *Ibid.*, p. 251.

rentrer à Londres. Repu de jazz, je me suis promené dans les rues de la ville en écoutant “Lowlands” de Gillian Welch. Avec son rythme lourd à la batterie délibérément lancinante, “Lowlands” est une chanson sur la dépression (“quel est ce poids qui pèse sur mon esprit ?”), sur la façon dont, au bout d’un moment, on s’y habitue tellement qu’on en oublie qu’on est déprimé, qu’on en vient à considérer cet état maussade comme une réaction normale à la vie, comme la condition même de l’existence. Et plus encore : on en vient presque à l’aimer, à trouver une forme de réconfort dans le poids mort de sa familiarité. Comme Nietzsche lui-même à Rome, au printemps 1883, quand il se contentait d’“accept[er] la vie[01]” – par contraste avec ce qu’une récente biographe nomme “les cimes ensoleillées de [son] humeur perpétuellement joyeuse[02]” à Turin. Les possibilités – échappée, romance, nouvelles perspectives – abondent, mais tandis que Lawrence pouvait déclarer d’une voix extatique : “Un joli vent souffle la nouvelle orientation du Temps[03]”, Welch, perplexe, ne parvient qu’à se demander : “Quelle est cette nouvelle notion du Temps ?” Si le fait de reprocher aux autres sa propre situation, les déconvenues qu’on a subies, est le symptôme d’une dépression, alors il faut entendre un signe de guérison potentielle dans les paroles de Welch quand elle chante que “ce n’est la faute de personne, personne d’autre que moi-même”[04].

Il n’y a pas d’embellie à la fin, pas de sursaut au terme de la convalescence célébrée par Nietzsche dans *Le Gai Savoir*

01 — Nietzsche, *Ecce Homo*, *op. cit.*, p. 1270.

02 — Sue Prideaux, *I Am Dynamite ! : A Life of Friedrich Nietzsche*, Londres, Faber, 2018, p. 308.

03 — Lawrence, *Poèmes*, *op. cit.*, p. 264.

04 — On ne saurait imaginer plus grande différence avec Dylan. Une lettre d’amour chantée par Bob, c’est bien connu, est toujours un hommage ambigu qu’il convient d’interpréter avec circonspection. Si désirable que vous puissiez paraître au vu des attributs énumérés dans telle ou telle chanson, Dylan ne manque jamais de vous adresser des reproches, même si vous n’êtes qu’une amie (“tu as un sacré toupet…”). C’est *toujours* votre faute, vous l’avez trahi (“en me touchant”), vous êtes restée les bras croisés, tout sourire, alors qu’il était au fond du trou, vous l’avez empêché d’avancer, etc.

– un “brusque sentiment et pressentiment d’avenir[01]” –, mais c’est une chanson, elle est chantée par Gillian en chœur avec Dave Rawlings, dans une harmonie de chaque instant, de sorte que sa résignation explicite va de pair avec le réconfort hypnotique d’une réceptivité à la beauté et tout ce que cela implique. La chanson génère la possibilité de laisser derrière soi les “basses terres” (“Lowlands”) sans pour autant les quitter. Je marchais dans les rues de cette ville et, comme il arrive parfois quand on écoute ainsi une chanson en boucle, j’avais la sensation qu’elle décrivait très précisément mon état d’esprit. À ceci près que, grâce à la chanson et au décor dans lequel je me trouvais, cela devenait une expérience exaltante.

46.

Le 23 mai 1888, Nietzsche écrivait à Brandes : “Il m’arrive d’oublier que je suis vivant[02].”

C’est une remarque qui paraît extraordinaire pour parler d’une disposition d’esprit parfaitement ordinaire : si l’une des caractéristiques principales de la bonne santé est que nous n’en avons conscience que lorsque nous en sommes privés, quand nous sommes malades, de même nous vivons la majeure partie du temps sans avoir conscience que nous sommes en vie. Lawrence était farouchement opposé à cela. “L’unique raison de vivre, affirmait-il, c’est de vivre avec plénitude[03].” Bien que très malade, il demeura convaincu jusqu’à la toute fin de sa capacité à recouvrer la santé. Nietzsche, à Turin, était conscient que cette conviction était en train de lui échapper. “Tu sais, écrit-il à sa mère le 25 juin 1888, il me semble que ce n’est pas seulement la santé qui me fait défaut, mais plutôt les conditions pour devenir sain – la *force vitale* est si faible[04].”

01 — Nietzsche, *Le Gai Savoir*, *op. cit.*, p. 36.
02 — Cité in Lesley Chamberlain, *Nietzsche in Turin*, Londres, Quartet, 1996, p. 127.
03 — Lawrence, *Poèmes*, *op. cit.*, p. 393.
04 — Nietzsche, *Dernières Lettres*, *op. cit.*, p. 119.

47.

Je suis retourné à Turin en novembre 2017. Je n'avais jamais vu une telle lumière d'après-midi : si fragile et tranchante que les bâtiments étaient à la fois sublimes et comme vidés de leur substance. Le moindre détail, dans la profondeur en perspective des galeries et des places, était parfaitement défini. (J'étais arrivé de Los Angeles, et non pas de la lumière exsangue et nuageuse de Londres, donc ce n'était pas non plus comme si j'étais inaccoutumé au ciel bleu.) Blanches dans le lointain, les Alpes étaient si nettement découpées qu'une meilleure visibilité, n'importe où sur Terre, semblait inconcevable. Jamais autant que ce jour-là il n'aurait paru possible de prendre la mesure exacte de l'infini. Le lyrique a souvent tendance à se parer d'un léger halo, d'une infime touche de réverbération. Mais cette vision était différente : c'était le lyrisme de l'absolu.

Il faisait mauvais lorsque Nietzsche arriva à Turin en avril 1888, mais le temps s'améliora ensuite au point qu'il n'aurait "jamais cru qu'une ville puisse devenir aussi belle grâce à la lumière[01]". Au mois d'octobre, ce fut un défilé de journées resplendissantes : "les jours se suivent avec les mêmes perfection et ensoleillement effrénés[02]". Dans *Ecce Homo*, il compare la ville à "un Claude Lorrain pensé jusque dans l'infini, chaque jour d'une égale et indomptable perfection[03]". C'était, écrivait-il à un ami, "un véritable miracle de beauté et de lumière[04]" : la lumière éblouissante de perspectives infinies – dans l'assombrissement crépusculaire, à mesure que raccourcissaient les jours, de sa propre raison.

01 — Cité in Chamberlain, *op. cit.*, p. 115.
02 — Nietzsche, *Dernières Lettres*, *op. cit.*, p. 172.
03 — Nietzsche, *Ecce Homo*, *op. cit.*, p. 1281.
04 — Nietzsche, *Dernières Lettres*, *op. cit.*, p. 176.

48.

"Dans les rues métaphysiques de la ville physique[01]..."

Je suis de nouveau retourné à Turin, le temps d'une soirée, pour un événement d'un autre genre, en juillet 2019. En raison de divers contretemps, je ne suis arrivé à mon hôtel qu'aux alentours de minuit – après l'événement, après le dîner organisé après l'événement et après la soirée organisée après le dîner. Je n'avais rien vu de la ville, alors j'ai déposé mes bagages dans ma chambre et je suis ressorti. Les rues étaient désertes, hormis quelques promeneurs solitaires aux allures de touristes qui semblaient marcher avec un but précis en tête. L'une de ces silhouettes anonymes et moi-même nous sommes retrouvés à un moment, convergeant lentement

01 — Wallace Stevens, "An Ordinary Evening in New Haven", *The Collected Poems*, New York, Vintage, 1990, p. 472.

près d'une fontaine publique, donnant l'impression que nous étions l'un et l'autre à la recherche de quelqu'un à draguer. Il n'y avait rien de menaçant dans cette presque rencontre ; la présence intermittente d'autres êtres humains ne faisait qu'ajouter à cette impression de solitude qu'on eût dite tout droit sortie d'un tableau de Chirico. Je n'ai jamais éprouvé aussi puissamment le sentiment distinct de me promener dans l'œuvre d'un artiste que cette nuit-là, en déambulant sur la piazza Vittorio Veneto. Je n'avais encore jamais pris conscience du côté Chirico de Turin auparavant, toutes les fois où la foule dans les rues empêchait la réalité de la ville de verser dans une dimension onirique. Mais c'était bel et bien ce qu'elle était devenue à cet instant : une cité plongée dans les ombres de la perspective et du rêve. Il faisait chaud comme à la fin de l'après-midi, une partie de la journée souvent dépeinte dans la ville métaphysique de Chirico. “Partie” de la journée, et non pas “moment”, car même si les aiguilles des horloges ici et là pointent sur certains chiffres, on n'a jamais le sentiment qu'elles bougent, qu'elles sont capables de se déplacer sur le cadran. Et comment le pourraient-elles alors que, dans l'inconscient, le temps n'existe pas ? Il y a des trains – ou *un* train, toujours le même, dirait-on –, mais ils ne sont pas à l'heure ; ils ne marquent pas le passage du temps, ils le figent.

En 1910, à l'âge de vingt et un ans, Chirico écrivait à un ami : “Je suis le seul à avoir réellement compris Nietzsche – tout mon travail le démontre[01].” La prétention à la compréhension exclusive est quelque chose que tous les lecteurs de Nietzsche reconnaîtront, l'une des caractéristiques que nous avons tous en commun. Si vous n'avez pas le même sentiment, vous n'avez pas réellement fait l'expérience de Nietzsche ; vous l'avez simplement étudié.

La piazza Carlo Alberto est représentée dans le tableau intitulé *Printemps à Turin* (1914), avec sa statue équestre

01 — Giorgio De Chirico, cité in Ara H. Merjian, *Giorgio De Chirico and the Metaphysical City*, New Haven, Yale University Press, 2014, p. 16.

dont l'ombre plane sur la scène comme un présage de... l'effondrement de Nietzsche ? Comme le présage de tout ce qu'on voudra, à vrai dire ; et, du reste, *tout* chez Chirico fait planer une ombre. La perspective semble planer *vers* vous tout en s'éloignant de vous. Au lieu de converger vers un point disparaissant dans le lointain, elle fait perpétuellement *surgir* divers points incertains. C'est nous qui regardons, mais notre regard est parasité par l'impression que tout ce que nous voyons nous regarde aussi. "Le silence et le calme régnaient sans partage, écrit Chirico en 1913. Tout me dévisageait d'un regard mystérieux, inquisiteur[01]." Il songeait, en l'occurrence, à un après-midi passé à Versailles, mais le sentiment de réciprocité entre celui qui voit et ce qui est vu est l'un des traits distinctifs de bon nombre de ses tableaux dits métaphysiques. "Il faut découvrir l'œil en toutes choses[02]", préconisait-il tout en insistant sur la nécessité de "voir tout, même l'homme, comme une *chose*. C'est la méthode nietzschéenne[03]". Peut-être, en effet, mais c'est une phrase de Goethe qui évoque le mieux l'effet de convergence récessive dans la peinture de Chirico : "Tout ce qui est proche devient lointain" – et vice versa.

Vous pourriez vous promener jusqu'à la fin des temps dans un tableau de Chirico sans jamais parvenir à l'endroit que vous pensiez atteindre, et il y a de bonnes chances pour que, après avoir déambulé pendant plusieurs heures, vous regardiez autour de vous et vous aperceviez que la statue d'où vous vous étiez mis en route n'est qu'à quelques mètres dans votre dos. Les repères auxquels vous vous fiez pour vous orienter sont là pour souligner à quel point vous êtes perdu et complètement désorienté en réalité, d'autant plus que chaque tableau est un aperçu du monde également représenté dans un autre tableau. Vous

01 — Chirico, cité in *Theories of Modern Art*, édité par Herschel B. Chipp, Berkeley, University of California Press, 1968, p. 402.

02 — *Ibid.*, p. 447.

03 — Chirico, cité in Elizabeth Cowling et Jennifer Mundy, *On Classic Ground*, Londres, Tate Gallery Publishing, 1990, p. 74.

pourriez les réunir tous et les disposer de telle manière qu'ils forment une carte visuelle plus ou moins complète de cette ville anonyme, ou d'une ville appelée "Énigme". (Chirico a vraiment la main lourde sur ce chapitre ; dans ses écrits, il est question d'énigme par-ci, d'énigme par-là, d'énigme à tout bout de champ, en conséquence de quoi il finit par les vider presque entièrement de leur part énigmatique.) Vous n'auriez toujours aucune idée de ses dimensions, car il est possible que vous n'ayez en réalité sous les yeux que quelques éléments de base – galeries, places, arcades, statues – vus sous des angles différents. Mais quelles qu'en soient les dimensions, il vous serait impossible de sortir d'une telle ville. L'horloge de *L'Énigme de l'heure* indique trois heures moins six, mais si vous reveniez soixante minutes plus tard, l'heure et le ciel turquoise seraient exactement les mêmes. Vous pourriez dès lors avoir l'impression d'être parti pendant une journée entière – ce qui, du coup, vous ferait douter de la distance que vous avez parcourue. Le temps et l'espace s'appuient l'un sur l'autre – ou plutôt c'est *nous* qui nous appuyons sur eux, qui mettons l'un et l'autre en relation pour nous repérer –, ce qui est tout bonnement impossible dans les tableaux de Chirico. Partout on est toujours au même endroit et il est toujours la même heure : maintenant.

49.

L'influence de Nietzsche sur Chirico ne fait aucun doute. L'importance sans précédent de sa découverte de l'art métaphysique, "qui en termes de pouvoir spirituel et de construction picturale surpasse tout ce qui a été entrepris jusqu'ici dans les arts humains[01]", est annoncée rétrospectivement d'une manière qui fait écho à la tonalité employée par le créateur de Zarathoustra. Ses écrits sont

01 — Chirico, cité in *Giorgio De Chirico : The Changing Face of Metaphysical Art*, édité par Victoria Noel-Johnson, Milan, Skira, 2019, p. 208.

saturés d'expressions, d'intuitions et de symboles dérivés en droite ligne de Nietzsche. L'espace onirique de sa ville est plein "de dimensions, de lignes et de formes d'éternité et d'infini[01]". Ses descriptions de lieux nous incitent constamment à éprouver de manière intuitive quelque chose de visuellement équivalent à l'Éternel Retour : "La galerie est ici pour toujours. Ombre de droite à gauche, vent frais qui entraîne l'oubli, écrit-il dans 'Méditations d'un peintre'. Tous les dieux sont morts[02]." Chirico a réussi, sans conteste, à exprimer quelque chose qui lui était apparu clairement à Florence en 1910. "Le sentiment intense et mystérieux [qu'il avait] découvert chez Nietzsche : la mélancolie des merveilleux après-midi d'automne dans les villes italiennes[03]" est parfaitement visible. Ce que je ne vois pas vraiment, c'est une quelconque *pensée* nietzschéenne dans sa peinture. Le fait que Nietzsche ait été l'une des influences à l'œuvre dans sa conception ne signifie pas que cela se voie de l'autre côté de la toile, pour ainsi dire, dans les tableaux achevés. (Pas plus mal, bien entendu.) Même l'impression d'être égaré ou échoué dans le temps s'apparente plutôt à une manifestation du présent perpétuel – "c'est le *présent* seul qui est la forme de toute vie[04]" – évoqué par Schopenhauer dans *Le Monde comme volonté et comme représentation*. Chirico nous met sur la voie de Nietzsche dont l'ombre portée mène à son tour à Schopenhauer en tant que maître et influence, en un effet de miroir qui nous renvoie à notre point de départ. Le sentiment d'inéluctabilité est peut-être un symptôme de l'Éternel Retour, mais pour le reste et en dehors du fait que de nombreux aspects architecturaux de Turin apparaissent dans la peinture de Chirico, la présence de Nietzsche ne se

01 — Cité in *On Classic Ground*, *op. cit.*, p. 72.

02 — Chirico, cité in *Theories of Modern Art*, *op. cit.*, p. 400.

03 — Chirico, cité in James Thrall Soby, *Giorgio De Chirico*, New York, Museum of Modern Art, 1955, p. 32.

04 — Arthur Schopenhauer, *Le Monde comme volonté et comme représentation*, traduit de l'allemand par Auguste Burdeau, PUF, coll. "Quadrige", 2003, p. 354.

fait sentir que de manière implicite. À moins, cependant, d'envisager l'Éternel Retour d'un œil plus cynique.

50.

À en croire la version des événements tels qu'il les décrit dans un de ses romans, V. S. Naipaul vivait dans un cottage du Wiltshire lorsqu'il tomba sur une brochure dans laquelle figuraient de toutes petites reproductions d'une dizaine de tableaux de Chirico. Avec “ici et là, plaquée, [leur] touche de mystère à bon compte”, ces peintures ne lui firent guère impression, mais l'une d'elles attira son attention, “peut-être à cause de son titre [...] : *L'Énigme de l'arrivée*”. Ce tableau représente le quai d'un port méditerranéen ou de la Rome antique ; “au fond, derrière des murs et des portes (semblables à des découpages), on voit le haut du mât d'un navire antique ; au premier plan, dans une rue déserte par ailleurs, se dressent deux silhouettes emmitouflées, l'une pouvant être la personne qui vient d'arriver et l'autre, quelqu'un du port. C'est une scène de désolation et de mystère : elle parle du mystère de l'arrivée”.

Ce tableau donna à Naipaul l'idée d'écrire quelque chose sur cette scène étrange et déconcertante. Il imaginait un homme qui, débarqué dans ce port aux allures classiques, passerait devant les deux personnages emmitouflés “pour franchir une porte”. Il serait alors submergé par le vacarme et l'animation d'une ville en ébullition. Peu à peu, ce voyageur aurait l'impression de n'avoir nulle part où aller et ressentirait le besoin de s'échapper. À un moment, il arriverait devant une porte, l'ouvrirait et se retrouverait de nouveau sur le quai où il avait débarqué – s'apercevant alors qu'“[a]u-dessus des murs et édifices en découpages, on n'aperçoit plus de mât ni de voile. Le navire antique a disparu. Le voyageur est au bout de sa vie”.

Naipaul n'écrivit pas cette histoire, une histoire qui était en réalité “un récit d'humeur, plutôt qu'historique”. Il se rendit compte qu'il y avait peut-être des traces de certaines des préoccupations – ou peurs – qu'il avait abordées dans un autre livre, *Dans un État libre*, auquel il travaillait "depuis huit ou neuf mois", suite au "désastre" qui lui était tombé dessus lorsqu'il avait appris qu'un autre texte encore, auquel il avait consacré deux ans de travail, "n'était pas au goût de l'éditeur qui [le lui] avait commandé". "Cela avait fini par me ronger, écrit Naipaul. Le moral m'avait lâché." Aucune date n'est indiquée dans ce compte rendu fictif des événements, mais, en acceptant qu'il ait pu procéder à quelques décalages temporels, on peut les situer aux alentours de 1970. Et puis, un jour, des années après avoir vu le tableau de Chirico, cette idée lui revint et il s'aperçut qu'"à nouveau [il vivait lui-même] une autre version de l'histoire de *L'Énigme de l'arrivée*". Elle fut publiée sous ce titre, avec un détail du tableau en guise d'illustration de couverture, sous l'appellation "roman en cinq sections" – toutes les citations ci-dessus sont extraites de la deuxième section, intitulée "Le Voyage" –, en 1987[01].

51.

Chirico vécut jusqu'à l'âge de quatre-vingt-dix ans, mais il ne produisit plus aucune œuvre majeure à partir de 1919 environ. Cela représente une très longue durée pendant laquelle il vous faut continuer de vivre et de travailler après avoir connu une brève période d'intense créativité – moins d'une décennie, en l'occurrence, à partir de 1910 – sur laquelle repose toute votre réputation. Chirico consacra une bonne partie de cette longue phase ultérieure à se plagier lui-même. Dès 1924, il réalisa une "réplique[02]" de ses *Muses inquiétantes* pour Paul Éluard et sa femme, qu'il leur vendit au tiers du prix demandé par le propriétaire de

01 — V. S. Naipaul, *L'Énigme de l'arrivée*, traduit de l'anglais par Suzanne Mayoux, Robert Laffont, coll. "Bouquins", 2009, p. 716-722.
02 — Chirico, cité in Soby, *op. cit.*, p. 134.

l'original. Et ce n'était que le début. Le catalogue de l'exposition organisée au Museum of Modern Art en 1982, selon le critique Robert Hughes, incluait pas moins de *dix-huit* répliques similaires des *Muses inquiétantes*, "toutes réalisées entre 1945 et 1962". Toujours selon Hughes, "les marchands d'art italiens affirmaient que le lit du Maestro était surélevé à deux mètres au-dessus du sol afin que puissent s'y entasser toutes les 'œuvres de jeunesse' qu'il ne cessait de 'découvrir' en dessous[01]". Diverses tentatives ont été entreprises pour réhabiliter l'œuvre postmétaphysique de Chirico – l'exposition à la Tate, par exemple, ou encore le livre *On Classic Ground* –, mais, comme il arrive souvent avec ce genre d'opérations, leur principal effet est soit de renforcer le consensus qu'elles cherchaient précisément à battre en brèche, soit de fournir des documents matériels prouvant que le jugement prédominant porté jusqu'alors sur les œuvres tardives était encore trop clément.

52.

Au final, l'histoire ou la fable abandonnée par Naipaul – abandonnée, apparemment, avant même qu'il ait essayé de l'écrire – constitue donc une description très juste de la carrière de Chirico lui-même. Il tourne le dos aux scènes métaphysiques, investit l'univers déjà densément peuplé de l'excellence classique, puis tente – sous la forme de variations autour de son propre travail – de revenir à la peinture métaphysique. Mais le navire a fait voile entre-temps, et cette période est révolue. L'histoire de l'art est passée à autre chose ; il n'arrive pas à retrouver ou à renouveler l'énergie étrange et figée de ses premiers tableaux. Il est échoué, dépassé. Sa vie créative est derrière lui, alors il passe tout son temps à recréer l'instant de l'arrivée artistique, le moment où il a conçu l'idée de créer ces scènes, tout en se révélant inca-

01 — Robert Hughes, *Nothing If Not Critical*, Londres, Collins Harvill, 1990, p. 163.

pable d'accepter que ces scènes continuent d'être considérées comme sa réussite majeure – et condamné à les dupliquer.

Et c'est dans cette perspective que son parcours peut évoquer l'Éternel Retour. Le problème, c'est l'aspect complet et définitif du succès précoce de Chirico – non pas en termes de popularité, de cote sur le marché de l'art ou de réception critique, mais au vu de l'exhaustivité hermétique avec laquelle il est parvenu à créer un monde. Les bateaux et les trains sont à la fois illusoires – il n'y a aucun moyen de voyager pour aller ailleurs – et ô combien trop réels : des éléments immuables du décor. Ses tableaux n'offrent aucune issue : ils représentent un monde qui est entièrement contenu dans les limites du cadre et qui s'étend bien au-delà, vers une autre piazza et, par extension, vers la lisière de la conscience.

53.

Naipaul n'a cessé de revenir, livre après livre, sur l'histoire de sa propre arrivée de Trinité-et-Tobago à Londres, des confins de l'empire à son centre métropolitain, où, grâce à son talent, à sa discipline et à un dévouement extrême à sa vocation, il a fini par s'imposer comme le grand écrivain que son père n'avait jamais réussi à devenir. Au bout d'un certain temps, cette histoire, pour Naipaul, est devenue la seule, l'histoire qui contenait toutes les autres – y compris, de fait, celles qu'il avait racontées dans tous ses romans. Dans l'un des livres de cette période tardive, *Le Regard et l'Écrit* (2007), un mélange plutôt insipide de réminiscences et de réflexions, il raconte l'histoire de son amitié avec Anthony "Tony" Powell. Ce dernier avait témoigné à Naipaul une gentillesse et une générosité sans bornes. À la mort de Powell, un hebdomadaire littéraire demanda à Naipaul d'écrire un article sur lui ; comme il connaissait très mal les livres de Powell et qu'il n'avait pas le temps de commencer à les lire maintenant, il dut décliner la proposition, mais "l'idée d'écrire sur Powell m'attirait et je demandai au rédacteur de patienter quelque temps". Il se mit dûment à l'ouvrage et lut six volumes situés au milieu du cycle romanesque intitulé *La Danse de la vie humaine*. Résultat ? Naipaul fut "consterné". Il n'y a aucun "sens de la narration", c'est un "échec [...] retentissant". Peut-être, songe-t-il rétrospectivement, "notre amitié avait-elle duré aussi longtemps justement parce que je n'avais pas pris la peine de me pencher sur son œuvre"[01].

54.

Il y a environ dix ans (quatorze en réalité, après vérification), j'ai laissé tomber *La Danse de la vie humaine* après le volume V, *Casanova's Chinese Restaurant*. Personne ne pourra dire, au bout de mille deux cents pages, que je n'ai pas donné sa chance à Powell, bien que ce soit exactement ce que m'a reproché mon beau-père. Ça démarre vraiment à partir du volume VI, prétendait-il, même si je soupçonne que, eussé-je annoncé déclarer forfait après *Les Braves Gens* (volume VI), il m'aurait conseillé de persévérer avec le volume VII, *La Vallée des ossements*. J'ai eu l'impression très distincte que cette grande saga romanesque était constamment sur le point de décoller sans jamais décoller vraiment. Ni spirituels ni divertissants, sauf à les considérer comme une

01 — V. S. Naipaul, *Le Regard et l'Écrit*, traduit de l'anglais par Bernard Turle et François Rosso, Grasset, 2013, p. 59-60, 62 et 65. Powell était connu pour son snobisme ; un jour glacial de janvier, il éconduisit sans ménagement un plombier qui avait eu la témérité de sonner à sa porte pour réparer une canalisation endommagée et qui avait écorché son nom en ajoutant une fâcheuse diphtongue au *o* de "Mister Powell". (Cette anecdote est rapportée par Nigel Day dans *I Once Met... Chance Encounters with the Famous and Infamous*, édité par Richard Ingrams, Londres, Oldie Publications, 2008, p. 9.) Mais en vertu de l'éternel et insurpassable avantage que lui conféraient ses origines brahmanes et la supériorité de son talent littéraire, nul ne pouvait rivaliser avec Naipaul en matière de snobisme. Ainsi raconte-t-il lui-même que, lors d'une cérémonie de remise de diplôme honorifique, Powell et "son épouse Violet [...] avaient pris beaucoup de photographies. Ils avaient tout particulièrement aimé rencontrer le poète mineur Philip Larkin" (Naipaul, *Le Regard et l'Écrit*, *op. cit.*, p. 106). *Ça*, c'est ce que j'appelle du snobisme !

forme de passe-temps (ce qui n'est bien souvent qu'une autre manière de dire une perte de temps), ces livres semblaient entièrement dépourvus de mérite. La prose de Powell, dès le départ, était réglée sur un niveau de puissance minimal, bridée, fonctionnant à l'économie d'énergie et obéissant à la loi du moindre effort, conçue pour tenir la route pendant l'interminable et fastidieux périple que représentaient ces douze volumes. On n'avait à aucun moment la sensation de se lancer dans cette expédition d'un pas mesuré, comme les alpinistes au moment de quitter le camp de base, parce que l'ascension sera de plus en plus éprouvante à mesure qu'on se rapprochera du sommet, dans l'air raréfié de la zone de danger mortel. Non, on était clairement parti pour une longue excursion en rase campagne, dans un décor d'une platitude à peine ponctuée ici et là de quelques déclivités – qui, pour ma part, ne me rendaient guère enclin à continuer. Mon seul regret, quand j'ai fini par renoncer, fut de ne pas avoir abandonné plus tôt, idéalement avant même de m'être mis en route.

Mais allez savoir pourquoi – sans doute le souvenir de l'article épique en deux parties que Perry Anderson avait consacré à Powell dans les pages de la *London Review of Books* en 2018 (que j'avais également laissé tomber après la première partie) n'y était-il pas pour rien –, l'idée m'est venue que le confinement, au moment de la crise du Covid, serait peut-être l'occasion idéale d'essayer de nouveau d'entrer dans la *Danse* et de lui donner une deuxième chance. Cela impliquait que je reprenne tout depuis le début, dans la mesure où je ne pourrais pleinement apprécier les éventuelles qualités que réservait la suite du cycle romanesque qu'à condition que mes impressions à la lecture des premiers volumes soient encore plus ou moins fraîches dans ma mémoire. Je suis donc reparti à l'assaut de ces mille deux cents pages qui ne m'avaient procuré aucun plaisir de lecture, qui m'avaient conduit à penser que je n'avais aucune raison valable de me fader les sept volumes restants ni de relire cinq romans que j'aurais préféré ne jamais avoir lus. Il y avait dans cette démarche quelque chose de délibérément absurde qui entrait parfaitement en résonnance avec le sentiment plus général suscité par le confinement.

J'ai de nouveau baissé les bras, cette fois au bout de trois volumes seulement. Ils semblaient, si la chose est possible, encore plus dépourvus de mérite que la première fois.

55.

Le chapitre qui précède n'est pas le prélude à un réexamen critique sérieux de Powell. Il introduit en revanche une sous-thématique d'un des sujets abordés dans le présent ouvrage de manière plus générale, celui du renoncement : en l'occurrence, le fait de renoncer à certaines lectures en cours de route. J'ai laissé tomber plus d'une fois *L'Homme sans qualités*, Proust (un volume sur sept, à deux reprises), *Les Frères Karamazov* (je viens de vérifier : un reçu de paiement datant de 2012, délivré par un restaurant à Bologne, est resté coincé entre les pages 80 et 81 ; je pensais tout de même être allé plus loin, et plus récemment), *Les Ambassadeurs* (persuadé, à chaque fois, de manière aussi floue que tenace, que le degré de correction de mes lunettes ne cessait de changer subitement au beau milieu d'une phrase), et la plupart des romans de Faulkner. Il semblerait que j'aie lu *Lumière d'août* quand j'avais vingt ans (les annotations le prouvent), mais j'ai abandonné au bout de cinquante pages quand j'ai voulu le relire à soixante ans. Pour *Le Bruit et la Fureur*, la question ne s'est même pas posée : trois pages ont suffi à me convaincre que je n'y arriverais jamais. Je crois volontiers les gens qui vous disent que *Le Bruit et la Fureur* devient formidable quand vous arrivez à la deuxième partie, ou, idéalement, quand vous relisez l'ensemble du roman pour la deuxième fois ; ce qu'on vous dit rarement, c'est comment arriver au bout de la première partie la première fois. Si seulement je l'avais lu, ainsi que *L'Homme sans qualités* et tout Dostoïevski, quand j'avais vingt ans ! C'est étrange, le fait qu'il soit plus facile de lire des livres difficiles à un âge où on en sait beaucoup moins long sur les livres et la lecture. Et quel curieux statut que celui de Dostoïevski : c'est l'un des plus grands, tout le monde est d'accord là-dessus, mais l'âge idéal auquel le lire, apparemment, c'est la fin de l'adolescence, au moment où votre goût est en train de se former – grâce à la lecture d'auteurs comme Dostoïevski, justement. (On parle souvent de certains écrivains ou de certains livres pour lesquels on a passé l'âge – *L'Attrape-cœurs*, ou *Catch 22* –, mais peut-être témoignent-ils, comme les traits de crayon tracés sur l'encadrement de la porte dans la maison de notre enfance pour mesurer notre croissance, de la façon dont ils nous ont aidés à grandir et à nous dépasser.) Non seulement j'ai emporté *Les Frères K* dans mes bagages à d'innombrables reprises au cours des vingt dernières années quand je me rendais à l'étranger, mais je mettais un point d'honneur à ne prendre aucun autre livre, afin de m'obliger à me concentrer sur celui-là ; toutefois, la seule chose à laquelle cette tactique finissait par me forcer, c'était de chercher une alternative parmi la maigre poignée d'ouvrages hors de prix proposés au rayon "livres en anglais" de la librairie du coin à Bologne. Il apparaît de plus en plus probable que j'irai dans la tombe sans avoir jamais connu l'expérience Karamazov.

56.

On pourrait penser que des œuvres réalisées par un artiste au soir de sa vie ont plus de signification pour vous à mesure que vous avancez vous-même en âge. Il ne paraît pas aberrant que j'aie commencé à écouter sérieusement les derniers quatuors de Beethoven à l'âge qu'il avait lui-même quand il les composa. Même s'ils dépassaient et continueront à jamais de dépasser mes facultés d'entendement musicales, d'une certaine manière j'étais désormais prêt à les écouter. À vingt-cinq ans, je n'ai même pas essayé de lire *Les Ailes de la colombe* ou *Les Ambassadeurs* ; j'ai délibérément remis la lecture du James tardif – sans même parler de ce qu'un universitaire appelle “le James tardif *tardif*[01]” – à plus tard, et aujourd’hui il est trop tard.

Je parcours les rayonnages de ma bibliothèque et j’aperçois James, et Joyce – l’exemplaire d’*Ulysse* que j’ai lu à la fac (l’une des deux seules volumineuses éditions Penguin Modern Classics que je possédais à l’époque, l’autre étant *L’Homme révolté* de Camus). Je pourrais m’en débarrasser – mais je ne le ferai pas, bien évidemment – puisque je ne le relirai jamais. (*Finnegans Wake* ? Jamais lu non plus, et il y a toutes les chances pour que je ne me donne même pas la peine de rouvrir un jour ce fichu bouquin.) Quelle est la proportion de livres qui vous semblaient inaccessibles du temps de votre jeunesse mais qui se sont ouverts à vous plus tard, par rapport à ceux que vous avez réussi l’exploit de lire quand vous étiez jeune mais qui sont devenus illisibles avec l’âge ? Un contre cinq, je dirais. Et *quid* des livres auxquels j’ai fini par accrocher après en avoir différé la lecture pendant plusieurs années ? Je me souviens d’avoir dû attendre quatre ans entre le moment où je me suis attaqué à Joseph Brodsky pour la première fois et celui où je suis tombé complètement sous son charme, mais c’était entre mes vingt-quatre et mes vingt-huit ans, une période de temps qui semble aujourd’hui négligeable, qui appartient à une seule et même phase de ma vie de lecteur.

Il m’est arrivé plus ou moins la même chose avec Louise Glück : j’ai avancé à grand-peine dans la lecture de ses *Poèmes 1962-2012* au moment de la parution de cette anthologie, mais son prix Nobel m’a incité à la reprendre, et je suis à présent parfaitement à mon aise lorsque je me retrouve plongé dans sa conscience, dans l’austérité avec laquelle elle se manifeste, dans sa sensualité décharnée et son lyrisme granitique. On dirait presque que l’intimité distante de son œuvre ne laisse pas d’autre choix au lecteur que de réagir par une forme d’hésitation. Lorsque je tiens ce volume entre les mains, je me souviens des aimants que mon père

01 — Frederick W. Dupee, introduction à Henry James, *Autobiography*, New York, Criterion, 1956, p. IV.

rapportait parfois de son travail – pas ceux en forme de fer à cheval et à bout rouge, mais de lourds blocs de métal compact. Disposés d'une certaine façon, ils bondissaient pour se plaquer l'un contre l'autre ; mais si je les faisais pivoter dans l'autre sens, l'air qui les séparait devenait soudain labile et fuyant, sous l'effet d'une étrange et invisible propriété suffisamment puissante pour empêcher mes mains de les rapprocher l'un de l'autre. Je ressens parfois comme un écho de cette force de résistance aujourd'hui, quand je me laisse prendre au piège ensorcelant de la poésie de Glück. L'explication, à mon avis, c'est que, lorsque j'affirme me trouver plongé dans *sa* conscience quand je la lis, en réalité je prends les choses à l'envers. C'est elle, bien entendu, qui plonge dans la mienne et qui la reconfigure de manière implacable. Ce phénomène était si fréquent autrefois, à l'adolescence ou à l'époque de vos vingt ans – songez à l'onde de choc, aussi subtile que phénoménale, provoquée par la découverte de *Middlemarch* –, que vous en aviez à peine conscience. À mesure qu'on vieillit, ce genre d'expérience ne relève plus vraiment de la révélation fracassante – comme la première fois que j'ai goûté à Nietzsche – mais donne plutôt le sentiment qu'il est en train de se produire, sur le tard, quelque chose de fondamental. Rien ne décrit mieux ce sentiment à mes yeux que la remarque très juste de Cioran selon laquelle "plus l'homme avance, moins il aura à quoi se convertir[01]". Certains écrivains sont si puissants, habités par une vision du monde si singulière et profonde, qu'ils affectent directement la partie de votre psyché où se logeait peut-être autrefois ce besoin impérieux de conversion. Vous ne pouvez que réagir à la puissance de cet impact, alors même que vous savez pertinemment qu'une conversion constituerait une régression, un affront idiot à l'auteur en question[02]. J'ai eu une réaction similaire en lisant Rebecca

01 — Cioran, *Aveux et Anathèmes*, in *Œuvres*, *op. cit.*, p. 1646.

02 — Il faut ici rendre justice à Lawrence, qui attirait les admirateurs comme un aimant et tournait généralement le dos aux gens dès qu'il reniflait en eux le moindre relent trahissant le fanatisme du converti.

West (*Agneau noir et Faucon gris*) et (de manière tout à fait appropriée en l'occurrence) Annie Dillard.

Et j'insiste : rien n'a réellement changé dans mes dispositions ni dans mes capacités de manière générale en tant que lecteur durant les huit années qui se sont écoulées entre le moment où j'ai acheté le recueil de Glück et celui où j'ai commencé à la lire sérieusement. Pour élargir encore un peu plus le compas temporel, il ne me vient à l'esprit aucun livre que je sois capable de lire aujourd'hui alors que j'en étais incapable à trente ans, à l'exception peut-être d'*Un ciel pour bombardiers* de Len Deighton, et encore, cela s'explique par le fait que j'étais désormais disposé à *abaisser* mon niveau d'exigence (en termes de qualités stylistiques et littéraires), et non pas parce que ma capacité à m'attaquer à des poids lourds avait augmenté, me permettant ainsi de venir à bout d'ouvrages qui me tombaient littéralement des mains jusqu'alors. Il y a des écrivains et des livres auxquels je suis venu sur le tard – presque toutes les œuvres de Jean Rhys et d'Eve Babitz ; les nouvelles de Mavis Gallant ; plusieurs romans de deux Elizabeth injustement mésestimées, Bowen et Taylor ; *Lonesome Dove* de Larry McMurtry ; *La Ligne rouge* de James Jones (pour voir s'il tenait la route en comparaison du film de Terrence Malick) – mais ces livres m'auraient plu à n'importe quel âge. Il doit tout de même bien y avoir un exemple montrant que mes capacités de lecture ont gagné en puissance avec le temps ; *Le Passage de Vénus* de Shirley Hazzard, peut-être ? Mais en rouvrant ce livre, je m'aperçois que le hiatus de plus de vingt ans entre ma piètre première tentative et le moment où j'ai compris que je tenais un chef-d'œuvre entre les mains s'étend du début des années 1980 à 2004 – une période trop ancienne pour que je puisse l'attribuer à une phase ou à un programme de lecture établi sur le tard. (Je viens de le relire, cela dit, pour la troisième fois, presque secoué de tremblements tant il se dégage de puissance de chacune de ses pages, de chacun de ses paragraphes.) Je passe de nouveau en revue ma bibliothèque. *Fils de l'étoile du matin*, le livre d'Evan S. Connell sur le général Custer ? Il s'est écoulé pas moins de trente années entre le jour où j'ai reçu l'édition de poche et celui où je l'ai ouvert, mais je l'aurais pareillement adoré si je l'avais lu dès qu'il avait atterri dans ma boîte aux lettres – ce que je regrette aujourd'hui de ne pas avoir fait, car les caractères sont vraiment tout petits... La seule candidate possible est Ivy Compton-Burnett, que j'aurais sans doute eu du mal à saisir quand j'étais jeune, même si je soupçonne que j'aurais été séduit par sa dimension pathologiquement comique. Ses livres sont à se taper les cuisses, comme on dit, mais on n'est jamais trop sûr, avec la comédie ; on sent bien quand ça fonctionne, mais on ne sait jamais très bien grâce à *quoi* ça fonctionne. Sérieusement, les fans de Powell se tordent-ils de rire à la lecture de certaines scènes comme celle où Widmerpool se fait renverser du sucre sur la tête au cours de je ne sais plus quelle soirée dans je ne sais plus quel volume, ou suffit-il à leur satisfaction de *reconnaître* qu'il s'agit d'une scène comique ? Saisir que quelque chose est censé être drôle sans éprouver pour autant l'envie de rire est un moyen infaillible d'atteindre à la consternation. Les romans de Compton-Burnett sont comme ceux de P. G. Wodehouse, avec Jeeves et Wooster coincés au moment précis, dans le film *Climax* de Gaspar Noé, où les personnages commencent à se rendre compte que quelqu'un a versé un truc bizarre dans la sangria. Dans la mesure où cette effroyable révélation ne peut être exprimée que dans les limites restreintes d'un certain registre de classe et d'époque, l'hystérie qui s'ensuit demeure corsetée. Non pas que je puisse me prévaloir d'une quelconque autorité en la matière, cela dit, car ce n'est que tout récemment que je me suis décidé à essayer de lire pour de vrai un roman de Wodehouse. Je m'attendais à me payer une bonne vieille tranche de rigolade, mais au bout de cent pages je n'avais toujours pas éprouvé le plus petit début de commencement d'envie de rigoler. Sentant que mes dispositions rigolardes n'allaient pas tarder à se transformer en une réticence à rigoler, laquelle allait à son tour se raidir en une franche résistance à la rigolade, j'ai laissé tomber et – pour rester au rayon *W* – je me suis rabattu sur Joy Williams, dont j'ai relu quelques nouvelles. Si *elle*, vous ne la trouvez pas drôle, alors je ne vois même pas l'intérêt de disposer du sens de l'humour. Un système philosophique bâti à partir de son œuvre aurait pour effet de reconfigurer le monde dans son intégralité, mais ce monde serait exactement comme il était – hilarant, atroce, merveilleux – avant ce grand ravalement.

Dans la nouvelle intitulée “Train”, Danica, une jeune fille, demande au père de son amie Jane si elles resteront proches toute leur vie. Ils sont assis dans le wagon-restaurant d'un train parti de Floride pour Washington. Il est tard. Le bar est fermé mais Mr Muirhead continue de siroter un dernier bloody mary. Il répond : “Aucune chance. Jane n'aura pas d'amis. Jane aura des maris, des ennemis et des avocats [...] Je suis heureux que tu aies bien profité de ton été, Dan, et j'espère que tu profites bien de ton enfance. Quand on grandit, une ombre s'abat. Tout était ensoleillé, et voilà soudain que cette espèce d'*aile* gigantesque ou je ne sais quoi se met à planer au-dessus de ta tête.” Ce n'est pas la réponse à laquelle s'attendait Dan, mais elle l'accepte en répliquant un simple “Oh”.

La voisine immédiate de Williams dans ma bibliothèque est Edith Wharton, que je suis content de ne pas avoir lue quand j'étais jeune (alors qu'elle était sans nul doute à ma portée) car c'est un bonheur indicible que de la découvrir à soixante ans, à un âge où, à cause de cette aile ou je ne sais quoi, de tels bonheurs deviennent de moins en moins fréquents.

57.

Quoique j'eusse été *capable* de lire des livres d'un autre genre quand j'étais plus jeune, le fait est que je ne l'ai pas fait – parce que j'étais trop occupé à lire des romans. Et s'il est vrai qu'on écrit le genre de livres qu'on aimerait lire, cela ne veut pas dire pour autant qu'on lit le genre de livres qu'on écrit. Le plus souvent, on lit le genre de livres qu'on est incapable d'écrire, des pavés comme *Un homme de pouvoir*, la biographie de mille deux cents pages que Robert Caro a consacrée à Robert Moses ; *L'Invention de la bombe atomique* de Richard Rhodes (qui frôle la barre du millier de pages) ; *Une nation en extase* de Brenda Wineapple ; la biographie de William Lloyd Garrison par Henry Mayer, *Tout feu tout flamme* ; *Ces vérités* de Jill Lepore… On ne perd jamais son temps en lisant des ouvrages d'une telle ampleur. On y apprend tant de choses. Le problème, c'est le peu qu'on en retient une fois qu'on les a refermés. "Le peu" étant souvent un euphémisme pour dire "rien". Ce dont je me souviens très clairement, c'est de m'être lancé un jour dans une grande envolée lyrique devant un ami à propos d'*Après-Guerre* de Tony Judt et de m'être brusquement interrompu dans ma tirade parce que je n'arrivais plus à me rappeler s'il s'agissait d'une formidable fresque sur l'histoire du monde depuis la Seconde Guerre mondiale (en tout cas ça parlait de la guerre, là-dessus au moins je ne me trompais pas) ou seulement sur l'histoire de l'Europe. Oui, oui, c'est sur l'Europe, je m'en souviens bien maintenant. Et je me souviens pourquoi j'avais du mal à m'en souvenir. J'avais lu l'histoire de *L'Inde après Gandhi* de Ramachandra Guha juste après avoir lu le Judt, si bien que l'Inde et l'Europe s'étaient momentanément emmêlé les pinceaux dans mon esprit, et de cette confusion avait émergé une alliance mentale qui en était venue à englober la totalité du monde dans la période de l'après-guerre.

Je me souviens aussi que la lecture d'*Après-Guerre* avait été une sacrée tannée, mais même si je n'ai conservé dans ma mémoire que très peu de détails de cette pénible épreuve, j'ai le sentiment distinct, sans trop savoir pourquoi, que j'en sais plus (sur l'Europe ou ce qu'on voudra) qu'avant de m'être fadé cet énorme livre – le problème, c'est que pour étayer cette impression, il faudrait que je me le fade une fois de plus. Ou que je me fade d'autres livres consacrés à la même période historique ou à celle qui la précède et l'annonce (*L'Europe en enfer* de Ian Kershaw, mettons, que j'ai bel et bien lu, pour le coup). Voilà l'autre grand problème que pose l'absorption des connaissances à mesure qu'on vieillit. On ne peut pas tout mettre dans la même assiette et avaler l'intégralité des plats d'un seul coup. Il faut s'arrêter sur les mêmes événements, explorer péniblement les mêmes sujets, en s'enfilant quantité de pavés l'un après l'autre, de telle sorte que le livre de Mayer sur Garrison apparaît sous un nouveau jour à la lumière de la récente biographie de Frederick Douglass par David W. Blight. Cela ne tient pas seulement au fait que telle étude consacrée à la campagne indépendantiste en Inde va mettre l'accent sur l'intransigeance de Gandhi tandis qu'une autre préférera souligner son importance en tant que modèle et inspiration, que tel livre accrédite tandis que tel autre discrédite et qu'un troisième réaccrédite. Les connaissances doivent être installées dans le cerveau en plusieurs couches qui se superposent et s'entrecroisent. Il faut poser la thibaude avant de pouvoir poser le tapis, et ensuite – ensuite, mieux vaut laisser tomber la métaphore, parce qu'au bout d'un moment il devient rigoureusement impossible de continuer à la filer. Tout doit se sédimenter petit à petit dans le cerveau pour former en quelque sorte son plancher océanique – un lieu si obscur et mystérieux que les poissons n'y sont même pas de vrais poissons mais d'étranges créatures sans yeux ni cervelle, aplaties par la pression qu'exerce sur elles le poids mort de cette masse d'eau de connaissances.

58.

Parmi les signes trahissant qu'il commençait à perdre la boule à Turin, Nietzsche croyait qu'à partir du moment où il souhaitait quelque chose, ce souhait était voué à être exaucé. Partant du principe qu'il lui suffisait de penser à quelqu'un pour qu'une lettre de la personne en question soit aussitôt glissée sous le pas de sa porte, il en était arrivé à penser qu'"il n'y a plus de hasard[01]". Si déconcertante soit-elle, cette conviction n'était jamais que l'extension de sa foi en l'*amor fati* en vertu duquel, comme il l'écrit dans

01 — Nietzsche, *Dernières Lettres, op. cit.*, p. 196.

Zarathoustra, chaque “cela fut” se transforme en un “c’est ce que j’ai voulu[01]”.

Vers la fin du *Colosse de Maroussi*, Henry Miller va voir un devin à Athènes qui lui annonce qu’un grand destin l’attend – ce qui en soi ne surprend pas Miller outre mesure, mais il est impressionné que le devin ait été capable de réaliser cette prédiction. De retour en Amérique, où il relate cette rencontre un an plus tard, il est conscient à la fois des dangers qui le guettent et de la manière dont toutes les pièces se sont mises en place : “Tout ce qui m’est arrivé, tous les accomplissements, tous les achèvements que j’ai connus, tout cela est survenu avec une précision quasi mécanique. En vérité, je ne suis pas loin d’en être terrifié ; car, à présent, à la différence de ma vie passée, il me suffit de désirer quelque chose pour que mes vœux soient exaucés[02].” Cette phrase fait écho à Nietzsche de manière extraordinairement précise et parfaitement appropriée[03].

Si l’exemple de Nietzsche démontre à quel point on peut sombrer dans l’aveuglement lorsqu’on atteint un tel état d’exaltation, le pouvoir qu’a Miller de plier le monde à ses désirs le rend circonspect et le pousse à la plus grande prudence, sinon à une forme d’inhibition. “Je me trouve dans la position délicate de quelqu’un qui doit soigneusement éviter de souhaiter rien qu’il ne désire réellement.” (Miller commet peut-être une erreur d’interprétation en l’occurrence ; l’une des leçons de la Chambre dans *Stalker* d’Andreï Tarkovski, c’est qu’elle n’exauce pas ce que vous

01 — Nietzsche, *Ainsi parlait Zarathoustra*, traduction de l’allemand par Geneviève Bianquis revue par Paul Mathias, in *Œuvres*, *op. cit.*, p. 443.

02 — Henry Miller, *Le Colosse de Maroussi*, traduit de l’anglais par Georges Belmont, Buchet-Chastel, 2013, p. 266-267.

03 — Même si je ne savais pas à quel point Miller était familier de l’œuvre de Nietzsche quand j’ai lu *Maroussi*, j’ai cru deviner qu’il avait dû s’en imprégner fortement à un moment ou un autre de sa vie. Puis je me suis intéressé aux nombreux livres qu’il avait écrits plus tard, notamment *Les Livres de ma vie*, publié à l’âge que j’ai moi-même aujourd’hui. Je l’ai là, posé sur mon bureau, à l’instant même où j’écris ces lignes. À la fin se trouve une liste de cent livres. Nietzsche figure parmi la petite dizaine d’auteurs qui y sont cités non pas pour un titre en particulier mais pour “l’ensemble de leur œuvre”.

croyez être votre vœu le plus cher, mais *révèle* bien plutôt ce que vous souhaitez réellement.)

Alors qu'il repense aux prédictions du devin, Miller mentionne en passant qu'il avait laissé entendre à certains amis à Paris qu'un jour il "renoncerai[t] complètement à écrire, et ce, volontairement, et au moment où [il se sentirait] à l'apogée de la force et de la maîtrise". Les amis en question en doutaient fort, mais Miller était convaincu qu'il "passerai[t] de l'art à la vie". "Continuer à écrire, passé le stade de l'accomplissement de soi, paraît futile et stérile. La maîtrise, en n'importe quelle forme d'expression, devrait inévitablement conduire à la forme ultime d'expression : la maîtrise de la vie[01]."

Ma foi, grand bien lui fasse. Pour ma part, cela ne m'aurait pas dérangé qu'il ait renoncé plus tôt, notamment parce que je n'ai commencé que très tardivement à le lire (ce que Kate Millett, dans *La Politique du mâle*, m'avait exhorté de manière fort convaincante à ne surtout pas faire). Essayer de lire Miller pour la première fois à soixante ans, c'est un peu comme vouloir se mettre au squash. J'aurais dû commencer plus tôt, à une époque où j'aurais sans doute été plus réceptif à son style et avant que les libertés qu'il s'autorise avec la forme romanesque ne soient devenues monnaie courante. Et même alors, ça n'aurait peut-être pas été encore assez tôt ; peut-être aurait-il fallu que je l'aie déjà lu depuis une ou deux générations entières.

Dans la foulée de *Maroussi*, j'ai lâché *Tropique du Cancer* au bout de cinquante pages, ce qui signifiait qu'il n'y avait aucune chance pour que j'essaye même de lire le *Capricorne*. Et ce en dépit du fait que la série des *Tropique* avait été rééditée dans la collection Penguin Modern Classics – avec des dessins de nus de Tracey Emin en illustration de couverture – et que l'époque se prête idéalement à la redécouverte de Miller, compte tenu de l'engouement actuel pour l'autofiction. Le mérite le plus durable de *Tropique du Cancer* réside sans doute dans les lignes suivantes, extraites d'une notation

01 — Miller, *op. cit.*, p. 264-66.

datée de 1841 dans le journal d'Emerson – suite à sa lecture d'un roman décevant – qui fournit à Miller son épigraphe :

> *Ces romans disparaîtront peu à peu au profit des journaux intimes et des autobiographies – livres captivants, si seulement un homme était capable de choisir parmi la masse de ce qu'il nomme ses expériences ce qui constitue vraiment son expérience et de la rapporter fidèlement.*

59.

Les changements de goût – ce qu'on finit par aimer ou ne pas aimer – ne sont pas arbitraires ; l'orientation générale des aversions et des affections personnelles tend à se conformer aux normes démographiques plus larges, même s'il existe des dissensions dans certains cas bien spécifiques. Les panneaux indicateurs varient, mais, dans l'ensemble, tout le monde va dans la même direction. Pour un homme de mon âge, cela se traduit notamment par une réticence à trop s'éloigner du rayon "histoire militaire" des librairies, et par un intérêt tout particulier pour la Seconde Guerre mondiale. J'ai également conscience d'une aversion de plus en plus prononcée à l'égard d'un certain *ton*. Après avoir relu *Portrait de femme*, j'ai eu envie de reprendre le recueil d'essais de Cynthia Ozick intitulé *Ce que savait Henry James*, et je me suis presque immédiatement retrouvé dans ce qu'elle disait – je me suis reconnu, et avec fierté, dans "ces temps et ces mœurs bien moins élevés en termes de motivations (et de motifs) littéraires[01]" que ceux de James. Ozick avait peut-être des choses intéressantes à dire sur James, mais cette hauteur de ton signifiait que je ne saurais jamais lesquelles. Il s'est produit quelque chose de similaire, quoique de manière plus progressive, au cours de ma lecture d'un recueil d'essais de Czeslaw

01 — Cynthia Ozick, *What Henry James Knew and Other Essays on Writers*, Londres, Jonathan Cape, 1993, p. 2.

Milosz, *Pour commencer là où je suis*. Quand on assiste à une conférence, on s'assoit et on écoute quelqu'un pérorer, et il est parfaitement acceptable que ce discours puisse parfois prendre des accents hautains. Mais dès lors que le conférencier, quel qu'il soit, s'éloigne du pupitre et descend de l'estrade, les règles habituelles du discours reprennent leurs droits. Personne n'a envie qu'on continue à lui faire la leçon à la fin d'une leçon magistrale. Dans le cas de Milosz, on a le sentiment qu'il *converse* avec le lecteur sur un ton hautain, comme si cette supériorité lui était naturelle et coutumière. Il ne s'agit même pas de prétention ; c'est plutôt qu'il considère depuis longtemps comme une évidence la haute estime dont il fait l'objet. Et à bon droit, me direz-vous ; après tout, ce type a reçu le prix Nobel. Comment l'oublier, du reste, étant donné qu'il passe son temps à mentionner cette distinction ? *Pas du tout* pour se vanter, bien entendu, mais il n'en reste pas moins que toutes ses pensées, ses réflexions et ses méditations finissent par s'exprimer de manière instinctive en "style Nobel[01]", comme disait Martin Amis (à propos de José Saramago). C'est ce qui arrive quand la grandiloquence devient une seconde nature, comme si vous ne vous contentiez plus de vous préparer une simple tasse de thé le matin, mais une tasse de thé nobélisé pour accompagner vos œufs brouillés nobélisés et vos tranches de bacon nobélisé.

Dans son livre *Une très légère exagération*, Adam Zagajewski raconte le coup de fil qu'il a reçu un jour de Milosz, à la fin des années 1990 : la voix empreinte d'une "profonde mélancolie", l'écrivain lui avait demandé : "S'il te plaît, dis-moi, en toute honnêteté, ai-je jamais écrit un seul bon poème de toute ma vie[02] ?" Si cette conversation avait eu lieu en face-à-face, devant une pinte de bière, et non pas au téléphone, et si les deux écrivains avaient été anglais,

01 — Martin Amis, *Le Deuxième Avion*, traduit de l'anglais par Bernard Hoepffner, Gallimard, 2010, p. 96.

02 — Adam Zagajewski, *Slight Exaggeration*, New York, Farrar, Straus, and Giroux, 2017, p. 296.

Adam, le visage impassible, aurait certainement répondu : “Ma foi, maintenant que tu me poses la question, Chezza, je crois bien que non.” Et cela aurait tout de suite remonté le moral de son copain.

Non pas que quiconque mérite de vivre sans recevoir de temps à autre les encouragements bienveillants de ses amis. En 1979, après avoir reçu une lettre dans laquelle Larkin lui demandait : “Tu crois que je suis en train de devenir timbré[01] ?”, le père de Martin Amis, Kingsley, répondit : “Tu ne deviendras jamais fou[02].” Mais je soupçonne que Larkin a dû être encore plus réconforté par la lettre que lui adressa quelques années plus tard, en 1982, un vieil ami qui le félicitait pour “l’émission pas tr. bonne” à laquelle il avait participé à la télé : “Tu as réussi à faire passer des gens comme Ted Hughes, Peter Porter et John Ashbery pour des cons.”[03]

Le plaisir procuré par ce passage contraste fortement avec le sentiment que j’ai éprouvé en lisant une anecdote à propos d’un autre écrivain, français celui-ci, lors du tournage d’une émission de télé. Il se trouve que le caméraman s’appelait Albert, si bien que, lorsque le réalisateur de l’émission ordonna sèchement : “Albert, tu viens par là... Tu te dépêches”, le tout jeune prix Nobel le pria aussitôt de se montrer un peu plus respectueux : “Appelez-moi monsieur, s’il vous plaît[04] !” Quelle consternation d’apprendre que Camus ait pu se montrer aussi *hautain* – sans doute le défaut le plus détestable (adossé, inévitablement, à l’absence d’humour) parmi tous ceux n’entrant pas dans la catégorie des délits passibles de poursuites judiciaires. Mieux vaut encore être pompeux que hautain ; la grandiloquence présente au moins l’avantage salvateur de s’apparenter au ridicule, et, dans la mesure où l’autoglorification assumée

01 — Larkin, *Selected Letters of Philip Larkin, 1940-1985*, édité par Anthony Thwaite, Londres, Faber, 1988, p. 605.

02 — Kingsley Amis, *The Letters of Kingsley Amis*, édité par Zachary Leader, New York, Talk Miramax Books, 2001, p. 875.

03 — *Ibid.*, p. 949.

04 — Cité in Herbert R. Lottman, *Camus*, traduit de l’anglais par Marianne Véron, Seuil, 1978, p. 652.

est toujours perçue en réalité comme une forme d'autodénigrement, c'est une attitude foncièrement comique. (Il se peut que je me sois acculé moi-même à une impasse logique inattendue dans laquelle, en vertu de la soupape de sécurité comique procurée par les manières pompeuses, quelqu'un de grandiloquent *et* pompeux à la fois – en général, les deux vont naturellement de pair, après tout – est préférable à quelqu'un de simplement grandiloquent. *Hmm*. Le problème avec la "grandiloquence", c'est qu'elle peut se manifester sous une étonnante diversité de formes, de dimensions et de modalités, dont certaines ne sont pas immédiatement identifiables comme telles, et qu'elle peut s'épanouir de manière étonnamment harmonieuse avec d'autres traits de caractère improbables. Je pourrais citer – mais préfère m'en abstenir – des écrivains qui sont à la fois grandiloquents *et* susceptibles.) Si le désir d'accession à la majesté est une tradition commune à la République française et au *Royaume-Uni*[01] – en Angleterre, on peut à l'occasion surprendre quelqu'un en train de guetter patiemment le bon moment, de tâter le terrain pour voir si l'heure de sa potentielle investiture a sonné et s'il peut enfin se permettre en toute impunité de se hausser du col –, l'une des joies de l'Amérique est que ce fléau, là-bas, comme la polio, a été complètement éradiqué. Mais le plus étonnant, c'est qu'un trait de caractère rebutant puisse constituer à l'inverse une qualité stylistique séduisante. Quelqu'un qui avait rencontré Rebecca West au soir de sa vie m'a confié l'avoir trouvée "assez grandiloquente", ce qui paraît tout à fait plausible au vu de la prose d'*Agneau noir et Faucon gris*, dont la grandiloquence intrinsèque, entièrement justifiée par l'ampleur de l'entreprise romanesque, finit par avoir quelque chose d'attachant. Les femmes seraient-elles donc moins susceptibles de succomber à la folie des grandeurs que leurs homologues masculins ? On ne peut que l'espérer, en dépit de certains exemples contraires flagrants (Naomi Wolf menaçant de quitter à grand fracas le plateau de

01 — En français dans le texte.

Newsnight parce que Brigitte Berman avait eu l'audace de *ne pas être d'accord* avec elle) et des capacités de mutation de ce phénomène, lesquelles expliquent qu'on ait pu observer ici et là des cas avérés de ce qu'on pourrait qualifier de grandiloquence-de-vieille-chouette-excentrique. Il n'en reste pas moins que c'est d'abord et avant tout la gent masculine que concernent les remarques / conseils qui suivent.

Passé un certain âge dans une vie d'homme – surtout lorsqu'on a atteint un certain niveau d'éminence –, il est essentiel de conserver une trace de la vision du monde qu'on avait à quatorze ans[01]. Camus n'oublia jamais "l'été invincible[02]" de son enfance à Alger, mais c'est plutôt à quelque chose de spécifiquement anglais que je songe en l'occurrence (et de moins sérieux que la célèbre boutade de Harold Wilson selon qui, politiquement parlant, Tony Benn avait gagné en immaturité avec l'âge), quelque chose qui s'apparente à ce que dit Larkin lorsqu'il rapporte à Amis, en 1981, le genre de courrier qu'il reçoit depuis que sa réputation poétique attire les étudiants en foule à l'université de Hull : "'Cher Dr. Larkin, Mon amie et moi n'arrivons pas à nous mettre d'accord pour savoir qui de

01 — Comme je le disais, c'est surtout la gent masculine que j'ai en tête, mais lorsque je pense à mon adorable belle-mère aujourd'hui âgée de quatre-vingts ans, il m'est toujours incroyablement facile de l'imaginer sous les traits de la joyeuse adolescente de treize ans qu'elle fut pendant son enfance dans l'Arkansas. Cette remarque vaut donc aussi dans d'autres cas. Et il existe par ailleurs une manifestation négative – et non moins touchante – de cette même condition, illustrée par Vivian Gornick lorsqu'elle raconte, avec délices, une blessure psychique que lui infligea sa mère lorsqu'elle avait huit ans. Dans ses mémoires intitulés *La Femme à part*, publiés à la veille de ses quatre-vingts ans, Gornick écrit qu'elle a "ruminé cet incident pendant cinquante ans" (Vivian Gornick, *La Femme à part*, traduit de l'anglais par Laetitia Devaux, Rivages, 2018, p. 87). (Au point qu'elle le mentionne de nouveau cinq ans plus tard dans un autre livre, le bien-nommé *Inépuisables : Notes de (re)lectures* !) Tout sauf grandiloquente, la vision du monde de Gornick – la relation tonale qu'elle entretient avec lui – est résolument terre à terre. C'est grâce à cela, ainsi qu'à un sentiment constant et autoalimenté de grief – ou d'injustice, si l'on tient vraiment à y ajouter une touche de gravité idéologique –, qu'elle a conservé toute sa vivacité.

02 — Albert Camus, *L'Été*, in *Œuvres*, Gallimard, coll. "Quarto", 2013, p. 1140.

nous deux a la plus grosse poitrine, et nous aurions aimé vous demander si vous accepteriez de jouer le rôle de…'[01]"

Tous les témoignages soulignent à quel point les dernières années de la vie de Larkin furent pénibles. Le fait est qu'elles furent objectivement malheureuses, mais Amis Junior lui-même semble sous-estimer les profondeurs abyssales de l'humour chez Larkin – ce qui est surprenant de la part de quelqu'un qui a manifestement conscience, comme il l'écrit dans *La Flèche du temps*, de "l'hilarité mortelle qui ricane derrière tout ce que nous accomplissons". (On perçoit ici un écho agonisant, textuel aussi bien que contextuel, au chant de sirène entonné par Larkin dans "Ambulances" : "le vide qui résout tout / Inhérent à chacune de nos actions[02]".) La vie de Larkin fut si misérable qu'elle en devient presque une vaste plaisanterie (une "farce", disait-il lui-même) et, dès lors, un motif en soi à la fois de découragement et de consolation. Contrairement à Naipaul, Zagajewski reconnaît que Larkin est "un authentique grand poète[03]", mais il a tort de voir en lui un poète "cynique", même si bon nombre de preuves additionnelles semblent à l'évidence corroborer un tel jugement dans sa correspondance, où cette farce sinistre est décrite et vécue en toutes lettres. Aucun livre ne me fait autant rire que la correspondance de Larkin. Et je ne parle pas seulement des bons mots, même si ce sont des classiques du genre : "Je me suis imposé un régime de restrictions budgétaires parfaitement inefficace. Il consiste à ne jamais payer un coup à boire à qui que ce soit." Et n'oublions jamais une chose : avoir le sens de l'humour, ce n'est pas uniquement être drôle, loin de là ; c'est toute une manière d'être au monde et de voir le monde : "Ta situation est plus pénible que la mienne, je le vois bien, écrit-il à Judy Egerton à la veille d'un Noël typiquement déprimant en 1958. Mais d'un autre côté, la mienne, c'est

01 — Larkin, *Selected Letters*, *op. cit.*, p. 636.
02 — Larkin, "Ambulances", in *Où vivre, sinon ?*, traduit de l'anglais par Jacques Nassif, La Différence, coll. "Orphée", 1994, p. 75.
03 — Zagajewski, *op. cit.*, p. 188.

à moi qu'elle arrive[01]." Elle lui est venue très tôt, cette imparable disposition philosophique, mais peut-être est-ce toujours le cas. On ne peut cultiver un sens de l'humour que dans la mesure où l'on est capable d'apprendre à rire, du moins en public, au bon moment (en général après un léger retard de rigueur, le temps que les rouages laborieux du cerveau s'efforcent de reconnaître la présence d'un schéma récurrent : "Ah, d'accord, je vois, il s'agissait d'une blague"), mais si vous en êtes encore dépourvu une fois franchi le cap de l'adolescence, il est improbable que vous puissiez en acquérir un par la suite comme vous décideriez de vous mettre diligemment à la musculation pour développer des pecs d'acier. (Larkin, naturellement, a fini avec un ventre qui ressemblait à "quelque chose qu'on a gonflé avec une pompe à vélo[02]".) Inversement, ce n'est pas quelque chose que vous êtes susceptible de perdre un jour, comme la faculté de faire du vélo ou, pour reprendre la comparaison de Larkin lui-même, "comme le chat du Cheshire, chez qui, chacun s'en souvient, la dernière chose à disparaître est le sourire[03]".

Au fil des diverses phases du confinement, alors que nous passions sans cesse plus de temps à communiquer entre amis par texto ou par e-mail, il s'est produit un phénomène absolument sans précédent. De temps à autre, chacun d'entre nous se retrouvait obligé de demander : "C'est une plaisanterie ?", ou de clarifier son propos – "Je plaisante !" –, ce qui n'avait jamais été nécessaire jusqu'alors, même suite à une réplique lâchée avec le plus grand sérieux apparent, dans les conversations en face-à-face de la vie de tous les jours. La faculté extraordinaire qu'ont les échanges électroniques à filtrer les plaisanteries nous a offert un aperçu de l'ennui infernal (et propice à toutes les vexations) dans lequel doivent vivre les gens dépourvus d'humour.

01 — Larkin, *Selected Letters*, *op. cit.*, p. 29.
02 — *Ibid.*, p. 687.
03 — *Ibid.*, p. 570.

60.

Ne serait-il pas merveilleux de pouvoir être un écrivain sérieux sans se prendre du tout au sérieux ? Pas simplement *en société*, je veux dire – ça, c'est facile (même si certains écrivains pas très sérieux trouvent la chose impossible, voire insultante) –, mais précisément dans son travail d'écrivain.

Je crois qu'il existe
une certaine tendance
à griffonner tout ce qui vous
passe par la tête et à appeler
ça un roman. Mon livre,
à l'inverse...

Shirley Hazzard

01.

Ce matin, juste après avoir pris mon petit déjeuner – des œufs brouillés, ma foi, loin d'être infâmes –, je cherchais une citation dans *Le Patient anglais* de Michael Ondaatje quand je suis tombé sur un extrait des carnets dudit patient à propos des vents :

> *Il y a, dans le sud du Maroc, un vent qui souffle en tourbillons, l'Aajej. Les fellahin s'en défendent avec des couteaux. Il y a aussi l'Africo, il a déjà poussé des pointes jusqu'à Rome. L'Alm, un vent d'arrière-saison, originaire de Yougoslavie, l'Arifi, également connu sous le nom d'Aref ou Rifi, il vous brûle de ses innombrables langues. Ce sont des vents permanents. Des vents qui vivent au temps présent.*
>
> *Il y a d'autres vents, des vents moins constants qui changent de direction, qui jetteront à bas cheval et cavalier avant de repartir dans la direction opposée. Cent soixante-dix jours par an, le Bist Roz s'en prend à l'Afghanistan, il ensevelit des villages entiers*[01].

La littérature n'est pas une boîte de nuit pleine à craquer opérant strictement selon la règle “un qui sort, un qui entre”, mais je suis conscient qu'un VIP de cet acabit (avec un *P* majuscule pour “passage”), même s'il atteint un joli score sur l'échelle de Beaufort de la qualité, n'ouvre plus chez moi aussi facilement que jadis la porte de mes affections. Il a été relégué aux marges de ma réceptivité tonale par Eve Babitz, qui connaît les vents de la Californie du Sud “comme les Inuits connaissent leurs neiges”. Dans “Le Sirocco”, elle

01 — Michael Ondaatje, *Le Patient anglais*, traduit de l'anglais (Canada) par Marie-Odile Fortier-Masek, L'Olivier, 1993, Points, 2020, p. 26.

se souvient d'"un de ces soirs où les Santa Anas soufflent si fort que la lumière des projecteurs était la seule chose dans le ciel à rester droite[01]". L'image est superbe, mais il n'est pas dans le tempérament de Babitz de se mitonner une petite mignardise littéraire avec du vent – ni avec quoi que ce soit d'autre, du reste, à part peut-être les déjeuners cancaniers au Chateau Marmont.

Joan Didion, après avoir donné un aperçu des dégâts physiques et psychiques causés par les santa anas – "asséchant les collines et les nerfs jusqu'au point de rupture" – dans son "Carnet de Los Angeles", se voit obligée, et on la comprend, de "s'allonger"[02]. Aussi souple que Didion est cassante, Babitz, dix ans plus tard, est au contraire joyeusement enivrée par les bourrasques : "La confusion, le rouli bouli du vent me rendaient hilare. Rien ne peut me faire rester sobre quand tout gigote autour de moi comme si la vie en dépendait[03]."

Lawrence, dans une lettre datée de janvier 1929, remarquait avec un agacement tout ce qu'il y a de plus anglais, en guise de contre-attaque préventive face à la taxonomie séduisante du patient anglais : "Le mistral est un vent encore plus méchant que la tramontane ou le maestrale – c'est dire. Nous avons tous plus ou moins attrapé des angines de poitrine à cause de lui[04]."

Quoi qu'on puisse reprocher par ailleurs à Lawrence – beaucoup de choses –, il n'est *jamais* précieux. Si la préciosité est un défaut auquel je suis devenu de plus en plus allergique avec l'âge, Babitz (qui, tout au long de sa vie d'écrivaine, est restée autant que possible en contact étroit avec la jeune fille de quinze ans qu'elle fut un jour,

01 — Eve Babitz, *Jours tranquilles, brèves rencontres*, traduit de l'anglais (États-Unis) par Gwilym Tonnerre, Gallmeister, coll. "Totem", 2015, p. 95 et 96.

02 — Joan Didion, *Slouching Towards Bethlehem*, New York, Touchstone, 1979, p. 217.

03 — Babitz, *op. cit.*, p. 96.

04 — Lawrence, *The Letters of D. H. Lawrence*, vol. VII, *1928-1930*, *op. cit.*, p. 156.

et qui, en tant que féministe, pensait qu'"au plus profond de toute femme se cache une serveuse[01]") constitue à cet égard un antidote universel : "Janet et Shawn furent gentils, eux aussi, mais il me vint à l'esprit que de toutes les journées pourries de ma vie, celle-ci à Palm Springs allait sans doute être la pire. Non sans une certaine frivolité, bien entendu[02]." Nietzsche, lui qui eut l'intuition décisive que le sérieux est la marque infaillible d'un esprit paresseux, serait certainement tombé fou amoureux de Babitz (à qui les "foutaises[03]" dionysiennes déblatérées par l'un de ses anciens amants nommé Jim Morrison n'inspiraient que de la dérision).

02.

Le problème de la préciosité apparaît de manière particulièrement saillante dans certains spécimens de *nature writing*, où les occasions ne manquent pas de l'apercevoir en train de folâtrer main dans la main avec de profondes *méditations* sur ce petit caillou singulièrement merveilleux – et singulièrement précieux – qu'est notre planète : "une balle humide projetée à travers le néant[04]", pour reprendre l'imbattable expression de Dillard. J'aimerais prendre soin de cette balle humide et tout faire pour qu'elle continue de tourner dans l'espace intersidéral autant que faire se peut et pendant aussi longtemps que possible, mais le seul effet qu'ont sur moi les prières en prose adressées à la nature sauvage – soit parce que nous l'avons défigurée, soit, à l'inverse, parce qu'elle a la capacité de nous guérir – telles qu'en formulent à l'envi des écrivains comme Terry Tempest Williams, c'est de m'inciter à chérir le vandale qui sommeille

01 — Babitz, *op. cit.*, p. 116.
02 — *Ibid.*, p. 165.
03 — Babitz, *I Used to Be Charming*, New York, NYRB, 2019, p. 225.
04 — Annie Dillard, *Apprendre à parler à une pierre*, traduit de l'anglais (États-Unis) par Béatrice Durand, Christian Bourgois, coll. "Titres", 1992, p. 173.

en moi, de me pousser vers une position trumpiste radicale en vertu de laquelle nous devrions au moins accepter d'envisager l'idée, si tant est qu'elle soit opportune d'un point de vue économique, de vendre aux enchères le Grand Canyon à un consortium spécialisé dans la construction de parcours de golf et l'exploitation minière à ciel ouvert[01]. Si les intentions à l'œuvre derrière l'écriture telle que la pratique Williams sont de nous faire accéder à un plus haut degré d'appréciation et de communion avec l'univers, alors ces intentions sont bien mieux servies – négativement – par les chansons de rap les plus vulgaires.

03.

"Bien, et maintenant : haussons un peu le ton, bordel de merde[02]."

Les courts sur lesquels je joue au tennis, au bord de l'océan menacé par la prolifération des microplastiques, à Santa Monica, sont situés à côté d'un terrain de basket municipal. J'aime vraiment bien cet endroit – enfin, c'est-à-dire que j'aime bien passer devant à vélo, mais ce que j'aime encore plus, c'est savoir que n'importe lequel des courts de tennis un à cinq est libre, ce qui signifie que je ne serai pas obligé d'aller jouer sur le court n° 6, celui qui jouxte le terrain de basket. Ce dernier constitue un espace démocratique au sens propre du terme, dans la mesure où il ressemble à la cour d'exercice d'une prison sans surveillance d'où les allégeances raciales ont entièrement disparu et où la marijuana est officiellement reconnue

01 — Je serais presque tenté d'aller jusqu'à englober *toutes* les formes de prières sous le voile de ces considérations – même si je n'en ai pas lu autant que Don Paterson, qui s'est donné la peine de plonger dans ce bourbier afin d'en recenser un nombre suffisant pour composer toute une anthologie. En cherchant à confirmer ses propres soupçons sur ce sujet, il a d'ailleurs confirmé au passage l'un des miens : "la prière est vraiment la forme de littérature la plus basse". (Don Paterson, *The Book of Shadows*, Londres, Picador, 2004, p. 118.)

02 — Paterson, *The White Lie*, Minneapolis, Graywolf, 2001, p. 41.

comme un moyen efficace d'apaiser les tensions. Tout ici n'est que tatouages, aisselles, fumette et échanges de cris lancés par-dessus une bande-son de rap crachotée à plein volume par une boom-box, si c'est toujours ainsi qu'on les appelle aujourd'hui. Les disputes occasionnelles et les braillements ininterrompus se déroulent donc au son d'une musique faite de rythmiques lourdes et assourdissantes, de *motherfucker* par-ci et de *bitch* par-là. Cette musique recèle indéniablement une certaine puissance urbaine, qui ne me déplaît pas, même si cela nuit parfois à la concentration nécessaire pour jouer au tennis, et quand je dis "urbaine", je ne veux pas dire "noire", je veux bien dire *urbaine*, parce que cet aspect est d'autant plus saisissant du fait de la présence à moins de cent mètres de là du bleu cristallin et des pulsations tout aussi lourdes et lancinantes de l'océan Pacifique. Je sais bien qu'il existe plusieurs courants au sein de la musique rap, mais celui qui a les faveurs du public fréquentant ces lieux n'est guère propice à l'épanouissement de sentiments raffinés, au développement de l'aptitude à discerner les choses de manière raffinée, ou à quelque forme de raffinement que ce soit de manière générale. C'est une incitation constante et totalement dépourvue de subtilité à entretenir avec le monde des rapports – et à lui opposer des réactions – de la plus extrême crudité. Dans les années 1950, les gens ressentaient le même genre de craintes devant les déhanchements musicaux d'Elvis Presley, qui paraissent aujourd'hui bien bénins et plus pittoresques qu'autre chose ; il est donc fort possible, j'imagine, que *cette* musique-là finisse un jour par perdre elle aussi sa dimension résolument brutale – pour peu que le monde, d'ici là, devienne lui-même encore plus brutal et horrible, ce qui pourrait bien arriver si cette musique, précisément, continue de jouir d'une telle popularité. Theodor Adorno, dans son *Introduction à la sociologie de la musique*, écrit que la musique de chambre "cultive la courtoisie". C'est joliment tourné, mais Adorno, fidèle à lui-même, ne s'arrête pas là et ajoute que "la vertu sociale de la politesse a contribué [...] à cette spiritualisation de la musique, dont la musique de chambre – elle seule probablement – fut le lieu[01]". (Adorno ignorait manifestement tout de la musique classique indienne.) Donc : courtoisie, politesse et spiritualisation. Il est inconcevable que la musique tonitruante qui résonne sur le terrain de basket puisse mener à cette trinité de qualités. Et plus encore : écouter une telle musique réduit à néant les facultés de concentration indispensables pour apprécier Puccini (que je n'ai jamais vraiment écouté) ou pour lire les derniers romans de Henry James. Se pourrait-il que les joueurs de basket ou de tennis acquièrent de plus nobles dispositions d'esprit s'ils écoutaient une version audio de *Retour de service*, ou une mise en musique du *Ballon d'or* ?

04.

Si ça se trouve, cet improbable changement de politique musicale a déjà été mis en œuvre et couronné de succès – cela fait un certain temps que je n'ai pas mis les pieds sur un terrain de sport, en raison d'une énième série de blessures insidieuses menaçant de mettre fin à ma carrière. On pourrait voir dans les problèmes de santé divers et les blessures l'équivalent physique des rêves : ils exercent une fascination infinie pour celui qui en fait l'expérience mais se révèlent d'un ennui mortel pour quiconque se voit sommé d'en écouter ou d'en lire le récit. Tout est affaire de contexte. Je connais peu de livres aussi haletants que *La Mort suspendue*, dans lequel l'alpiniste Joe Simpson raconte comment il s'est remis d'une véritable avalanche de blessures. Mais que dire des petits bobos et des douleurs chroniques, des poches de glace et de l'ibuprofène, des visites désespérées chez le chiropracteur qu'on va consulter comme on va en pèlerinage à Lourdes ? Je n'ai certainement pas l'intention de

01 — Theodor W. Adorno, *Introduction à la sociologie de la musique*, traduit de l'allemand par Vincent Barras et Carlo Russi, Contrechamps, 1994, p. 93.

transformer cet essai en un journal de bord de mes foulures et autres entorses, mais je suis bien obligé d'admettre que, mes muscles fléchisseurs de hanche se révélant obstinément réfractaires à toute solution physio-thérapeutique, j'ai fini par prendre rendez-vous chez un médecin chinois qui jouit de la plus haute réputation – et pratique en conséquence des tarifs tout aussi élevés. Comme il ne parlait pas un mot d'anglais, nous nous sommes retrouvés tous les deux embarqués dans une procédure un tantinet fastidieuse impliquant que j'expose mes problèmes à un assistant, lequel en traduisait la teneur au médecin – dans une autre pièce – dont le verdict m'était ensuite communiqué par le même truchement mais dans le sens inverse. L'assistant était un type d'une trentaine d'années, d'allure athlétique, à qui j'ai présenté toute une liste de maux et de douleurs avant de lui livrer un résumé plus succinct de mon état de santé général.

"Imaginons que dans cette pièce, en plus de vous et moi, se trouve un type de quatre-vingts balais qui arpente lentement la pièce en traînant de la pantoufle… Si j'étais venu vous voir il y a six semaines et que vous m'aviez demandé à qui, entre vous et lui, je m'identifiais le plus…" (Pour une raison difficilement explicable, le fait de savoir que cet homme officiait en tant qu'interprète pour le médecin provoquait en moi le besoin irrépressible d'employer des tournures de phrase qui, dans de telles circonstances, étaient non seulement superflues mais parfaitement grotesques.) "Si vous m'aviez proposé ce choix – vous ou ce vieillard –, je n'aurais pas hésité une seule seconde. 'Vous', aurais-je répondu. Aujourd'hui, je n'en suis plus si sûr…"

Sa jeunesse le rendait inapte à saisir la dimension pathétique accablante de cette déclaration, dont je n'avais pour ma part que trop conscience au contraire. Je me suis tout à coup senti submergé par une lame de fond d'apitoiement sur soi qui était également une forme inversée de glorification de soi, une manière de revendiquer mon infirmité comme une force, revendication qui n'était pas entièrement dénuée de l'orgueil le plus abject.

À ma grande surprise, le médecin chinois, qui avait l'air gentil, sage, vieux, et en pleine forme (ce qui semblait attester de manière d'autant plus convaincante l'efficacité des services qu'il proposait), est revenu sans son assistant et m'a fait signe de m'allonger sur la table d'examen, sur le dos. J'ai fermé les yeux tandis qu'il me plantait des aiguilles à divers endroits dans les deux jambes. Puis il m'a laissé allongé là. Je n'avais ressenti pratiquement aucune douleur au moment de l'insertion des aiguilles, mais une extraordinaire impression de chaleur diffuse commençait à présent à se manifester à ma conscience, une chaleur qui irradiait par tous les points d'entrée, dans toutes les allées et le long de tous les axes de mon corps. Quand j'ai rouvert les yeux, je me suis aperçu que c'était parce qu'une lampe chauffante était en train de transformer mes genoux en tartines grillées.

Le toubib est revenu au bout d'une demi-heure pour m'enlever les aiguilles. Je me suis redressé et je suis allé m'asseoir dans un fauteuil, à l'instar du médecin qui a attendu d'un air patient et bienveillant pendant que son assistant me traduisait en anglais son diagnostic et son pronostic. Les nouvelles étaient bonnes, m'a-t-il annoncé. Le médecin pouvait me guérir. Le traitement, outre quatorze séances supplémentaires d'acupuncture, impliquait que je suive un régime à base de tendons de bœuf, de thon et soupe à l'orge au petit déjeuner. Je devrais également boire un thé bien particulier, conditionné dans des boîtes de deux litres qui coûtaient soixante-quinze livres pièce, et avaler des dizaines de comprimés qui ressemblaient à des petites perles de roulement à billes et dont le premier flacon me serait délivré gratis à titre d'offre promotionnelle au moment de la souscription. Je n'écoutais déjà plus les paroles du bon docteur que d'une oreille, trop occupé que j'étais à calculer le coût total de ce forfait thérapeutique de luxe, qui me délesterait à vue de nez d'un peu moins de trois mille billets. Je suis sorti du cabinet avec mes pilules gratuites et mon bidon de thé boueux, et je ne suis plus jamais retourné voir ce médecin.

Mes fléchisseurs de hanche ont continué à me poser problème, même après que j'ai pu reprendre le chemin des courts, et ont fini par guérir d'eux-mêmes grâce à la mise au repos forcée entraînée par le confinement – ce qui, un peu comme le traité de Versailles, n'a fait en réalité que repousser l'échéance et préparer le terrain pour la flopée d'autres pépins de santé qui me tomberaient dessus lorsque je ferais mon grand retour sur le devant de la scène tennistique quelques mois plus tard.

05.

Ces muscles fléchisseurs de hanche avaient commencé à me poser problème parce que j'avais continué à jouer alors que j'aurais dû arrêter, tant que la douleur était encore tolérable. Une telle forme de renoncement requiert la discipline généralement associée à la persévérance, à l'abnégation avec laquelle on s'obstine à poursuivre laborieusement une lecture qui ne procure aucun plaisir. Continuer à jouer malgré la douleur est le moyen le plus sûr de provoquer d'autres douleurs, encore plus douloureuses – mais continuer à *lire* dans la douleur ? Comme le suggère l'échange que j'avais eu avec mon beau-père à propos de *La Danse de la vie humaine*, il est toujours possible d'imaginer que vous êtes passé à côté de quelque chose, que vous avez laissé tomber trop vite, qu'en poursuivant votre lecture ne serait-ce que de une page, vous auriez peut-être franchi un cap et vous seriez soudain retrouvé non seulement enchanté mais absorbé par la lecture d'une œuvre qui vous aurait soudain révélé son immense qualité littéraire. C'est la raison pour laquelle, dès qu'on a décidé de lâcher un livre, il arrive souvent qu'on en lise encore deux ou trois pages, histoire de lui donner – ou de se donner à soi-même – une chance de rédemption.

La métaphore du parachute me fait penser à certaines anecdotes de la Seconde Guerre mondiale, quand le pilote, au mépris de sa propre survie, dit au reste de l'équipage de sauter pendant qu'il s'efforce du mieux qu'il peut de stabiliser son Lancaster transformé en gruyère par les mitraillettes ennemies – puis réussit par miracle, en dépit de la fuite de carburant et de la perte de ses deux moteurs, à le faire atterrir en douceur sur un aérodrome du Lincolnshire. Le lecteur qui a sauté en plein vol, lui, finit soit mort (massacré à coups de fourche par des fermiers fous de rage) soit abandonné à croupir dans un camp de prisonniers allemand jusqu'à la fin de la guerre avec deux jambes cassées et rien pour soulager la douleur à part *Biggles et le mystère des avions disparus*. Et puis, un beau jour, il reçoit une carte postale de la Mère Patrie racontant l'histoire de l'avion condamné au crash qui ne s'est pas crashé en fin de compte, le roman bof-bof sur un raid aérien au-dessus de l'Allemagne qui s'est finalement révélé être “un chouette récit d'aventures trépidant doublé d'une dénonciation puissante de la violence absurde de la guerre”. Le prisonnier blessé se tortille inconfortablement sur son lit de camp : “Ah, si seulement je m'étais accroché.”

Bien souvent, quand on n'arrive pas à s'accrocher, c'est à cause d'un défaut d'énergie de la part du lecteur plutôt que d'un défaut de puissance de la part de l'auteur, mais il est toujours tentant d'inverser cette répartition des responsabilités. Ce n'est pas parce qu'un livre est universellement considéré comme un chef-d'œuvre qu'il en sera un à vos yeux quand vous finirez par le lire – et, dans ce cas, il se peut que ce soit entièrement et uniquement votre faute. Mais ce n'est pas non plus parce qu'un livre est considéré comme un classique qu'il est forcément bon. Le statut n'est pas une garantie de qualité. Dans la préface à l'édition Penguin Modern Classics que je possède d'un certain livre figure une citation du critique Walter Allen selon lequel “d'aucuns pourraient prétendre à bon droit que c'est le plus grand roman en langue anglaise de ce siècle [le vingtième]”. Personne, à moins d'avoir perdu tout sens commun, ne voudrait passer à côté d'une telle expérience de lecture ; je ne ferai donc pas durer le suspense plus longtemps : il s'agit de *Nostromo*, un livre que je me suis péniblement farci il y a quarante ans, à une époque où je possédais encore l'énergie d'un impétueux bouvillon et la foi aveugle d'un agneau binoclard, un livre qui m'est resté en mémoire pour la seule et unique raison que jamais de toute ma vie je n'ai lu un bouquin aussi barbant que ce *Nos*-fichu-*tromo*. Non, ce n'est pas vrai, évidemment, mais l'horreur, l'horreur qu'a constituée pour moi la lecture laborieuse de *Nostromo* est quelque chose qui ne s'oublie pas facilement. J'ai justement mon exemplaire sous la main – avec un "Zapata" au regard sombre en gros plan sur la couverture, dessiné par Alfredo Zalce – et je sens encore la terreur que m'inspire ce souvenir de lecture sourdre de ces pages que mes yeux ont jadis scrupuleusement parcourues l'une après l'autre sans en sauter une seule.

06.

Les fans de football quittent parfois le stade avant la fin du match, soit pour éviter la foule, soit quand il paraît évident que leur équipe est en train de prendre une raclée. Mais il y a toujours une petite chance pour que la situation se renverse dans les ultimes secondes du match. La victoire 2-1 de Manchester United face au Bayern Munich lors de la finale de la Ligue des champions en 1999, alors que les rubans du Bayern étaient déjà accrochés au trophée des vainqueurs, en est l'une des illustrations les plus spectaculaires. Existe-t-il des cas similaires dans le domaine du cinéma ou de la littérature, des films ou des livres d'une médiocrité en apparence irrémédiable qui renversent soudain la vapeur – et par là je veux dire qui renversent le jugement du spectateur ou du lecteur – à la dernière minute ou à la dernière page ? Une telle rédemption critique *in extremis* est-elle seulement possible ? (*Chris Martin*, de William Golding, se clôt sur le plus extraordinaire renversement de situation à la toute dernière ligne, mais c'est par ailleurs un roman absolument passionnant dès la première page.) J'ai repensé à *Nostromo*, il y a trente-quatre ans, pendant les deux cents premières pages d'un livre que j'étais constamment sur le point de laisser tomber. Je ne m'intéressais à l'époque qu'à la littérature dite expérimentale, et le livre en question se présentait comme un simple thriller, un thriller au style parfaitement indifférent, un thriller parfaitement indifférent à la conception de la littérature qui, six ans après la fin de mes études à Oxford, définissait encore à mes yeux ce qui valait le coup d'être lu ou pas. Le décor était du pur Conrad, du pur *Nostromo*, “une république d'Amérique centrale imaginaire appelée le Tecan, d'après l'*Evening Standard*, un pays sous le joug d'une dictature d'extrême droite”. Je ne me rappelle plus ce qui m'a incité à poursuivre la lecture ; ce dont je me souviens, c'est que subitement, au cours de la scène où le personnage principal fait de la plongée sous-marine, au chapitre 15, vers le milieu de ma très laide édition de poche Picador, deux choses ont changé. D'abord, je me suis rendu compte que j'étais en train de lire un roman formidable ; deuxièmement, j'ai compris que l'idée que je me faisais d'un roman formidable – de ce qu'on éprouvait à la lecture d'un tel livre – venait d'être radicalement reconfigurée. La grande littérature n'avait pas nécessairement des allures... littéraires. Ce livre était *Un pavois pour l'aurore* de Robert Stone, et j'ai été enchanté de découvrir, quelques années plus tard, dans une petite interview questions-réponses, que Salman Rushdie avait connu très exactement la même expérience que moi en lisant ce même roman. Je pense toujours à *Un pavois pour l'aurore* quand me prend l'envie de laisser tomber un livre ; il m'a maintes fois aidé à persévérer quand j'étais découragé par un passage consternant de nullité (l'un des personnages cite la fameuse phrase de Nietzsche qui disait que l'idée du suicide l'aidait à tenir le coup quand il passait une mauvaise nuit) dans de nombreux romans, mais jamais je n'ai eu le plaisir de vivre une expérience de conversion aussi saisissante au beau milieu d'une lecture.

Quand j'ai relu *Un pavois pour l'aurore* en 2013, ses qualités littéraires m'ont paru évidentes dès le début – les défauts que je lui avais attribués la première fois étaient manifestement les miens en réalité –, mais cette anecdote prouve que n'importe quel livre peut devenir excellent, de manière aussi soudaine qu'inattendue, après qu'on a dépassé le seuil critique au-delà duquel on aurait dû en toute logique sauter par-dessus bord.

07.

Avec les livres, *normalement* on sait au bout de un ou deux chapitres qu'on a entre les mains quelque chose de très mauvais. Mais en va-t-il de même pour le cinéma ? Combien de temps met-on à se rendre compte qu'un film est un navet ? Environ trente secondes, parfois moins. Le plan d'ouverture peut suffire, mais en général il faut attendre deux ou trois plans de coupe pour constater qu'il manque désespérément de rythme, pour comprendre que la "vision" du réalisateur (si tant est qu'on puisse le gratifier d'un terme aussi noble) est entièrement déterminée par des clichés – quand elle n'aspire pas carrément à les reconduire de manière assumée. J'ai un faible tout particulier pour les films où l'effet de roulement de tambour silencieux suscité par les prétentions affichées dès le début du générique – "un film de untel ou unetelle" –, censé annoncer au spectateur qu'il s'apprête à voir la dernière œuvre en date de tel ou tel *auteur* revendiqué, s'est totalement effondré avant même la fin dudit générique. Dans les livres, il est toujours possible d'escompter un revirement tardif. Le cinéma est un médium impitoyable. Il suffit que les trois premières minutes d'un film soient ratées pour que s'envole toute possibilité de rédemption. Du reste, c'est peut-être justement l'une des raisons pour lesquelles, au cinéma, la rédemption est un thème et un moteur scénaristique aussi récurrent.

La situation inverse – un livre ou un film qui part en capilotade vers la fin – est hélas très courante. Dans les films d'action, le désastre cinématographique auquel on assiste pendant les dix dernières minutes – quand les balles fusent de toutes parts et que les personnages tombent l'un après l'autre comme des mouches – est presque une convention du genre. La prétention du film à faire monter l'adrénaline jusqu'à son paroxysme produit l'effet précisément opposé : l'inexorable relâchement de l'intérêt du spectateur face au déferlement de violence, de massacres et d'explosions qui prélude à un dénouement d'une insignifiance de plus en plus criante.

Et que dire de ces films qui ne cessent de s'étirer en longueur – alors même qu'ils sont déjà finis depuis longtemps –, mettant le pauvre spectateur dans la position du randonneur obligé de gravir l'un après l'autre une série interminable de cols de montagne ? Les manifestations les plus grotesques de ce phénomène sont les films dans lesquels le méchant ou le monstre, après s'être fait zigouiller, renaît inexplicablement de ses cendres – Max Cady, le Lazare tatoué incarné par Robert De Niro dans le remake des *Nerfs à vif* réalisé par Scorsese en 1991 – pour repartir une dernière fois à l'assaut du héros et de la patience du spectateur.

Plus fourbes encore que ces films où l'intrigue et l'action, une fois menées à leur terme pour la plus grande satisfaction de tout le monde, se prolongent par l'artifice gratuit d'une résurrection, sont ceux dans lesquels, les ressorts de l'intrigue étant généralement secondaires, les mouvements de caméra – laquelle recule afin que le drame humain spécifique auquel nous venons d'assister (et qui a cessé de nous intéresser depuis déjà un bon moment) semble quasi réduit à néant dans le contexte panoramique du paysage qui se dévoile alors dans toute son immensité : une route, une colline, une forêt ou une prairie qui emplit peu à peu toute la largeur de l'écran – donnent au spectateur l'illusion que son calvaire sera bientôt terminé, que le générique de fin ne va pas tarder, qu'on va pouvoir enfin quitter la salle de cinéma et entrer dans un bar – espoir dont il s'avère cependant bien vite, comme dans le quatuor dit “la Plaisanterie” de Haydn (op. 33, n° 2), qu'il n'a été délibérément suscité que pour être mieux déçu, que ce qui ressemblait à la fin n'était en réalité qu'une courte pause, le temps de tourner la page cinématique avant d'entamer un nouveau chapitre qui rend d'autant plus furieuse l'envie ainsi fallacieusement provoquée d'aller boire un verre.

08.

Pour reprendre à mon compte l'affirmation du narrateur de Boyle au début de *La Belle Affaire*, j'ai toujours tout laissé tomber, moi aussi, toujours été celui qui quitte la salle avant la fin du film. Certains préfèrent rester jusqu'au bout. On a payé sa place, après tout, alors autant en avoir pour son argent. Il faut en outre faire preuve d'un certain effort de volonté pour se lever, déranger et agacer ses voisins de rangée. L'aspect un chouïa discourtois d'une telle manœuvre – se glisser en crabe d'un pas maladroit et tâtonnant, marcher sur un pied, ou se prendre la cheville dans la bandoulière d'un sac à main – est approprié en la circonstance, puisqu'en agissant de la sorte on brise le contrat qu'on a tacitement signé au moment d'acheter son billet. Toutes les personnes impliquées dans la création du film partent du principe qu'une fois que vous êtes entré dans la salle, vous devez y rester jusqu'au bout.

La situation n'est pas du tout la même avec les séries télé. Vous êtes libre d'interrompre votre visionnage à tout moment, au milieu d'un épisode, au milieu d'une saison, ou à la fin de la première, de la deuxième ou de la troisième saison. D'où cette impression que l'essentiel des ressources d'ingéniosité et d'intelligence de la part des scénaristes et des réalisateurs – sans parler des ressources technologiques, qui permettent à l'épisode suivant de démarrer automatiquement avant même que vous ayez eu le temps de localiser la télécommande – est consacré à tout mettre en œuvre pour que vous restiez captivé et continuiez de vous enquiller les épisodes les uns après les autres. Dès que j'ai eu pris conscience de ce phénomène, au bout des deux premiers épisodes de la première saison de *Homeland*, j'ai lâché l'affaire, mais ce n'est pas toujours aussi facile que ça en a l'air. Après avoir regardé en intégralité *The Undoing*, avec Nicole Kidman et Hugh Grant, j'ai éprouvé le très net sentiment de m'être fait entuber. Ou plutôt non, c'est encore pire que ça : je *savais*, dès le milieu de la série, que j'étais en train de me faire entourlouper, mais j'ai quand même continué à regarder, volontairement, sans opposer la moindre résistance à ce kidnapping en douceur de mon temps et de ma disponibilité de cerveau. Même dans le cas des meilleures séries, on souscrit sans sourciller à la convention selon laquelle il ne se produit jamais aucun événement, si drastiques qu'en soient les conséquences, qui ne puisse faire l'objet d'un revirement de situation deux ou trois épisodes plus tard ou au début d'une nouvelle saison. *Succession* est une série formidable, mais peu importe de savoir qui, parmi la petite bande d'intrigants pourris-gâtés qui composent la progéniture de Brian Cox, aura les faveurs du patriarche ou tombera au contraire en disgrâce à tel ou tel moment crucial de l'intrigue, puisque d'autres permutations entre les élus et les bannis sont fatalement vouées à intervenir par la suite. Dans la droite ligne du précédent établi par Arthur Conan Doyle et Sherlock Holmes aux chutes du Reichenbach, la mort assurée de Malotru (drogué et inanimé dans un bâtiment en flammes en Ukraine) à la fin de la quatrième saison du *Bureau des légendes* n'est qu'un prélude à sa résurrection et à la nouvelle mission qui l'occupera pendant la cinquième saison. Pour paraphraser T. S. Eliot dans le dernier épisode de la dernière saison des *Quatre Quatuors*, ce que nous nommons la fin est souvent un commencement.

09.

Dans n'importe quelle soirée poétique, si plaisante soit-elle, les mots que nous avons le plus hâte d'entendre sont toujours les mêmes : "Je vais vous lire deux derniers poèmes." (Les mots que nous avons vraiment le plus hâte d'entendre en réalité sont "Je vais vous lire *un* dernier poème", mais il semblerait que deux soit le minimum traditionnellement convenu.) Comme ils sont doux à nos oreilles, ces mots ! On sent que le public pousse en silence un grand soupir collectif, surtout si l'on se fie au précédent établi par les deux poèmes qu'on vient d'entendre, des sonnets dont la récitation a duré un peu moins d'une minute chacun. Après de longs mois passés aux confins de l'océan poétique, le cri a retenti du haut de la vigie : “Terre !” Nous y sommes presque, nous avons réussi, nous pouvons déjà sentir sur notre palais le goût de la bière aux vertus antiscorbutiques qu'on va d'ici peu nous servir au bar. Hélas ! il s'avère que ces deux derniers poèmes sont tout le contraire des sonnets doublement annonciateurs d'une aurore trompeuse qui ouvrait en réalité la voie à une épopée conclusive en plusieurs parties dont la durée ressentie de chacune est deux fois supérieure à celle des vingt et un mille vers de *L'Anneau et le Livre* de Robert Browning.

Ce qui soulève la question suivante : pourquoi sommes-nous venus à cette soirée si c'était pour passer tout ce temps à nous demander quand viendrait le moment où elle se terminerait enfin ? Se pourrait-il que notre désir le plus profond soit que tout se termine ? Nous en demandons toujours plus – pour notre argent, pour notre peine –, mais nous avons beau avoir applaudi à tout rompre pour réclamer un rappel, nous sommes invariablement submergés par une vague de soulagement lorsqu'il apparaît que cette fois le groupe, en dépit de nos implorations collectives, ne reviendra *pas* sur scène, que les lumières se sont soudain rallumées dans la salle (mettant aussitôt le holà, non sans une certaine impolitesse, aux ultimes acclamations résiduelles) et que nous pouvons désormais nous préoccuper exclusivement de nous positionner au meilleur endroit stratégique pour nous extraire le plus vite possible de la cohue qui se dirige à présent vers la sortie.

“Tout en deçà, écrit le poète mineur, court le désir d'oubli[01].”

10.

Comme nous aimons ce qui vient en dernier ! La dernière charge (du général Custer), le dernier vol (du *Memphis Belle* ou du Concorde), les quatre derniers lieder de

01 — Larkin, “Besoins”, in *La Vie avec un trou dedans, op. cit.*, p. 39.

Richard Strauss, le dernier… tout et n'importe quoi, à vrai dire : *des Mohicans* (Fenimore Cooper), *des justes* (André Schwartz-Bart), *Automne* (Elizabeth Bowen), *Nabab* (Fitzgerald) ; *Dernières Lettres de Hav* (Jan Morris), *La Dernière Séance* (Larry McMurtry), *The Last Record Album* (Little Feat), *Les Derniers Jours du disco* (Whit Stillman), *L'Année dernière à Marienbad* (Alain Resnais), *Transit Palace* (titre anglais : *Last Resort*, "Dernier recours", Pawel Pawlikowski), le dernier *Empereur* ou *Tango à Paris* (Bertolucci dans ces deux derniers cas). Enfin, *derniers* exemples mais pas des moindres, tant s'en faut, il y a les littéralistes du genre, comme Dennis Hopper, David Markson ou encore Peter Reading, à qui l'on doit respectivement un dernier *Film*, un dernier *Roman* et un recueil de derniers *Poèmes* (*The Last Movie*, *The Last Novel* et *Last Poems*). (Il existe évidemment de nombreux recueils intitulés *Derniers Poèmes*, publiés à titre posthume – dont ceux de Lawrence, pour ne citer que lui. Parus en 1994, pas moins de dix-sept ans et bien d'autres publications ultérieures avant son décès, *Derniers Poèmes* de Reading se présentent comme l'ultime manuscrit exhumé d'un poète disparu. L'avant-propos précise qu'on ne sait pas très bien si l'intention de l'auteur était que les deux dernières pages, incohérentes et indéchiffrables, "paraissent telles quelles, ou si elles constituent le brouillon d'une œuvre demeurée inachevée[01]".)

La combinaison des mots "dernier" et "été" occupe une place à part et durable dans notre conscience. Pasternak est allé droit au but (*Le Dernier Été*), la BBC en a brodé une variation pour servir de titre à une série (*Le Dernier Vin de l'été*), et Alan Hollinghurst a construit son premier roman, *La Piscine-Bibliothèque*, autour de cette même idée de "dernier été" – "un été comme il n'y en aurait plus jamais[02]". Cet été, c'est celui de l'année 1983, un été de fête charnelle et d'hédo-

01 — Peter Reading, *Last Poems*, Londres, Chatto & Windus, 1994, sans pagination.

02 — Alan Hollinghurst, *La Piscine-bibliothèque*, traduit de l'anglais par Alain Defossé, Albin Michel, 2015, Le Livre de poche, 2016, p. 15.

nisme pour la communauté gay avant l'épidémie du sida. Il fait écho à un autre dernier été, celui de 1914, paré d'une gloire éternelle par les ténèbres catastrophiques qui devaient bientôt suivre et éteindre toutes les lumières de l'Europe : "Le magnifique été 1914, auquel Stefan Zweig pensera toujours les années suivantes lorsqu'il prononcera le mot 'été'[01]", comme le dit Volker Weidermann dans *Ostende 1936*. Les conditions météorologiques faisant à la fois partie intégrante de l'histoire et lui étant totalement indifférentes, l'avenir serait encore ponctué de maints autres étés splendides – l'un d'eux eut même l'ardeur de survenir presque dès le lendemain de la guerre : "l'été incomparable, resplendissant et sans nuages de 1920[02]". On peut songer à d'autres étés encore : celui de 1966, qui vit l'Angleterre remporter la Coupe du monde de foot à Wembley, l'été de l'amour à San Francisco en 1967, le deuxième été de l'amour (ou de l'amour des substances, en tout cas...) en Angleterre en 1989, et celui de 1996, quand les Anglais se hissèrent jusqu'en demi-finale de l'Euro – même s'il s'agit là d'exemples particulièrement sélectifs d'un point de vue tant géographique que démographique (je ne suis pas allé à la moindre rave en 1989, et j'ai regardé l'intégralité des matchs de l'Euro 96 à la télé, à Rome) ; l'été 1914 fut par excellence celui de "la fin d'une époque", après quoi le monde entier bascula sur son axe.

11.

La finalité a une étrange propension à se perpétuer d'elle-même. Pendant un certain temps du moins, n'importe quelle dernière chose donnée en génère et en entraîne une autre, assurant sa continuité et son renouveau de manière virale, comme dans le poème "Le Dernier Berger" de Billy Collins :

01 — Volker Weidermann, *Ostende 1936*, traduit de l'allemand par Frédéric Joly, Piranha, 2015, p. 13.

02 — Penelope Fitzgerald, introduction à J. L. Carr, *A Month in the Country*, Londres, Penguin, 2000, p. IX.

Le dernier berger s'aperçut qu'il était le dernier berger
Lorsque le dernier mouton de son troupeau
Qui se trouvait être le dernier troupeau sur terre[01]...

La fin ne peut jamais être évitée, seulement différée, mais elle n'est parfois pas aussi finale qu'on avait pu le croire dans un premier temps, l'ultime se révélant être le pénultième, ou l'antépénultième, ou le préantépénultième : un lever de rideau ouvrant sur une succession infinie de rappels et de finals.

Rien n'illustre de manière aussi puissante ce phénomène – ou notre soif de finalité – que la bataille de cavalerie. "Depuis l'époque de la guerre franco-prussienne, écrit Ulrich Raulff dans *L'Adieu au cheval*, les historiens n'ont eu de cesse de déclarer une nouvelle 'dernière' bataille de cavalerie dans l'histoire humaine." On pourrait reprendre la formule et affirmer que Raulff n'a de cesse de nous expliquer que la bataille d'Omdurman, par exemple, "est l'une de ces batailles de cavalerie parmi tant d'autres qu'on a souvent tenue pour la *dernière* de son genre dans l'histoire", ou que Komarów, le 31 août 1920, "fut le théâtre d'un assaut de cavalerie qui – là encore – a été décrit comme étant 'peut-être la dernière bataille de cavalerie à proprement parler dans l'histoire européenne'", ou encore, pour résumer, "que, depuis la toute fin du dix-neuvième siècle, la cavalerie a livré un grand nombre de dernières batailles et est morte à de nombreuses reprises[02]". À l'évidence, il y a là un besoin qui cherche satisfaction – et qui, ce faisant, génère plus encore de besoin.

Idéalement, ces charges de cavalerie sont de futiles exemples de bourde tactique – comme dans la version anglaise immortalisée par Tennyson dans "La Charge de la brigade légère" – ou la preuve funeste d'une obsolescence technologique et historique (comme quand la cavalerie

01 — Billy Collins, "The Last Shepherd", inédit.
02 — Ulrich Raulff, *Farewell to the Horse*, Londres, Allen Lane, 2017, p. 98, 99, 111 et 113.

charge contre des tanks). L'âge d'or et la suprématie tactique de la charge de cavalerie semblent rétrospectivement avoir été alimentés par l'ampleur et la fréquence des échecs répétés qu'elle a essuyés par la suite. Le sort de Custer et du 7e régiment de cavalerie est particulièrement poignant à cet égard, car ce n'est pas d'une dernière charge qu'il s'agissait, mais de son contraire : un dernier acte statique de *résistance*. D'après certains récits, c'était encore pire que cela, quelque chose qui s'apparentait plus à "une déroute, une débâcle[01]" qu'à un "'baroud d'honneur' concerté[02]". Quoi qu'il en soit, deux choses étaient dès lors garanties : le fait que la bataille de Little Bighorn exercerait une fascination éternelle sur l'imaginaire collectif, et le fait que la victoire de Sitting Bull servirait de prélude à une vengeance, au massacre des Indiens d'Amérique à Wounded Knee.

12.

01 — Frederick Benteen, cité in Nathaniel Philbrick, *The Last Stand*, New York, Penguin, 2011, p. 257.
02 — Philbrick, nuançant l'affirmation de Richard Fox selon laquelle il n'y eut aucune résistance, *ibid.*, p. 402.

La disparition des Indiens des Plaines est étroitement liée au sort des bisons. En 1871, on en dénombrait encore quatre millions dans ce qui est aujourd'hui l'État du Kansas. "Le groupe principal faisait quatre-vingts kilomètres de long sur quarante de large, écrit S. C. Gwynne dans *L'Empire de la lune d'été*. Mais le massacre avait déjà commencé et tournerait rapidement à la destruction la plus importante d'animaux à sang chaud de l'histoire de l'humanité[01]." Si les Indiens se servaient de toutes les parties de l'animal afin de se nourrir, de confectionner des vêtements, et pour toutes sortes d'autres usages pratiques (la vessie par exemple, en toute logique, était transformée en récipient pour l'eau), les chasseurs blancs, eux, ne s'intéressaient qu'aux peaux. C'est pour cette seule et unique raison que trente et un millions de bêtes furent exterminées entre 1868 et 1881, si bien qu'à la fin des années 1880 le bison était en voie d'extinction.

La grande élégie visuelle représentant la majesté perdue des bisons et des Amérindiens au milieu d'un désert sublime et idyllique est *Le Dernier des bisons* d'Alfred Bierstadt. (Custer déjeuna avec l'artiste dans son studio avant de prendre la route de l'Ouest pour mener sa dernière campagne.) Le tableau fut achevé en 1888 ; à cette date, il ne restait plus qu'un petit millier de bisons. "Je me suis efforcé de montrer le bison sous tous ses aspects et de dépeindre le massacre cruel d'un noble animal aujourd'hui presque disparu[02]", déclara Bierstadt. Mais l'un des aspects de cette tuerie de masse ne figure pas sur cette toile. Même si l'on voit des crânes et des os éparpillés un peu partout (une petite touche arcadienne acceptable, bien plus plaisante à l'œil que les vastes pyramides de crânes que montrent les photos d'époque), les animaux morts ressemblent à des fac-similés d'eux-mêmes empaillés ou endormis sous leur énorme fourrure douillette. Les Plaines ne sont pas jonchées de sinistres morceaux entassés de chair puante et putrescente abandon-

01 — S. C. Gwynne, *L'Empire de la lune d'été*, traduit de l'anglais (États-Unis) par Olivier Colette, Albin Michel, 2012, p. 16.
02 — Albert Bierstadt, *Chicago Tribune*, 18 mai 1889.

nés à ciel ouvert par les chasseurs qui les ont dépecés. Si ce tableau est magnifique, il s'agit donc aussi, comme l'affirme Robert Hughes, d'une magnifique élaboration mensongère : "On n'y voit aucun chasseur blanc armé de son fusil Sharps. C'est aux Indiens eux-mêmes qu'est attribuée la responsabilité de cet écocide[01]." Ce n'est pas entièrement faux, mais le titre du tableau – et la manière dont Bierstadt explique ses intentions – est en léger décalage avec les éléments présentés *dans* le tableau. Aucun reproche n'est adressé aux Indiens ; d'ailleurs, l'artiste s'abstient de tout reproche – ce qui constitue en soi un manquement qu'on pourrait justement lui reprocher. Les deux bisons représentés – l'un en plein combat contre un Indien juché sur son cheval à la Géricault, l'autre regardant vaillamment le spectateur droit dans les yeux (criblé de flèches mais encore prêt à en découdre) – sont loin d'être les derniers. On en distingue beaucoup d'autres à l'arrière-plan, en train d'arpenter un paysage composite – inspiré par plusieurs scènes dont Bierstadt fut témoin au cours de l'expédition Landers de 1859, à une époque où les bisons se portaient encore relativement bien. Les Indiens et les bisons demeurent pris les uns et les autres dans la même étreinte harmonieuse de la lutte, comme le symbolisent à la fois de manière passive ou négative les cadavres du cheval et du cavalier gisant parmi les carcasses de bisons morts (et dissimulés en partie par elles) et de manière active la façon dont, au cœur dramatique de la toile, le bison blessé encorne le cheval de l'Indien, en un geste violent qui tranche avec l'absence de toute violence de manière plus générale. Dans cette vision en cinémascope du paradis courant à sa perte, il reste encore beaucoup plus de bisons que d'Indiens pour les massacrer. L'écosystème représenté peut demeurer en équilibre perpétuel puisqu'on a l'impression que le paysage se prolonge à l'infini. Ce n'est pas une scène de dépouillement ultime que nous avons sous les yeux, mais un monde d'abondance et de possibilités illimitées (même si le seul fait d'introduire une telle notion convoque à la mémoire la

01 — Robert Hughes, *American Visions*, New York, Knopf, 1997, p. 201.

destinée manifeste au nom de laquelle les bisons comme les Indiens étaient en train de se faire exterminer à l'époque où ce tableau fut réalisé). Le paysage amalgamé dépeint sur la toile est donc la mise en scène d'une histoire composite et condensée dont l'issue concrète – catastrophique aussi bien pour les Indiens que pour les bisons – avait déjà été décidée mais qui, d'un point de vue subjectif, peut être niée ou tenue à distance, exclue de l'illusion inclusive créée par le cadre pictural.

Dans la mesure où ce qui précède ressemble fort à une description de ce qui adviendra plus tard sous la forme cinématographique du western, on pourrait croire que Bierstadt avait entre les mains un énorme succès annoncé. Ma foi, le fait est qu'il était imposant (trois mètres sur deux), et il l'avait si bien entre les mains qu'il finit par lui rester sur les bras, puisque le comité américain chargé de la sélection des œuvres qui seraient présentées à l'Exposition universelle de Paris en 1889 le refusa, alors que lui-même le tenait pour "l'une de [ses] plus grandes réussites". "Il y a quelque chose de corrompu, quelque chose de calculateur et d'extrême chez Bierstadt[01]", note John Updike – comme s'il décrivait un producteur de cinéma –, et Bierstadt s'était lourdement trompé dans ses calculs. Le goût et la mode du jour dans le monde de l'art avaient changé. Van Gogh n'avait déjà plus qu'un an à vivre, et à Paris, les Nabis commençaient à proposer leurs entraperçus intimes et miniatures d'intérieurs nuancés, annonçant le triomphe flamboyant de ces autres bêtes sauvages que sont les Fauves. "L'épisode déplaisant" de l'Exposition universelle, comme le qualifia Bierstadt lui-même, mit un point final à la carrière du plus éminent des peintres de l'Ouest américain, abandonnant derrière lui ce pauvre bison ("une brute bien laide à peindre") tel un symbole mélancolique – mais toujours aussi mignon-tout-plein qu'une grosse peluche – des revers de fortune de son créateur.

La vision de Bierstadt a perduré d'une autre façon – de manière pour ainsi dire inversée. Si *Le Dernier des bisons* a

01 — John Updike, *Still Looking*, New York, Knopf, 2005, p. 43.

l'air cinématique, c'est parce que l'idéal visuel du paysage de l'Ouest sauvage, le paysage réel aussi bien que fictionnel – mythique, en un mot – du western, "doit ses origines aux inventions de Bierstadt[01]".

13.

Dans son essai "Comment l'Ouest a été conquis ou perdu", Larry McMurtry raconte l'histoire d'un "groupe égaré" d'Indiens Kiowas qui frappent un beau jour à la porte du ranch de Charles Goodnight et lui demandent de leur donner un bison du troupeau qu'il a constitué depuis la fin des années 1870. Goodnight, l'un des premiers gardiens de troupeau du Texas et vétéran des guerres indiennes (qui servit de modèle à McMurtry pour le personnage de Woodrow Call dans *Lonesome Dove*), "pensait qu'ils voulaient manger ce bison. Mais ce qu'ils voulaient en réalité, c'était le pourchasser sur leurs maigres chevaux et le tuer avec leurs lances, comme au bon vieux temps, une dernière fois". Ou du moins, conclut McMurtry, "c'est l'histoire qu'on raconte aujourd'hui encore dans la région du Panhandle au Texas."[02] Il note également au passage que cet incident fournit la matière d'un "beau récit", "La Dernière Cavalcade" de John Graves. Ce dernier revient lui-même sur ce récit et sur ses origines dans le livre *L'Adieu au fleuve*, qui met en scène une dernière descente en canoë le long du fleuve Brazos. Dans cette nouvelle version de l'histoire, "un petit groupe en débandade d'Indiens de la réserve comanche, depuis longtemps décimée", se présente au ranch de Goodnight et, après l'avoir persuadé de leur donner un bison, font courir ce dernier devant eux et le tuent "avec des flèches et des lances, comme au bon vieux temps, à la manière arrogante

01 — Anne Hollander, *Moving Pictures*, Cambridge, Harvard University Press, 1991, p. 357.

02 — Larry McMurtry, "How the West Was Won or Lost", *The New Republic*, 22 octobre 1990, p. 38.

du siècle passé". Comme McMurtry, Graves reconnaît la nature apocryphe de cet épisode, expliquant qu'il en connaît plusieurs versions légèrement divergentes (dans l'une d'elles, il s'agit d'un propriétaire de ranch différent). Cette histoire "n'est peut-être pas véridique, écrit-il. Mais elle pourrait l'être – elle devrait l'être."[01]

Nous nous trouvons ici dans le genre de territoire cartographié par Roberto Calasso qui, dans *Les Noces de Cadmos et Harmonie*, écrit : "La répétition d'un événement mythique, avec son jeu de variantes, signale que quelque chose de lointain nous fait signe[02]." Quelque chose de lointain et, dans les lointaines étendues de l'Ouest américain, d'éternellement présent. D'où le fait que Graves ouvre ses réflexions sur l'histoire de Goodnight et de ses variantes dans un style déclaratif et typiquement texan : "On raconte une histoire."

Contrairement à l'anecdote de Nietzsche et du cheval turinois, il est possible de retracer les origines de cette histoire en remontant à une source bien spécifique. Goodnight invita à plusieurs reprises des Indiens dans son ranch pour chasser des bisons issus de son troupeau ; un jour, notamment, en octobre 1916, trois Kiowas, munis d'armes traditionnelles et vêtus de costumes traditionnels – à la demande expresse de leur hôte –, abattirent un bison qu'on fit ensuite rôtir au barbecue pour le servir en festin à cent vingt-cinq invités le lendemain. L'événement attira onze mille spectateurs et connut un tel succès qu'une autre dernière chasse authentique fut organisée deux mois plus tard, cette fois dans le cadre d'un film documentaire, réalisé et produit par le vieux Goodnight en personne, intitulé *Old Texas*[03].

01 — John Graves, *Goodbye to a River*, New York, Vintage, 2002, p. 62-63.
02 — Roberto Calasso, *Les Noces de Cadmos et Harmonie*, traduit de l'italien par Jean-Paul Manganaro avec la collaboration de Camille Dumoulié, Gallimard, 1991, p. 145.
03 — Pour plus d'éléments contextuels à propos du film de la chasse au bison de Goodnight, voir Stephen Harrigan, *Big Wonderful Thing : A History of Texas*, Austin, Texas University Press, 2019, p. 458, et Alex Hunt, *Panhandle-Plains Historical Review* LXXVII (2004).

Cela ne signifie pas que l'histoire racontée par Graves et McMurtry commence par les images granuleuses et pittoresques tournées la même année que la bataille de la Somme (aussi bien la bataille proprement dite que le documentaire éponyme, avec ses reconstitutions de scènes de massacre). Le film lui-même plonge ses racines bien au-delà du jour avéré de 1878 où Goodnight accepta de donner à Quanah Parker, le dernier chef des Comanches, et à ses hommes "deux bœufs un jour sur deux jusqu'à ce que vous trouviez les bisons[01]". Cela semble une manière raisonnable de conclure une rencontre cordiale, mais l'étendue de la charge historique comprise dans les deux petits mètres séparant les deux hommes qui se faisaient face à cet instant, les yeux dans les yeux, était comparable à l'immensité des plaines du Texas. Le "quelque chose de lointain" évoqué par Calasso se situe à portée de main – que celle-ci assène un coup fatal ou se tende pour en serrer une autre. McMurtry *mesure* cette distance en citant Goodnight, qui, lorsqu'on lui demanda "vers la fin de sa longue vie" s'il était un homme visionnaire, répliqua : "Oh que oui, et de quelles visions d'enfer !" Pour reprendre la formule de McMurtry lui-même, il "entrevit la fin dans le commencement"[02].

14.

Durant ma dernière année à Oxford, ne sachant pas trop ce que je pourrais bien faire une fois mon diplôme en poche, j'ai déposé sans grande conviction des dossiers de candidature en troisième cycle. Non pas que j'eusse envie de m'engager dans de longues études pénibles, laborieuses et parfaitement inutiles en vue d'obtenir un doctorat ; c'était plutôt une façon pour moi de différer le moment où je devrais abandonner la vie d'étudiant pour me lancer dans une autre forme d'existence. Le seul sujet de recherche possible qui m'est venu

01 — Cité in Gwynne, *op. cit.*, p. 358.
02 — McMurtry, *op. cit.*, p. 38.

à l'esprit était : "Comment finissent les romans". Si c'était là un domaine de recherche qui semblait avoir été négligé jusqu'ici, c'était parce que je n'avais moi-même encore fait aucune recherche sur ce sujet. Il n'existait aucun soubassement théorique, aucun cadre, je n'avais pas la moindre idée de ce qu'une telle entreprise était susceptible de révéler, et je ne me rappelle pas que mon "projet de thèse" ait contenu quoi que ce soit d'intéressant. J'avais entendu parler du *Sens de la fin* de Frank Kermode (mais je ne l'avais pas lu), et j'évoquais vaguement *De grandes espérances*, avec sa fin révisée et ambiguë ("pas l'ombre d'une autre séparation") ; il est même possible que j'aie avancé l'idée selon laquelle cette conclusion marquait un tournant dans le développement de ceci ou de cela, mais ce qui m'intéressait, ce n'était pas d'apporter ma contribution aux progrès de la recherche littéraire ; c'était de décrocher une bourse.

C'est dans cette optique que je grimpai un beau jour dans un train à destination de Birmingham, où j'avais obtenu un rendez-vous avec David Lodge, lequel, à ma grande surprise, m'encouragea dans ma démarche, puis j'envoyai un dossier de candidature dans une université canadienne, mais ces projets étincelants firent long feu avant même qu'en jaillisse la première étincelle. Mon parcours scolaire et mes aspirations universitaires ayant atteint leur terme, je me laissai embarquer dans le genre de vie intellectuelle dépourvue de toute supervision et de tout objectif pour laquelle j'étais fait depuis toujours : pointer au chômage, dévorer des livres, écouter de la musique, aller au cinéma et boire des bières. Je suis progressivement parvenu depuis à me sevrer de mon addiction aux allocations-chômage, mais dans l'ensemble mon existence a poursuivi la même trajectoire – une trajectoire pour ainsi dire dénuée de tout sens ou de but.

Enfin, je dis ça... mais je m'aperçois alors que mille petites choses venant pallier l'absence de tout grand dessein continuent d'émailler ce long périple qu'est l'existence. Si je formule la chose de manière si grandiloquente, c'est parce que je songe par exemple à l'ambition qui m'est subitement venue, à l'âge de soixante ans, de ne plus jamais acheter de shampooing. Non pas que j'aie décidé de ne plus jamais me laver les cheveux – j'ai simplement pris la résolution de ne plus *acheter* de shampooing. J'en ai pourtant les moyens ; j'ai dans les poches de quoi descendre à la parapharmacie du coin, là, maintenant, tout de suite, et m'en payer un carton entier – mais je préfère piquer les flacons miniatures dans les hôtels. Ça a débuté comme ça, de manière assez modeste, mais un jour, ma femme et moi sommes descendus dans un hôtel à Marfa, au Texas, où, au lieu de ces mignonnettes, il y avait un gros distributeur de shampooing de luxe fixé au mur de la salle de bains. Or il se trouve que, en prévision de ce séjour, nous avions emporté notre petit cocktail de vitamines quotidiennes dans un flacon vide de glucosamine, dans lequel nous nous sommes empressés de transvaser le contenu du distributeur mural, nous faisant ainsi la malle avec une quantité de shampooing quatre fois supérieure à celle dont nous nous serions volontiers contentés si l'hôtel n'avait pas mis en place ce stratagème précisément destiné à nous empêcher de commettre un tel larcin. Depuis ce jour, nous ne partons jamais en voyage sans fourrer dans nos valises deux ou trois flacons vides, en croisant les doigts pour qu'il y ait un distributeur mural dans la salle de bains de notre hôtel plutôt que des petites bouteilles individuelles. Nos plans sont contrariés, chaque fois que nous prenons l'avion, par les règles de sécurité des compagnies aériennes nous interdisant de monter à bord avec plus de cent millilitres de produits liquides, mais il nous est arrivé une fois de rentrer chez nous en voiture, après avoir séjourné à l'hôtel Skyview de Los Alamos (la ville californienne, pas celle du projet Manhattan au Nouveau-Mexique), avec deux grandes bouteilles d'eau remplies à ras bord de shampooing et d'après-shampooing. C'est à ce moment-là que tout a vraiment décollé. Soudain, nous possédions suffisamment de shampooing pour ouvrir un salon de coiffure. Il y avait une grande satisfaction à savoir que nous avions autant de produit en réserve – j'éprouvais un immense plaisir à ouvrir le placard sous le lavabo de la salle de bains pour contempler tous ces échantillons de chez Bigelow mélangés à la noria désordonnée de flacons de vitamines dans lesquels nous avions mis à décanter les shampooings dérobés, mais ce qui me plaisait surtout, c'était l'idée de poursuivre indéfiniment ce projet consistant à accumuler toujours plus de shampooing. Nous avions édicté certaines règles et nous maîtrisions la situation – si nous étions invités à dîner chez des amis, nous mettions un point d'honneur à ne pas emporter une boîte d'aspirine vide pour siphonner un peu de leur shampooing Aveda à l'occasion d'un petit tour dans la salle de bains au cours de la soirée –, mais, moins d'un an plus tard, ce projet exponentiel avait pris la forme d'une ambition encore plus démesurée : ne plus *jamais* acheter de shampooing. Cette entreprise était désormais d'une ampleur quasi pharaonique – je n'irais pas jusqu'à dire l'œuvre de toute une vie, mais quelque chose que je continuerais certainement à faire jusqu'à la fin de mes jours. On aura remarqué que j'ai utilisé la première personne du pluriel dans les lignes qui précèdent, mais pour être tout à fait honnête, ma femme, quoiqu'elle n'ait pas plus de scrupules que moi à chaparder du shampooing, n'a jamais fait preuve en la matière de la détermination et du zèle dont je suis capable. Trois raisons à cela. Un : elle exerce un métier qui la comble et occupe une grande partie de son temps et de ses pensées. Deux : en raison d'un léger terrain eczémateux au niveau du cuir chevelu, elle tient à continuer d'acheter du Nizoral (un shampooing traitant qui coûte les yeux de la tête). Trois : un jour, alors qu'elle s'arrachait les cheveux depuis plusieurs semaines, exaspérée par l'odeur de poisson aussi incompréhensible que persistante émanant de ces derniers, elle a fini par se rendre compte que j'avais oublié une capsule d'oméga-3 à base d'huile de foie de morue au fond de l'un de nos flacons de shampooing volé.

Comme tant d'autres choses, cette admirable mission a été stoppée net par la pandémie du coronavirus, là encore en trois temps : comme il était désormais impossible de voyager, je ne pouvais plus renflouer mon stock de shampooing ; j'étais obligé de me laver les cheveux chez moi (plutôt que chez le coiffeur, en allant me les faire couper, ou dans les hôtels) ; et le fait que je ne puisse plus aller me faire couper les cheveux signifiait que, plus ils poussaient, plus je devais les laver souvent (deux fois par semaine au lieu d'une). Comparé aux diverses tragédies entraînées par le coronavirus, ce léger désagrément paraît bien insignifiant (l'impact financier que représente l'achat de shampooing sur le budget des ménages étant quasi nul), mais je le mentionne justement *parce qu*'il ne mérite pas d'être mentionné. Le projet Shampooing était l'une des choses qui rendaient mon existence agréable et digne d'être vécue ; il lui donnait un sens qui, du jour au lendemain, lui avait été arraché ou l'avait frappée d'inutilité. Il y avait beaucoup de petites choses comme ça, avant, qui ont toutes disparu aujourd'hui. Je n'ai jamais eu de grands objectifs dans la vie, nourri de grandes ambitions ou caressé de grands rêves, mais j'ai toujours entretenu une panoplie si variée de petites combines, de plans, de stratagèmes, de hobbies et de centres d'intérêt que je n'ai jamais souffert de l'impression qu'il manquait à ma vie un grand dessein ni ressenti le besoin d'aller chercher refuge dans de plus nobles consolations.

"Que l'esprit le plus profond soit aussi le plus frivole[01]" : cette formule, de son propre aveu, résume presque à elle seule la philosophie de Nietzsche. L'un des esprits les plus profonds de notre temps, Annie Dillard, a exprimé la déception que lui inspire l'incapacité de la philosophie à "s'attaquer à ce que d'aucuns appelaient 'les questions fondamentales'[02]", qui pour la plupart, selon elle, peuvent se ramener à une seule et même interrogation toute simple : "Mais qu'est-ce que c'est que tout ce bazar, nom d'un petit bonhomme[03] ?" C'est une façon modeste de poser une question qui semble en

01 — Cité in Prideaux, *op. cit.*, p. 315.

02 — Annie Dillard, *L'Amour des Maytree*, traduit de l'anglais (États-Unis) par Pierre-Yves Pétillon, Christian Bourgois, coll. "Titres", 2008, p. 256.

03 — Annie Dillard, *Holy the Firm*, New York, Harper Perennial, 1988, p. 60 ; Dillard pose la même question dans *The Abundance*, New York, Ecco, 2016, p. 189.

effet cruciale, mais il faut se rappeler que Dillard, à l'époque où elle était encore une toute jeune thésarde, consacra de longues réflexions au *Walden* de Thoreau pour tenter d'en percer le mystère. À un moment, elle finit par décréter qu'il s'agit "au fond d'un livre sur un étang[01]". Mes propres ambitions shampooinesques peuvent paraître tout aussi étriquées, relever d'un comportement qui ne voit pas plus loin que le bout de sa mare, et c'est tout à fait exact, en un sens, mais c'était un fil parmi bien d'autres qui, mis bout à bout, formaient un grand filet, dont je retirais des profits en telle abondance que non seulement ils amélioraient mais *définissaient* ma vie tout entière. Ainsi, même si nous étions rentrés de Marfa avec un nouveau flacon de shampooing et un nouveau projet d'acquisition obsessionnelle de shampooing, ce n'était pas *pour* le shampooing que nous étions allés là-bas – ce qui aurait été pathétique. Non, nous étions allés là-bas parce qu'il nous manquait tout juste quelques *miles* pour pouvoir conserver notre place dans la catégorie "Gold" du programme de fidélité de British Airways, et que d'après nos calculs il nous suffirait d'un seul petit vol, de Los Angeles à El Paso, pour les engranger.

Mais il ne s'agit pas uniquement d'une histoire de shampooing ou de *miles*, et il ne s'agit pas uniquement de moi. (C'est ce qui fait tout l'intérêt – et ce qui justifie – d'écrire sur soi ; lorsqu'on s'y attelle consciencieusement, avec suffisamment de rigueur, il ne s'agit *jamais* uniquement de soi.) Prenez les joueurs de tennis et les serviettes, par exemple. Ou, pour être plus précis, regardez-les prendre leurs serviettes à la fin d'un match. Pour les joueurs issus des qualifications ou des profondeurs du classement ATP, atteindre le tableau final d'un tournoi du Grand Chelem est un événement rare et l'occasion inespérée de faire une razzia de serviettes, mais même les plus grands champions prennent soin, après avoir ostensiblement enfilé à leur poignet leur montre sponsorisée devant les caméras, de fourrer dans leur sac le plus grand

01 — Annie Dillard, citée in Diana Saverin, "The Thoreau of the Suburbs", *The Atlantic*, 5 février 2015.

nombre possible de serviettes – celles de l'Open d'Australie sont particulièrement convoitées – avant de quitter le court. À l'époque précovidienne, ils balançaient aux spectateurs amassés dans les gradins leur dégoûtant bracelet-éponge trempé de sueur – quelle générosité ! – et leur jetaient parfois en prime une de leurs serviettes, mais la plupart du temps on les voyait se carapater comme s'ils venaient de dévaliser une succursale de l'enseigne de produits de toilette Bed, Bath & Beyond. Il est possible qu'une fois sortis de la douche ils jettent une ou deux serviettes sales dans le panier à linge du vestiaire, mais je les soupçonne de gagner régulièrement leur hôtel, puis l'aéroport, avec des tombereaux de serviettes dans leurs bagages. Nombre de ces joueurs sont multimillionnaires, mais ça ne les empêche pas de rester à l'affût de la moindre occasion de rafler une serviette gratis. Surtout s'ils ont perdu leur match ce jour-là et qu'ils ont désespérément besoin d'un bout de tissu pour éponger leurs larmes. C'est un avantage en nature, un vestige athlétique hérité de l'âge d'or des pillages auxquels pouvaient se livrer en toute impunité les triomphateurs impériaux. Tous les grands sportifs ont un cabinet de trophées ; Roger et Serena ont sans doute chez eux une pièce spécialement réservée à leurs serviettes – peut-être même possèdent-ils des *maisons* entières spécialement réservées au stockage de leurs serviettes. À l'instar des grandes familles aristocratiques qui se donnent toutes les peines du monde pour s'assurer que leur progéniture continuera sur plusieurs générations de jouir des rentes et autres bénéfices immérités que leur rapportent les terres dont elles ont hérité, les titans de la méritocratie tennistique octroient à leurs enfants et petits-enfants le luxe d'une existence à jamais soustraite à la menace de la pénurie de serviettes.

Quant à moi… Telle une équipe qui avait réussi à se maintenir en première division en arrachant le nul lors du tout dernier match de la saison mais s'est retrouvée dès l'année suivante éjectée en deuxième division, nous avons été promptement relégués, ma femme et moi, en catégorie "Silver" un an à peine après l'opération Marfa qui nous avait permis de conserver notre statut de membres "Gold". Peu importe, puisqu'il est de toute façon impossible désormais de prendre l'avion pour aller où que ce soit, mais la question n'est pas là, bien entendu. "Moi, ce qui me dope, c'est l'action", comme dit Tom Sizemore à De Niro dans *Heat* de Michael Mann.

15.

"Après ce coup-là, je raccroche."

C'est un cliché des films d'action : le braqueur de banques qui se lance – ou se laisse entraîner – dans un dernier casse. Je pense à la scène de *Heat* où De Niro réunit Sizemore et le reste de sa bande pour leur demander s'ils veulent participer à un braquage d'ores et déjà compromis et très risqué – tous lui répondent qu'ils sont partants, chacun pour des raisons différentes –, mais il existe bien d'autres exemples. À chaque fois, les chances de réussite sont non seulement infimes mais inconséquentes. Comme la Horde sauvage de Peckinpah, ils foncent, même s'ils savent pertinemment que, loin de les rendre riches à millions, ce braquage est voué à se solder par un échec et à les mener tout droit derrière les barreaux ou à la morgue. Ce "même si" prête toutefois au contresens, bien sûr. Ils foncent *parce qu*'ils sont quasiment sûrs et certains d'échouer. Certes, une telle observation psychologique n'a rien d'original ni de profond, mais je suis prêt à l'assumer – je *viens* de l'assumer – parce que j'aime l'idée de tous ces films que personne n'a jamais vus – parce que personne ne les a jamais réalisés – dans lesquels un génie du crime ou l'un des membres de son équipe décide de passer la main plutôt que de se laisser tordre le bras (au risque, bien souvent, de se le faire casser). Il renonce tant qu'il a le vent en poupe. Le film se concentre dès lors non pas sur le braquage, avec son dénouement aussi prévisible que sanglant, mais sur les petites joies de la vie domestique dont se contente ce personnage rangé des voitures. Il n'a aucun regret, aucun doute. Rien ni personne ne surgit (comme dans *A History of Violence* de David Cronenberg) pour ruiner sa paisible existence en rappelant à son bon souvenir les atrocités du passé. Un matin, alors qu'il est en train de boire tranquillement son café chez lui, dans le jardin de sa maison à Santa Monica, il apprend en lisant le journal que, grâce à un tuyau anonyme, la police a déjoué une tentative de braquage, et que tous les membres du gang sont restés sur le carreau à l'issue de cette intervention. Contrairement à l'article du journal, l'expression sur son visage est impossible à déchiffrer. Ce scénario me plaît bien, mais je voudrais pousser le bouchon encore plus loin et résister à la tentation de l'ultime *comeback* et du passé criminel. Et si ce film se concentrait exclusivement sur une vie entièrement dépourvue de violence, dans l'ombre de laquelle ne rôderait pas le moindre crime ? Une vie, autrement dit, semblable à celle de la plupart des spectateurs qui vont précisément voir ce genre de films où les protagonistes jouent le tout pour le tout, pour qui ces films font partie de la culture qui nous réconcilie avec nos vies dénuées d'événements – et avec la mort qui nous attend au bout. Voici donc mon pitch. Un homme, la soixantaine, vivant en banlieue parisienne, qui est allé scrupuleusement voir tous les films de l'intégrale Rohmer à l'Espace Saint-Michel, s'apprête à assister à la toute dernière projection de cette rétrospective : *Les Nuits de la pleine lune*, un film qu'il n'a encore jamais vu, dans lequel Pascale Ogier emménage chez son petit ami dans une morne banlieue de Paris et peste chaque fois qu'elle doit courir pour ne pas rater le dernier train après une soirée en ville. Et puis au dernier moment, alors qu'il était sur le point de rejoindre la gare RER pour se rendre à Paris, il décide finalement de rester chez lui.

16.

Mais que se passerait-il s'il s'agissait d'un autre film ou d'une autre rétrospective ? Et si cet homme ne voyait pas...

Le présent livre, consacré aux choses qui finissent, parle aussi de celles auxquelles on finit par arriver, tardivement, de tout ce qu'on aurait très bien pu ne jamais lire ou connaître avant de rejoindre la tombe. Il est donc possible qu'au tout dernier moment, à l'approche de la date butoir fatidique au-delà de laquelle je ne pourrai plus apporter la moindre correction au manuscrit, j'ajoute un nouveau chapitre, une info de dernière minute ou un post-scriptum pour annoncer, contrairement à ce que je disais page 106, que j'ai enfin réussi à lire *Les Frères K*, toute la *Recherche* ou *L'Homme sans qualités*. Dans *Les Testaments trahis*, Milan Kundera évoque la période de l'invention de la musique moderne comme "un embrasement du ciel à la fin du jour[01]", mais ce ciel brille aussi de toutes les découvertes faites par l'auditeur – ou le lecteur, ou le spectateur – juste avant la tombée de la nuit. Il n'y a pas que la capacité à créer ; la capacité à *apprécier* a besoin elle aussi d'être nourrie, entretenue et célébrée, afin que nous ne soyons pas réduits à ne plus savoir éprouver qu'aversion, indifférence ou hostilité, au point d'être tout entiers définis par ces sentiments. Toute l'astuce – qui ne requiert aucune astuce en réalité – consiste à être capable d'exprimer joyeusement son "foutu déplaisir[02]" culturel et idéologique, à l'image de Kingsley et Larkin dans leur grand âge, tout en développant à son égard une immunité désinvolte et sereine.

Réjouissons-nous donc que j'aie enfin vu *Colonel Blimp* de Michael Powell et Emeric Pressburger. Comment se fait-il que je ne l'aie pas vu plus tôt ? Sans doute à cause de son titre rebutant, qui me faisait redouter un film de vieux soudard. J'aurais dû le découvrir au cinéma – je me rappelle vaguement qu'il est ressorti en version restaurée dans les années 1980 et qu'il y a eu quelques séances au Ritzy, à Brixton, auxquelles je n'ai même pas songé à aller –, mais ma femme et moi n'avons eu d'autre choix que de le regarder sur mon ordinateur, pendant le confinement.

01 — Milan Kundera, *Les Testaments trahis*, Gallimard, 1993, coll. "Bibliothèque de la Pléiade", 2011, p. 798.

02 — Larkin, *Selected Letters, op. cit.*, p. 604.

Durant la première heure, il se passait tellement de choses que nous n'y comprenions rien. Ce film avait l'énergie d'une comédie loufoque (avec le thème de l'indépendance féminine qui y est généralement associé, illustré en l'occurrence par la première des trois délicieuses apparitions de Deborah Kerr) ; par moments, on se serait cru dans une comédie musicale ; c'était drôle (gaguesque), fascinant, déjanté, splendide. Mais dès le début, avec ses travellings tout en embardées de motos et de camions militaires à la manœuvre, il imposait un rythme si frénétique (renforçant l'impression qu'on allait à tout moment verser pour de bon dans la comédie musicale) que, malgré son atmosphère pleine de folie et de chaos, il ne semblait jamais dérailler. Il témoignait d'une *autorité* visuelle qui emportait tout sur son passage mais qui nous laissait à peine le temps de déchiffrer la teneur exacte des ordres auxquels cette autorité nous sommait d'obéir, non pas aveuglément mais les yeux grands ouverts au contraire, en nous laissant emporter à notre tour. C'était un pur bonheur. Et puis – évidemment – on est peu à peu rattrapé par l'émotion. À Londres, en novembre 1939, Theo Kretschmar-Schuldorff (Anton Walbrook), l'ami allemand que "Blimp" avait rencontré quarante ans plus tôt à Berlin, est interrogé sans ménagement sur son statut en tant que ressortissant étranger d'un pays ennemi. Lorsque sa demande d'asile est rejetée, il livre un long monologue, face caméra, sur les nazis et les raisons qui l'ont poussé à quitter l'Allemagne pour se réfugier en Angleterre. À peine a-t-il achevé sa tirade qu'un "Blimp" en grand uniforme (Clive Wynne-Candy, interprété avec une générosité d'esprit débordante par Roger Livesey), qu'il n'avait pas revu depuis vingt ans, entre dans la salle d'interrogatoire de fortune et accepte de se porter garant de la bonne foi de son ami "de toute [son] âme, *sir*". Et là… fondu au noir. Je ne pleurais pas : je sanglotais.

Ce film magnifique n'a pas besoin de mes louanges, mais sans doute avais-je besoin, *moi*, de les exprimer. Le plus extraordinaire, c'était que j'aie pu vaquer à mes occupations et continuer à vivre ma petite vie alors qu'il y avait un gros trou au milieu en forme de *Blimp*. Depuis tout ce temps, j'étais une personne incomplète. Et si je ne l'avais jamais vu ? Que serait-il arrivé alors ? Eh bien rien du tout, de même qu'il n'*arrive* rien si vous n'avez jamais lu Jane Austen ou écouté *A Love Supreme*, mais votre vie est à certains égards définie par ces lacunes et d'autres du même genre. (Certaines lacunes sont faciles à diagnostiquer, comme celle dont Nietzsche prit conscience le jour où il s'avisa que "le manque, depuis des années, d'un véritable amour *humain*, réparateur et salvateur[01]" était en quelque sorte un frein à son existence – de même que la présence d'un tel amour dans celle de Blimp est son moteur.) Les athlètes évoquent régulièrement leur capacité à évoluer au plus haut niveau de compétition ; ce qui est étrange avec ces énormes lacunes culturelles, c'est qu'on peut fonctionner – bon, d'accord, *disputer la compétition* – à un très haut niveau de facultés intellectuelles et de discernement culturel alors qu'on ne dispose pas de certains éléments dont on s'aperçoit sur le tard qu'ils occupent une place cruciale dans la composition de ces facultés intellectuelles. J'aurais dû voir *Blimp* il y a des années, mais au fond il n'est pas absurde, j'imagine, que je l'aie vu à peu près à l'âge qu'a Blimp lui-même au début et à la fin du film.

17.

Si je me suis joint tardivement aux réjouissances, Michael Powell, lui, fut l'incarnation même de la précocité. Dernier – et premier – et donc, de son propre aveu, "seul metteur en scène qui ait jamais participé à une charge de cavalerie", il en avait "toujours voulu à Tony Richardson [...] d'avoir réalisé *La Charge de la brigade légère* alors que c'est [lui] qui aurai[t] dû le faire". La charge en question avait eu lieu en 1915, alors qu'un régiment de cavalerie était à la manœuvre près de la résidence familiale des Powell dans

01 — Nietzsche, *Dernières Lettres*, *op. cit.*, p. 80.

le Kent. On avait interdit à "Micky" d'y participer – "trop dangereux !" –, mais il était monté sur son fidèle destrier, le poney Fusby, et s'était débrouillé pour se mêler aux rangs de la cavalerie, armé "d'une badine avec une poignée dont je me servais pour faire de l'escrime avec mon frère"[01]. Powell était alors âgé de dix ans.

18.

"Le Vieil Homme se tut : il vit que j'étais ému[02]..."

"Sangloter" devant *Blimp* était certes quelque peu inhabituel, mais le fait est que j'ai la larme de plus en plus facile avec l'âge. Les grands discours de Martin Luther King Jr., l'interview du militant des droits civiques Jim Zwerg sur son lit d'hôpital à Montgomery, Alabama, ou les images filmées du *Hindenburg* explosant dans une gerbe de flammes ("Oh, humanité !") pourraient faire pleurer n'importe qui, mais moi, j'ai versé toutes les larmes de mon corps quand le commandant allemand s'adresse à ses troupes vaincues dans le dernier épisode de la série *Frères d'armes*. N'importe quel geste de noblesse citoyenne est susceptible de me faire craquer. Ce matin encore, j'ai entendu à la radio une jeune femme qu'on interrogeait à propos de sa participation à l'une des campagnes de vaccins-tests contre le Covid au Royaume-Uni. J'étais bouleversé parce que cette femme était une *citoyenne* modèle. Les déclarations de la France réaffirmant les valeurs de la République face aux attaques terroristes me font le même effet. Tout comme les mots "médecin" ou "infirmière", ou les acronymes "CHU", "ÉPI", ou tout ce qui a trait aux organismes de santé publique de manière générale. Et puis il y a le sport. La mort de Nobby Stiles et celle de Maradona, une manche parfaite de

01 — Michael Powell, *Une vie dans le cinéma*, traduit de l'anglais par Jean-Pierre Coursodon, Institut Lumière / Actes Sud, 1997, p. 97 et 96.
02 — William Wordsworth, "Resolution and Independence".

Willie Borland en finale d'un tournoi de fléchettes, tout ce qui concerne Roger (qu'il perde ou qu'il gagne), n'importe quelle manifestation d'esprit sportif... Bientôt, il suffira qu'un joueur ne triche pas pour que je me mette à pleurer comme une Madeleine. La littérature est devenue pour moi une épreuve lacrymale pavlovienne. Pas seulement les tire-larmes évidents, comme l'épitaphe gravée par Woodrow Call sur la sépulture improvisée d'un de ses hommes qui vient de se faire tuer dans *Lonesome Dove* : "JOUAYEUX QU'IL PLEUVE OU QU'IL VENTE. JAMAIS RECHIGNÉ À LA TÂCHE. COMPORTEMANT EXAMPLÈRE." Si jamais je commence à réciter tous les poèmes que j'ai appris par cœur à l'école et à l'université – la fin du *Paradis perdu*, des extraits de Hardy, Tennyson ou Shakespeare –, j'ai soudain les yeux embués comme si j'étais en train de peler des oignons aux funérailles d'un animal domestique chéri et adoré. Wordsworth, dans son ode sur quelques "Pressentiments d'immortalité venant des souvenirs de la petite enfance", évoque des pensées "souvent trop profondes pour les larmes[01]", mais il semblerait que la poésie – y compris celle de Wordsworth – recèle une inépuisable réserve de larmes enfouie dans les tréfonds de ma propre constitution. Pas au niveau le plus profond de la petite enfance – qu'on pourrait qualifier de "préculturelle", en termes de sensibilité à l'égard des mots imprimés – mais dans la strate située juste au-dessus, en quelque sorte. À mesure que je vieillis, ces profondeurs remontent à la surface. Comme si les couches d'isolation accumulées au fil des années avaient fini à force par s'effilocher.

Aucun tableau, si précieux soit-il à mes yeux, ne me fait jamais pleurer.

01 — William Wordsworth, "Pressentiments d'immortalité venant des souvenirs de la petite enfance", in *Ballades lyriques*, traduit de l'anglais par Dominique Peyrache-Leborgne et Sophie Vige, José Corti, 2012, p. 253.

19.

Une des particularités du festival Burning Man dont il est rarement fait cas, c'est sa capacité à émouvoir aux larmes ses participants. On s'y rend persuadé qu'on va passer un joyeux moment, mais on se retrouve à sangloter à cause de la profonde intensité de cette expérience.

La première fois que j'y suis allé, c'était en 1999, puis j'y suis retourné chaque année, à deux exceptions près, jusqu'en 2005. J'étais conscient, au moment même de réserver les billets et d'organiser mon voyage, de cette tendance chez moi à vouloir sans cesse refaire systématiquement les mêmes choses, jusqu'à l'excès. Autrefois, j'adorais aller à la Villa d'Hadrien, près de Rome. Dès que je me trouvais à Rome, je voulais toujours aller à la Villa d'Hadrien. La dernière fois que je me trouvai là-bas, à la villa, mon ami Sergio m'a dit : "C'est la dernière fois qu'on met les pieds ici !" et j'ai bien dû admettre qu'il avait raison. Quand ma femme et moi sommes retournés à Zion, dans l'Utah, en 2017, nous avons compris dès le deuxième jour, sur les cinq que nous avions prévu d'y passer, que nous étions en train de faire quelque chose que nous avions déjà fait trop souvent. (Elle affirme également que nous avons abusé à mort de la vallée de la Mort, mais plutôt mourir que de ne plus jamais retourner là-bas.)

Il est difficile d'avoir la certitude qu'on n'aurait pas dû faire quelque chose avant de l'avoir fait une fois de trop, et je suis content d'être allé au Burning Man en 2005 parce que j'ai compris, après coup, ce qui n'était jusqu'alors qu'un soupçon : une phase de ma vie était arrivée à son terme. Je n'avais pas de regrets. Chaque week-end de la fête du Travail, au cours des années suivantes, j'étais heureux quoi que je fasse, même si je ne faisais rien du tout, rassuré de savoir que, si jamais j'avais faim, il existait des endroits dans lesquels je pouvais aller et où l'on me donnerait à manger en échange d'un peu d'argent. Ces endroits s'appellent des restaurants, et les fréquenter était une source de satisfaction profonde. Savoir que je n'étais pas au festival Burning Man était suffisant.

Et puis, en 2018, après treize ans d'absence, je suis retourné dans le désert de Black Rock City, où l'on ne trouve aucun restaurant. Je savais que le festival avait pris une tout autre dimension au fil de ces nombreuses années, durant lesquelles il m'était arrivé de croiser des gens qui m'avaient confié le trouver désormais "trop commercial". (Inutile de préciser qu'aucun d'entre eux n'y avait jamais assisté.) J'avais diverses raisons d'y retourner, notamment la mort, au mois d'avril, de son fondateur, Larry Harvey, avec qui je m'étais lié d'amitié. Compte tenu de l'impact qu'avait eu ce festival sur la vie de tant de personnes, avoir réussi à éviter que ne se développe autour de cet homme un culte de la personnalité était déjà en soi un exploit remarquable ; mais cette année-là, l'événement promettait d'être chargé en émotion puisque ce serait l'occasion de célébrer et d'honorer la mémoire de Larry. Par ailleurs, mon ami Gerry m'avait demandé de participer à un film qu'il voulait réaliser sur le festival. La plupart de mes interventions dans ce film ont fini à la poubelle en salle de montage, mais, en prévision du rôle de premier plan qu'il comptait me faire jouer, il m'avait réservé un traitement de star et une place à bord d'un charter pour aller de Burbank à l'aéroport de Black Rock City. Dans la salle d'embarquement, je repensai à une période de ma vie, entre 1999 et 2001 environ, marquée par le sentiment plus aigu encore qu'en temps normal que ma carrière d'écrivain était finie. J'avais toujours écrit sur les choses qui comptaient le plus pour moi, et rien n'était plus important à mes yeux que le festival Burning Man – sur lequel il était impossible d'écrire quoi que ce soit car il n'y avait pas de mots pour décrire cet événement.

Le vol lui-même fut extrêmement agréable, mais je n'arrêtais pas de me dire : "Cette période de ma vie est terminée, je n'aurais pas dû venir." À Black Rock City, plus vous êtes habillé de manière extravagante, plus cela réjouit les gens qui vous entourent – "plus tu te démarques, plus tu t'intègres", comme me l'avait dit l'un de mes amis pour me rassurer tandis que je faisais la queue au milieu d'une foule aussi dense que fébrile pour entrer au KitKatClub –, mais dans l'avion, dans cette zone suspendue entre le monde par défaut et la réalité quasi inconcevable de la *playa*, je me sentais mal à l'aise.

Toutes mes réserves se sont envolées quand j'ai aperçu la silhouette de Gerry, recouvert de poussière de la tête aux pieds, qui m'attendait devant "l'immigration", et même si, certains après-midi, il m'est arrivé de regretter d'être là – cloîtré dans mon mobil-home en attendant la fin d'une tempête de sable –, la plupart du temps je n'aurais voulu me trouver dans aucun autre endroit au monde. Même pendant ces tempêtes de sable, j'étais heureux en lisant *Une légère exagération* de Zagajewski. Le mobil-home était décrépit – la douche ne faisait même pas semblant de fonctionner, et le groupe électrogène était impuissant à fournir la moindre puissance à quelque appareil que ce soit, hormis une pauvre ampoule qui jetait une lumière blafarde sur l'épave affaissée qui faisait office de lavabo –, mais je l'avais pour moi tout seul, et le simple fait de pouvoir fermer la porte, ériger une barrière entre moi et tout ce qui se passait à l'extérieur, était suffisant. Et ce qui se passait à l'extérieur, dans le cadre plus général du festival, était mieux que jamais.

20.

En regagnant à vélo mon mobil-home, un après-midi, je me suis arrêté devant la grande tente en forme de cloche du Jazz Café, où se tenait l'un des séminaires sur l'histoire du jazz traditionnellement organisés durant le festival. Les invités étaient brièvement interviewés, puis passaient quelques morceaux représentatifs du répertoire étudié ce jour-là, diffusés par une sono d'une qualité époustouflante. La séance du jour portait sur le free-jazz, et on entendait un morceau extrait de l'album *Meditations* de Coltrane. À la fin, poussé à intervenir autant par la musique que par l'esprit participatif du festival, je me suis levé et lancé dans une petite conférence improvisée, à l'intention des six ou sept personnes affalées sur les canapés, au sujet de la version pour quatuor de ce morceau enregistrée deux mois auparavant. Personne ne semblait très impressionné, et les organisateurs avaient l'air plus contrariés qu'autre chose par mon intervention inopinée et pontifiante.

21.

Le vendredi matin, l'orchestre philharmonique de Black Rock jouait au Galaxia, le temple dont la construction venait tout juste d'être achevée – après avoir été retardée par plusieurs tempêtes de vent et de sable. Tous les musiciens portaient des équipements spécialement conçus pour le désert, assortis à des tenues de scène extravagantes. C'était un véritable spectacle en soi, mais chaque fois que je vais voir un concert symphonique, je m'astreins à un code de conduite très strict, me forçant à ne jamais quitter des yeux la violoniste asiatique la plus séduisante. Ce jour-là, en l'occurrence, cette politique fut merveilleusement récompensée : elle portait un bikini – noir, comme sa chevelure, en frivole hommage, sans doute, à la tenue plus formelle généralement de rigueur dans de telles occasions. Le concert dura une heure, ponctué par un solo exécuté par un violoncelliste – tee-shirt, bermuda, chaussures de randonnée – que j'avais déjà vu jouer sur la *playa* deux soirs plus tôt, éclairé par un tunnel de cerceaux lumineux. Ce soir-là, il était accompagné par un danseur qui, à la fin du spectacle, s'était effondré au sol comme le font les artistes quand ils veulent bien montrer au public qu'ils ont donné tout ce qu'ils avaient. Nous avions longuement applaudi, non sans nous demander, au bout d'un moment, s'il n'en faisait pas un peu trop, à rester écroulé ainsi par terre pendant de longues minutes. Le violoncelliste avait fini par le rejoindre pour l'aider à se relever, afin qu'ils quittent la scène ensemble, mais ce petit coup de main avait soudain pris une tournure plus dramatique : bientôt, une foule paniquée faisait cercle autour du danseur à qui l'on prodiguait un massage cardio-respiratoire. Des agents de sécurité du parc avaient ensuite débarqué à vélo, suivis par le tournoiement bleu et rouge des gyrophares de l'ambulance des premiers secours. Le danseur avait été victime d'un infarctus, et à l'heure où j'assistais à cet autre concert dans le temple, il se trouvait dans une unité de soins intensifs à Reno.

Vers la fin du spectacle, l'orchestre a entonné l'Hymne à la joie de la *Neuvième* de Beethoven. Jamais je n'en entendrai de version plus joyeuse, précisément parce qu'elle était un peu foutraque. Pour éviter que leurs meilleurs instruments soient abîmés par le soleil et la poussière corrosive de la *playa*, les musiciens jouaient sur d'autres instruments, d'une qualité moindre. Ils n'avaient pas eu beaucoup de temps pour répéter ensemble. Et, surtout, comme il s'agissait du festival Burning Man, tous ceux d'entre nous qui étions venus assister à ce concert fredonnaient la mélodie en chœur avec l'orchestre. Tout cela conspirait de manière bouleversante à désacraliser l'ode, à lui ôter sa dimension d'oraison adressée au genre humain, comme disait Adorno, à la libérer du carcan solennel des cérémonies d'ouverture du Parlement européen, ou des Jeux olympiques, ou de la célébration en grande pompe de n'importe quelle franchise institutionnelle héritée des Lumières. En temps normal, on finit toujours par éprouver un sentiment d'exclusion, en raison même du caractère monumental de telles proclamations de fraternité ; mais ici, en pleine nature, sous l'immensité du ciel, nous étions en communion avec cette musique.

22.

La musique avait en outre un certain impact sur le lieu lui-même. Nous construisons des temples afin d'adorer telle ou telle divinité particulière et conformément à certaines conventions architecturales établies de longue date grâce auxquelles nous avons l'assurance, garantie par la tradition et la foi partagée, de maximiser nos chances d'entrer en communication de manière efficace et appropriée avec la divinité en question. L'expérience vécue dans ce genre de lieu est donc déterminée à l'avance. Et ces temples ont été bâtis, sur une période de temps souvent très longue, pour *durer*. Au fil des siècles, ils acquièrent une certaine atmosphère, ou se chargent de certaines sensations, en vertu de la relation stable et pérenne qui unit l'attitude des dévots, les rituels (la prière, les hymnes) et l'architecture. C'est pourquoi Nietzsche, avant même que n'advienne l'époque où parviendrait à expiration le bail du système de croyance qui avait inspiré leur construction, jugeait que les églises n'étaient pas des lieux de contemplation propices aux esprits libres : "Ces édifices parlent une langue bien trop pathétique et partiale, en tant que demeures de Dieu et sièges fastueux d'un commerce supramondain pour que nous, sans-dieux, puissions y penser nos pensées[01]." (Larkin, dans son poème "Visite d'église à l'encan", apporte à cette sentence une objection aussi placide que mémorable.)

Chaque année, le temple de Burning Man est entièrement reconstruit sur un nouveau modèle. Il n'obéit à aucun plan architectural préétabli en dehors des nécessités dictées par les questions de sécurité – capacité à résister aux vents les plus violents, etc. – et par son embrasement prévu le dimanche soir. On l'érige, puis, pendant la brève durée de son fonctionnement, il est censé acquérir, avec une rapidité extraordinaire, des qualités qui mettent en général plusieurs siècles à se développer. La nature de ces qualités dépend entièrement de ce que les gens apportent et de la façon dont ils se comportent. Même si, d'une année sur l'autre, le temple a pour fonction essentielle de rendre hommage aux morts, il pourrait très bien, par l'effet de la pure volonté démocratique, devenir un lieu de culte pour le KKK, pour les antivax, pour le Sentier lumineux… pour tout et n'importe quoi. Singulièrement réactif et perméable, il n'est pas prédisposé du point de vue architectural à quelque fonction que ce soit, à l'exception de deux constantes. Il y

01 — Nietzsche, *Le Gai Savoir*, *op. cit.*, p. 211.

a toujours une sorte d'autel dédié à la mémoire des disparus. Et le temple est toujours construit par une équipe de bénévoles, qui ont chacun leurs compétences et dépendent tous les uns des autres.

Dans *Une légère exagération*, Zagajewski évoque l'une des "folles théories métaphysiques" de son ami Joseph Brodsky, qui prétendait que la religion "contiendrait plus d'infini une fois qu'elle aurait rompu avec la grande religion naturelle". Zagajewski – que j'ai un peu connu, et qui est mort pendant que j'écrivais ce livre – est sceptique sur ce point, affirmant pour sa part que nous avons besoin "de soutenir l'infini contenu dans les religions déjà existantes, de le nourrir, juste au cas où, comme les braises d'un bûcher, de le remuer, de l'attiser, dans l'espoir de raviver une flamme encore plus grande[01]".

L'efficacité avec laquelle cette structure développe sa puissance spirituelle est remarquable : la vitesse à laquelle elle *devient* un temple au sens plein du terme – pas simplement au sens structurel –, en tant que moyen d'accès à l'infini. L'une des conditions de cette accélération inhabituelle est le fait que chacun sait et accepte qu'elle partira en fumée dans quelques jours.

23.

Mais avant cela, le samedi, c'est l'Homme lui-même qu'on brûle. J'avais reçu des instructions très strictes sur la manière dont la soirée se déroulerait pour moi – ou plutôt ne se déroulerait *pas* – de la part de la productrice du film dans lequel j'étais passé d'acteur principal à second rôle avant de finir simple figurant. À présent, je devrais apparemment me contenter de jouer les assistants, avec un cahier des charges limité. Il était très important, m'avait-elle dit, de veiller à ce que Gerry ne prenne aucune "cochonnerie" (drôle de terme) avant que la cérémonie du feu soit

01 — Zagajewski, *op. cit.*, p. 26-27.

terminée, *avant* que le tournage soit terminé, et AVANT que toutes les caméras et le matériel de prise de son aient été rangés et mis en sûreté. C'était un conseil sensé, mais lorsque nous avions rejoint la foule qui s'était rassemblée en un cercle gigantesque autour de l'effigie – nous étions tout devant, pour les besoins du film –, je n'ai pas pu me retenir de confier à Gerry que tout cela me mettait en joie, que j'étais absolument enchanté d'être là avec lui et de participer à son film. Après cette déclaration venue droit du cœur, il n'a rien voulu savoir, m'expliquant avec la plus grande fermeté qu'en tant que réalisateur il avait autorité sur moi et sur la productrice, si bien que j'ai été obligé de lui donner sa part.

Nous attendions tous qu'on allume le bûcher, mais on ne sentait aucune impatience parmi les spectateurs, comme avant le début d'un concert, de sorte que, d'une certaine manière, nous n'attendions pas du tout. Le seul fait que tout le monde se trouve rassemblé ainsi – tous les habitants de la ville, tous ces véhicules déments, tous ces festivaliers unis par une expérience qu'ils avaient déjà vécue ensemble – était en soi un événement.

L'Homme, fabriqué en bois et en néons bleus, était le centre du monde. Pendant toute la semaine, il était resté les bras le long du corps. Et puis soudain, alors que nous attendions qu'il prenne feu, ses bras en néons bleus se sont lentement levés. Bizarrement, ce signal de départ et d'adieu imminent était aussi un geste de bienvenue. Ces bras ouverts reproduisaient la configuration de la ville, qui a l'aspect d'un cadran d'horloge géographique, ouvert sur le désert selon un angle spatial équivalant à deux heures moins dix. Rien à voir, autrement dit, avec un cercle fermé – celui que formeraient des chariots pour se protéger contre une éventuelle menace – ou avec le quadrilatère d'une université à Oxford, conçu sur le principe de l'exclusion, sur la croyance que la qualité de ce qui se passe à l'intérieur est d'autant plus soulignée par tout ce qui est maintenu à distance. Une telle notion avait du sens dans le contexte de l'Angleterre au Moyen Âge, mais pas ici – et, d'après ma propre expérience, pas non plus à

Oxford. Ces bras levés sont une bénédiction, et une façon d'admettre que nous n'avons plus besoin de l'Homme – du moins jusqu'à l'année prochaine. La puissance et la beauté de ce geste, de ces bras grands écartés pour englober dans leur étreinte tous les habitants de la ville ! Ils contiennent toute la religion dont j'aurai jamais besoin dans cette vie, ou dans n'importe quelle autre – et, bien entendu, il n'y en a *pas* d'autre. La même chose se reproduit chaque année, mais le sentiment d'appartenance, de communion, était particulièrement puissant cette année-là parce que Larry Harvey était mort.

Le visage inexpressif de l'Homme, les bras dressés au-dessus du désert, tendus vers la nuit :

“C'est comme une prière qu'on adresse au vide”, écrit Tomas Tranströmer dans un poème du recueil *Baltiques* :

Et le vide tourne son visage vers nous
et murmure :
“Je ne suis pas vide, je suis ouvert.”[01]

Je suis heureux d'y être retourné en 2018. J'y ai cru de nouveau, absolument, mais cette fois je savais que je ne reviendrais plus jamais.

24.

En 2001, tard dans la soirée, au terme d'une journée trépidante et caniculaire au Burning Man, ma femme a commencé à se sentir mal. Nous avons ramassé nos affaires et nous sommes éloignés de la sono devant laquelle nous étions en train de danser. Nous avons marché en nous arrêtant de temps en temps pour nous asseoir. Dès que nous étions assis, elle voulait se relever ; dès qu'elle se relevait, elle avait besoin de se rasseoir. Elle avait envie

01 — Tomas Tranströmer, “Vermeer”, in *Baltiques*, traduit du suédois par Jacques Outin, Gallimard, coll. “Poésie”, 2004, p. 287.

de fermer les yeux mais craignait alors de s'endormir et de ne plus jamais pouvoir les rouvrir. Nous avons continué de marcher jusqu'à la *playa*, en direction du temple, mais elle avait de plus en plus peur. Nous pensions que la situation ne pouvait pas empirer, mais nous nous trompions. Nous sommes tombés sur quelque chose que nous n'avions encore jamais vu : un monolithe noir, comme dans *2001*, sur lequel était gravé un compte rendu détaillé de son état, à la fois mental – "visions de gens ou de choses qui n'existent pas" – et physique. La dernière ligne n'était guère rassurante. La Mort est Imminente.

J'ai essayé de nous éloigner de cet objet d'un pas nonchalant, comme s'il s'agissait d'une œuvre d'art de facture médiocre et de peu d'intérêt, mais il exerçait sur nous une horrible fascination. Et encore, c'est peu dire. Nous étions pétrifiés sur place, convaincus de l'exactitude d'un pronostic qui devenait de plus en plus difficile à réfuter à chaque seconde que nous passions à le contempler. Une magnifique voiture transformée en œuvre d'art – figurant une espèce de poisson géant – est soudain passée devant nous en ondoyant, brisant aussitôt le sortilège. J'ai pris ma femme par le bras pour l'arracher à ce panneau effrayant puis nous avons regagné la ville et trouvé refuge sous la tente rassurante du poste médical – rassurante notamment parce qu'elle était en bien meilleur état que les gens qui s'y trouvaient, en proie à de profondes crises de démence qui leur faisaient pousser des hurlements de terreur – où elle a été promptement mise sous perfusion. Le lendemain matin, elle s'est réveillée nauséeuse, épuisée, à bout de forces, souffrant d'une "migraine qui lui prenait tout le crâne en étau", selon ses propres termes, mais en comparaison de la crise d'angoisse qui l'avait submergée la veille, elle se sentait mieux.

Lorsque nous avons quitté le festival, le lendemain, nous avons croisé des petits messages en chemin, cinq ou six mots inscrits sur des panneaux régulièrement alignés tout le long de la route de terre. Ces panneaux étaient espacés d'une dizaine de mètres, de façon à former des phrases, qui pour la plupart nous rappelaient de rouler lentement ou prudemment, afin de ne pas soulever trop de poussière sur la route. Nous avancions au ralenti, parmi un long et patient défilé de véhicules. L'édition 2001 du festival avait pour thème les Sept Âges de l'Homme, d'après Shakespeare. Soudain, au beau milieu des messages prosaïques relatifs à la conduite et à la poussière, est apparu le début d'une brève séquence que j'ai tout de suite reconnue : "Maintenant voilà nos divertissements finis..." C'était le début de la célèbre tirade de Prospero à la fin de *La Tempête*. Je la connaissais par cœur, mais à présent, tandis que nous passions lentement devant ces phrases, elles se déployaient d'une façon inédite, découpées en une harmonieuse série de segments encadrés et isolés chacun sur son panneau. Les cadences majestueuses se succédaient, décrivant très exactement les indescriptibles prodiges auxquels nous venions de participer :

Maintenant voilà nos divertissements finis ; nos acteurs,
Comme je vous l'ai dit d'avance, étaient tous des esprits ;
Ils se sont fondus en air, en air subtil ;
Et, pareils à l'édifice sans base de cette vision,
Se dissoudront aussi les tours qui se perdent dans les nues,
Les palais somptueux, les temples solennels,
Notre vaste globe, oui, notre globe lui-même,
Et tout ce qu'il reçoit de la succession des temps ;
Et comme s'est évanoui cet appareil mensonger,
Ils se dissoudront, sans même laisser derrière eux
La trace que laisse le nuage emporté par le vent.
Nous sommes faits de la vaine substance
Dont se forment les songes, et notre chétive vie
Est environnée d'un sommeil...

C'est l'expérience littéraire la plus intense que j'aie connue de toute ma vie, et c'est au Burning Man que je l'ai vécue.

25.

En réalité, l'annonce de Prospero est prématurée – ou du moins je ne me souvenais pas de quels divertissements il parle ; il fait référence à la mascarade et non pas à la pièce dans son ensemble. Un peu plus tard, à la fin de l'acte V, il annonce son intention de se retirer à Milan, "où / Un tiers de mes pensées sera pour ma tombe". Cela paraît proportionnellement raisonnable. Mais en quoi pourraient bien consister les deux tiers restants ? Un tiers sera consacré à un salmigondis de considérations aléatoires et inclassables, d'une telle trivialité qu'on en viendrait presque à se demander s'il existe un ordre quelconque dans le bilan cognitif de la vie d'un personnage pourtant si majestueux. Ai-je oublié de payer à Asclèpios ce que je lui dois pour ce coq ? Ai-je laissé la lumière allumée en bas dans le salon ? Qui est l'éditeur de l'*Anthologie de l'amnésie*, déjà ? Où sont passées les lunettes de soleil à ma vue que j'ai perdues en 2000 ?... Le dernier tiers, en revanche, ne laisse aucun doute possible : il y a bel et bien un ordre. Ce sont les pensées qui ont trait au sexe : le souvenir de tous ces après-midi et de toutes ces nuits de pure félicité passés dans diverses chambres et villes du monde entier. Ce sont ces moments qui rachètent tout ce que Nietzsche avait en tête lorsqu'il formula pour la première fois l'idée de l'Éternel Retour dans *Le Gai Savoir* : ceux qu'on serait heureux de revivre en boucle pour l'éternité. Malheureusement pour lui, il ne connut jamais de tels moments dans sa propre vie. Pour le reste d'entre nous, ces souvenirs se mêleront à celui de toutes les occasions à côté desquelles nous sommes passés, de toutes les fois où nous avons été trop timides ou trop peu sûrs de nous pour oser prendre l'initiative d'un baiser – et ces pensées seront elles-mêmes touchées par la mort puisque nous les emporterons dans la tombe. Si Prospero a accès à un portable ou à sa boîte e-mail à Milan – il est étonnant, en un sens, qu'aucun opérateur internet n'ait eu l'idée de se baptiser Ariel –, il y a fort à parier qu'il contactera une femme de son passé, désormais âgée d'une soixantaine d'années, pour lui rappeler ce lointain samedi soir qu'ils avaient passé ensemble dans une boîte de Johannesburg, et la soirée du lendemain, un dimanche, quand ils avaient tourné en voiture pendant des heures, à la recherche d'un bar encore ouvert où ils auraient pu boire un dernier verre, mais roulant surtout (dans une ville où personne ne prend le volant pour le seul plaisir de rouler) afin de prolonger le bonheur de se trouver ensemble pour ainsi dire par accident.

"Ce soir-là, écrira inutilement Prospero, j'avais tellement envie de t'embrasser." Ou bien : "Si je te l'avais demandé, serais-tu venue chez moi ?" Trois réponses possibles à cette question, quoique les deux premières constituent des variantes de la même chose : soit "Non", soit l'expression d'un effort évident pour se rappeler la soirée évoquée (puisque même à l'époque elle n'avait eu pour cette femme aucune signification particulière). Et puis il y a la troisième réponse : "J'attendais que tu me le demandes...", ou encore : "Bien sûr. Pourquoi ne me l'as-tu pas demandé ?"

Laquelle de ces réponses serait la plus déprimante ? Étrangement, les dernières, ces permutations de "Oui", parce que les deux premières – les variantes polies ou surprises de "Non" – auraient au moins le mérite de confirmer à Prospero qu'il avait vu juste, sur le moment, que ce n'était pas uniquement la timidité qui l'avait retenu, que l'inhibition était la réaction appropriée à une certaine vibration entre eux, ou plutôt à son absence, même si cette vibration semblait palpable, qu'il n'a jamais été le genre d'homme qui impose son désir aux femmes, même dans les moments où il se trouvait le plus enclin à interpréter ce désir de travers, à se persuader qu'il était non seulement réciproque mais en partie suscité par celui qu'elles éprouvaient elles-mêmes. C'est un homme qui, même dans son grand âge, a continué de tomber amoureux de temps à autre, et ces moments comptent parmi les plus heureux de son existence, et Prospero lui-même, avec tout son art, était alors aussi impuissant qu'il l'avait été à quatorze ans, lorsqu'il avait pris conscience de cette préoccupation qui allait prendre une place centrale dans sa vie. Et même s'il n'appelle pas ou n'envoie pas d'e-mail, il se repassera mentalement le film de cette étrange soirée passée à rouler pendant des heures, sans dévier du scénario jusqu'au moment fatidique où il aurait dû embrasser cette femme. Quel idiot ! Où était le mal ? Qu'aurait-il pu arriver au pire ? Le pire, c'était justement ce qui s'était passé : elle l'avait déposé devant chez lui – après un éventuel ultime intermède de cinq minutes de silence gêné dans la voiture. Quelle bêtise. Quelle funeste timidité. Si seulement il pouvait revivre toute sa vie et ne changer que cette soirée-là (cette soirée-là et d'autres du même genre...), cette séquence d'événements, pour savoir si les choses auraient pu tourner autrement.

26.

Je m'aperçois en écrivant ces mots que je vais bien être obligé de revenir au Burning Man, non pas dans la vraie vie – ça, jamais – mais ici, maintenant.

Peu après que ses bras se sont levés, un feu d'artifice a éclaté au-dessus de la tête de l'Homme, qui s'est embrasé. C'était en 2018, l'année où Gerry était venu réaliser son film. La chaleur était intense, le feu si brillant qu'on avait l'impression de regarder, les pupilles dilatées, un soleil en train d'éclore à même la terre. La chaleur est devenue tellement forte que, même à bonne distance, on avait la sensation de se faire brûler la rétine.

Après la cérémonie, et une fois le matériel de tournage rangé, nous avons enfourché nos vélos. Nous faisions partie d'un groupe qui se formait et se reformait sans cesse selon des configurations diverses et variées, mais au bout d'un moment nous n'étions plus que trois : un dénommé Ted, Gerry et moi. Ted, la quarantaine, était massif et barbu. Son break – transformé en petit nid douillet dans lequel il dormait – était garé à côté de mon mobil-home. Un jour, alors que nous dansions devant la sono, Ted a décrété que, même s'il était déjà complètement défoncé, il fallait qu'il retourne chercher de l'acide au campement. L'idée semblait singulièrement malavisée. Les chances pour qu'il parvienne à nous retrouver à son retour étaient infimes. Il devait y avoir cinq mille vélos garés à cet endroit, dont les loupiotes clignotaient dans tous les sens, formant une espèce de gigantesque guirlande lumineuse, et de nombreux points de repère dont nous nous servions pour nous orienter semblaient clignoter eux aussi, comme s'ils se déplaçaient. Quelques soirs plus tôt, sobre comme un juge aux idées embrouillées, j'avais passé une heure à essayer de trouver mon vélo pourri – j'avais pourtant scrupuleusement veillé à bien regarder où je l'avais garé – au milieu d'un amoncellement similaire mais plus petit de bicyclettes. “Je vous trouverai, vous et les vélos”, a déclaré Ted, mais je savais que nous ne le reverrions plus de la soirée.

“Mieux vaut probablement oublier jusqu'à son existence”, ai-je dit à Gerry. Mais vingt minutes plus tard, le voilà qui revenait ! Compte tenu de l'état dans lequel il était, c'était l'une des plus phénoménales expéditions de recherche jamais tentée de mémoire d'homme. La soirée a continué et nous avons vécu des tas d'autres aventures. C'était une nuit magique, qui a duré une éternité et qui est passée en un clin d'œil. Lentement, le jour a commencé à poindre. Les flammes s'amenuisaient doucement, descendant du ciel à présent gris plutôt que noir pour gagner la terre. Plus aucune trace de l'Homme, bien sûr. Nous avons décidé de regagner nos pénates.

Se préparer avant d'aller se coucher, au Burning Man, est toujours toute une affaire. J'avais fait un petit tour aux toilettes portables, je m'étais brossé les dents, débarbouillé le visage pour me débarrasser du gros de la poussière et des paillettes, j'avais posé une bouteille en plastique près de mon lit, dans laquelle je pourrais pisser si jamais je me réveillais au milieu de la nuit. J'étais en caleçon, prêt à mettre mon masque de sommeil et mes bouchons d'oreilles, quand j'ai soudain entendu frapper à la porte. J'ai deviné que c'était Ted, et je savais exactement ce qui s'était passé. Dans sa confusion, il s'était débrouillé pour verrouiller sa voiture de l'intérieur, et maintenant j'allais devoir l'aider à se sortir de ce merdier alors qu'il était plombé d'acide jusqu'aux yeux. Je suis allé ouvrir la porte. Ouaip, c'était bien lui – mais il n'avait pas du tout l'air confus.

"Bon, m'a-t-il dit. Inutile de se voiler la face. La tension sexuelle entre nous est éminente." Il voulait dire "évidente", mais, étant donné les circonstances, c'était un lapsus bénin, qu'il ne m'a pas semblé opportun de relever. "Tu le sais, et je le sais. Alors bon, c'est un truc que j'ai jamais fait, mais vu qu'on est au Burning Man et tout, j'ai envie d'essayer. On en a tous les deux envie."

Un climat de grande affection avait plané sur toute la soirée (dû en partie au fait que nous planions, nous aussi), mais nous n'avions guère échangé que quelques plaisanteries et autres "*Waouh !*" ; pour le reste, nous avions essentiellement passé notre temps à essayer, en vain, de prendre des décisions sur ce que nous allions faire ensuite. Les seuls interludes érotiques qui avaient ponctué cette longue nuit d'aventures, c'était lorsque nous nous étions laissé hypnotiser en silence – lorsque *je* m'étais laissé hypnotiser en silence – par les filles en train de danser. Ted était sous acide, or l'acide, pour autant que je sache, n'est pas une drogue qui vous met dans un état particulier d'excitation sexuelle. De mon côté, si je n'étais plus aussi défoncé que tout à l'heure, j'étais plus *conscient* de l'être à cet instant, debout sur le seuil de mon pratique petit mobil-home, en plein jour, que je ne l'avais été pendant la soirée, quand j'étais pris par l'ambiance délirante, la musique, les lumières, la foule rassemblée dans les profondeurs de la nuit interstellaire. Je ressentais donc à peu près la même chose à ce moment-là que si j'avais ouvert la porte, un dimanche matin, à un représentant de commerce cherchant à me vendre un quelconque produit qui ne m'intéressait absolument pas – sauf que nous étions au Burning Man, donc il n'y avait rien à vendre et le produit en question m'était offert à titre gracieux. Et ce genre d'offre, ce genre de proposition, était accepté à cet instant un peu partout dans toute la ville de Black Rock.

Si j'avais pu formuler le théorème mathématique complexe qui était en train de s'esquisser dans mon esprit embrumé, j'aurais dit qu'il devait y avoir environ dix mille femmes au festival, à qui, si elles s'étaient présentées à ma porte pour me faire une suggestion similaire, j'aurais répondu : "Vous avez tout à fait raison, cette tension est en effet tout ce qu'il y a de plus éminent. Essuyez-vous donc les pieds et entrez, je vous en prie." Décidant de faire preuve de magnanimité à l'égard de Ted dont le comportement était, me disais-je, en grande partie imputable à son propre état de confusion, j'ai essayé de lui faire prendre conscience de la dimension drolatique de cette comédie du *malentendu*, mais il persistait à envisager la situation et son potentiel sous un angle clairement romantique en tout point opposé à ce que je tentais de lui expliquer avec une clarté clairement supérieure à la sienne. Les négociations ont duré un moment, puis je lui ai claqué la porte au nez, en proie à divers sentiments. *Primo* : j'étais soulagé de m'être soustrait à la corvée cauchemardesque consistant à l'aider à ouvrir sa voiture verrouillée de l'intérieur. *Deuxio* : j'étais flatté. Passé un certain âge – j'avais soufflé mes soixante bougies au mois de juin –, n'importe quel témoignage d'affection ou même de simple intérêt est le bienvenu. Je n'ai pas pris ombrage, ni la mouche. J'étais honoré. Mais j'avais aussi conscience que Ted se trompait sur toute la ligne. Il n'y avait eu à aucun moment la moindre tension sexuelle entre nous, et cela m'a fait penser à toutes les fois où je m'étais fait éconduire après avoir tenté de séduire quelqu'un. Il m'était arrivé plus d'une fois de savoir pertinemment que mes avances seraient déclinées mais d'insister néanmoins, dans le seul but d'obtenir une confirmation verbale de cette intuition. Parfois, on drague *pour* se faire rembarrer.

Je me suis levé vers midi. De nombreux festivaliers étaient déjà partis. En l'absence de tous ces camping-cars, mobil-homes et autres véhicules, le quartier, hier encore envahi de visiteurs, était plus aéré et retrouvait déjà ses allures de banlieue paisible et proprette. Le break de Ted était toujours là, mais aucun signe de vie à l'intérieur. Je ne l'ai de nouveau aperçu qu'en fin d'après-midi, en train de manger un bol de céréales d'un air à peine penaud. Je me suis approché et assis sur une chaise pliante. Nous avons commencé à papoter, et j'attendais le moment où il se déciderait enfin à aborder le sujet et à s'expliquer sur sa proposition de la veille ; pour tout dire, j'avais hâte de savoir quel genre de sentiments lui inspirait cet épisode à présent, là, dans la lumière impitoyable de l'après-midi. J'ai cru que ce moment était arrivé quand il m'a fait : "Je voulais te dire un truc..." Une pause intéressante s'est ensuivie, ponctuée par les bruits de mastication des céréales, avant que je n'apprenne enfin quel était ce fameux truc qu'il voulait me dire. "Tu danses vraiment comme un pied."

27.

Au cours d'une longue carrière d'écrivain, entre le début de la vingtaine et la fin de la soixantaine, les meilleures œuvres apparaissent en général au milieu. James Salter est à cet égard une exception notable. Directement inspiré par son expérience de pilote de chasse pendant la guerre de Corée (et combien de romanciers peuvent se targuer d'une telle expérience sur leur CV ?), son premier roman, *Pour la gloire* (1956), est sans conteste son meilleur. Il en a écrit beaucoup d'autres par la suite, dont le plus connu – notamment en raison de ses scènes de sexe plutôt gênantes – est *Un sport et un passe-temps* (1967). Puis, à un âge (quatre-vingt-sept ans) où, si tant est que l'écrivain en question continue de publier, on a tendance à lui réserver un accueil empreint de l'indulgence attendrie avec laquelle on regarde un chien faire le beau, dressé sur ses pattes arrière, Salter a écrit un roman étrange et déconcertant qui semblait résumer l'essentiel de ce qu'il avait tenté de faire durant la longue période du milieu de sa carrière.

Et rien d'autre commence à bord d'un navire, peu après le débarquement américain à Okinawa en 1945. C'est un mélange de plans serrés sur plusieurs personnages et de contextualisation historique assez lourdingue ("kamikazes – un mot signifiant 'le vent de Dieu'[01]") en guise de prélude à la "grande" bataille qui est sur le point d'éclater. Le mot "grand" – comme dans "Okinawa, la grande île[02]" – est employé pas moins de quatre fois dans les deux premières pages. Déclaration d'intention ou d'ambition inconsciente, ou bien – et c'est une autre singularité de Salter – signe de gaucherie ? Loué par ses pairs pour son phrasé, Salter fait pourtant preuve d'une certaine maladresse, pour dire le moins, même *après* qu'on s'est habitué à son style distinctif.

La bataille commence, nous sommes pris dans l'action, et puis – autre bizarrerie – l'un des deux personnages sur lesquels nous avions zoomé au début disparaît subitement pour ne ressurgir que beaucoup plus tard, lors d'une brève apparition. Le roman retrace entre-temps la vie de l'autre marin, Phil Bowman, dont il suit le cheminement sur plusieurs décennies. "S'il avait su, lorsqu'il avait quinze ans, à quel point les femmes allaient complètement gouverner sa vie, écrit Annie Dillard à propos de l'un des personnages de son roman *L'Amour des Maytree*, [...] il aurait déserté[03]." Bowman, au contraire, se serait joyeusement enrôlé pour le restant de ses jours.

Il va à Harvard, puis s'installe à New York, où il trouve un job dans le milieu de l'édition. Dans un bar, il rencontre une très belle femme, issue d'une famille riche qui vit dans une région de la Virginie toute de "collines [et de] vallons[04]". De même que Bowman succombe à ses charmes, le lecteur se laisse ensorceler par la longue transe du récit de Salter. Nous sommes dans les années 1940, à une époque où les gens ne pouvaient avoir accès aux mystères quasi religieux de la sexualité qu'en en faisant directement l'expérience (la situation est aujourd'hui presque inversée). La félicité

01 — James Salter, *Et rien d'autre*, traduit de l'anglais par Marc Amfreville, L'Olivier, 2014, p. 16.
02 — *Ibid.*, p. 9.
03 — Dillard, *L'Amour des Maytree*, *op. cit.*, p. 97.
04 — Salter, *op. cit.*, p. 49.

érotique décrite dans ces pages sera l'un des motifs centraux non seulement de la vie et du mariage de Bowman mais du livre de manière plus générale. Beaucoup plus tard, un Bowman divorcé, qui entretient une liaison avec une femme grecque, comprendra que "tout ce qu'il avait toujours voulu être, elle le lui offrait. Elle était entrée dans sa vie comme une bénédiction, une preuve de l'existence de Dieu[01]". Bénédiction cependant éphémère, comme on ne va pas tarder à s'en apercevoir.

Jouissant d'une vie "plus importante qu'il n'y paraissait[02]" grâce à son travail dans l'édition, Bowman se trouve de plus en plus à son aise dans la version du glamour propre à cette industrie particulière. L'absence "d'un centre tangible dans sa vie autour duquel les choses auraient pu s'organiser[03]" est un prix qu'il est tout disposé à payer – sous la forme de dîners et de soirées souvent solitaires – comme le prélude nécessaire "au premier mot, au premier regard, à la première étreinte" et aux jaillissements de renaissance lyrique qui s'ensuivent. "Il se réveilla à l'aube. Tout était étrangement silencieux. Les vagues s'étaient apaisées. Une longue veine verte parcourait la mer[04]." Christine, la femme qui se trouve à ses côtés lorsqu'il se réveille, le trahit cruellement. Il n'éprouve aucun regret ni ne songe un seul instant à se venger, même s'il se produit ensuite un épisode sexuel assez dérangeant, lorsqu'il croise la fille adolescente de Christine, Anet, à qui il fait fumer un joint de charas et qu'il séduit (dans un chapitre intitulé "Pardon" !). Puis il l'emmène en lune de miel improvisée à Paris, où, au bout de quelques jours, il l'abandonne alors qu'elle dort, la laissant sans argent mais avec un petit mot : "*Je m'en vais. Je ne peux pas t'expliquer maintenant. C'était très bien*[05]."

01 — *Ibid.*, p. 241.
02 — *Ibid.*, p. 179.
03 — *Ibid.*, p. 196.
04 — *Ibid.*, p. 229.
05 — *Ibid.*, p. 326.

À l'époque où le roman fut publié, de telles scènes semblaient d'une perversité presque inacceptable, dénuées qu'elles étaient de la justification rédemptrice, scandaleuse et satirique de l'épisode dévastateur – dans une salle de classe ! – qui précède l'effondrement de Bruno dans *Les Particules élémentaires* de Michel Houellebecq. Maintenant qu'il a totalement dépassé les bornes de l'imaginable, j'éprouve une sorte d'étonnement admiratif pour le code de conduite de Salter, pour cette fidélité sans faille à l'égard des possibilités offertes par le roman en tant que sanctuaire moral et moyen d'accès à la grâce artistique (même s'il concède, deux pages plus loin, que "partout, le livre avait perdu du terrain[01]".)

28.

W. H. Auden a déclaré un jour que, de tous les poètes anglais, Tennyson était celui qui avait l'oreille la plus fine – et même avec l'âge, son sens de l'ouïe conserva semble-t-il toute sa vigueur. Au soir de sa longue vie, alors qu'il se promenait sur la plage de l'île de Wight, il croisa deux jeunes filles, assises sur le sable, et l'une d'elles le reconnut. "Attends, fit son amie. Tu veux dire que c'est ce vieillard qui a écrit *Maud* ?" Tennyson s'arrêta, se retourna et leur lança : "Oui, c'est *ce vieillard* qui a écrit *Maud*[02]", puis il reprit sa promenade.

Nombreux sont les jeunes auteurs talentueux qui seraient capables de raconter la vie d'un homme ou d'une femme, de sa prime enfance jusqu'à son grand âge, au fil du temps qui passe et de l'histoire qui se déroule en toile de fond. Il leur manquerait cependant deux des avantages que possède Salter : les signes d'un affaiblissement ou d'une défaillance de la maîtrise narrative, qui constituent en même temps la preuve d'une foi inébranlable en la force même de ces

01 — *Ibid.*, p. 329.
02 — Cité in Eric Griffiths, *The Printed Voice of Victorian Poetry*, Oxford, Clarendon Press, 1989, p. 134.

capacités diminuées ; et la conviction – tout aussi inébranlable – qui imprègne l'histoire de Bowman de la conscience intrépide de la vieillesse.

29.

Jouer au tennis contribue de manière essentielle à mon bonheur. Mettons que je joue deux fois par semaine, à raison de deux heures maximum chaque fois. Cela ne fait jamais que quatre heures sur les cent douze que je passe éveillé, mais en termes de pourcentage de la part de bien-être qui m'est hebdomadairement allouée, cela représente beaucoup plus, même au regard du nombre d'heures – seize ? vingt ? – que je passe ensuite dans un état désespérant de fatigue, complètement lessivé et incapable de rien faire. Ces quatre heures glorieuses illuminent toute ma semaine, mais, depuis un mois maintenant, je souffre d'un problème à l'épaule qui m'empêche de jouer ou de me livrer aux petites séances de pompes auxquelles je m'astreins justement dans le but de renforcer mes épaules.

Me voici presque rétabli à présent, prêt à reprendre ma raquette, à revenir au mieux de ma forme et à retrouver progressivement (dans les strictes limites imposées par l'image de soi à laquelle peut prétendre un homme ayant franchi le cap de la soixantaine) un potentiel de séduction physique menacé d'atrophie à vitesse grand V. C'est une chose que d'être peu à peu relégué aux marges du marché sexuel, mais sentir qu'on en a été définitivement exclu, ça, c'est une perspective proprement terrifiante. La seule chose qu'on puisse imaginer de pire, c'est que cette exclusion soit volontaire, que vous décidiez sciemment de vous retirer dudit marché au nom d'une logique performative selon laquelle, puisqu'il paraît désormais inconcevable que qui que ce soit, à moins de ne plus avoir toute sa tête, puisse être attiré par vous, mieux vaut pour tout le monde que vous cessiez de nourrir la moindre préoccupation d'ordre sexuel – que vous renonciez purement et simplement à toute forme d'identité sexuelle. Mais quand bien même on parviendrait à éviter ce scénario du pire, il reste bien d'autres scénarios à éviter – dont certains sont pires encore. N'est-il pas préférable de se résoudre à une retraite anticipée plutôt que de risquer de se voir accoler le terrible qualificatif de "vieux pervers" ? Ce terme est l'équivalent du colorant utilisé sur les bulletins pour empêcher les gens de voter deux fois, ou pour rendre inutilisables les billets de banque volés. Faites-vous traiter de vieux pervers une fois, une seule, et vous ne pourrez plus jamais vous comporter autrement que comme un vieux pervers. Il convient donc de faire preuve de la plus grande vigilance sur ce point. Seulement, voilà le hic. Il suffit de se laisser aller pendant une demi-seconde à l'introspection – *suis-je en train de me comporter comme un vieux pervers ?* – pour que l'ombre de la perversité se mette à planer sur vos moindres faits, gestes et paroles. Ce matin encore, vous vous êtes montré charmant et primesautier – sans même chercher à séduire – avec l'attirante jeune femme deux fois moins âgée que vous qui vous a servi à la boulangerie, et l'après-midi, vous voilà soudain devenu un vieux pervers. Pourquoi ? À cause de cet infime moment de doute, cet angoissant *j'espère-qu'elle-ne-m'a-pas-pris-pour-un-vieux-pervers* qui s'est sournoisement immiscé en vous alors que vous rentriez à la maison avec votre baguette encore tiède sous le bras. Vouloir à tout prix éviter de passer pour un vieux pervers est le meilleur moyen d'en devenir un. Comment une telle chose est-elle possible ? Comme tant d'autres : la vie a parfois de ces perversités.

30.

"Je crois que tout est fini pour moi. Je pense que je n'écrirai plus jamais[01]."

01 — Edwin Reardon, cité in George Gissing, *New Grub Street*, Harmondsworth, Penguin, 1985, p. 79.

Jean-Michel Basquiat, Emily Brontë, Keats, Sylvia Plath, Raymond Radiguet, Egon Schiele, Franz Schubert, Francesca Woodman, d'innombrables stars du rock et musiciens de jazz – tous sont morts jeunes, et on ne peut que se demander quelles œuvres ils nous auraient laissées s'ils avaient vécu plus longtemps.

Mais que dire de tous ces écrivains, artistes et compositeurs qui, quel que soit leur âge, après avoir publié un seul livre – ou achevé une poignée de tableaux ou de compositions –, décident de s'en tenir là ? Au sein de ce groupe déjà très restreint, je songe en particulier à un certain genre de "lâcheurs". Pas ceux qui se sont retrouvés expulsés du marché culturel, contre leur volonté, suite à des avanies purement circonstancielles (ce qui, dans le monde des arts, signifie en général un manque de temps ou d'argent). Je pense d'une part à tous ceux qui se sont dit un beau jour que leur moment était passé pour des raisons moins évidentes, qui se sont aperçus qu'ils n'avaient pas l'inspiration, la motivation, l'ambition ou l'obstination nécessaires pour continuer ; et d'autre part à ceux qui ont décidé que, tout bien considéré, ils n'étaient capables de produire qu'une seule œuvre – géniale, médiocre ou exécrable, peu importe –, qu'ils n'avaient rien d'autre à dire, rien d'autre à exprimer.

Le phénomène de "l'auteur d'un seul livre" est peut-être tout entier contenu dans ce terme lui-même. Quel que soit le nombre de livres que vous publiez par la suite, rien ne peut rivaliser avec l'émotion qu'on ressent le jour où on tient entre ses mains le tout premier exemplaire imprimé de son premier livre. C'est un événement majeur, à marquer d'une pierre blanche, pour tous les gens impliqués, même si *cette* expression-là – "tous les gens impliqués" – ne revient en réalité à désigner qu'une seule personne : l'auteur lui-même. Vous étiez jusqu'alors quelqu'un qui rêve de devenir écrivain, quelqu'un qui, par définition, a de fait exercé le métier d'écrivain pendant tout le temps de l'écriture du livre, puis, du jour au lendemain, vous êtes officiellement reconnu comme tel. Et cela peut être suffisant. Paradoxalement, cela peut être suffisant surtout pour quelqu'un qui vénère *l'idée* de devenir écrivain, quelqu'un dont l'engagement corps et âme dans le labeur de l'écriture ne peut être motivé que par l'intensité de son désir de voir confirmé le statut auquel il aspire – et annulée l'absence de statut dont il souffrait jusqu'alors. Les écrivains appartenant à cette catégorie passent la ligne d'arrivée de cette toute première course, atteignent leur record personnel, puis s'effondrent et se retirent du circuit. La course de fond, à l'inverse, fait fi de toute ligne d'arrivée, vous offre à vie une place de choix au bord de l'arène – ou plutôt *dans* l'arène – depuis laquelle vous aurez tout loisir de jauger votre vie et vos capacités, et même de consigner le déclin progressif de ces capacités, ce qui vous laisse entièrement libre de vous écrouler en cours de route à n'importe quel moment.

Dans sa jeunesse, le narrateur de *Bartleby et compagnie*, d'Enrique Vila-Matas, a publié un bref roman, mais depuis vingt-cinq ans il n'a plus rien écrit. Tout change le jour où il entame un "journal qui sera en même temps un carnet de notes en bas de page, destinées à commenter un texte invisible". S'inspirant du scribe de Melville, qui répondait à toutes les requêtes par la formule "Je préférerais ne pas", il se lance dans un projet d'essai consacré aux écrivains tels que Rimbaud ou Robert Walser qui, pour une raison ou une autre, ont cessé d'écrire. Ainsi, "après vingt-cinq ans de silence", il se remet lui-même à écrire, choisissant pour sujet les "diverses formes du secret ultime chez quelques-uns des plus remarquables exemplaires de créateurs ayant renoncé à l'écriture". L'anticanon qui en résulte est vaste et ses implications troublantes, car la question "pourquoi je n'écris pas débouche inévitablement sur une autre inquisition bien plus angoissante : pourquoi ai-je écrit ? "[01]. En dépit des allures facétieuses du roman, l'enjeu de telles questions était de taille pour le prolifique Vila-Matas. "J'ai écrit *Bartleby et compagnie* parce que j'étais fortement attiré par l'impul-

01 — Enrique Vila-Matas, *Bartleby et compagnie*, traduit de l'espagnol par Éric Beaumatin, Christian Bourgois, 2002, coll. "Titres", 2009, p. 11, 13 et 51.

sion négative et que je voulais abandonner la littérature, confiait-il dans une interview. C'était paradoxal, car c'est en me consacrant entièrement aux écrivains qui avaient cessé d'écrire que j'ai réussi, justement, à continuer d'écrire[01]."

31.

L'une des meilleures histoires à propos d'un écrivain qui baisse les bras après un seul livre – un recueil de nouvelles – constitue le motif du troisième roman d'un écrivain qui a continué à écrire de nombreux livres par la suite, dont trois consacrés à un écrivain fictif ayant renoncé à l'écriture. Frank Bascombe, le narrateur d'*Un week-end dans le Michigan* de Richard Ford (1986), n'a pas entièrement renoncé à écrire ; il a renoncé au roman et à la littérature pour les satisfactions et la sécurité plus routinières d'un autre genre : le journalisme sportif. De temps à autre, au début du roman, Frank s'interroge sur les raisons qui l'ont poussé à laisser tomber en cours de route ce qui aurait dû être son deuxième livre, un roman provisoirement intitulé *Tanger*. En repensant à ce qui s'est passé – à ce qui ne s'est *pas* passé –, il se rend compte de quelque chose : "j'ai tout simplement cessé d'écrire". Pendant un bon bout de temps, il avait continué à se rendre à son bureau et à faire quelque chose qui s'apparentait à du travail, mais "pour tout dire, je séchais. Je montais parfois à mon bureau, je m'asseyais à ma table, et je n'avais pas la moindre idée de ce que je faisais là, ni de ce que j'étais censé écrire ; j'avais simplement tout oublié. Je rêvassais à une sortie en voilier sur le lac Supérieur (chose que je n'avais jamais faite), après quoi je redescendais faire un somme"[02]. Ce qu'il y a de remarquable ici, dans cette manière de décrire comment un écrivain en vient à cesser d'écrire, c'est qu'elle se double d'une des-

01 — Vila-Matas, interview in *Tin House*, décembre 2018.

02 — Richard Ford, *Un week-end dans le Michigan*, traduit de l'anglais (États-Unis) par Brice Matthieussent, L'Olivier, 1999, p. 57-58.

cription de la façon dont les écrivains peuvent *continuer* à écrire. Tous les écrivains du monde – sauf John Updike et Joyce Carol Oates – ont fait maintes fois l'expérience de ce genre de journées.

Alors même qu'il retrace les circonstances de son renoncement au roman – y compris le moment où on lui propose d'écrire des reportages sportifs au cours de cette longue phase d'inactivité prolongée –, Frank est incapable de trouver une réponse satisfaisante à la question de savoir pourquoi il a cessé d'écrire. Il dresse une liste de plusieurs raisons, et conclut : "toutes ces raisons sont valables, au même titre qu'au moins vingt autres encore meilleures. (Certains ne portent qu'un seul livre en eux. Il existe des destins pires.)[01]" Plus tard, il en viendra à adopter une autre conclusion possible, à savoir qu'il est incapable de soutenir l'effort exigé par "le vrai travail d'écrivain" : "*une fusion complète avec la vision de l'écrivain*"[02], ce qui est très précisément ce que réussit à faire Ford dans *Un week-end dans le Michigan*. On accède à une telle vision en grande partie par le truchement de la voix qu'on est parvenu à trouver, et cette voix, inutile de le préciser, est celle que Frank a trouvée grâce à son travail de journaliste sportif : "une voix sans apprêt, qui espère découvrir la simple vérité en s'attachant avec ténacité aux faits[03]". Dans l'ensemble, ce qui est arrivé à Frank ne suscite chez lui aucun mécontentement ni même le moindre soupçon d'amertume. Il est peut-être déçu, mais cette déception elle-même fait partie intégrante d'une condition qui lui paraît, sinon universelle, du moins largement partagée. Et du reste, "l'humanité ne perd rien lorsqu'un écrivain décide de se taire[04]". C'eût été une perte immense, en revanche, si Ford avait décidé de raccrocher avant d'avoir écrit cette phrase et le livre dans lequel elle figure.

01 — *Ibid.*, p. 61.
02 — *Ibid.*, p. 90.
03 — *Ibid.*, p. 20.
04 — *Ibid.*, p. 67.

Soit dit en passant, dans *Indépendance*, deuxième volume de la série romanesque qui lui est consacrée, Bascombe, l'homme qui avait cessé d'écrire pour écrire sur le sport, a renoncé à écrire sur le sport pour devenir agent immobilier.

32.

Parmi les écrivains qui ont renoncé après un seul livre figure un autre sous-groupe démographique : ceux qui ont eu la bonne fortune de connaître ce qu'on appelle dans l'armée un succès catastrophiquement précoce. Il est plus fréquent que des auteurs se servent d'un tel succès comme d'un socle sur lequel bâtir une carrière fructueuse (Norman Mailer avec *Les Nus et les Morts*, Zadie Smith avec *Sourires de loup*), mais c'est une expérience dont certains ne se relèvent jamais. Sans doute avaient-ils l'intention d'écrire d'autres livres, mais dans la mesure où ce triomphe soudain, et ses retombées financières inattendues, les soustrait au coup de fouet de la nécessité économique – ou du besoin de donner tort aux critiques qui les ont traités avec une négligence ou une hostilité à leurs yeux imméritée –, ils délaissent peu à peu leur écritoire pour répondre à l'appel de sirènes plus lucratives et gratifiantes : invitations à enseigner, à faire partie d'un jury littéraire ou à donner des conférences partout dans le monde. En Amérique, même pas besoin d'avoir connu un succès monumental pour succomber à ces attraits ; pour peu que vous jouiez bien vos cartes, vous pouvez vous la couler douce pendant des décennies – résidences, enseignement, lectures, bourses et autres subventions – sur la seule foi d'un premier recueil de nouvelles prometteur, tout en affirmant régulièrement que vous êtes en train de travailler sur un gros roman qui, une fois achevé, récompensera au centuple la patience de ceux qui l'attendent depuis toutes ces années. Parfois, le livre en question finit bel et bien par voir le jour, justifiant et perpétuant ainsi tout ce stratagème économique. Mais il arrive aussi que l'auteur de ce premier recueil de nouvelles passe le restant de ses jours à vivre des fruits de cette promesse fantomatique tout en ayant conscience, si plaisantes que soient ses conditions matérielles, qu'il est en train de perpétrer une gigantesque arnaque dont il est tout autant la victime que le bénéficiaire.

En 1938, à une époque où cet avantageux système de rétribution n'existait pas, Cyril Connolly, dans *Ce qu'il faut faire pour ne plus être écrivain*, avait tenté de passer en revue les mille et une façons dont les écrivains renoncent à leur métier, les innombrables manières dont ils peuvent être mis hors circuit. Le "landau dans le couloir", comme chacun sait, constitue à cet égard une entrave dont l'efficacité ne s'est jamais démentie, mais les promesses elles-mêmes peuvent se révéler fatales : "Ceux que les dieux désirent détruire, ils les qualifient d'abord de prometteurs[01]."

33.

Dans presque tous les cas, même l'arrêt le plus abrupt arrive *progressivement*. L'auteur-d'un-seul-livre en a souvent écrit un deuxième, presque toujours de qualité inférieure : un après-coup. J. A. Baker, dont la réputation se confond entièrement avec celle de son premier roman, *Le Pèlerin* (1967), récidiva quelques années plus tard avec *La Colline de l'été*. La fonction du deuxième livre de l'auteur-d'un-seul-livre est de venir confirmer que tout est fini. Quiconque rechigne à accepter cette conclusion, à quelque moment que ce soit de sa vie créative, s'expose à la résurgence d'infinis tourments. Allongé sur son lit d'hôpital, dans *Vainqueur du ciel* (l'un des films qui m'ont le plus exalté durant mon enfance), Douglas Bader est sur le point de se laisser glisser paisiblement dans la mort ; dès qu'il prend la résolution de résister – de vivre –, les souffrances que lui causent ses jambes déchiquetées ressurgissent.

01 — Cyril Connolly, *Enemies of Promise*, Londres, André Deutsch, 1973, p. 17 et 121.

Comme le faisait remarquer Connolly, “toute indolence artistique véritable” est “une souffrance et non pas un plaisir”[01]. Iris Murdoch, dont il se murmure, vers le milieu des années 1990, qu’elle souffre de l’angoisse de la page blanche, déclare à Martin Amis lors d’une soirée que “ne pas pouvoir écrire, c’est *fastidieux*[02]”. “Autrefois, la dépression n’était pas quelque chose de si grave que ça, parce que je pouvais écrire dessus, confie Larkin dans une lettre à un ami en 1979. Aujourd’hui l’écriture m’a quitté, et seule reste la dépression[03].”

Au moment de prendre congé de Murdoch lors de cette même soirée, Amis tente de la rassurer en lui disant que ce blocage n’a rien de permanent. En réalité, il est incurable. Comme il l’était pour Larkin – “un robinet fermé[04]” – et comme il finira par l’être, tôt ou tard, pour tout le monde. En attendant, les auteurs à succès dont le prochain roman est guetté avec impatience par leur éditeur et par leurs lecteurs préfèrent ne pas admettre, du moins en public, qu’ils n’y arrivent plus. Truman Capote a trompé tout son monde en faisant croire qu’il était encore à l’ouvrage, qu’il travaillait toujours à *Prières exaucées* alors qu’il n’y avait pratiquement plus aucune chance que les siennes ou celles de son éditeur le soient. Le cas de figure le plus fréquent, quand on arrête d’écrire, c’est que personne ne s’en soucie ni même ne s’en aperçoive.

34.

“Tout misanthrope, écrit Cioran, si sincère soit-il, rappelle par moments ce vieux poète cloué au lit et complètement oublié, qui, furieux contre ses contemporains, avait décrété

01 — *Ibid.*, p. 123.
02 — Martin Amis, *Inside Story*, traduit de l’anglais par Bernard Turle, Calmann-Lévy, 2021, p. 265.
03 — Larkin, *Selected Letters*, *op. cit.*, p. 600.
04 — *Ibid.*, p. 714.

qu'il ne voulait plus en recevoir aucun. Sa femme, par charité, allait sonner de temps en temps à la porte[01]."

Mais quand donc, ne cessé-je de me demander, les éditeurs arrêteront-ils enfin de m'envoyer des manuscrits et des épreuves, me harcelant pour que je leur rédige un petit compliment à imprimer sur la couverture ? Je dis ça, mais je sais pertinemment qu'au bout de six mois – ou plutôt six semaines – je serais rongé par l'angoisse si plus personne ne quémandait mes éloges. Et si j'ai la grande sagesse d'en être conscient, c'est uniquement grâce à ces lignes de Cioran.

35.

Mao II, le roman de Don DeLillo publié en 1991, multiplie les méandres et les virages thématiques autour de l'histoire de Bill Gray et du roman dont il ne cesse d'abandonner puis de reprendre la rédaction depuis vingt-trois ans. "Le travail l'a détruit. Il est détruit, explique son éditeur, Scott. [...] Bill s'éloigne de trois pas de son bureau, et le doute le frappe comme un coup de marteau dans le dos. Il faut qu'il retourne à sa table pour trouver le passage qui le rassurera. Il le lit, il est rassuré. Une heure plus tard, assis dans la voiture, il éprouve à nouveau la même chose, la page est mauvaise, le chapitre est mauvais, et il ne peut se débarrasser du doute qu'une fois rentré à la maison, quand il s'assied à son bureau et retrouve un passage apte à le rassurer. Il a fait cela toute sa vie, et maintenant il a épuisé les passages rassurants." Et pourtant il persévère : "Quand le soleil se lève, il traîne les pieds jusqu'à son bureau." Lorsqu'on lui demande quand il aura terminé son livre, Bill lui-même répond : "Finir ! Je suis fini. Le livre est fait depuis deux ans. Mais je réécris des pages et je révise en détail. J'écris pour survivre, désormais, pour que mon cœur continue à battre." Tout cela revient à dire, aux yeux de Scott, que la pire chose que pourrait faire Bill, c'est de *publier* ce livre.

01 — Cioran, *op. cit.*, p. 1301.

L'éditeur y gagnerait des millions, mais "ce pourrait être la fin de Bill en tant que mythe, en tant que force". En n'étant *pas* publié, le livre pourrait définir une idée, un principe : "Que l'œuvre d'art retenue est la seule éloquence qui reste." Un peu plus tard, la conversation revient sur la question de savoir si le roman en tant que forme littéraire a atteint son stade terminal – renversé "par l'émergence des informations comme par une force apocalyptique" – et si ce roman en particulier est terminé. "Je vais vous dire quand un livre est fini, déclare Bill. Quand l'auteur bascule avec un grand bruit."[01]

Ce n'est pas ce qui est arrivé à DeLillo. *Outremonde* a été son dernier grand roman qui ait véritablement fait du bruit. Il a ensuite suivi une trajectoire plus proche du titre de la nouvelle de Beckett, "Sans", se laissant glisser d'une plume lente et chancelante vers les cent vingt-huit pages du *Silence*.

36.

Le rapport entre renoncement et continuation se manifeste sous toutes les formes possibles et imaginables de combinaisons et d'exceptions. Si *Un week-end dans le Michigan* braque le projecteur sur un écrivain qui renonce après avoir publié un seul livre, Henry James, dans sa nouvelle "Entre deux âges" – initialement parue en 1893 puis rééditée deux ans plus tard dans un recueil intitulé en anglais *Terminations* –, s'intéresse à un écrivain qui, comme le laisse entendre le titre, se retrouve dans l'impasse au milieu de sa carrière. Dencombe vient de recevoir un exemplaire de son "'dernier paru', peut-être le dernier de tous" ses livres, *Entre deux âges*. Depuis plusieurs années il a conscience "de la fuite du temps, de l'écroulement des occasions. Et maintenant, il sentait, non pas tant que sa dernière chance était en train

01 — Don DeLillo, *Mao II*, traduit de l'anglais (États-Unis) par Marianne Véron, Actes Sud, 1992, p. 67-68, 71-72, 88, 92 et 94.

de passer, mais qu'elle était effectivement passée. Il avait toujours fait tout ce qu'il avait dû faire, et pourtant il n'avait pas fait ce qu'il avait voulu". Après avoir ouvert l'enveloppe, il commence à lire le livre et se trouve peu à peu "apaisé et rassuré. Tout lui revint, mais lui revint avec un étonnement, lui revint, surtout, avec une haute et magnifique beauté. Il lisait sa propre prose, il tournait ses propres feuillets, et il éprouva, devant ces pages illuminées par le soleil du printemps, une émotion singulière et intense. Sa carrière était finie, sans doute, mais elle finissait, quand même, sur *cela*". Ce sentiment de satisfaction et d'accomplissement ne tarde pas cependant à laisser place à autre chose : "il entrevit la possibilité d'un sursis". Il a soudain l'impression que tout n'est peut-être pas fini. Mieux encore : peut-être est-ce seulement maintenant qu'il est en pleine possession de son talent. Ce dont il a besoin, c'est d'une prolongation ; ainsi, en tournant les dernières pages, il soupire : "Ah, pour un autre départ !... Ah, pour une meilleure chance !"[01]

La suite ressemble à une sorte d'anticipation du roman d'Italo Calvino, *Si par une nuit d'hiver un voyageur* : Dencombe rencontre quelqu'un qui lit un jeu d'épreuves d'*Entre deux âges*, un homme qui se révèle être un fervent admirateur de son œuvre. Dencombe prend plaisir à ne pas dévoiler son identité à ce fan au cours de leur conversation, mais ensuite il s'effondre subitement.

37.

Si Dencombe est brièvement revigoré par l'expérience que lui procure la lecture de son dernier ouvrage, il semble que l'une des conditions nécessaires pour pouvoir continuer à créer alors qu'on se rapproche du terme de sa vie soit souvent une incapacité à voir ce qui, pour les lecteurs, est la qualité

01 — Henry James, "Entre deux âges", in *La Bête dans la jungle et six autres histoires*, traduit de l'anglais par Jean Pavans, La Différence, 2009, France Loisirs, p. 221-223.

la plus distincte de ces œuvres tardives : la détérioration de leur qualité, précisément. Plongé dans l'écriture d'*Au-delà du fleuve et sous les arbres*, c'est un Hemingway exalté qui confie à son éditeur, du haut de ses cinquante ans, qu'il écrit de nouveau comme à l'époque où il en avait vingt-cinq. Certaines critiques, à la parution du livre en 1950, auraient dévasté un écrivain de vingt-cinq ans – ou n'importe quel auteur moins enivré de son propre mythe : "Il s'agit non seulement du plus mauvais roman de Hemingway, décréta la *Saturday Review of Literature*, mais d'une synthèse de tout ce qu'il y avait de mauvais dans ses œuvres précédentes, qui jette une lumière douteuse sur l'avenir[01]." L'avenir lui réservait pourtant d'autres succès – *Le Vieil Homme et la Mer*, et le prix Nobel – mais se révélerait encore plus terrible pour Hemingway, dont la méthode et l'objectif avaient toujours été d'écrire "une phrase authentique", au lieu de quoi il se débattait désormais avec celle de DeLillo dans *Le Silence* : "Tout ce qui était simple et affirmatif, où tout cela était-il passé[02] ?"

38.

Willem De Kooning, dans les années 1983-1986, connut un regain soudain de créativité, achevant presque un tableau par semaine en moyenne – ce qui était un motif à la fois de réjouissance et d'inquiétude. "Il avait sans doute gardé la faculté de dessiner avec maîtrise ou de créer une composition sérieuse devant son chevalet. Mais il n'était plus capable de juger du résultat. L'accroissement de sa production laissait penser, en tout cas, qu'il n'était plus tout à fait lui-même[03]." Au cours des années suivantes, à mesure que ces

01 — Maxwell Geismar, cité in Michael Reynolds, *Hemingway : The Final Years*, New York, Norton, 1999, p. 228.

02 — Don DeLillo, *Le Silence*, traduit de l'américain par Sabrina Duncan, Actes Sud, 2021, p. 63.

03 — Mark Stevens et Annalyn Swan, *De Kooning : An American Master*, New York, Knopf, 2004, p. 602.

premiers signaux d'alerte ouvraient la voie aux ravages de la maladie d'Alzheimer, ses assistants projetaient des dessins sur la toile pour qu'il peigne dessus et autour, alignaient devant lui des tubes de gouache (afin de l'inciter à élargir sa palette de couleurs) et lui signalaient certaines parties de la toile – des "vacances", ainsi qu'ils étaient convenus de les appeler – qu'il avait oublié de remplir.

39.

Ce sont là des cas extrêmes – dans le déclin comme dans la plus extraordinaire opiniâtreté – à tous égards. Les symptômes universels et plus bénins de la vieillesse se traduisent par le fait que vous ne pouvez plus courir aussi vite qu'avant, que vos genoux vous font souffrir davantage et pendant plus longtemps. Si vous êtes assis à votre bureau pour écrire, vous êtes épargné par les signes les plus manifestes de la détérioration mentale. Vous avez peut-être mal aux genoux (à cause de l'immobilité prolongée) mais votre cerveau, lui, ne souffre pas, même s'il ne semble pas tout à fait fonctionner aussi bien qu'autrefois. La conscience que le cerveau ne marche plus aussi bien qu'avant est souvent annoncée par la crainte que cela *puisse* bientôt arriver. "J'ai un talent considérable, peut-être tout aussi bon que celui de n'importe lequel de mes contemporains, écrit Faulkner dans une lettre datée du 22 avril 1944. Mais j'approche maintenant de 46 ans, et il faudra bientôt remplacer 'j'ai' par 'j'avais'[01]." (Quarante-six ans, cela peut sembler relativement jeune, mais on se demande si cette détérioration ne s'est pas déclarée, du point de vue syntaxique, au moment même où il écrivait cette lettre.) Plus ces craintes sont justifiées, plus elles deviennent familières – et, partant, moins effrayantes. On a du mal à le croire, mais Updike lui-même, passé la barre des soixante-dix ans, avouait : "Avec une

01 — William Faulkner, *Lettres choisies*, traduit de l'anglais (États-Unis) par Didier Coupaye et Michel Gresset, Gallimard, 1981, p. 214.

fréquence de plus en plus inquiétante, il m'arrive de ne pas trouver le mot juste. Je sais que ce mot existe ; je suis capable de visualiser la forme exacte qu'il occupe dans le grand puzzle de la langue anglaise. Mais le mot lui-même, avec ses contours précis et le coloris unique de sa signification, demeure suspendu dans les marges brumeuses de ma conscience." Il se peut que vous consultiez plus souvent le dictionnaire ("piteux recours", reconnaît Updike), mais il est possible que vous restiez capable d'écrire à la même vitesse qu'avant, avec la même aisance – simplement, vos phrases sont dépourvues de bon nombre des qualités qui, vingt ou quarante ans plus tôt, rendaient votre prose si plaisante à lire : "Son allant plein d'insouciance, sa vivacité, son exubérante allure de léger excès." (L'ironie, dont il était pleinement conscient, est qu'Updike décrit le sournois progrès de l'imprécision et de l'épuisement verbal avec une précision inentamée, à peine contrebalancée par une légère diminution d'entrain parfaitement calibrée.) "Aucune habileté acquise à force d'expérience", écrit-il encore, ne saurait remplacer la conviction propre à la jeunesse "d'avoir beaucoup de choses à dire"[01]. Et quand on est devenu vieux ? Dans son roman inachevé, *Le Jardin d'Éden*, Hemingway imagine les difficultés auxquelles se heurte un jeune écrivain, David Bourne, mais ne parvient ce faisant qu'à décrire les siennes :

> *Il avait commencé une phrase dès en entrant dans sa pièce de travail et l'avait terminée mais n'avait rien pu écrire après. Il la raya et commença une autre phrase et ce fut de nouveau le vide complet. Il était incapable d'écrire la phrase qui aurait dû suivre et pourtant il l'avait en tête. Il commença de nouveau par une simple phrase d'exposition et ne parvint pas à coucher la suivante sur le papier. Au bout de deux heures c'était pareil*[02].

01 — John Updike, *Higher Gossip*, New York, Knopf, 2011, p. 3-4.
02 — Ernest Hemingway, *Le Jardin d'Éden*, traduit de l'anglais (États-Unis) par Maurice Rambaud, Gallimard, coll. "Folio", 1989, p. 316.

40.

Apprenant qu'allait bientôt paraître une bibliographie de son œuvre, Larkin accueillit la nouvelle avec un soulagement ironique. “En dehors de tout le reste, ce sera une excellente excuse pour ne plus jamais rien écrire d'autre, ce qu'à mon avis je suis de toute façon peu susceptible de faire.” S'enfonçant toujours plus loin dans le silence poétique, Larkin se résigna à ne plus écrire que des lettres à ses amis, acceptant que son cerveau imbibé d'alcool ait “pour ainsi dire plié bagage” avant la prochaine étape et écrivant – dans une lettre – qu'il n'avait “pas l'impression d'écrire beaucoup de lettres ces derniers temps, ni quoi que ce soit d'autre, d'ailleurs”[01].

Avec une malice aussi tendre que cruelle, Carol Ann Duffy exprime la chose de manière plus succincte dans “Alphabet pour Auden” :

Quand les mots ont fini par partir
il ne reste plus rien à dire[02].

Mais cela ne signifie pas pour autant qu'on arrête de dire, même si cela signifie dire ce qui a déjà été dit – pas par quelqu'un d'autre, mais par soi-même[03].

01 — Larkin, *Selected Letters*, op cit., p. 578, 548 et 714.

02 — Carol Ann Duffy, “Alphabet for Auden”, in *New Selected Poems : 1984-2004*, Londres, Picador, 2011, p. 6.

03 — “Je ne peux pas continuer, je vais continuer.” Je m'étais fait la promesse, facile à tenir, de ne pas conclure ce livre par cette citation des tout derniers mots de *L'Innommable* de Beckett. Je la mentionne ici, dans la fosse d'une note de bas de page, parce que je me suis toujours demandé pourquoi il y avait un point à la fin de cette phrase. N'eût-il pas été préférable qu'elle demeure suspendue dans un espace sans bornes ? Mon édition Calder en un seul volume de la trilogie de Beckett se clôt sur cet ultime point final dans le coin en bas à droite de la toute dernière page. J'imagine que c'est délibéré. Si ce point avait été supprimé, un infime ajustement dans la mise en page et l'espacement aurait impliqué que le mot “continuer” soit imprimé tout au bout de la toute dernière ligne de la dernière page recto du livre, ce qui aurait pu laisser penser que le narrateur avait en effet continué mais que, à cause d'un défaut de reliure ou d'un acte de vandalisme commis par quelque lecteur exaspéré, les pages suivantes – tout ce qui continuait de continuer ensuite – avaient disparu.

41.

Les écrivains doivent trouver un juste équilibre entre la nécessité d'exercer un certain degré de vigilance critique sur leur travail en cours et celle de ne pas laisser cette surveillance éditoriale cautériser le flot des mots. C'est une opération très délicate, qui requiert des réajustements constants tout au long d'une vie de travail. Il est généralement admis que c'est une mauvaise chose que l'écriture s'assèche, que les écrivains en arrivent à étouffer leur propre créativité. Mais alors, est-ce à dire que le flot des mots ne peut subsister qu'au prix d'une certaine inconscience critique ?

Dans un texte de 1991 sur le billard, Martin Amis remarque en passant qu'il est capable de lire et d'écrire "à un très haut niveau" – prétention que personne, à l'époque, n'aurait osé réfuter. Deux questions, dès lors : d'abord, comment en est-il venu à écrire *Chien jaune* et *Lionel Asbo* ? Par habitude, je suppose, à force de continuer à faire ce qu'il faisait déjà depuis des décennies. La deuxième question est plus retorse : qu'a-t-il pensé de ces deux livres quand il les a *lus* ?

Admettons qu'à la fin d'une journée passée à travailler sur *Chien jaune* ou *Lionel Asbo*, Amis ait pu débiter autant de mots qu'au temps de sa splendeur, à l'époque où il écrivait *Money, Money* ou *London Fields*. Admettons par ailleurs qu'il ait persévéré, qu'il n'ait à aucun moment été gagné par le découragement en relisant à la fin de chaque journée ce qu'il avait écrit, jusqu'à ce qu'il ait achevé une première mouture du livre. Mais à ce moment-là, en relisant l'ensemble de ce qu'il avait écrit, n'a-t-il donc pas vu que le résultat nécessitait plus qu'un simple retravail ?

"Je crois qu'on peut commencer à perdre le pouvoir du langage avec l'âge", dit Rachel Cusk dans une interview accordée à la *Paris Review*. Se référant de manière implicite à son roman *La Dépendance*, elle évoque l'idée selon laquelle

> *les œuvres tardives des artistes visuels sont un peu comme des œufs qui, en brisant leur coquille, révèlent l'authentique moi*

visionnaire. Et ça, ça ne peut pas arriver avec le langage, parce qu'à mesure que vous vieillissez, le langage vous trahit. Le langage révèle votre âge. Il révèle tant de choses sur votre identité, votre classe sociale. Mais quand on vieillit – on le voit se produire, on voit des écrivains devenir soudain légèrement embarrassants ou perdre de vue l'histoire de la vie[01].

Ce pronostic est-il définitif, sans aucun espoir – aucune possibilité – de rémission ? Même lorsqu'on raconte l'histoire de sa propre vie ? Même si ce phénomène est *précisément* devenu le sujet sur lequel on écrit ?

42.

Après avoir écrit ces paragraphes sur Amis, j'ai ajouté une nouvelle promesse à toutes celles que je m'étais faites au moment d'entamer l'écriture de ce livre – et je l'ai tenue. Je me suis promis de laisser ce passage tel quel, quand bien même il serait démenti par le livre longtemps attendu qu'il était en train d'écrire à propos de Saul Bellow, Christopher Hitchens et Larkin. *Inside Story* est son livre le plus fort depuis l'autobiographique *Expérience* (2000), auquel il ressemble énormément, quoiqu'il se présente comme un roman. Vingt ans plus tôt, Julie Burchill écrivait qu'elle serait "immédiatement devenue son esclave" si Amis avait intitulé ces mémoires *Mon combat*. La voici donc aujourd'hui prise au piège d'une forme d'asservissement, même si le combat dont il s'agit en l'occurrence s'apparente plutôt à celui de Knausgård, dans lequel la fiction est ostensiblement et délibérément indiscernable – du moins pour ceux qui n'ont pas accès aux sources documentaires – de la vie et des vies qu'elle dépeint. Si les révélations exclusives du livre – sur sa petite amie Phoebe et sur son père, Kingsley, sur Larkin, l'ami de son père, et sur sa mère – ont été inventées de toutes pièces ou lourdement remaniées

01 — Rachel Cusk, *The Paris Review*, printemps 2020, p. 60.

en vue d'améliorer le récit aux dépens de la fidélité aux faits, sa réussite en tant que roman dépend de l'efficacité avec laquelle toutes les traces de fiction ont été camouflées. Tout en faisant mine de vider son sac, Amis fait de cette "histoire de l'intérieur" une histoire réversible et la transforme en roman, améliorant ainsi l'expérience de lecture tout en couvrant ses traces. Mais si l'on attend d'un roman qu'il soit à la hauteur de certaines exigences formelles ou, plus ambitieux encore, qu'il génère ses propres exigences, alors *Inside Story* est un roman mal fichu qui prend l'eau de toutes parts. Telle une tambouille déversée avec optimisme dans un grand sac en plastique – percé de quelques trous pour échapper aux responsabilités étouffantes du mémoire autobiographique –, il n'a pas la cohésion du projet de Knausgård, qui réussit à créer le moule dans lequel il est en train d'être modelé. C'est même précisément de cela que parlent les livres de Knausgård. Ceux d'Amis, à partir de *Money, Money*, reposent entièrement sur la voix. Du point de vue linguistique, on retrouve souvent dans *Inside Story* l'assurance et la verve de l'ancien (du jeune) Amis, surtout dans les passages qui concernent sa vie amoureuse au cours des années 1970. C'est amusant à lire, même quand c'est aussi un peu embarrassant à lire (comme l'épisode où il nous embarque dans une tournée promotionnelle en France où sa femme, la magnifique et intelligente "Elena", doit recevoir un prix littéraire).

Il ne faut jamais sous-estimer l'importance de la dimension divertissante, d'autant qu'elle est singulièrement absente des romans les plus récents d'Amis, absence qui m'avait frappé de manière particulièrement aiguë dans la mesure où jadis, chaque fois que je lisais un nouveau Amis, j'étais conscient d'éprouver beaucoup plus de plaisir à cette lecture qu'à celle de n'importe quel autre livre que j'avais pu lire depuis... eh bien, depuis le dernier Amis. J'avalais tranquillement ces cinq cents pages en l'espace de cinq jours, pendant une soudaine vague de froid à Los Angeles, allongé sur mon canapé avec une couverture sur les genoux, et je m'amusais comme un petit fou, conscient que je me serais encore plus amusé si je l'avais lu en trois jours, sans accélérer le rythme de ma lecture mais parce que celle-ci aurait été raccourcie de deux cents pages – ce qui correspond *grosso modo* à la somme totale des coupes qui auraient dû être faites dans la plupart des gros livres d'Amis. Ce qui nous ramène au syndrome évoqué plus haut : le fait qu'il ne soit pas lui-même son meilleur lecteur. Amis, qui a toujours clamé haut et fort qu'il n'avait pas besoin de relecture éditoriale, est le genre d'auteur dont rêvent tous les éditeurs – non pas parce que ses textes sont parfaits jusqu'à la moindre virgule et ne demandent aucun retravail, mais parce qu'on repère au premier coup d'œil ce qu'il faut couper. Si on m'avait demandé mon avis, j'aurais conseillé de couper bon nombre des conseils qu'il donne pour bien écrire.

Il se trouve que, dans la première mouture du présent livre, figurait ici un paragraphe d'environ cent vingt mots, suivi par quelques brèves considérations sur l'art de corriger un manuscrit. J'ai supprimé ces dernières suite à la relecture du texte par un correcteur, essentiellement parce que j'ai alors décidé d'ajouter – et de faire de la place pour – autre chose. (On comprendra mieux, un peu plus loin, pourquoi tout ajout doit nécessairement être contrebalancé par une coupe de longueur à peu près équivalente.) Ce petit raccommodage ne présentait aucune difficulté majeure : il suffisait de changer la numérotation des chapitres et il n'y paraîtrait rien. Mais au moment de relire les épreuves, je me suis rendu compte que tout ce qui figurait à l'origine dans ce paragraphe devrait également être supprimé. Il fallait s'en débarrasser, je n'avais pas le choix, même s'il est toujours très agaçant pour l'équipe éditoriale de devoir intégrer des changements aussi conséquents au stade des épreuves. Comment avais-je pu ne pas voir ce qui me sautait à présent aux yeux ?

43.

Les meilleurs passages d'*Inside Story* se trouvent dans les nombreuses pages où la prose ne fait pas d'esbroufe gratuite mais sert à l'expression des observations les plus fines. La critique Alex Clark, dans le *Guardian*, s'arrête sur la façon dont Amis, à un moment, "enclenche la bouilloire". Manière astucieuse, juge-t-elle, d'éviter de dire simplement qu'il met de l'eau à bouillir : cet exemple, parmi tant d'autres, montre que, même lorsqu'il décrit une scène domestique des plus triviales, l'auteur ne peut pas résister à l'envie de se faire plaisir à peu de frais en glissant çà et là une petite pirouette verbale. Mais que dire d'une autre action similaire, d'un autre "enclenchement", quoique plus chargé d'enjeux narratifs en l'occurrence, à savoir le moment où Martin va rendre visite à une Phoebe vieillissante dans son appartement londonien ? "J'appuyai sur le petit bouton en métal et, quelques secondes plus tard, la serrure bourdonna et j'entendis un léger déclic[01]." Ces huit derniers mots – y compris la "légèreté" du déclic – suffisent à démontrer qu'Amis est un grand écrivain en termes de capacité à rendre pleinement compte de n'importe quelle expérience par le langage. Lorsqu'une telle chose se produit, nous ne sommes plus simplement en train de lire des mots mais nous voyons – ou, dans ce cas précis, nous entendons – le monde. Certains passages du livre sont consacrés au déclin de Bellow, qui, pour Amis, fut le meilleur observateur du monde contemporain. Quand bien même on serait en désaccord total avec une telle estimation critique, il est impossible de nier l'extrême et toute simple force d'émotion du moment où Amis regarde le vieux Bellow et remarque ses "yeux auxquels le temps a donné la teinte des huîtres[02]".

01 — Amis, *Inside Story*, *op. cit.*, p. 603.

02 — *Ibid.*, p. 371. John Updike, autre héros de Martin Amis, emploie le terme "huîtreux", dans un contexte très différent : "Sa complexité blafarde, huîtreuse" (John Updike, *La Parfaite Épouse*, traduit de l'anglais (États-Unis) par Rémy Lambrechts, Gallimard, 1994, p. 24).

44.

Je n'ai jamais réussi à finir *Hitch-22*, les mémoires de Christopher Hitchens (écrits dans un style plus flasque qu'une bedaine débordant par-dessus la ceinture, *très* en deçà des standards impitoyables à l'aune desquels Amis juge la prose de n'importe quel autre écrivain), j'ai aimé ses essais (avec certaines réserves[01]) et j'admire – cette fois sans réserve aucune – les chroniques qu'il a rédigées durant les derniers mois de la maladie qui devait l'emporter (réunies plus tard dans le recueil *Vivre en mourant*). Je ne l'ai jamais rencontré, mais j'ai assisté à plusieurs de ses conférences, lors desquelles il se révélait toujours un orateur impressionnant. Deux choses m'ont frappé dans le tardif regain qu'a connu sa réputation, avant le super-regain des tout derniers temps, celui de "cette année de vie de mourant[02]". Premièrement, le fait que l'assurance et la voix typiques d'un pur produit de l'école publique, combinées à la capacité de balancer quelques citations de Macaulay, soient merveilleusement efficaces pour convaincre les Américains qu'ils se trouvent en présence de quelque essence perdue de l'Angleterre. Bien plus efficaces en tout cas que ne le serait une combinaison réciproque – établissements privés et citations d'Emerson – pour un Américain en Angleterre. Deuxièmement, le fait que Hitchens soit devenu si célèbre

01 — Un mot rapide sur ces réserves : anticonformiste et polémiste revendiqué, Hitchens donne souvent à ses essais l'allure de confrontations ou de compétitions avec leur sujet nominal. Chez lui, même l'éloge contient encore un élément combatif, dans la mesure où le personnage à qui il tresse des lauriers – Orwell, mettons – ne peut être porté aux nues qu'aux dépens non seulement de ses détracteurs mais de tous ceux dont l'admiration a pu s'exprimer à mauvais escient ou de manière confuse. Dans les deux cas, lire Hitchens, c'est un peu comme regarder un boxeur qui, en s'avançant vers le ring, ne peut pas s'empêcher d'esquisser des gestes agressifs envers tout le monde autour de lui, y compris les gens qui lui font une haie d'honneur pour l'acclamer tandis qu'il s'apprête à rejoindre l'arène dans laquelle va bientôt se dérouler la véritable confrontation.

02 — Christopher Hitchens, *Vivre en mourant*, traduit de l'anglais par Bernard Lortholary, Climats/Flammarion, 2013, p. 64.

en grande partie parce qu'il avait soutenu l'invasion de l'Irak (pas si malin) et plus encore parce qu'il était – tenez-vous bien – *athée*. Comment réagir à cette prise de position radicale autrement qu'en poussant la même exclamation stupéfaite que le jeune Martin le jour où il tomba sur la scène où Paul Theroux, dans l'un de ses livres, fait l'amour dans un train ? "Diantre !" Sortir du placard, pour ainsi dire, en publiant un livre intitulé *Dieu n'est pas grand* en l'an de grâce 2007 ne constituait guère le même genre de saut dans l'inconnu intellectuel ou éthique que l'avait été la proclamation de la mort de Dieu pour le fou de la fable nietzschéenne ou, plus tôt encore au XIXe siècle, la vie de "Shelley l'athée". Mon père, qui n'a jamais ouvert un seul livre de sa vie, vouait au christianisme une haine viscérale peu ou prou au nom des mêmes raisons pour lesquelles il était antimonarchiste, ou anti-tout-et-n'importe-quoi, du reste, c'est-à-dire pour des raisons financières. À ses yeux, le moment le plus puissamment symbolique dans tout service religieux, de quelque obédience que ce soit, n'était pas tout ce tralala absurde à propos du sang de mon sang (mes connaissances sur ce qui se passe au cours de ce genre de cérémonies sont assez vagues) mais la quête. Les rares fois où nous nous sommes retrouvés obligés d'assister à une messe, non seulement il a refusé de débourser le moindre penny, ne serait-ce que pour faire bonne figure, mais il n'a même pas fait semblant de glisser une piécette dans la corbeille. Je lui ai demandé un jour d'où lui venait cette hostilité si virulente à l'égard de l'Église, et il m'a expliqué que, pendant son service militaire, il s'était lié d'amitié avec un type qui était "anti-Christ". Que la chose soit donc ici solennellement consignée : Hitch et Mart s'amusent à bouffer du curé, mais mon père, lui, a *rencontré* l'Antéchrist.

45.

"J'ai été (entre autres extravagances) un grand vivant autant qu'un grand penseur[01]..."

Mon père aurait donc sans conteste souscrit aux opinions d'Amis et de Hitchens sur les questions théologiques ; sur deux autres chapitres, en revanche, l'un comme l'autre auraient suscité sa désapprobation la plus totale, sinon son dégoût (pour très exactement les mêmes raisons que celles mentionnées précédemment) : le tabac et l'alcool. La croyance tenace que fumer était cool et relevait même d'une attitude rebelle a toujours semblé – et pas seulement pour quelqu'un comme moi qui n'ai jamais fumé une cigarette de ma vie – ce qu'il y avait de moins cool chez Hitch et Mart. Quant à la bibine, les quantités qu'ils en ont ingurgitées – même au plus fort de la maladie, dans le cas de Hitch – sont tout bonnement sidérantes. Amis affirme de manière catégorique que seuls les gens qui subissent un "changement de personnalité" quand ils sont ivres sont de vrais "alcoolos, avérés ou potentiels. Tout le reste n'est que beuverie[02]". Ce qui est à peu près aussi rassurant que l'était pour Scott Fitzgerald la rapidité confondante avec laquelle il finissait bourré comme un coing ; ça prouvait bien qu'il n'était pas un vrai pochtron, n'est-ce pas ? Mais accordons foi aux paroles de Mart et admettons que, dans *Inside Story*, Hitch et lui ne sont jamais que de gros buveurs que leurs habitudes en la matière n'empêchent pas de fonctionner – bien au contraire, dans le cas de Hitchens qui, d'après la légende, était capable de se jeter plusieurs litres derrière la cravate avant même l'heure du déjeuner puis d'écrire un article de mille mots ou de ne faire qu'une gorgée – pardon, qu'une *bouchée* – de quiconque le provoquait en débat et espérait avoir le dessus, sans que son comportement ne

01 — William Hazlitt, "A Farewell to Essay-Writing", *Selected Writings*, édité par Ronald Blythe, Harmondsworth, Penguin, 1970, p. 487.
02 — Amis, *Inside Story*, *op. cit.*, p. 314.

change d'un iota ou que ses facultés ne paraissent diminuées le moins du monde.

Depuis cinq ans, je consigne dans mon journal la quantité d'alcool que je bois chaque jour. L'objectif initial de cette démarche était de me forcer à ne pas boire du tout au moins trois soirs par semaine – même si, au final, j'ai presque systématiquement dépassé le quota requis de cent cinquante soirées de sobriété par an. Je n'ai jamais eu l'intention ni même ressenti le besoin impérieux d'arrêter de boire, mais le fait est que ma consommation a toujours légèrement diminué d'une année sur l'autre – jusqu'à cette année, où le Covid l'a fait soudain chuter de manière spectaculaire. Nous avons dîné avec des voisins à Venice Beach le 18 mars. Ce soir-là, j'ai bu deux bières et un demi-verre de vin. Puis plus rien. Des semaines et des semaines ont passé sans que je boive une seule goutte, puis des mois et des mois. Il n'y avait là rien de délibéré, et cela ne m'a posé aucune difficulté, notamment parce que je n'avais jamais bu que de manière occasionnelle, quand je sortais – même si longtemps je suis *beaucoup* sorti –, et du jour au lendemain les occasions de sortir ont complètement disparu avec l'arrêt total de toute vie sociale. Nous n'avons remis le nez dehors que le 30 juin pour aller chez des amis, dans le jardin desquels j'ai bu trois délicieux verres de champagne. Presque quinze semaines, à une soirée près, sans approcher mes lèvres d'un verre d'alcool ! Ce qui s'est révélé décevant dans ce congé éthylique forcé, c'est que je ne me sentais pas spécialement mieux – même au bout de trois mois – que d'ordinaire après trois soirs d'affilée sans boire. Il n'y avait aucun effet cumulatif, en termes de lucidité, de bien-être ou d'énergie. D'un autre côté, cette longue période d'abstinence ne m'avait pas rendu subitement vulnérable aux effets de l'alcool. Ces flûtes de Moët ne m'ont pas scié les jambes ni poussé à me rouler par terre pour en boire encore plus, prêt à tout, comme Denzel Washington dans *Flight*, pour m'enfiler dans le gosier tout ce qui pourrait me tomber sous la main. Je n'ai eu à aucun moment l'impression d'avoir déraillé, d'être tombé d'un train de vie d'abstinence à bord duquel je serais monté par accident puis resté uniquement parce que je n'avais aucune raison d'en descendre.

L'alcool *veut* que vous deveniez alcoolique – il veut que vous en vouliez toujours plus. Mais j'ai toujours été surpris de constater à quel point, même quand j'ai beaucoup bu, il est facile de se défaire de cette habitude. Au bout de deux jours, la soif d'alcool disparaît (sauf quand je mange, ou, plus précisément, *après* avoir mangé, pour chasser le goût de la nourriture). C'est l'une des choses dont j'ai hâte de faire l'expérience dans les dernières années, quel que soit leur nombre, qu'il me reste à vivre : avoir moins envie de boire, afin de ne jamais être obligé d'arrêter de boire.

46.

Et *quid* de la fumette ? Quand Larkin, le dernier membre du trio d'écrivains évoqués par Amis dans *Inside Story*, voit "un couple de gamins", etc., il comprend que c'est "le paradis / Dont les vieux d'aujourd'hui ont rêvé toute leur vie"[01]. Il pensait au sexe en l'occurrence – Larkin pensait en permanence au sexe –, mais s'il avait vécu ici, en Californie, et qu'il avait écrit "Les Hautes Fenêtres" cinquante ans plus tard, ce n'est pas seulement à Tinder qu'il aurait pensé, mais au cannabis. Il n'y a jamais eu de meilleure époque pour fumer de l'herbe. C'est devenu tellement formidable qu'on n'a même plus besoin de la *fumer*. C'était cela qui m'avait empêché de rejoindre le cercle des gens les plus cool à Oxford dans les années 1970 : devoir fumer ces ignobles joints anglais bourrés de tabac au-dessus desquels avait été rituellement émiettée une minuscule boulette de hasch. J'ai bien essayé, mais à chaque fois j'avais la nausée à cause du tabac, parce que je n'avais jamais fumé de cigarettes. Ce n'est qu'après l'université, quand j'ai découvert les pipes à eau et les bangs, que j'ai réussi à me défoncer, mais si ces

01 — Larkin, "Les Hautes Fenêtres", in *La Vie avec un trou dedans*, *op. cit.*, p. 129.

accessoires fort utiles m'ont permis d'atteindre ce graal mythique – à la fois envahissant et étrangement insaisissable –, le goût était atroce et j'avais toujours l'impression ensuite d'avoir un chat ébouillanté au fond de la gorge, un chat souffrant qui plus est d'une angine. Mais j'ai fini par prendre le pli, et fumer de l'herbe est devenu un plaisir, qui donnait plus d'intensité à tous les aspects de ma vie, y compris à mon travail. Il m'est très souvent arrivé de penser que j'étais incapable d'aligner trois mots, puis je fumais et soudain une idée me venait à l'esprit. Toutes les expériences pouvaient être décuplées par l'herbe (sauf celles qu'elle atténuait) : écouter de la musique (presque cent pour cent de réussite) ; lire, parfois (surtout de la poésie) ; faire l'amour (à condition d'arriver à rester concentré) ; manger certains aliments (tant qu'ils n'étaient pas susceptibles de devenir immangeables) ; marcher dans la nature ; visiter une galerie d'art, un lieu sacré ou un monument aux morts. Même fumer pouvait devenir plus agréable – en fumant encore plus. Je me défonçais systématiquement en soirée ; cela me rendait plus spirituel, et ne m'amenait que très rarement à penser que c'était peut-être uniquement que je pensais être plus spirituel à cet instant que je ne pensais l'être en temps normal, raisonnement qui mettait dès lors en branle une boucle infinie d'inquisition autoréflexive. Je parvenais même à rentrer chez moi par le bus de nuit après les soirées, à naviguer dans le brouillard des lumières derrière les vitres striées de crachin, à éviter la menace perpétuelle de la délinquance londonienne tapie à tous les coins de rue.

Et puis, à mesure que la skunk a commencé à dominer puis à monopoliser le marché, je me suis lassé. J'ai aimé la skunk pendant un moment, pour le côté total de l'immersion, l'effet *Gesamtkunstwerk*, mais cette substance n'a pas tardé à devenir un vecteur de paranoïa, de terreur et d'une sorte de prémonition des traumatismes cérébraux dont je finirais par souffrir – même si là encore il y avait un côté positif, puisque cela m'a permis, juste à temps, d'extraire une nouvelle intitulée "Skunk" des décombres de mon cerveau ravagé par la paranoïa et la terreur induites par la skunk.

Quand nous nous sommes installés à Los Angeles, j'avais la ferme intention de remonter en selle et de renouer avec ma vie de fumeur de pétards. Pour bien marquer ma détermination, j'ai investi dans une vapoteuse dernier cri, lisse et élégante, qui ressemblait à un objet design conçu et conditionné par un épigone hipster d'Apple. Et plus besoin de me procurer de l'herbe auprès d'un dealer – autre contrainte déplaisante – puisque je pouvais m'en faire prescrire sur ordonnance. La démarche pour obtenir sa carte d'usager était franchement farcesque, mais, une fois que vous aviez informé le "médecin" – que vous n'auriez pas voulu consulter pour un problème relevant d'une question de vie ou de mort, par exemple un ulcère buccal ou une plaie nécessitant des points de suture – que vous aviez du mal à vous endormir, ou à rester éveillé, ou que vos pantoufles n'étaient pas à votre pointure, c'était agréable d'aller au dispensaire avec votre carte et d'être reçu par un conseiller qui, bien souvent, pour être tout à fait honnête, n'était pas lui-même une publicité ambulante pour la consommation de cannabis, afin d'obtenir votre dose prescrite en bonne et due forme, même s'il s'avérait par la suite que cette dose était loin de vous procurer les sensations escomptées. La situation est devenue encore plus pratique quelques années plus tard, quand la législation a rendu possible de se dispenser d'une visite au dispensaire. Une boutique MedMen – officine spécialisée dans la délivrance de cannabis à usage thérapeutique – a ouvert à Venice, près de Lincoln Boulevard. Puis une autre encore plus près de chez nous, sur Abbot Kinney Boulevard. C'est à ce moment-là que j'ai vraiment pris toute la mesure de la remarque de Larkin sur le "paradis". Je passais presque quotidiennement devant cette boutique toujours très animée, en allant faire ou acheter quelque chose – même s'il y a sur Abbot Kinney une foule de boutiques dans lesquelles aucun individu sensé n'irait jamais acheter quoi que ce soit –, et chaque fois que je remontais cette artère commerçante, la seule chose que je faisais, c'était de me lamenter sur la disparition du restaurant Axe, où j'étais allé pour la première fois plusieurs années avant que nous n'emménagions ici et où j'avais déclaré à la personne en compagnie de qui je dînais ce soir-là que jamais de toute ma vie je n'avais mangé une purée de pommes de terre aussi délicieuse, même s'il est possible que ce jugement ait été biaisé par le fait que nous étions raides défoncés après avoir fumé de l'herbe un peu plus tôt dans la soirée, à plusieurs kilomètres de là, et que le trajet en voiture jusqu'à Venice avait été tellement éprouvant que j'étais surtout soulagé d'être encore en vie et capable de manger quoi que ce soit, sans même parler de cette purée absolument phénoménale. Les premières fois où je suis passé devant une boutique MedMen, j'ai été surpris de remarquer qu'ils avaient choisi de grosses lettres rouges très moches pour l'enseigne. J'imagine que le but était de s'éloigner autant que possible des images traditionnellement associées à l'usage du cannabis, même si cette culture a engendré toute une esthétique qui s'étend bien au-delà des *Fabuleux Freak Brothers* et des tee-shirts à l'effigie de Bob Marley. Quoique l'enseigne (rouge) de MedMen connote tout *sauf* le cannabis (vert), une fois à l'intérieur, vous pouvez faire votre choix en décrivant très exactement le genre d'expérience que vous recherchez – c'est-à-dire toujours la même, dans mon cas : une impression de *clarté* avant toute chose, mais pas que.

"Une clarté accompagnée d'hilarité, ai-je clarifié la première fois que j'ai franchi le seuil de cette nouvelle frontière narcommerciale. Les idées qui coulent et s'enchaînent en toute liberté. Une exacerbation généralisée de tous les sens. La capacité de pénétrer les passages même les plus exigeants des derniers quatuors de Beethoven. L'envie de rire. Pas de fatigue, pas de sensation comateuse, pas de lourdeur, et pas non plus d'impression d'être dans le coaltar le lendemain matin. Voilà, mon jeune ami, le genre d'expérience que je recherche en tant que consommateur." Et le jeune homme bien propre sur lui à qui j'expliquais tout cela m'affirmait qu'il avait exactement ce qu'il me fallait en rayon.

"Mon gars, on va vous trouver de quoi planer grave sur la *Große Fuge*", m'annonçait-il. MedMen a les substances idoines pour cela, et pour tout et n'importe quoi d'autre, avec ses innombrables variétés aux noms rigolos triées et cataloguées selon qu'elles appartiennent à la famille *sativa* ou *indica*. Je prenais donc ce qu'on me recommandait, mais le produit vers lequel on m'avait aiguillé finissait toujours par me ficher une migraine carabinée, tandis qu'en lieu et place de la clarté à laquelle j'aspirais m'envahissaient les brumes confuses que je cherchais à tout prix à éviter. L'expérience était censée être calibrée sur mesure, mais ne me convenait jamais tout à fait. Même si un costume fabriqué sur mesure est parfaitement taillé, cela ne signifie pas pour autant que la personne qui se retrouve engoncée dedans s'y sent à l'aise. Je me laissais tenter par la *sativa*, mais cette herbe déclenchait chez moi des crises d'angoisse, tandis que l'*indica* me ramollissait ; quant aux herbes hybrides, elles me mettaient dans un état soit d'angoisse ramollie, soit de mollesse angoissante. Bref, d'une manière ou d'une autre, ça n'allait jamais. Malgré les subtiles variétés de défonce promises par l'impressionnant catalogue des substances proposées, elles avaient toutes un effet en commun : au bout d'un moment, elles me donnaient envie de *ne pas* être défoncé, si bien que les intervalles de temps entre deux séances de défonce devenaient de plus en plus longs, et les conditions nécessaires pour que je puisse envisager de rompre une période d'abstinence cannabique de plus en plus drastiques. Il était important que je ne sois exposé à aucune forme d'interaction sociale. Si je devais me rendre à un concert, si j'avais déjà mon billet et que je savais exactement où je serais assis – si, dans l'idéal, j'avais déjà repéré le trajet depuis le comptoir de la billetterie jusqu'à mon fauteuil avant de ressortir en attendant le début du spectacle –, alors je pouvais tirer deux ou trois taffes de ma très chic vapoteuse avant d'aller m'installer dans la salle pour écouter tranquillement le concert des Necks au Blue Whale ou la soirée jazz-métal des Burning Ghosts au Zebulon situé à l'autre bout de la ville (et où il n'y avait pas de sièges). Exception faite de ces quelques succès, en général la probabilité pour que la soirée se passe bien si j'étais défoncé était d'une chance sur deux : soit le concert n'en était que meilleur, soit il était gâché. Parfois j'arrivais à me concentrer sur la musique (Gillian Welch à l'Orpheum) avant que mon esprit ne parte à la dérive (Stars of the Lid au Regent), dérive qui m'amenait essentiellement la plupart du temps à me demander si je n'aurais pas mieux fait de ne pas me défoncer, si la musique valait vraiment le coup que je sois défoncé, ou encore, dans le cas de la *Quatrième* de Brahms interprétée par le Philharmonique de Los Angeles sous la baguette de Zubin Mehta – qu'il agitait assis dans un fauteuil, n'ayant plus la force de tenir debout –, si, très franchement, elle valait même le coup que je me sois déplacé. L'ovation du public à la fin du concert ressemblait à une sorte d'expression collective de vœu de bon rétablissement, destinée à aider ce pauvre vieux bonhomme à se redresser – ou du moins à sortir de scène pour que nous puissions tous regagner nos voitures et rentrer écouter Brahms chez nous.

Parallèlement à ma réticence de plus en plus prononcée à me défoncer, ou, plus exactement, au soulagement que j'éprouvais chaque fois que m'était venue l'idée de me défoncer mais que j'avais finalement préféré m'abstenir, deux tendances potentiellement contradictoires ont commencé à se manifester. D'abord, quand il est devenu évident qu'on assistait à une véritable Ruée vers l'Herbe, le regret vertigineusement croissant de ne pas avoir investi une partie de ma fortune dans le business florissant du cannabis légal. Deuxièmement, une hostilité tout aussi vertigineusement croissante envers le cannabis de manière générale. J'en suis rapidement venu à détester l'odeur qu'on sentait flotter un peu partout dans les rues de Venice, depuis la promenade du bord de mer jusqu'à Abbot Kinney Boulevard, depuis l'océan jusqu'à la frontière sud-est de la Californie, peut-être même jusqu'à l'Oklahoma, telle une gigantesque tempête de poussière à haute teneur en THC balayant tout le continent. Impossible d'y échapper. Partout cette odeur de cannabis, ces relents d'herbe d'une puissance excessive, propre à vous griller les neurones. Le fait est qu'elle est beaucoup trop forte et qu'il est très difficile de ne pas en conclure que fumer cette herbe ravageuse-de-cervelle ravage bel et bien la cervelle des gens, rendant ceux qui souffrent d'instabilité mentale encore plus instables que d'habitude et achevant de faire perdre la boule à tous ceux qui l'avaient déjà passablement égarée. Et ce n'est pas simplement qu'elle soit trop forte. On pourrait croire que sa puissance accrue signifie qu'on n'a pas besoin d'en prendre beaucoup pour atteindre l'effet désiré, mais même prise en petite quantité elle a des effets fondamentalement différents, des effets tout sauf désirables. Un changement de degré ne tarde jamais à devenir un changement de nature.

L'une des raisons pour lesquelles je réfléchis désormais à deux fois – *deux* ? plutôt cinquante, oui ! – avant de me défoncer, avant de me raviser, c'est la voiture. Et pas seulement parce que le cannabis altère mes capacités au volant quand je roule dans L. A. Dès le départ, le seul fait de me trouver à L. A. avait altéré mes capacités au volant. Rouler dans cette ville avait toujours été une expérience éprouvante pour les nerfs, mais rouler défoncé *alors que ce n'était même pas moi qui conduisais* l'était deux fois plus, surtout avec tous ces gens qui conduisaient défoncés, eux, qui prenaient le volant alors que leur capacité à tenir celui-ci se trouvait altérée, ce qui rendait la situation encore plus dangereuse et encore plus éprouvante pour les nerfs, si bien que je n'arrêtais pas de sursauter en hurlant "Attention !" ou "Fais gaffe !" à la personne qui tenait le volant (ma femme), laquelle affirmait que ces cris d'alarme aussi fréquents qu'intempestifs ne faisaient qu'accroître les risques que nous ayons un accident, aussi me forçais-je à garder le silence tandis que nous nous rapprochions – comme cela nous arrivait avec une régularité stupéfiante – de la noria de gyrophares apocalyptiques signalant le dernier carambolage en date sur l'autoroute I-10, ravivant en moi le souvenir de notre vie londonienne, de l'impression de calme et de sécurité qu'on ressentait quand on prenait le métro de Ladbroke Grove à Baker Street puis qu'on terminait à pied le trajet jusqu'à Wigmore Hall où nous étions allés écouter jouer les meilleurs musiciens du monde, en quatuor ou en solo, et il paraissait incroyable que, pendant toutes ces années où nous avions vécu à Londres, nous ne soyons allés là-bas qu'une seule fois en tout et pour tout, et encore, pour assister à un récital de je ne sais plus quoi par je ne sais plus qui dont la médiocrité s'était révélée si navrante que j'avais passé toute la soirée incapable de penser à autre chose qu'à l'inconfort de ces fauteuils étriqués dans lesquels on n'avait pas de place pour les jambes.

Le vrai problème n'est pas tant la peur, cependant, que le risque de confusion ; ou, pour être plus précis, ce que je crains surtout, c'est l'état de confusion dans lequel risque de me mettre le cannabis. J'avais un excellent sens de l'orientation, autrefois, je *m'enorgueillissais* de mon incomparable sens de l'orientation, mais l'herbe a réduit en miettes la partie de mon cerveau, où qu'elle se situe, chargée de toutes les questions liées à la navigation, à la géographie et aux directions, et j'ai souvent beaucoup de mal, ces derniers temps, à me repérer dans l'espace. J'en rejette entièrement la faute sur le cannabis parce que je préfère ne pas penser à l'autre raison, à savoir que cela trahit peut-être un début d'Alzheimer, et il est fort possible que cette peur sous-jacente – celle d'être atteint de la maladie d'Alzheimer – joue un rôle non négligeable dans ma propension à être saisi par l'angoisse et la tristesse quand je suis défoncé. Il faudrait que je passe une IRM pour en avoir le cœur net, mais je suis sûr et certain d'une chose : la partie de mon cerveau que le cannabis a endommagée est essentiellement celle qui réagit de manière positive au cannabis – ce qui, pour le coup, a quelque chose de plutôt rassurant.

Certaines personnes aiment continuer à se défoncer passé l'âge de soixante ans, mais dans l'ensemble, c'est plutôt un truc de jeunes, la défonce. Je suis soulagé de constater que de nombreuses personnes du même âge que moi éprouvent la même aversion grandissante à l'égard du cannabis – évolution qui est à l'exact opposé des affres de souffrance dont fait l'expérience l'usager qui essaie de décrocher des drogues dures. Ce qui se passe, c'est qu'on accepte peu à peu le fait de ne plus aimer quelque chose qu'on a eu du mal à accepter de ne plus aimer. Contrairement au tennis, par exemple. Je continue de tout adorer dans le tennis. J'adore passer à vélo devant ces boutiques crétines qui vendent des vapoteuses et des bangs sur la promenade du bord de mer, traverser le nuage de fumée de cannabis dont les miasmes empestent les abords du *skate park* défoncé et descendre la piste cyclable défoncée qui longe l'océan défoncé pour rejoindre les courts de tennis eux-mêmes, près du terrain de basket, le terrain de basket que j'évoquais tout à l'heure, où la quantité d'herbe fumée est telle que jouer au tennis sur le court n° 6 revient à jouer dans un bang géant à ciel ouvert, mais cette fâcheuse mitoyenneté du tennis et du cannabis me rappelle l'époque où je vivais à Londres et où, chaque fois que je me retrouvais à fumer un pétard en soirée après avoir joué au tennis au cours de l'après-midi, je me mettais à rejouer les points dans ma tête, et si par hasard un ami avec qui j'avais joué au tennis plus tôt ce jour-là se trouvait également à cette soirée, nous rejouions ensemble certains de nos échanges les plus mémorables, et c'était fantastique, comme si nous étions des champions du circuit pro à la grande époque où ils allaient tous faire la fête après leurs matchs. Enfin bon, c'est du passé, tout ça. Je n'aime plus fumer de l'herbe, un point c'est tout, et d'une certaine manière je ne me rappelle même plus l'effet que ça faisait quand je planais et que le monde entier paraissait illuminé, comme si cet état révélait l'éclat latent de toutes choses. Il est difficile de ne pas éprouver le sentiment, comme Wordsworth, qu'ainsi "une gloire à jamais a déserté la terre[01]", ce qui n'est pas du tout un sentiment qu'on éprouve normalement en Californie, cette glorieuse contrée, l'un des derniers endroits sur Terre d'où chaque jour s'estompe la gloire, où tout brille, où le ciel bleu qui ne montre rien – quoique la question de savoir si on peut qualifier de "rien" un ciel d'un tel bleu demeure discutable – est partout et infini.

Et puis le Covid est arrivé, ce qui, pour les fumeurs de cannabis, voulait dire qu'il allait falloir faire preuve d'un

01 — Wordsworth, "Pressentiments d'immortalité", *op. cit.*, p. 241.

sang-froid à toute épreuve pour éviter de sombrer dans la paranoïa. Comme nous étions en Californie, toutefois, les autorités ont décrété que les boutiques MedMen fournissaient un service médical essentiel, si bien qu'elles sont restées ouvertes pendant toute la durée du confinement.

47.

Toutes ces histoires d'alcool et de cannabis me font prendre conscience d'une autre contradiction potentielle parmi toutes celles dont ce livre est parsemé. Car si je me rappelle très clairement avoir parfois pris mes jambes à mon cou pour quitter la salle en plein milieu d'une soirée poésie – ou d'un film, ou d'un concert –, cette précipitation était motivée en grande partie par la fermeture imminente des bars, par quelque chose que j'ai oublié de mentionner en opposition à cette longue liste de derniers ceci ou cela entamée page 145, à savoir les dernières *commandes*. Nous voulions que la soirée se termine parce que nous avions besoin de passer *plus* de temps au pub. Les meilleures années de ma vie de buveur, les années où j'étais au top de ma forme éthylique, ont été dominées par le couvre-feu honni de onze heures du soir. On ne saurait exagérer les souffrances occasionnées par cette échéance pour des générations entières de buveurs en Angleterre. C'est pourquoi les fermetures tardives décrétées de temps en temps à l'Effra, à Brixton, étaient une sorte de paradis. Certains clubs privés du centre de Londres restaient ouverts plus tard, eux aussi, mais ces prolongations étaient accompagnées d'un autre couvre-feu tacite, l'heure du dernier train pour Brixton sur la ligne Victoria, vers minuit vingt. C'était l'une des joies d'aller à Paris – pouvoir rester dans les cafés jusqu'au bout de la nuit, à boire et à discuter, puis, une fois qu'on était repu d'alcool et de conversation, s'arrêter dans un autre bar pour s'en jeter un dernier, au zinc, avant de rentrer chez soi.

En fin de compte, cependant, on pourrait considérer que c'est le genre de situation où ce qu'on perd d'un côté, on le gagne de l'autre. Après des décennies de souffrances, notamment dues au fait qu'il n'y avait strictement rien d'intéressant à faire en Angleterre après onze heures du soir, les raves sont arrivées. Soudain, Londres était l'endroit au monde le plus excitant après onze heures du soir. On pouvait sortir aussi tard qu'on voulait, jusqu'aux petites heures du matin, quand le métro reprenait du service. À Paris, la culture de la rave n'a jamais vraiment connu un engouement similaire parce que les cafés étaient ouverts jusqu'à deux heures du matin et que les conversations ne se tarissaient jamais. Peu à peu, la tendance historiquement ancrée chez les jeunes Britanniques à rêver de vivre dans le Paris de Hemingway, Godard et Binoche s'est inversée, l'Eurostar se trouvant pris d'assaut par des hordes de Français fonçant dans le tunnel sous la Manche pour aller faire la fête à Londres plutôt que de s'en tenir aux charmes des bistros mausolées de Paris. Et puis un jour – pour conclure ce post-scriptum crucial à l'*Après-guerre* de Judt –, tout le monde a fini par se ruer sur les trains et les avions pour partir plus loin encore à l'est, à Berlin, où se trouvaient réunis les avantages de ces deux univers. Même si vous n'arriviez pas à entrer au Berghain ou au KitKat, aucune importance – enfin si, bien sûr, c'était désespérant (du moins à ce qu'on m'a dit ; aussi étonnant que cela puisse paraître, je ne me suis moi-même jamais fait refouler), mais vous pouviez toujours aller boire et discuter ailleurs, dans des bars (atrocement enfumés), jusqu'à quatre heures du matin.

48.

"Terminé, tout cela."

Aucune réplique de Shakespeare ne résume mieux le moment présent, cette interminable acédie covidienne, que ces mots prononcés par Othello lorsqu'il comprend de manière cruelle que tout ce qu'il y avait de mémorable et de glorieux dans sa vie a disparu, englouti par la catastrophe finale. Menant aujourd'hui une vie qui implique, après être allé faire un tour au bar du coin, d'être rentré chez soi à midi au plus tard – midi et demi, disons, après la petite pause-café de onze heures[01] –, je me prends à songer à Byron dont j'amende très légèrement les célèbres vers teintés d'une mélancolie satisfaite :

Nous n'irons plus teufer jusqu'au bout de la nuit,
Quoique le cœur demeure au comble de l'ecstasy
Et que brille encore la pleine lune rebondie.

Bon sang, ce que je suis content d'être vieux, suffisamment vieux pour ne voir aucun inconvénient à devoir rester enfermé chez moi, à tourner en rond, corriger ce livre, me rappeler tous ces vieux poèmes, regarder les dernières compilations postées sur YouTube des meilleurs amortis de Roger ou son geste de revers décomposé en images ultra-ralenties, sentir que j'ai les idées claires, ne pas fumer et ne pas boire (ça y est, c'est reparti pour un tour – nous voici lancés de nouveau sur les rails de l'abstinence).

49.

Pour en revenir une dernière fois à Martin Amis – enfin, une avant-dernière fois, plutôt –, peut-on considérer *Inside Story* comme un retour aux fondamentaux ? D'une certaine manière, oui – même si, quand on parle de littérature et d'écrivains, il semble toujours plus approprié d'employer le terme "fondamentaux" en référence non pas à la qualité d'une œuvre mais au genre dans lequel elle s'inscrit, comme lorsqu'un romancier s'écarte de son domaine de compétence habituel, celui qui lui a valu de connaître le succès, pour s'aventurer sur un terrain inconnu, avec des résultats mitigés

01 — Même *cela* m'inspire une certaine nostalgie. Avec la recrudescence de l'épidémie à Los Angeles, à l'heure où j'écris ces lignes, nous sommes de nouveau soumis au confinement le plus strict.

d'un point de vue commercial, puis revient, tout penaud ou plus vaillant que jamais au contraire, dans l'arène où il s'était fait un nom. (Dans ce cas de figure, je suis systématiquement attiré par l'œuvre qui fait exception en termes de genre, celui qui se situe en dehors de la circonscription à laquelle est associée d'ordinaire la réputation de tel ou tel auteur : le récit non romancé des "trois brèves vies" de Christopher Wood, Richard Hillary et Jeremy Wolfenden, par exemple, sous la plume du romancier Sebastian Faulks dans *L'Anglais fatal*.) Si l'on s'en tient à l'idée de "fondamentaux" en tant que critère qualitatif, DeLillo a connu une période faste avec *Les Noms*, *Bruit de fond* et *Libra*. Puis est arrivée la déception qu'a constituée le très attendu *Mao II* – lui-même suivi non pas par un "retour aux fondamentaux" mais par un livre, *Outremonde*, qui mettait la barre encore plus haut. Il était trop tôt dans sa carrière – ou pas assez tard – pour qu'on puisse qualifier ce roman de "grand retour" à proprement parler, mais le fait est qu'il s'agissait d'un grand livre après un livre assez mauvais. Puis, après ce grand livre, en est arrivé un autre, *vraiment* mauvais celui-là : *Cosmopolis*, un ingénieux exercice d'autokaraoké[01], mais même après ce désastre il n'aurait pas été pertinent de s'attendre à un "grand retour" de la part de DeLillo, puisque celui-ci n'était parti nulle part ni n'avait pris sa retraite ; il a continué à écrire des livres de plus en plus courts, jusqu'à atteindre la sublime et infime vibration – le miroitement désincarné, s'effaçant de lui-même – du *Silence*.

Pour accomplir un "grand retour" digne de ce nom sur la scène littéraire, il faut au préalable en avoir disparu sans laisser de traces, comme ce fut le cas lorsque l'annonce d'une adaptation radiophonique de *Bonjour minuit* incita la BBC, en 1956, à diffuser un avis de recherche pour savoir où était passée Jean Rhys. Portée disparue, présumée morte, Rhys redonna consciencieusement signe de vie et, en réponse à

01 — Il serait malhonnête de ne pas préciser ici que j'ai déjà employé ce terme pour parler de *Cosmopolis* : bel exemple de karao-critique ou de commentaire-oké.

une autre requête, cette fois de la part de l'éditeur André Deutsch, confia au passage qu'elle était en train d'écrire un nouveau livre. Finalement publié en 1966, pas moins de vingt-sept ans après son dernier roman en date, *La Prisonnière des Sargasses* connut un succès colossal et immédiat. “Il est arrivé trop tard”, déclara Rhys.

Le problème des livres précédents de Rhys, affirme-t-on souvent, c'est qu'ils étaient arrivés trop tôt, mais *Quai des Grands-Augustins* (1931), *Voyage dans les ténèbres* (1934) et *Bonjour minuit* (1939) n'étaient pas seulement en avance sur leur temps ; ils étaient insuffisamment enracinés dans le passé. N'affichant pas la moindre dette, comme l'écrit Al Alvarez, “à l'égard de la grande tradition – ou même pas-si-grande-que-ça[01]”, ils sont restés pendant longtemps presque inéligibles en tant que candidats envisageables à la perpétuation du canon traditionnel. Rhys, de manière caractéristique, dit peu ou prou la même chose en des termes plus personnels. Lorsqu'elle avait débarqué des Antilles en Angleterre, elle avait été horrifiée par le froid. “Il y avait des feux, mais on ne pouvait jamais s'en approcher à cause des gens qui se blottissaient autour pour se réchauffer. Et je n'arrivais jamais à entrer dans ce cercle sacré. Je restais toujours dehors, frissonnante[02].” Il fallut attendre *La Prisonnière des Sargasses* – l'histoire, reracontée par un personnage extérieur, de la première Mrs Rochester, dans *Jane Eyre* – pour que les critiques s'écartent et lui fassent une place aussi chaleureuse et brillante que possible dans ce cercle. Mais même en 1976, son nom ne figurait pas dans *La Génération Auden*, l'étude consacrée par Samuel Hynes à “la littérature et la politique en Angleterre dans les années 1930”. En un sens, cette omission est entièrement appropriée. Rhys fut un génie invisible[03]. Interviewée au

01 — Al Alvarez, *Risky Business*, Londres, Bloomsbury, 2007, p. 341.

02 — Jean Rhys, *The Paris Review Interviews*, vol. III, édité par Philip Gourevitch, Édimbourg, Canongate, 2008, p. 198.

03 — Le désastre que fut la vie de Rhys ne fut révélé au grand jour dans toute son ampleur qu'après la publication de la biographie de Carole Angier en 1990.

soir de sa vie par la *Paris Review*, on lui demande ce que lui inspire l'opinion selon laquelle elle "luttait contre l'oubli depuis les années 1920[01]". ("Je ne lutte pas contre l'oubli aujourd'hui, répond d'un ton hésitant la vieille romancière. Je lutte contre... l'éternité ?") Elle ne faisait partie d'aucune génération littéraire, d'aucun mouvement, et pendant très longtemps, comme le disait Leavis à propos de Defoe (dans une note de bas de page de son essai *La Grande Tradition*), elle n'eut "pratiquement aucune influence[02]". Ces livres sur des femmes déracinées et opprimées qui n'arrivent pas à trouver leur place dans la société, écrits par une femme née en Dominique et souffrant d'une incapacité pathologique à trouver sa place *où que ce soit* – leur liberté stylistique donnait l'impression qu'ils étaient entièrement délestés du poids du passé : les plus contemporains de tous les romans publiés pendant la décennie médiocre et malhonnête d'Auden.

C'est Rhys elle-même qui fut à l'origine de son grand retour sur la scène littéraire – phénomène plutôt rare pour une femme à ce point incapable de prendre en main son propre destin – dans la mesure où c'est un nouveau livre d'elle qui déclencha un regain d'intérêt pour ses anciens romans. Parfois, le grand retour est entièrement passif ou réputationnel, dénué de toute intervention active de la part de l'auteur en question, redécouvert par une nouvelle génération d'heureux lecteurs. C'est ce qui est arrivé à Eve Babitz, dont tous les livres étaient indisponibles et qui vivait pratiquement en recluse depuis le terrible accident qu'elle avait subi en 1997. Cet accident s'était produit, comme se produisent tous les accidents à Los Angeles, alors qu'elle conduisait – qu'elle conduisait et qu'elle essayait d'allumer un cigare, lequel mit le feu à sa jupe hautement inflammable, lui infligeant des brûlures au troisième degré sur la moitié du corps. La journaliste

01 — Rhys, *The Paris Review Interviews*, *op. cit.*, p. 209.
02 — F. R. Leavis, *The Great Tradition*, Harmondsworth, Pelican, 1972, p. 10.

Lili Anolik retrouva sa trace et fit paraître un article dans *Vanity Fair* sur les livres de Babitz et sa propre rencontre tardive avec leur autrice. Les livres furent republiés, Anolik écrivit son propre livre à partir de son article, et, pour braquer le projecteur sur une des conséquences les plus spécifiques de toute cette histoire, ma vie s'est trouvée améliorée de manière phénoménale par l'expérience de la lecture d'Eve Babitz[01].

Les "grands retours" passifs ou réputationnels les plus extraordinaires de tous sont, bien entendu, ceux d'outre-tombe, comme ce fut le cas, dans des proportions quasi mythiques, pour J.-S. Bach, Nietzsche (même si sa résurrection commença alors qu'il était toujours physiquement en vie) et Van Gogh.

50.

Le "grand retour" est plus justement et plus communément associé aux domaines du sport et du spectacle qu'à la littérature ou aux arts. Dans le sport, le *comeback* fait naturellement partie de l'expérience de n'importe quel athlète ou n'importe quelle équipe qui revient du diable vauvert en cours de match. Certains sports sont plus propices que d'autres à ce genre de remontées spectaculaires ; certains

01 — L'édition américaine de *Jours tranquilles, brèves rencontres*, le meilleur de tous ces livres redécouverts, est préfacée par Matthew Spektor, qui m'a dit un jour : "Personne, à moins d'avoir perdu la raison, ne pourrait sérieusement prétendre que Hank Mobley est meilleur que Coltrane." Par contraste, le panthéon de la réputation littéraire semble tout à la fois inflexible et vulnérable aux remises en question critiques les plus sensées. Un certain nombre d'écrivains jugés mineurs – souvent des femmes – sont meilleurs que ceux à qui sont d'ordinaire réservés les fauteuils du premier rang, sans que personne d'ailleurs ne trouve à y redire. À présent que Rhys fait l'objet d'une réhabilitation, il est probable que sa renommée atteigne de plus hauts sommets encore dans le cadre plus général d'une réévaluation de la littérature des années 1930 et 1940. Si un tel réexamen devait ouvrir la voie à un plus vaste curriculum d'éligibilité, alors *Agneau noir et Faucon gris* de Rebecca West – une romancière loin d'être exceptionnelle – risque fort d'émerger comme la plus grande œuvre en prose de cette période.

semblent même conçus dans le but exprès de maximiser de telles opportunités. Presque tous les joueurs de tennis, à un moment ou un autre de leur carrière, renversent la vapeur alors qu'ils étaient menés un set à zéro – ou deux, dans le tableau masculin des tournois du Grand Chelem – et que leur adversaire avait une balle de match. Remportez ce point et le moment de danger maximal est passé ; vous pouvez dès lors reprendre les rênes du jeu et, tandis que la tension dramatique retombe inexorablement, remporter le set puis le match dans la foulée.

Mené aux points, l'arcade sourcilière coupée et dégoulinant de sang, envoyé au tapis, un boxeur peut arriver à se remettre debout tant bien que mal alors que le décompte est à huit, puis reprendre le combat et étaler son adversaire avant la fin du round. Le protagoniste de la nouvelle "Rocket Man", dans *Le Pugiliste au repos* de Thom Jones (1993), évoque avec l'un de ses hommes de coin le souvenir d'un combat terrible. Le soigneur en question avait "usé deux flacons entiers d'adrénaline" pour essayer de cautériser ses plaies, puis, en désespoir de cause, il les avait "fermées en les brûlant avec de l'oxyde ferrique". Le boxeur lui rappelle ce qu'il lui avait dit alors, tandis qu'il était là, avachi sur son tabouret : "Tu me disais : 'On a un troisième souffle.' Tu disais : 'Mon petit gars, on a tous un troisième souffle. Entre ici et la mort.'" Il trouve ce troisième souffle et continue le combat jusqu'au moment où il arrive enfin à balancer son premier vrai coup de poing de la soirée : "*Bang !* Il s'est écroulé comme si on venait de lui tirer une balle de Colt 45 entre les deux yeux. Deuxième minute du dixième round." Il a réussi, mais le prix à payer est rude : "Je me suis rendu compte que j'avais de la fièvre, et quand je suis allé pisser, je pissais du sang. J'étais trop mal foutu pour me conduire tout seul à l'hosto, et j'avais pas de téléphone. Je suis resté au lit trois jours, nageant en plein délire. J'ai cru que j'allais y passer, mais peu à peu je me suis sorti de cette crise. C'était un cogneur du tonnerre de Dieu. Ce combat, cette trempe qu'il m'avait foutue, ont été le début de ma fin. J'avais vingt-quatre ans, et c'est de cette façon que j'avais célébré le titre que je venais de remporter."[01]

Jones lui-même a publié trois recueils de nouvelles mais n'a jamais réussi à terminer un roman.

51.

Ben Okri a déclaré un jour pour plaisanter que se trouver dans une fête avec d'autres écrivains revenait à être dans une pièce pleine de boxeurs – qui n'avaient jamais combattu les uns contre les autres. Et il a raison, les écrivains sont compétitifs, c'est bien connu, mais quand un écrivain est en train d'écrire – au lieu de guetter les retombées critiques et commerciales du produit de ce travail d'écriture –, cet instinct compétitif a tendance à être sublimé ou ignoré. Un écrivain peut essayer d'en surpasser un autre qui s'est attaqué au même sujet avant lui, mais ces versions ou remix verbaux prennent en général la forme d'un hommage ou de clins d'œil plutôt que d'attaques à proprement parler. Il est improbable qu'un écrivain puisse être utilement motivé par la célèbre déclaration d'intention de l'entraîneur de foot Alex Ferguson qui se disait déterminé à "faire tomber Liverpool de son putain de piédestal". Et ce pour une raison très simple. Tenter de ne pas tomber de son propre petit piédestal est déjà si difficile que cela ne laisse guère de concentration ou d'énergie pour se préoccuper de celui des autres.

Ce n'est même pas que vous êtes en compétition contre vous-même. Vous essayez simplement d'avancer, de rester en selle. Votre adversaire est un mélange sournois et changeant de paresse, de fatigue, d'épuisement, de dépression et d'aquoibonisme tous azimuts. Vous pouvez déclarer "*no mas*" à n'importe quel moment. Puis, une fois l'éponge jetée, une fois que vous avez craché votre protège-dents et regardé le soigneur couper les bandes adhésives serrées autour de

01 — Thom Jones, *Le Pugiliste au repos*, traduit de l'américain par François Lasquin et Lise Dufaux, Albin Michel, 2005, p. 258 et 257.

vos gants, vous pouvez remettre votre protège-dents, vous faire bander les mains et repartir au combat, rester sur le ring aussi longtemps que vous en avez envie. Et tout le monde n'y verra que du feu. Ce qu'il y a de formidable dans ce genre de *comeback*, c'est qu'il se produit de manière invisible, avant l'abandon ou la retraite définitive. Il peut même se produire plusieurs fois au cours d'une semaine de travail normale et productive.

52.

Dans la mesure où le principe du *comeback* fait intrinsèquement partie de l'étoffe même du sport, il n'y a rien d'étonnant à ce qu'un athlète décide d'effectuer son grand retour *après* avoir annoncé sa retraite ; c'est même un phénomène si commun que raccrocher les gants – ou la raquette, ou les crampons – peut sembler une simple phase préparatoire en vue du moment où il reprendra du service. “Seul un individu doté de l'*authentique* arrogance d'un Rimbaud ou d'un Cantona peut annoncer sa retraite et s'y tenir, écrit Don Paterson. Revenir sur scène pour un seul petit tour de piste, c'est prouver qu'on n'est qu'un clown avide d'applaudissements[01].”

Dans le film *Borg / McEnroe* (2017), John McEnroe (interprété par Shia LaBeouf) soupçonne que la raison pour laquelle Borg dort dans une chambre d'hôtel où l'air conditionné est réglé sur une température arctique, c'est qu'il n'est pas “l'ice-borg” que tout le monde croit ; cet homme est en réalité un volcan prêt à entrer en éruption à tout moment. Volcan qui choisit de s'éteindre de lui-même quand, à l'âge précoce de vingt-six ans, Borg se retira du circuit, tournant le dos à tout ce qui avait donné du sens à sa vie, ou tenu à distance l'absence de sens. Ses défaites face à McEnroe en finale de Wimbledon et de l'US Open en 1981 contribuèrent de manière décisive à hâter cette sortie,

01 — Don Paterson, *The Blind Eye*, Londres, Faber&Faber, 2007, p. 57.

de même que sa chute de la première place au classement mondial (détrôné là encore par McEnroe) à la fin de cette même année. Dans une éruption de raisonnements mathématiques à somme nulle et de calculs nihilistes, il expliqua à McEnroe que soit on était numéro un mondial, soit on n'était rien du tout. (Tim Henman, de son côté, opta pour une arithmétique beaucoup plus simple et anglaise en faisant remarquer que l'une des personnes qui critiquaient son jeu à l'époque où il n'arrivait pas à décoller de la quatrième place au classement mondial n'était même pas numéro quatre de la banque ou de l'institution quelconque dans laquelle elle était employée.) Borg ne supportait plus le stress, la pression, et il était harassé par la cohue de journalistes, de photographes et de fans enamourées qui se pressaient en permanence autour de lui. Surtout, il ne prenait plus aucun plaisir à jouer au tennis, mais il n'avait pas encore vraiment réfléchi – la nécessité d'une telle réflexion ne l'avait même pas encore effleuré – à ce qu'il ferait à la place, à ce qu'il pourrait faire ensuite. L'une des choses qu'il fit en revanche, c'est d'officier comme juge lors d'un concours de tee-shirt mouillé, lequel, s'il s'était donné la peine de procéder à un léger aménagement de son emploi du temps, aurait très bien pu être calé entre deux matchs importants pendant qu'il était encore dans le circuit. Si le tee-shirt mouillé est une métaphore de la débauche sexuelle – interprétation plausible, dans la mesure où il eut par la suite un enfant avec l'une des participantes –, alors la retraite présentait de fait certains avantages, notamment celui de lui laisser davantage de temps pour se livrer à ce genre d'activités (de lui permettre, autrement dit, de passer moins de temps à devoir repousser les avances des femmes et plus de temps à leur ménager une place dans sa vie). Mais quand bien même on aime passionnément coucher avec de nouveaux partenaires, ou faire la fête, ou prendre de la drogue (toutes choses routinières et compatibles, à l'époque, avec la pratique du tennis au plus haut niveau), tout cela ne suffit pas à donner un sens à l'existence, même quand on n'a que vingt-six ans.

J'avais moi-même compris cela, grâce à Borg, peu après la fin de mes études secondaires. J'adorais regarder Wimbledon à la télé. Je ne désirais rien d'autre – surtout, et à ma grande exaspération, quand il pleuvait et qu'il n'y avait aucun match à regarder. Même les après-midi où il n'y avait pas un seul nuage dans le ciel, je ne pouvais pas consacrer autant de temps que je l'aurais voulu à regarder Wimbledon, parce qu'il y avait toujours d'autres nuages qui menaçaient à l'horizon – ceux des examens que je devais passer ou des révisions auxquelles je devais m'astreindre en vue de ces examens. Et puis, en 1977, l'année entre le bac et mon entrée à Oxford, tous ces obstacles se sont envolés, j'ai pu me gaver de Wimbledon jusqu'à plus soif – et, en conséquence, regarder le tournoi s'est révélé beaucoup moins amusant que les années précédentes. Les obligations et les restrictions imposées par les examens avaient décuplé le plaisir que j'éprouvais à regarder Wimbledon.

Dans le cas de Borg, on pourrait dire que c'était tout l'inverse. Les obligations métonymiques de Wimbledon et de tous les autres tournois décuplaient le plaisir qu'il prenait à faire tout ce qu'il faisait en dehors des courts, alors même qu'elles empiétaient sur le temps et la liberté dont il disposait pour se livrer à ces activités extrasportives. Après la retraite, il y eut les fêtes, les ratages dans le monde des affaires, les banqueroutes, les ratages dans la vie amoureuse, les procès pour obtenir le droit de garde (suite au fameux concours de tee-shirt mouillé) ainsi que toutes sortes de revers (non tennistiques) et autres déconvenues. Ce qui ne lui laissa plus au bout du compte que deux solutions : le *comeback* (avec une raquette en bois) et la tentative de suicide (d'après certaines rumeurs). Si du moins il essaya réellement de mettre fin à ses jours, ce fut un échec. Tout comme son grand retour sur les courts. Ainsi ne parvint-il à accomplir qu'un retour… à la case départ, celle-là même d'où il était parti au moment où il avait cessé de jouer au tennis, se demandant ce qu'il allait bien pouvoir faire à présent. (Contrairement à moi, s'il y a une chose qu'il n'avait sûrement pas envie de faire, en tout cas, c'était de *regarder* le tennis à la télé.) Même pour ne presque rien faire il faut encore un tout petit peu faire quelque chose, et c'est donc cela qu'il entreprit de faire. En elle-même, l'existence ne requiert qu'un minimum d'efforts. Ironiquement, moins vous avez d'autres choses à faire par ailleurs, *plus* votre temps et vos efforts sont accaparés par le simple fait d'exister. Au bout d'un moment, l'existence finit par envahir chacune des heures de la journée que vous passez éveillé – et après ça, quand vous n'êtes même plus capable de vous réveiller, elle finit par occuper également tout le reste du temps.

Au fil des années, il arrivait de temps à autre qu'on aperçoive Borg se prêter devant les caméras, sans le moindre plaisir apparent, à l'évocation de ses souvenirs d'ancien combattant en compagnie de son vieux rival John McEnroe, lequel, en plus de tout le reste – la musique, l'art, le commentaire et l'expertise tennistique –, était resté très actif, passant une bonne partie de sa nouvelle vie à se remémorer son ancienne vie. Parfois, on en serait presque venu à se dire que le business juteux des souvenirs n'était pas seulement un travail à temps plein mais une *vie* à temps plein, à force de voir McEnroe rejouer les moments clés de sa carrière, raconter et reraconter les mêmes sempiternelles anecdotes, dans son autobiographie *Vous êtes sérieux ?*, dans d'innombrables documentaires et jusqu'au beau milieu de ses interventions télévisées en qualité d'expert commentateur tennistique (sautant avec une souplesse des plus lucratives des plateaux de la BBC à ceux d'une chaîne de télé américaine au cours de la même journée), sans parler du domaine dans lequel il se révélait plus actif que n'importe où ailleurs, celui de l'hommage-à-soi-même auquel il se pliait de bonne grâce en continuant à jouer sur le circuit senior, disputant çà et là quelques matchs durant lesquels on peut soupçonner qu'il était tenu par contrat de faire semblant au moins une fois de piquer une crise de colère, que celle-ci fût ou non justifiée (ce qui, logiquement, pouvait constituer en soi un motif possible de mécontentement, dans la mesure où il devait forcément y avoir des jours où il ne voyait rien à redire au comportement des juges de ligne et de ses adversaires). Cette vie finit par le rattraper dans la suite de son autobiographie, *Non mais vous êtes sérieux ?* – un livre que même les critiques les plus favorablement disposés à son égard eurent du mal à prendre au sérieux, justement –, centrée sur les années qu'il avait passées à se remémorer la période traitée dans le volume précédent.

Quelque chose de similaire est arrivé aux membres survivants des Doors. Au moment de raconter une anecdote sur le roi Lézard pour les besoins d'un énième documentaire, l'un d'eux dit quelque chose du genre : "Je me souviens d'un après-midi en 1969. Je discutais avec Jim quand soudain..." Il aurait dû plutôt dire en réalité : "Je me souviens d'un jour en 1985. J'évoquais le souvenir de Jim avec Ray quand soudain..."

Ce resserrement de l'Éternel Retour, la boucle de réverbération médiatique à travers laquelle le récit (réitéré) d'une expérience finit par s'intégrer à l'expérience originelle elle-même, est un raffinement que Nietzsche n'aurait pas pu prévoir. À moins que. Il s'exclame, dans l'une des notations les plus enjouées d'*Humain, trop humain* : "Comment pourrait-on, dans un livre pour esprits libres, ne pas citer Laurence Sterne, lui que Goethe a honoré comme l'esprit le plus libre de son siècle ! Puisse-t-il se contenter ici d'être appelé l'écrivain le plus libre de tous les temps." Nietzsche, comme on l'a suggéré précédemment, aurait peut-être révisé ce jugement s'il avait eu la chance de connaître Eve Babitz ; dans *Humain, trop humain*, incapable de se contenter de mentionner Sterne, il poursuit dans cette veine et consacre pas moins d'une page et demie à l'éloge des mérites de *Tristram Shandy*, un livre qui "ressemble à un spectacle dans le spectacle, à un public devant un autre public au théâtre[01]".

À Wimbledon, pendant les changements de côté, les caméras pivotent parfois pour se braquer sur le public installé

01 — Nietzsche, *Humain, trop humain*, traduit de l'allemand par Robert Rovini, in *Œuvres*, vol. II, Gallimard, coll. "Bibliothèque de la Pléiade", 2019, p. 368-369.

dans la loge royale, un groupe de notables parmi lesquels on repère souvent d'anciens champions. Je ne sais pas si l'un des avantages que leur confère le fait d'avoir remporté un jour ce tournoi est de pouvoir débarquer dans le All-England Club quand leur prend l'envie subite d'y montrer le bout de leur nez, mais c'est en tout cas une envie subite que Pete Sampras n'a semble-t-il jamais éprouvée. La seule et unique fois où il a été aperçu dans les parages, il donnait l'impression de s'acquitter d'une simple obligation, entièrement défrayée et éventuellement assortie d'une petite prime pour le récompenser de faire une apparition. C'était à l'occasion de la finale de l'édition 2009 ; opposé à Andy Roddick, Roger avait cette année-là la possibilité de battre son propre record de quatorze titres du Grand Chelem. Dès que cet exploit eut été dûment accompli, les caméras se tournèrent subrepticement vers Sampras, qui avait l'air de s'en cogner comme de sa première raquette du moment que la suite des festivités et des obligations pour lesquelles il avait signé ne lui faisait pas louper son avion pour rentrer fissa en Californie. Sampras est le genre d'ancien champion que la vie après le tennis semble laisser entièrement de marbre. Borg, à sa manière fruste, était de son côté l'héritier d'une sorte de malaise générique typiquement scandinave : un fatras toutes-surfaces de Hamlet, Kierkegaard, Ibsen et Strindberg, tenu en respect tout au long de sa carrière par le bandeau trempé de sueur qu'il portait autour du front (ou *causé*, peut-être, par ce même bandeau ?). À la retraite comme sur les courts, Sampras était le produit – et l'incarnation suprême – d'une sorte d'écervellement purement californien. Je ne veux pas dire par là qu'il est idiot – je n'ai aucune idée de l'étendue de ses capacités intellectuelles – mais que le cerveau, chez lui, sinon en tant qu'organe servant à enregistrer et à mettre en œuvre une stratégie de jeu déterminée, ne jouait strictement aucun rôle. Si Sterne fut l'esprit le plus libre de tous les temps, Sampras, lui, fut jadis l'un des esprits les plus compétitifs – réussissant par exemple à arracher la victoire en quart de finale de l'US Open 1996 malgré une crise de déshydratation qui l'avait fait vomir au fond du court – et est aujourd'hui l'un des esprits les plus satisfaits de toute l'histoire du sport. Il a beaucoup joué au tennis, et ensuite il a arrêté de jouer au tennis. Il a été le plus grand joueur de tous les temps, et ensuite il est devenu le *deuxième* plus grand joueur de tous les temps. Puis Rafa l'a dépassé. Et lorsque Djokovic lui est passé devant à son tour, il s'est retrouvé relégué en position de *quatrième* plus grand joueur de tous les temps. Bon. *Et alors ?*

Ces questions n'ont aucune pertinence. Aussi indissociable de l'histoire de Wimbledon que l'est le gazon du court central, Sampras semble avoir également en commun avec ces brins d'herbe une inaptitude foncière au questionnement épistémologique. Il est forcément dépourvu de l'esprit dont peut faire preuve à l'occasion un McEnroe, lui qui, dans *Vous êtes sérieux ?*, remarquait qu'il avait "choisi d'être le champion du monde de la médiocrité" pendant les cinq ou six dernières années de sa carrière. Mais McEnroe lui-même est incapable d'exercer le genre de jugement réflexif – un jugement qui ne soit pas une forme intériorisée d'autocélébration – qu'on voit à l'œuvre chez un autre athlète dont le palmarès est d'une ampleur comparable. "Je me rends compte que ma vie tout entière n'est qu'un immense putain de gâchis", déclara Mike Tyson à l'âge de quarante-quatre ans. Sa jeunesse dans le ghetto lui donnant les moyens de se situer dans un contexte plus large que l'arène de ses féroces triomphes, il avait "cette étrange capacité de [se] regarder dans le miroir et de dire : 'Ce que je vois, là, c'est un porc. T'es rien qu'une grosse merde'". Quand les grands boxeurs accèdent au rang de champions, écrit Norman Mailer, ils peuvent "commencer à avoir une vie intérieure, au même titre que Hemingway, Dostoïevski, Tolstoï ou Faulkner"[01]. Lorsque sa vie sur le ring fut terminée, ce champion-là, en l'occurrence, commença à avoir une vie intérieure semblable à celle de Larkin dans ses dernières années : "Quelle vie

01 — Norman Mailer, "Ego", in *I'm a Little Special : A Muhammad Ali Reader*, édité par Gerald Early, Londres, Yellow Jersey, 1998, p. 105.

absurde et vide[01] !" ; "Je me vois soudain comme un taré et un raté, & la vie que j'ai vécue comme une farce[02]."

Le jugement brutal que porte Tyson sur sa "trop sordide chair" est, cela va sans dire, en décalage complet avec les leçons fondamentales de la psychologie du succès sportif. Reste concentré sur le moment présent. Ce smash facile sur la balle de set que, à l'encontre de toutes les lois de la physique et de la biomécanique, tu as réussi, va savoir comment, à mettre dans le filet ? Oublie-le. Ne pense jamais au-delà du match du jour, du jeu en cours, de l'échange que tu es en train de disputer. Joue la balle, pas le point. Et – ceci impliquant cela – ne commence pas à te demander quel est le but de ce but que tu t'es fixé (remporter ce point), parce que c'est le meilleur moyen de commencer à te demander quel est le but de l'existence, de perdre et le match et la boule, et de décréter pour finir que, tout compte fait, le tennis, comme la vie elle-même, n'est rien d'autre qu'un concours de tee-shirt mouillé organisé sous une pluie battante, qui ne signifie rien.

53.

Enoch Powell a déclaré un jour que toutes les carrières politiques se soldaient par un échec, comme beaucoup de *comebacks* sportifs. Le deuxième acte ou la réincarnation d'Andre Agassi – lui dont David Foster Wallace disait qu'il était "à peu près aussi adorable qu'une pute de Port Authority[03]" et qui devint par la suite le chouchou du public, avec sa démarche de canard aux allures de bouddha, remportant cinq titres du Grand Chelem après avoir sombré à la 110e place du classement mondial – a la force d'une parabole parce qu'elle

01 — Larkin, cité in Andrew Motion, *Philip Larkin : A Writer's Life*, Londres, Faber, 1993, p. 446.

02 — Larkin, *Selected Letters*, *op. cit.*, p. 329.

03 — David Foster Wallace, *Un truc soi-disant super auquel on ne me reprendra pas*, traduit de l'anglais par Julie Étienne et Jean-René Étienne, Au Diable Vauvert, 2005, p. 362.

est particulièrement inhabituelle. Les boxeurs qui se retirent invaincus se retrouvent entièrement vaincus par l'existence dès lors qu'ils ont raccroché les gants. D'où leur décision de remonter sur le ring – ce qui leur permet de subir la défaite qu'ils n'avaient encore jamais connue. Les athlètes sortent ainsi de leur retraite afin de constater par eux-mêmes qu'il n'est pas possible de revenir sur le devant de la scène. Armé de sa raquette en bois, Borg était voué, comme le Gatsby de Fitzgerald, à échouer sans cesse en essayant de répéter le passé. George Best, comme on l'a vu, a tenté plusieurs fois d'effectuer un grand retour sur les terrains de foot – ce qui lui a valu, en retour, des déceptions toujours plus grandes. Même le *comeback* le plus spectaculaire ou improbable peut aboutir à la défaite la plus lamentable. "Oh mon Dieu !", s'écria le commentateur Harry Carpenter lorsque Mohamed Ali envoya George Foreman au tapis après avoir passé une bonne partie du combat dans les cordes, au Zaïre, et après avoir été banni des rings pendant près de quatre ans pour avoir refusé d'endosser l'uniforme lorsqu'il fut appelé sous les drapeaux. "Il a récupéré son titre, à trente-deux ans !" Ali était de nouveau le roi du monde. Cette victoire devait mener par la suite au combat titanesque qui l'opposa à Joe Frazier à Manille en 1975, lequel servit à son tour de prélude non pas au thème impérial mais à une longue période de délitement marquée par une série de pantomimes grotesques et de blessures irrémédiables.

54.

Quelle est la différence entre l'échec et la défaite ? L'échec donne systématiquement l'impression que c'est notre faute, non seulement quand nous ne tenons pas nos promesses mais lorsque d'une manière ou d'une autre nous ne sommes pas à la hauteur. Nous échouons à un examen, nous ne sommes pas vaincus par lui. Lorsque nous sommes vaincus, c'est toujours *par* quelque chose, même si ce n'est que la malchance. L'échec – à convertir les balles de break – finit par mener à la défaite, laquelle peut à son tour engendrer en nous le sentiment que nous échouons dans tout ce que nous entreprenons. Parce qu'il est intériorisé, l'échec surpasse la défaite. Avoir l'impression de tout rater revient à *être* un raté.

La nouvelle de Hemingway intitulée "L'Invincible" a pour personnage principal un vieux torero qui, après avoir été blessé, revient prématurément dans l'arène où, inévitablement, il se fait encorner. Effondré sur le sable, il se relève "en toussant et se [sent] rompu et anéanti[01]". Pour un écrivain, l'enjeu est à la fois moindre et redoublé. Vous pouvez à la fois être vaincu – par la page blanche, par l'incapacité à trouver les mots pour la noircir – et être un raté. Vous pouvez être invaincu – et ne pas moins en rester un écrivain raté.

Il convient par ailleurs de reconnaître que la défaite comporte un certain *attrait*, comparé à la souffrance lancinante du découragement : celui qui est vaincu tire de sa défaite une leçon, à l'opposé de la lente érosion que subit celui qui, définitivement vaincu par le découragement, finit par déclarer forfait.

55.

Depuis plusieurs mois, une réplique de Jean-Luc Godard dont je n'arrive pas à me souvenir précisément – je n'ai pas réussi à retrouver la citation exacte – me trotte dans la tête. Quelque chose du genre : un film, c'est, entre autres, un journal intime de ce que faisaient les acteurs au moment de son tournage. Est-il inutile d'ajouter ici que ce livre est également un journal intime de ce que son auteur fabriquait pendant la période de sa composition ?

01 — Hemingway, "L'Invincible", traduit de l'anglais (États-Unis) par Ott de Weymer, in *Nouvelles complètes*, Gallimard, coll. "Quarto", 1999, p. 366.

56.

Ce n'était pas seulement l'arrêt de tous les matchs, l'annulation de Wimbledon et le report de Roland-Garros. On s'en est beaucoup moins lamenté, mais le circuit littéraire – les festivals qui mettent un peu de vie dans la vie de l'écrivain – a été lui aussi brusquement interrompu par la crise du Covid. Tout s'est arrêté, y compris le temps lui-même, puisque chaque jour était devenu un dimanche.

Au mois de juin, la vie et le temps avaient suffisamment repris leur cours normal pour que ma femme et moi puissions rentrer en Angleterre et en Europe pendant quatre mois. Le championnat de foot, après avoir été mis entre parenthèses, reprit là où il en était resté, les tournois de tennis purent de nouveau avoir lieu, et l'US Open se déroula aux dates initialement prévues – sans spectateurs, et sans Roger ni Rafa. Andy Murray, encore convalescent après une énième série d'opérations à la hanche, et mené deux sets à rien par Yoshihito Nishioka au premier tour, parvint finalement à revenir dans la partie et à remporter le match. Celui-ci dura quatre heures et quarante minutes, au terme desquelles Murray avait l'air complètement défait (encore plus défait, en un sens, que le joueur auquel il venait d'infliger une défaite). La bonne nouvelle, c'était que sa hanche allait bien. Ce qui le faisait le plus souffrir, déclara-t-il, c'était ses gros orteils. Le match avait été captivant, mais surtout long et pénible, et, comme on pouvait s'y attendre, Murray n'avait plus rien dans le ventre au tour suivant, qui le vit se faire démolir en règle par les juvéniles coups de raquette de Félix Auger-Aliassime.

De mon côté, j'étais moi aussi revenu dans la partie depuis quelque temps : assis à mon bureau, sans la moindre douleur au gros orteil, j'enquillais les points, sous la forme de milliers et de milliers de mots. Dieu merci – comme il est étrange qu'une telle formule soit toujours en usage –, j'avais de quoi m'occuper pendant cette saison universellement suspendue, quelque chose à faire de mon temps au milieu de cette vaste étendue de non-temps. L'un des avantages du métier d'écrivain, c'est qu'il vous protège dans une certaine mesure contre les innombrables calamités et autres motifs d'agacement que réserve le monde au-delà de votre bureau. C'est un isolant qui vous met à l'abri des intempéries ; c'est un bouclier contre le Covid et contre Trump (qui vous permet de ne pas penser à eux en permanence) ; il vous prémunit contre toute forme de blessure (susceptible de vous empêcher de jouer au tennis), contre l'ennui, la dépression et la peur de devenir sénile. Mieux encore, il vous sauve du danger de ne plus être capable d'écrire – même si, comme le découvrit Hemingway en alignant les deux cent mille mots du *Jardin d'Éden, continuer* à écrire peut aussi être une façon de se protéger contre la peur de ne plus en être capable.

57.

"Chaque instant sans projet d'écriture ressemble au dernier[01]."

Je suis tellement plus heureux en écrivant ce livre, accumulant jour après jour – tout en essayant simultanément de résoudre – les difficultés qui en compliquent la structure, que je ne le serais si je ne travaillais pas dessus. Une partie de moi est tentée de persévérer, de continuer à nourrir ce livre jusqu'à ce qu'Alexander Zverev, Stéfanos Tsitsipás ou n'importe quel autre représentant de la génération montante envisage de prendre sa retraite. Je m'aperçois d'ailleurs que je pourrais très bien continuer à l'écrire jusqu'à ma mort, jusqu'à ce que je m'écroule subitement avec fracas.

Mais ce n'est pas ce que je vais faire, et je ne vais pas non plus réfléchir à ce que je pourrai bien faire une fois que je l'aurai terminé. Parce que je le sais déjà. Je sombrerai dans le désœuvrement, l'ennui et la dépression, avant de me résoudre enfin et à contrecœur, une fois de plus, à me lancer dans le pénible processus de convalescence consistant

01 — Annie Ernaux, *Mémoire de fille*, Gallimard, 2016, p. 18.

à essayer d'en commencer un autre – à essayer de "retrouver mon son", comme le marmonnait Miles Davis de sa voix rauque après une longue période d'inactivité.

58.

Il faisait tellement froid, pendant les premiers jours de l'édition différée du tournoi de Roland-Garros en 2020, que les rares spectateurs autorisés à assister aux matchs – y compris les entraîneurs et les proches des joueurs – étaient emmitouflés comme des figurants sur le tournage de *Destination Zebra, station polaire*. Les joueurs eux-mêmes portaient des collants et plusieurs tee-shirts. En temps normal, on sent chez eux, de manière audible et visible, l'envie de gagner, mais cette année-là ils ne semblaient avoir qu'une seule envie : retourner à l'intérieur, bien au chaud, peu importe l'issue du match. Murray, lui qui d'habitude passe son temps à pester contre lui-même et à l'adresse de son entourage dans les tribunes telle une parodie de Hamlet, est resté muet comme une carpe pendant toute la durée de la raclée en trois sets secs que lui a infligée Stan Wawrinka. Quand Murray parvenait à enchaîner deux ou trois points gagnants, les commentateurs d'ITV4 nous rappelaient que, lorsqu'il était dans un bon jour, Murray était toujours capable de battre n'importe qui. Ce qu'ils omettaient de dire, c'est qu'il paraissait de plus en plus improbable qu'il puisse être dans un bon jour deux fois au cours de la même semaine, et encore moins sept fois au cours de la quinzaine. Mats Wilander, sur Eurosport, était moins clément. "Je m'inquiète pour Andy Murray, déclarait-il. J'aimerais bien qu'il nous explique ce qu'il fait sur le court, pourquoi il s'acharne à nous donner le faux espoir qu'il reviendra un jour à son meilleur tennis. Est-ce que c'est vraiment la chose à faire ? Pourquoi ? C'est ce que j'ai fait, moi aussi, et je n'aurais pas dû. Ç'a été la plus grave erreur de toute ma carrière."

59.

Je crains de ne pas avoir été tout à fait honnête, ou, pour être plus précis, de ne pas avoir été assez *précis* quand j'écrivais tout à l'heure que je prenais moins de plaisir à regarder Wimbledon lorsque je n'étais pas soumis à des obligations (des examens) qui m'en empêchaient. C'était peut-être vrai autrefois, mais ces cinq dernières années j'ai regardé plus de tennis – plus de tournois, pendant un plus grand nombre d'heures au cours d'une même journée – et avec plus de plaisir que jamais auparavant. L'une des raisons à cela, c'est qu'un de mes amis, également écrivain et fan de tennis, m'a donné son mot de passe pour accéder aux retransmissions sur Tennis Channel, geste d'une ostensible générosité dont je soupçonne toutefois qu'il constituait aussi un calice pernicieusement empoisonné, concocté dans le but exprès de saper et de détruire peu à peu ma vie d'écrivain. Hier, un mardi, j'ai regardé Roland-Garros pendant six heures. Et ce, après être resté scotché devant l'écran, à peine quarante-huit heures plus tôt, toute la journée du dimanche à partir de midi. La seule façon dont j'aurais pu regarder encore plus de tennis aurait été de prendre complètement ma retraite, ce que je n'ai pas fait – parce que la retraite, à mes yeux, se définit comme la phase de l'existence pendant laquelle je ne ferai rien d'autre que de regarder des matchs de tennis (transition qui sera marquée par le passage à la catégorie Premium de mon abonnement à Tennis Channel)[01]. Dire que je me rapproche de l'âge où je

01 — Est-il possible que regarder le tennis à la télé soit principalement un sport de vieux ? J'ai commencé à soupçonner que c'était peut-être le cas en effet un jour où je regardais à la télé l'un des tournois du Masters 1000 – je ne sais plus lequel – et que toutes les pubs pendant les changements de côté concernaient les problèmes érectiles ou l'opération de la cataracte. "Ou", pas "et" : aucune des institutions médicales ne proposait de formule "un-acheté-l'autre-offert". Les pubs à propos de la cataracte ne mentionnaient pas Turner ni ne citaient Berger, ce qui peut se concevoir, mais j'ai été surpris de constater qu'elles ne mettaient pas non plus en avant le bénéfice principal de l'opération, à savoir la possibilité de regarder le tennis (ou du porno) à la télé comme vous ne l'aviez plus vu depuis des années.

ne serai sans doute plus capable physiquement de jouer au tennis, où ce ne sera plus un sport que je pratiquerai mais que je devrai me contenter de *regarder*, essentiellement à la télé… Tout finit par se résumer à la télé. Il y a un passage poignant, dans *La Côte du paradis*, où le poète Mark Doty écrit à propos de son compagnon, Wally, malade du sida : regarder la télé est *tout* ce qu'il peut faire désormais.

60.

Pendant longtemps, je n'ai pas trop su si j'avais un mal fou à avancer dans l'écriture de ce livre parce que je l'avais commencé trop tôt (trop loin de la fin de ma vie d'écrivain) ou parce que j'avais trop attendu (et que j'avais déjà atteint la fin).

Le temps devant moi se raccourcit. Il y aura forcément un dernier livre, comme il y a un dernier amant, un dernier printemps, mais aucun signe pour le savoir.

Annie Ernaux

01.

Les spécialistes spéculent sur le jour où Roger prendra sa retraite depuis plus longtemps que Borg n'a passé d'années sur le circuit, depuis que les premiers accrocs ont commencé à écorner son aura d'invincibilité. Les rumeurs concernant cette possible retraite ont gagné en volume et en intensité au lendemain de sa défaite au deuxième tour de Wimbledon en 2013 face à Serhiy Stakhovsky, alors classé 116e à l'ATP. Roger souffrait depuis longtemps d'une blessure au dos, qui a été l'un des facteurs de cette défaite et n'a fait qu'ajouter aux interrogations quant au temps qu'il lui restait avant qu'il ne doive mettre un terme à sa carrière. Entre 2013 et 2016, il n'a pas gagné un seul tournoi du Grand Chelem. Opéré du genou en février 2016, il s'est de nouveau blessé en juillet de la même année, ce qui l'a tenu éloigné des courts jusqu'à la fin de la saison. Pendant toute cette période, chaque fois qu'on le questionnait à ce propos, il évacuait le sujet avec désinvolture, comme s'il se livrait à un simple échauffement sur le court d'entraînement, en variant ses réponses mais sans jamais trahir le moindre signe que sa conviction était entamée. Il n'y avait pas que le tennis, disait-il. Il aimait aussi tourner sur le circuit. Il aimait les hôtels de luxe, les voyages (en avion privé), l'adulation du public. Il aimait convier Grigor Dimitrov et Tommy Haas à le rejoindre dans sa suite pour un petit karaoké. Il aimait se déplacer sans cesse d'une ville à l'autre, même si, comme la plupart des joueurs, il n'avait pas souvent l'occasion de se balader dans les rues, notamment parce qu'il y avait un risque d'émeute dès qu'il mettait le nez dehors.

Dans ses conférences de presse d'après-match, à l'issue d'une finale, qu'il l'ait ou non remportée, il déclarait qu'il serait de retour l'année suivante. Pour être précis, il disait *espérer* pouvoir revenir l'année suivante, et quand bien même ce n'était pas le cas, il revenait toujours l'année d'après (sauf à Roland-Garros, où, de son propre aveu, il n'avait aucune chance de remporter un deuxième titre, jusqu'en 2019, lorsqu'il affronta Nadal au cours d'une demi-finale gâchée de bout en bout par un vent infernal). Après sa défaite contre Nadal en finale de l'Open d'Australie en 2009, il était en larmes (“Bon Dieu, ça me tue”), mais au cours des années suivantes il avait appris à gérer le schéma habituel qui le voyait mener sa barque sur les eaux calmes des premiers tours avant de se retrouver confronté à des menaces autrement houleuses – soit les tornades propulsées par le bras gauche de Nadal, soit l'implacable muraille des Balkans érigée par le jeu défensif de Djokovic.

Même si tout semblait indiquer qu'il ne gagnerait plus jamais un tournoi du Grand Chelem, nous étions donc heureux qu'il continue à jouer, heureux qu'il ne souscrive pas à l'idéal mathématique théorisé par Borg – numéro un ou rien du tout –, tout simplement parce que nous avions ainsi la chance de le voir jouer. Peut-être lui était-il désormais impossible de battre Djokovic ou Nadal, mais contre presque tous ses autres adversaires on avait l'impression qu'il jouait un tennis quasi parfait. C'était une illusion en laquelle nous pouvions croire.

Et puis est arrivée l'*annus mirabilis* de 2017, lorsque, remis de sa blessure au genou, il a remporté coup sur coup l'Open d'Australie, Indian Wells, Miami et Wimbledon. La chance nous était soudain offerte non seulement de continuer à le voir jouer, mais de le voir atteindre de nouveaux sommets : il jouait mieux que jamais, et nous étions nous-mêmes bien mieux capables d'apprécier le spectacle qui nous paraissait jadis aller de soi. Son revers avait longtemps été son point faible, constamment débordé par le coup droit lifté de Nadal. À présent, frappant la balle à hauteur d'épaule, il enchaînait les revers gagnants au terme d'échanges épiques. Il comptait alors à son palmarès dix-neuf victoires en Grand Chelem, auxquelles vint s'ajouter un vingtième titre en 2018 (à

Wimbledon), agrémenté de brefs retours intermittents à la tête du classement ATP. Mais son véritable triomphe n'avait rien à voir avec toutes ces considérations arithmétiques et statistiques. Il avait démontré, une fois de plus, que la manière la plus efficace de jouer au tennis était également la plus belle – et vice versa. On pouvait concilier l'esthétique et la victoire.

De nombreux joueurs, parmi les tout meilleurs du circuit masculin, ont des revers à une main sublimes (un coup devenu quasi inexistant chez les femmes depuis l'abdication de la majestueuse Justine Henin), mais avec le crépuscule de Roger, c'est le *règne* de la beauté qui menace de s'éteindre.

02.

L'une des raisons pour lesquelles nous adorons voir jouer Roger, c'est parce qu'il donne l'impression – comme Dennis Bergkamp – de se mouvoir dans une dimension temporelle différente, plus souple. Et la raison de ce phénomène, c'est qu'il prend le temps *de ses adversaires*, jusqu'à ce que ces derniers n'aient même plus le temps de réagir et de trouver une parade. Il réussit cette prouesse en restant collé à la ligne de fond de court, en prenant la balle très tôt et, de plus en plus, en essayant d'écourter l'échange. Il le fait même *entre* les points lorsqu'il est au service. Jamais il ne s'approche de la limite des trente secondes imparties avant de servir, de sorte que l'arbitre pourrait tout aussi bien s'épargner la peine de déclencher son chrono. Nadal, de son côté, fait tout pour empêcher Roger de l'empêcher de prendre son temps ; il flirte en permanence avec la barre des trente secondes et finit presque toujours par la franchir à un moment ou un autre, récoltant au passage un avertissement. Tandis que Roger réduit le temps dont dispose son adversaire pour se préparer avant d'être bombardé par son prochain service, les longues secondes que s'autorise Rafa pour se livrer à son interminable et rituelle litanie de petits gestes nerveux avant de servir entament peu à peu les réserves de concentration de son adversaire. (Djokovic est peut-être encore plus exaspérant ; alors que la routine de Rafa est immuable, on ne sait jamais à quel moment Novak va arrêter de faire rebondir la balle sur la ligne de fond de court et daigner enfin la frapper.) Lors de leurs confrontations, Roger s'est plaint à maintes reprises auprès de l'arbitre du temps que prenait Rafa pour servir. Et s'il est dans l'ordre des choses que celui qui sert puisse dicter la cadence de jeu, Rafa essaie toujours également de forcer Roger, ou n'importe quel autre joueur (en particulier le bouillonnant Nick Kyrgios), à attendre qu'il soit prêt à *recevoir*. Ainsi, une autre sorte de match se déroule alors même qu'il ne se passe rien, avant même que l'échange ait commencé : une subtile et invisible guerre des nerfs temporelle[01].

03.

Sur la façade extérieure du court n° 18, une petite plaque commémore le plus long match jamais disputé à Wimbledon, sur plusieurs jours, en juin 2010, entre John Isner et Nicolas Mahut, qui livrèrent bataille pendant pas moins de onze heures et cinq minutes. Ce record ne sera jamais battu, puisqu'un changement de règle en 2019 a instauré un jeu décisif au cinquième set. Isner et Mahut labourèrent tant et si bien le gazon de Wimbledon qu'ils auraient pu s'attendre à refaire surface de l'autre côté du globe, en plein Open d'Australie. À une époque où on entend souvent dire que les avancées technologiques ont bouleversé en microprofondeur la définition même de ce

01 — Au deuxième tour de Roland-Garros en 2021, c'est Roger, une fois n'est pas coutume, qui reçut un avertissement pour avoir fait attendre Marin Čilić alors que celui-ci était prêt à servir. Une dispute s'ensuivit avec l'arbitre, à qui Roger tenta d'expliquer que, dans la mesure où les ramasseurs de balle n'étaient plus autorisés à apporter leur serviette aux joueurs entre deux points (à cause du Covid), il leur fallait plus de temps pour aller la chercher eux-mêmes dans le coin du court puis revenir sur leur ligne de fond.

qu'est un être humain, deux spécimens de notre résiliente espèce mirent K-O le panneau électronique, qui se retrouva incapable de générer les calculs nécessaires à l'affichage du score longtemps avant que l'un d'eux – Isner – finisse par avoir le dessus, s'adjugeant le cinquième set 70 à 68. Tous ceux qui assistèrent à ce match furent pareillement incapables de prendre la mesure de ce qui se déroulait sous leurs yeux. Ça n'avait aucun sens – mieux encore, ce match de tennis frappait de non-sens toute conception antérieure de ce que pouvait être un match de tennis. Pour employer une comparaison militaire, c'était l'équivalent de l'impasse épique sur le front de l'Ouest pendant la Première Guerre mondiale, les deux combattants restant retranchés chacun sur sa ligne de fond de court, misant tout sur l'artillerie lourde et ne se hasardant que très rarement à faire une percée dans le dangereux no man's land de l'intérieur du terrain pour monter au filet. Sur le front de l'ouest londonien en 2010 comme dans les tranchées de 1914-1918, toute tentative pour mettre fin au conflit ne servait qu'à le prolonger encore un peu plus. La cause de cette impasse, pendant la guerre, était que les moyens de défense étaient mécanisés, alors que les moyens offensifs ne l'étaient pas. À Wimbledon, c'était l'inverse : les services, les coups d'attaque étaient mécaniques, mais pendant très longtemps aucun des deux hommes ne parvint à se défendre contre eux.

Évoquant la quatorzième reprise du combat entre Ali et Frazier à Manille en 1975, le soigneur d'Ali, Ferdie Pacheco, a déclaré un jour : “C'est pour ça qu'il y a des morts dans la boxe, quand le combat devient plus important que la vie ou la mort.” La situation n'en arrive jamais à de telles extrémités au tennis, et à aucun moment ce match en particulier n'aurait pu devenir plus important que la vie elle-même, pour la simple et bonne raison que *c'était* la vie elle-même. Les deux joueurs continuèrent de se rendre coup pour coup non pas au nom d'un dessein supérieur ou d'une quête de sens ultime mais parce que, à l'intérieur du périmètre délimité par ces lignes blanches, une logique inexorable avait été mise en branle : l'un frappe la balle, l'autre essaie de la renvoyer. Ainsi, unis par une sorte de compatibilité perverse – tels ces couples qui, contrairement à ceux dont parle Larkin à la fin de "MCMXIV", durent éternellement à cause d'un appétit insatiable et partagé pour les chamailleries –, Mahut et Isner s'installèrent dans une espèce de transe statique, chacun mettant l'autre en échec sans jamais réussir à faire mat. En temps normal, un joueur qui s'apprête à servir alors qu'il est à un jeu de se faire éliminer du tournoi a une énorme pression sur les épaules, mais dans le cas particulier de ce match, cette nervosité disparut au bout d'un moment – au bout des trois ou quatre premières heures – parce que plus personne ne s'attendait à un renversement de situation.

Le niveau de jeu en revanche n'était pas tout à fait à la hauteur, ce qui peut se comprendre. Les deux joueurs arrivaient encore à renvoyer la balle, mais, pendant de longues périodes, ni l'un ni l'autre n'en paraissaient capables s'il leur fallait pour cela bouger plus d'un pied – ou bouger d'un seul pouce. Le spectacle n'en était pas moins captivant. Pour rien au monde on n'aurait voulu le rater, et en même temps, bizarrement, pour un match comptabilisant le plus grand nombre de jeux jamais disputés jusqu'alors (ou depuis), il était presque dépourvu d'enjeu. Tandis que se déroulait l'équivalent tennistique d'*On achève bien les chevaux*, des matchs décisifs de la Coupe du monde de football en Afrique du Sud semblaient se jouer à la vitesse de l'éclair, tel le passage des saisons diffusé en images accélérées. À l'exception de quelques inconditionnels érudits, la plupart d'entre nous, à l'époque, ignorions qui étaient ces deux joueurs et nous moquions éperdument de savoir lequel finirait par l'emporter. Nous nous fichions de savoir qui gagnerait ce match, mais nous étions curieux de voir quelle serait leur réaction, à l'un comme à l'autre, lorsque ce moment arriverait.

On dit souvent que dans un match de tennis il n'y a au fond qu'un seul point qui compte – le dernier. Normalement, ce point détermine qui gagne et qui perd mais, dans le cas du match Mahut-Isner, ce paramètre n'entrait presque plus en ligne de compte et tout le monde finit par l'oublier. (Après une telle empoignade, fit remarquer McEnroe, le vainqueur, quel qu'il soit, n'avait pas la moindre chance de survivre au tour suivant.) Tout ce que pouvait faire ce dernier point, c'était de mettre un terme au match. Au bout d'un moment, l'idée n'était plus de gagner, ni même d'éviter la défaite, mais simplement de différer la fin. Souvent, certains spectateurs dans les tribunes scandent le nom de l'un ou l'autre joueur ; ce mercredi-là, alors que le jour commençait à décliner, tout le public se mit à trépigner : "Encore ! Encore !", même si, selon toute vraisemblance, tout le monde en avait déjà eu bien assez. Mais encore *quoi* (sachant que le spectacle était passablement ennuyeux) ? Ce qui poussait les gens à continuer de regarder, c'était le fait que la partie n'était jamais à plus de quelques minutes – et souvent à quelques secondes, à un seul petit point – de se terminer : plié, remballé, circulez, il n'y a plus rien à voir. Les spécificités du fonctionnement du score au tennis, très similaire à celui de la vie elle-même, impliquent – ou *impliquaient*, maintenant qu'il y a un jeu décisif dans le cinquième set – un lien inextricable entre mort subite et prolongation indéfinie.

04.

C'est un supplice, à quelque moment que ce soit dans le tournoi, de perdre après avoir eu soi-même une balle de match, mais quoiqu'il soit préférable à tous égards de se faire battre en finale que de remonter dans l'avion pour rentrer à la maison (ou plutôt, dans le cas des joueurs de tennis, pour rejoindre la prochaine étape du circuit), une fois passé le premier tour, ce tourment est de plus en plus exacerbé à mesure que la compétition avance. Vous bousillez toutes vos chances au troisième tour – c'est frustrant, certes, pour dire le moins, mais vous auriez dû encore enquiller plusieurs centaines de points au cours des matchs suivants pour remporter le tournoi. Le chemin aurait encore été horriblement long. Mais si vous n'êtes qu'à un point de rafler le titre ?

Verra-t-on jamais illustration plus déchirante de ce cas de figure que la finale de Wimbledon en 2019, lorsque Roger se retrouva en position de servir pour le match face à Djokovic, à 8-7 dans la cinquième et dernière manche ? Il vient de claquer deux aces : 40-15. Sur la première balle de match, un coup droit mal ajusté atterrit dans le couloir de droite. 40-30, deuxième balle de match. Roger monte au filet de manière un peu hasardeuse et se fait transpercer par un passing. Égalité. Djoko remporte les deux points suivants et revient à 8 partout. On semble se diriger tout droit vers un ultime jeu décisif dans cet ultime set – pour la première fois dans toute l'histoire de Wimbledon –, mais à partir de cet instant, tout le monde sent que les chances de Roger se sont envolées. Peut-être l'a-t-il senti, lui aussi, surtout s'il a repensé alors à la demi-finale de l'US Open 2011, durant laquelle Djoko, tout le monde s'en souvient, l'avait fusillé d'un retour fabuleux en réponse à un service parfait alors qu'il se trouvait au pied du mur, avec deux balles de match contre lui, après quoi il avait remporté le match, puis le tournoi.

Ah ! Si seulement il m'était donné de rejouer ces deux balles de match à Wimbledon, si je les avais jouées autrement, si j'étais resté sur ma ligne de fond de court au lieu de me précipiter au filet à 40-30... C'est l'inverse exact du passage du *Gai Savoir* où Nietzsche nous demande d'imaginer un moment d'une telle perfection que vous seriez prêt à le revivre toute votre vie, avec ses malheurs et ses déconvenues innombrables, dans le seul but de pouvoir revivre éternellement ce moment précis. Mais est-ce vraiment l'inverse ?

Ces deux points, ces deux moments, auraient pu d'une manière ou d'une autre avoir une issue différente, mais pour qu'une telle chose se produise, il aurait fallu que *tout le reste*, pas seulement dans ce match mais dans la carrière et la vie de Roger, se soit également déroulé de manière différente, y compris sa victoire en 2009 contre Roddick-le-cogneur au terme d'un match qui avait fini par se résumer – selon Roger lui-même – à un duel de serveurs dans le cinquième set. Et peut-être même ses dix-neuf autres titres du Grand Chelem.

Cette défaite contre Djokovic était particulièrement cruelle et difficile à digérer parce que ce point – un seul petit point parmi les milliers d'autres, remportés ou perdus, disputés au cours de ce seul tournoi – avait été transformé, en l'espace de une heure, en deux autres chiffres significatifs : vingt et seize, au lieu de vingt et un et quinze – c'est-à-dire le nombre de titres du Grand Chelem au palmarès respectif de Roger et de Djokovic. Ce point aurait pu à lui seul faire toute la différence, lui permettant de conserver son record jusqu'à la fin des temps au lieu d'être bientôt détrôné et par Djokovic et par Nadal (qui égalisa en 2020 en remportant Roland-Garros)[01].

05.

C'est une belle tradition : à Wimbledon, le premier match du tournoi programmé sur le court central est toujours disputé par le vainqueur du dernier match de l'année précédente, le champion qui revient défendre son titre. Et les deux tableaux électroniques du court central continuent d'afficher les résultats des deux dernières finales, simple messieurs et simple dames, jusqu'au début de cette nouvelle édition du tournoi, ce qui donne l'impression que personne n'a joué au tennis entre-temps, que le temps s'est arrêté d'une année sur l'autre, comme s'il n'y avait rien qu'une éternelle boucle de quinzaines de Wimbledon. Cette boucle a été brisée par le Covid, si bien que les deux panneaux – restés bloqués

01 — À l'heure où j'apportais les toutes dernières corrections à ce manuscrit, Roger, Nadal et Djokovic avaient remporté chacun vingt titres du Grand Chelem : un triangle équilatéral de maestria partagée et quasi inconcevable – jusqu'à ce que Nadal décroche un vingt et unième trophée en remportant l'édition 2022 de l'Open d'Australie.

sur les résultats de 2019 jusqu'en 2021 – ont continué d'afficher pendant deux ans l'équivalent wimbledonien des dernières syllabes d'un temps suspendu.

06.

Vers la fin de ses cinq heures de match contre Diego Schwartzman en quart de finale de Roland-Garros en 2020, Dominic Thiem n'avait plus rien dans les jambes. Il en était réduit à ne plus tenter – en vain – que des amortis, comme ceux avec lesquels Hugo Gaston l'avait mis au supplice lors du tour précédent. Il arrive parfois un moment dans un match de tennis où, même si vous continuez à courir sur toutes les balles et à vous battre sur chaque point – ce qui vous permet du reste, parfois, de gagner non seulement des points mais des jeux entiers –, vous savez que vous n'avez plus les ressources nécessaires pour remporter la partie. Passé ce seuil, il est impossible de gagner (à moins que quelque chose de plus catastrophique encore n'arrive à votre adversaire). Ce n'est pas la même chose que de ne plus avoir la moindre énergie, ou de devenir de plus en plus faible ou fatigué, ou de décider de baisser les bras (de renoncer à courir pour rattraper la balle et de rester dans son coin, la mine renfrognée). Vous êtes résigné à perdre, quand bien même cette résignation est un sentiment purement intérieur, qu'aucun signe extérieur ne laisse transparaître. En apparence, rien n'a changé, sinon une très légère altération de ce qu'il est trop communément convenu d'appeler le langage corporel. Il est donc possible que Thiem ait intérieurement lâché l'affaire avant même que son corps ne lâche physiquement. "Quelque chose en moi s'était éteint", confiait McEnroe en évoquant le cinquième set de sa finale contre Borg à Wimbledon en 1980. Mais peut-être cette remarque est-elle encore trop ancrée dans le registre corporel, trop évocatrice d'un affaiblissement ou d'un effondrement d'ordre physique. Non, c'est à quelque chose de plus subtil encore que je songe, quelque chose de moins tangible que cette “extinction” : une manière de succomber pour ainsi dire à une prophétie qui ne peut pas s’accomplir tant qu’on n’a pas consenti à sa réalisation.

07.

En dehors de la compétition, un sentiment similaire de résignation – des variations sur le thème *Je ne vais pas y arriver*, *Ça ne marchera jamais* – peut s’emparer de vous dans la vie. Vous continuez à courir consciencieusement après les balles qu’il convient de rattraper – sortir les poubelles, remplir et vider le lave-vaisselle, profiter de quelques éphémères moments de bien-être induits par l’alcool au cours d’une soirée, parfois même découvrir un nouveau morceau de musique –, mais d’une certaine façon vous savez que vous ne reviendrez pas dans la partie, que vous vous contentez de suivre le mouvement, d’attendre activement que tout cela soit terminé.

Et pourtant vous persistez à croire que si les choses s’étaient passées différemment, à tel ou tel moment clé de votre existence, celle-ci aurait pu prendre une tout autre tournure.

08.

En novembre 2020, Tyson est remonté sur le ring pour un combat d’exhibition contre Ray Jones Jr. Les deux boxeurs se sont quittés sur un nul, ce qui leur a permis à tous les deux de sortir de l’arène la tête haute. Pas de deuxième acte dans les vies américaines, vraiment ? Il y en a un troisième, un quatrième, parfois même un cinquième. Il reste toujours un autre acte, un autre tour de piste, une autre possibilité de rédemption – idéalement sur le plateau d’Oprah Winfrey. À l’égard du revenant, du pécheur ostensiblement contrit qui cherche ainsi à remonter la pente, sur la Piste des larmes télévisées, l'Amérique fait preuve de bien plus d'indulgence – ou d'amnésie, peut-être – qu'envers quiconque a la malchance de purger une peine de dix ans d'emprisonnement pour avoir vendu un joint (comme celui que Tyson a fumé juste avant ce fameux combat).

Un ami m'a dit que la célèbre phrase de Fitzgerald fait référence à la structure dramatique classique en trois actes ; ce qui manque, ce n'est donc pas le grand retour sur scène mais la période intermédiaire. Vous passez directement de tout (héros) dans l'acte I à rien (zéro) dans l'acte III. Même si c'est exact, si c'est bel et bien ce que voulait dire Fitzgerald, il n'en reste pas moins que c'est faux – comme le démontra son propre interminable déclin.

09.

Peu importe la profondeur des blessures ou l'intensité des rancœurs, à un moment ou un autre, les membres d'un groupe qui s'est séparé finiront par décider de repartir en tournée, ou à tout le moins de remonter sur scène pour un ou deux concerts exceptionnels. La seule chose qui empêche un groupe de se reformer – un facteur bien plus puissant que la détestation mutuelle et la conviction, pacifiquement partagée par tous, qu'il est fini du point de vue artistique –, c'est de savoir que plus ces retrouvailles sont longues à venir, plus elles génèrent de désir (et donc de profits, une fois que les billets sont mis en vente). C'est ainsi qu'on voit parfois des groupes tels que les Sex Pistols se reformer pour se rendre hommage à eux-mêmes.

Il convient de distinguer ce genre de retour sur scène de celui de certains musiciens qui, pour une raison ou une autre, sont passés de mode et n'ont jamais réussi à renouer avec leurs premiers succès – jusqu'au jour où ils accomplissent quelque chose qui redéfinit voire surpasse ces premiers succès. Le disque tardif de Johnny Cash, *American Recordings*, compte parmi ses tout meilleurs enregistrements, même s'il a un peu abusé des reprises en mode marmonnement crépusculaire. Celle de “Bridge over Troubled Water”, par exemple, était à deux doigts de faire dérailler l’ensemble du projet : tout à la fois dénudée jusqu’à l’os et alourdie par un trop-plein d’émotion, elle avait un petit côté négativement forcé, comme si elle risquait à tout moment de se noyer dans ces eaux qui n’avaient jamais rien eu de “trouble”, dans aucune des versions enregistrées jusqu’alors (y compris celle d’origine, dont c’était du reste l’un des défauts fondamentaux). Si, pour reprendre l’idée de Lawrence à propos du dernier tableau de Turner, Cash avait vécu un peu plus longtemps, qui sait s’il n’aurait pas poussé le bouchon jusqu’à reprendre “Hotel California”, ou même, quitte à s’aventurer au-delà des frontières du vaste empire du répertoire américain, “Wonderwall” ? Une série de concerts en résidence dans un hôtel-casino de Las Vegas en duo avec Rod Stewart aurait même été envisageable.

10.

Cela ne concerne pas uniquement le travail ou la vie des écrivains ou des artistes en général ; les périodes historiques ont une fin, elles aussi, au même titre que certaines formes d’art. Des genres qui avaient été dominants pendant une période de temps bien spécifique, et parfois très longue, perdent de leur vitalité et tombent en désuétude. Parfois cela coïncide avec la fin d’une ère historique tout entière (la période edwardienne, la Révolution, ou ce qu’on voudra) ; dans d’autres cas de figure, une forme artistique peut connaître le déclin au beau milieu de ce qu’on définit de manière plus large comme une période historique. Imaginons dès lors un artiste qui produirait ses dernières œuvres, dans une forme dont tout le monde s’accorderait à dire qu’elle a depuis longtemps dépassé son âge d’or – sinon qu’elle est carrément exsangue –, au cours d’une période historique elle-même presque parvenue à son terme. Le résultat serait-il nécessairement élégiaque ? Ou considérerait-on que de telles œuvres, enfonçant un dernier clou dans leur propre cercueil, ouvrent la voie à une nouvelle ère – ou même qu'elles prolongent le bail de cette forme qu'on pensait à l'agonie (réduisant par là même à néant les termes de la situation décrite) ?

11.

Si l'on cherche un équivalent au *comeback* du boxeur ou du joueur de tennis dans l'univers de la musique, on peut se reporter à la soirée du 7 juillet 1956, quand le Duke Ellington Orchestra monta sur scène pour le concert de clôture du festival de jazz de Newport. Ce festival se déroulait en extérieur, il y avait eu un orage, il était près de minuit, beaucoup de spectateurs avaient déjà décidé de plier bagage. Il était tard dans un sens plus large également. L'ère du big band et du swing était révolue. Ellington et son orchestre s'apprêtaient donc à jouer ce soir-là devant un public clairsemé et modérément enthousiaste, pour dire le moins, qui s'intéressait désormais manifestement à des formes de jazz plus contemporaines.

Au milieu d'un set qui semblait démontrer à l'évidence que sa grande époque était derrière lui, Ellington annonça “Diminuendo and Crescendo in Blue”, un morceau de la fin des années 1930, dans un arrangement qui faisait la part belle au saxo ténor Paul Gonsalves, lequel, après un léger moment d'hésitation, se lança dans un solo R&B. Le public parut apprécier. Gonsalves monta en puissance, gagna peu à peu en profondeur et en intensité, poussant le swing de plus en plus loin à chaque refrain. Les spectateurs, à présent complètement transportés par la musique, étaient aux anges. Ils dansaient, ils étaient déchaînés – alors Gonsalves et l'orchestre continuèrent sur leur lancée. Son solo se prolongea sur pas moins de vingt-sept refrains exubérants qui laissèrent le public – et lui-même – épuisé et pantois. (Sur l'enregistrement de ce concert, ce morceau de quatorze minutes est suivi par une “piste” intitulée “Annonces, pandémonium”.) Ce fut un triomphe. Peu de temps après cette soirée, Ellington fit la une du magazine *Time* ; sa popularité, sa réputation et sa pertinence étaient non seulement assurées mais plus éclatantes que jamais, et elles venaient d'être prolongées pour deux décennies.

12.

Ce solo de Gonsalves qui, à lui seul, a ressuscité tout un orchestre rappelle un autre solo R&B, d'une durée similaire, par Albert Ayler. Presque à l'opposé polaire d'Ellington, Ayler n'a jamais réussi à toucher un vaste public. Vilipendé et vénéré – puis raillé par ses anciens admirateurs – comme l'incarnation extrême de la mouvance "New Thing", il jouait une musique trop excentrique pour espérer connaître le succès commercial ; au sein d'un petit cercle d'admirateurs, toutefois, il a eu une profonde influence – notamment sur Coltrane. Ce qu'il y a de frappant chez Ayler, c'est que ses morceaux comptent parmi les plus entraînants jamais composés et joués par un musicien de jazz – *et* parmi les plus cauchemardesques. "Ghosts", son titre le plus célèbre, sur l'album *Spiritual Unity*, est beau, joyeux, hanté, atroce (hanté par l'atrocité). Sa musique est extatique, mais cette extase se consume dans un *delirium tremens* de hurlements. Il adorait la discipline débraillée des fanfares et la splendeur conventionnelle des hymnes nationaux, allant jusqu'à reprendre "La Marseillaise" (ou "La Mayonnaise", comme il se plaisait à l'appeler) pour en donner une version chaotique, déchaînée et exaltée, dans "Spirits Rejoice". Le frère d'Albert, Donald, trompettiste techniquement limité, apportait une touche supplémentaire à cette cacophonie déjà étourdissante : la sonnerie de clairon, traditionnellement réglée comme du papier à musique, d'une charge de cavalerie piétinée par une *cavalcade* de commandements cafouilleux.

Si extrême que soit le son d'Ayler, il est facile d'y déceler ses origines et d'entendre qu'il avait reçu une formation de musicien de R&B. Alors, quand son producteur lui a suggéré de jouer un morceau bref pendant l'enregistrement d'un concert au Judson Hall à New York en 1965, l'orchestre a aussitôt balancé "Holy Family", deux petites minutes de R&B pleines de vivacité et relativement dénuées d'extravagance.

Il existe plusieurs autres versions de "Holy Family", la dernière ayant été captée à la fondation Maeght de Saint-Paul-de-Vence (où Lawrence était mort), dans le sud de la France, le 27 juillet 1970. D'une durée de près de douze minutes, pendant lesquelles Ayler s'en donne à cœur joie en multipliant les refrains, cette version semble constituer une sorte de régression par rapport aux innovations formelles de ses premières œuvres – et c'est fabuleux. Le public avait adoré, tout comme il adorerait les solos échevelés et tonitruants que Rahsaan Roland Kirk jouerait sur scène avec Sun Ra au même endroit la semaine suivante – et de même que le public de Newport avait adoré le solo de Gonsalves qui avait redoré le blason d'Ellington. C'était l'avant-dernier concert d'Ayler dont une trace serait conservée – le tout dernier fut enregistré le lendemain.

Parmi les nombreuses infortunes auxquelles Ayler fut confronté durant ses dernières années – y compris l'avalanche de moqueries que lui valut l'album *New Grass*, dans lequel il tentait maladroitement de s'attirer les faveurs du grand public –, aucune ne l'affecta aussi profondément que le sort de son frère Donald, qui avait quitté le groupe en 1968 suite à une grave dépression nerveuse. De retour à New York, Albert, qui paraissait de plus en plus désorienté, fut aperçu pour la dernière fois le 5 novembre 1970. On retrouva son cadavre dans l'East River vingt jours plus tard. Personne ne savait ce qui s'était passé et toutes sortes de rumeurs circulèrent à ce sujet, mais la vérité était aussi simple que désolante : il s'était suicidé.

13.

À Austin, pendant le festival South by Southwest, mon ami Steph m'a ajouté sur la liste des invités pour un concert privé au studio d'enregistrement de Willie Nelson. Il y avait de la place pour une cinquantaine de personnes dans ce studio. Le premier groupe – des rockeurs de Los Angeles – ne m'intéressait pas, mais le son était incroyable : pas particulièrement bruyant, mais si limpide et puissant qu'on se sentait complètement immergé. Quand est arrivé le tour de la tête d'affiche, grâce au statut VIP de Steph, nous avons été conviés à rejoindre la console, où, nous a-t-on dit, le son était encore meilleur. Je n'avais jamais entendu parler de l'artiste que nous allions voir, un chanteur soul du nom de Charles Bradley qui, jusqu'à tout récemment, n'avait rencontré presque aucun succès. Il avait vécu dans la rue pendant un temps, gagné sa vie comme imitateur de James Brown, et sorti son premier album, *No Time for Dreaming*, seulement quatre ans plus tôt, en 2011, à l'âge de soixante-trois ans. Mais écouter ce disque, m'avait dit un autre ami, n'était rien comparé à le voir sur scène. Les membres du groupe – des jeunes types blancs – sont entrés dans le studio, se sont lancés dans un groove au cordeau, et nous avons attendu que Bradley les rejoigne. Lorsqu'il a fait son apparition, on aurait cru voir quelqu'un débarqué tout droit d'une autre époque, plus rude. Son visage était sillonné de rides ; il portait une chemise noire à paillettes, ouverte sur un ventre totémique. Il a ouvert la bouche et poussé un cri, un gémissement empreint d'un besoin spirituel profond et d'une lubricité épique. Ce cri n'a duré que deux ou trois secondes, mais retracer sa généalogie nécessiterait des centaines de pages, couvrant une histoire remontant à plus d'un siècle. À partir de cet instant, il m'est apparu avec évidence que, pour la première fois de ma vie, j'étais en train d'assister à un grand concert de soul. Sauf que je n'y assistais pas à proprement parler. J'étais derrière la console ; j'entendais la musique, mais j'en étais séparé par la paroi de verre. Comme il arrive souvent, le carré VIP était le pire endroit où se trouver. Nous nous sommes confondus en excuses et en remerciements, puis nous sommes sortis de la cabine de son pour retourner dans le studio d'enregistrement, afin de partager cette expérience avec les autres spectateurs. C'était merveilleux, intense, immense.

Bradley était en tournée, enchaînant les concerts aussi frénétiquement que Dylan pendant cette période de sa vie. Je l'ai revu lors d'un festival gratuit en extérieur à Flushing Meadows, à New York, quelques mois plus tard. Il est mort en 2017, après avoir enfin obtenu la reconnaissance et connu le bonheur à la toute fin de sa vie. Quelque chose de similaire est arrivé à R. L. Burnside (1926-2005) et à Junior Kimbrough (1930-1998), les guitaristes hypnotiques du Mississippi dont la musique fut "découverte" dans les années 1990 alors qu'ils la jouaient depuis trente ans : du hill country blues qui sonnait comme une version pré- et posthistorique de la trance[01]. La pianiste concertiste Jeannette Haien avait plus de soixante ans lorsqu'elle a fait ses débuts sur la scène littéraire : publié en 1986, son roman *Le Tout en tout et pour tout* parle, pour reprendre ses propres termes, de "toutes les merveilles diverses et variées de l'impossible[02]".

Il ne s'agit pas là de "grands retours", bien sûr, mais d'arrivées tardives – une arrivée, dans le cas de Bradley, qui n'a que de très peu précédé son départ.

14.

Le plus grand *comeback* musical, après une longue absence, est celui d'Art Pepper. Sur la scène du Village Vanguard, le 30 juillet 1977, il annonce "Las Cuevas de Mario" : "Le tout premier morceau jamais composé sur une mesure à cinq-quatre. Je l'ai composé en 1950, bien avant le succès de 'Take Five'. Malheureusement, j'ai atterri au pénitencier

01 — Ce que je disais précédemment à propos de ma découverte tardive de *Blimp* vaut de manière encore plus frappante pour Burnside et Kimbrough. Ils représentent jusqu'ici la plus formidable expérience musicale véritablement *nouvelle* que j'aie connue depuis que j'ai basculé dans la soixantaine (j'avais déjà un peu tâté des quatuors de Beethoven auparavant), suivis de près par Fred Eaglesmith (dont le concert au McCabe's Guitar Shop à Santa Monica le 7 février 2020 est le dernier auquel j'aie assisté avant le confinement).

02 — Jeannette Haien, *The All of It*, Londres, Faber, 1987, p. 144.

fédéral tout de suite après, et Paul Desmond et machin-truc ont continué à jouer dans les clubs et tout ça, ils sont devenus célèbres, tandis que moi j'ai disparu dans le néant le plus total."

La vie de Pepper est celle d'un authentique artiste qui s'est servi dans son travail de tout ce qui lui était arrivé. Tout le gâchis, la futilité, la frustration et l'assurance mégalomane de cette vie transparaissent dans chacun des disques qu'il a enregistrés entre 1975 (l'année du grand retour, avec l'album *Living Legend*) et 1982, l'année où il est mort, à l'âge de cinquante-six ans, le 15 juin, deux semaines après son dernier concert. Il n'avait pas mis derrière lui ses années d'incarcération et d'addiction ; il les apportait sur scène chaque fois qu'il jouait. D'une manière toute nietzschéenne, les sept dernières années de sa vie furent les meilleures, *grâce à* tout ce qu'il avait traversé, de sorte que rien ne fut gâché au bout du compte.

15.

Quand j'écoute un solo de jazz – comme en ce moment même, "Make a List, Make a Wish" d'Art Pepper, enregistré lors d'un concert au Japon le 13 novembre 1981 –, je me demande souvent à quel moment arrive l'apothéose. Faut-il d'ailleurs qu'il y ait un seul et unique moment d'apothéose, qui surpasse tous les autres ? Dans le cas de Pepper, un pic est atteint chaque fois qu'il pousse son solo jusqu'à des sommets d'éloquence hors de sa portée. Étranglée par une intensité qu'elle est incapable d'exprimer, la musique fait alors entendre à la fois cette intensité *et* sa propre frustration. C'est comme le moment – *les* moments – où, alors qu'il est en train de jouer "Olé" de Coltrane au Keystone Korner en 1982, Pharoah Sanders retire de sa bouche le bec de son saxo et pousse un cri. Dans "The Night Has a Thousand Eyes", sur l'album *Moon Child*, à l'inverse, mon passage favori est le long moment qui suit l'envolée extatique, tonitruante et déchaînée, quand Pharoah lève le pied et prend tout son temps pour se couler de nouveau dans un registre lyrique dont on se rend alors clairement compte, de manière rétrospective, qu'il ne l'avait en réalité jamais complètement perdu de vue.

Il n'est pas aussi rare qu'on pourrait le penser, ce moment où l'apothéose survient pour ainsi dire *après* l'apothéose. Il y a un morceau intitulé "The Windup" ("l'envolée") sur l'album *Belonging* de Keith Jarrett (1974), mais les grandes séquences de Jarrett arrivent très souvent durant la phase qu'on pourrait qualifier de "wind-*down*", "la redescente". À vrai dire, il est souvent difficile de savoir avec certitude à quel moment exact le pic a été atteint (de même que chacun a sa propre opinion sur le moment exact où Jarrett lui-même a atteint le pic de sa carrière). La musique est toujours capable de repartir pour de nouvelles saillies après avoir atteint l'extase à plusieurs reprises. (Les connotations sexuelles du lexique qui s'est subrepticement glissé dans ce paragraphe, de manière aussi regrettable qu'inévitable, nous permettent d'aborder le sujet des trémoussements et des gémissements de Jarrett. Parfois il pousse ces gémissements dans des moments de pure félicité. À d'autres moments, on peut avoir l'impression non pas tant que c'est du chiqué, mais que ces petits cris, plutôt que l'expression incontrôlable du ravissement, sont peut-être une manière de s'exhorter à atteindre une transcendance qui lui a échappé jusqu'alors.)

Dans "Somewhere / Everywhere", sur l'album *Somewhere*, enregistré en concert à Lucerne, Jarrett, Jack DeJohnette et Gary Peacock commencent par un morceau de *West Side Story*, puis se laissent glisser dans la transe collective d'une composition originale de Jarrett. Elle monte, monte, puis, après avoir atteint un maximum d'intensité et de complexité, entame sa redescente finale vers la quinzième minute. Mais le meilleur reste à venir, dans les quatre dernières minutes, qui auraient pu en durer quatorze ou quarante de plus. C'est un sentiment que m'inspirent de nombreux morceaux de Jarrett. Si seulement le trio avait continué à planer dans le "Caribbean Sky" à Tokyo en 1996, ou s'il était resté un peu plus longtemps sur la piste du "Dancing" de *Changeless* (1989)... Enregistré en 2009, mais sorti seulement en 2013,

"Somewhere / Everywhere" laissait espérer qu'il reste en réserve d'autres instants prolongés du même genre durant la phase "descendante" de la vie et de l'art de Jarrett.

Le 20 mars 2015, en plein milieu d'un concert solo au Carnegie Hall, Jarrett déclara, presque sur le ton de la blague ou de l'aparté, qu'il avait perdu un trio. Aucune annonce officielle n'avait été faite, mais avec ces quelques mots – confirmés peu de temps après à l'occasion d'une interview –, un changement subtil mais définitif de perception et de réalité était peu à peu instauré. *Le trio n'avait plus joué depuis un moment* devint *Le trio ne jouera plus jamais*. Il n'y eut aucune annonce, et encore moins de tournée d'adieux ou de dernier concert. Les trois musiciens montèrent simplement sur scène un soir – au New Jersey Performing Arts Center, le 30 novembre 2014 –, après quoi il ne serait plus jamais possible d'aller les écouter jouer ensemble. Le statut de la prestation qu'ils livrèrent ce soir-là, dont il se peut très bien qu'elle fut tout ce qu'il y a de banal et routinier, mais aussi son contenu – ce que nous entendons –, changera-t-il du tout au tout si jamais sort un jour un disque intitulé *Le Dernier Concert* ?

16.

À la fin du printemps et durant l'été 2020 – puis de nouveau en décembre, lorsqu'il annonça qu'il ne disputerait pas l'Open d'Australie 2021 –, il semblait possible que Roger ne joue jamais son dernier tournoi, son dernier match. Je veux dire par là qu'au lieu d'un *dernier* match, avec toute l'émotion et les flonflons qu'un tel événement aurait impliqués, il était possible que sa demi-finale de 2019 contre Djokovic en Australie – un match qu'à aucun moment il n'avait paru en mesure de gagner, qui n'avait aucune dimension historique, au terme duquel il avait tout simplement été éliminé cette année-là – ait été, de fait, le dernier match de sa carrière. Ensuite, il disputa quelques matchs d'exhibition, avant d'annoncer qu'il se mettait en retrait du circuit jusqu'à la fin de l'année afin de récupérer suite à une deuxième intervention dans sa deuxième série d'opérations du genou (soit un total de trois opérations à ce jour), annonce elle-même suivie par la brusque suspension de toutes les compétitions en raison du Covid. D'un côté, cette interruption arrivait à point nommé, puisqu'il n'aurait de toute façon pas joué mais qu'il conserverait sa place au classement mondial pendant toute la durée de ce temps suspendu ; de l'autre, il ne rajeunissait pas. Comme tous les autres joueurs du circuit, me direz-vous, mais tandis que Zverev (qui avait été à deux doigts de battre Thiem en finale de l'US Open 2020, perdant de manière aussi rageante que Thiem lui-même lorsqu'il avait été à deux doigts de battre Djokovic l'année précédente) pouvait se permettre de perdre une année entière sans mettre en péril la bonne dizaine de saisons, sinon plus, qu'il lui restait à jouer, cette année perdue allait sans doute coûter à Roger cinquante pour cent du temps qu'il pouvait encore espérer passer sur les courts.

C'est à cet égard, parmi d'autres, que les annulations et les coups d'arrêt provoqués par l'épidémie – par opposition aux risques physiques concrets causés par le virus lui-même – ont eu un impact plus fort sur les jeunes que sur les personnes âgées. Glück, dans son poème "Labor Day", regarde la fille de sa sœur faire du vélo :

Ce qu'elle veut c'est
faire passer le temps.

Tandis que pour nous autres
une vie entière n'est rien.
Un jour vous êtes un blondinet avec une dent en moins ;
le lendemain, un vieillard qui n'arrive plus à respirer[01].

Il y a d'autres aspects, positifs, à cette accélération. Quand un avion a trois heures de retard, c'est agaçant, mais, en même

01 — Louise Glück, *Poems 1962-2012*, New York, Farrar, Straus and Giroux / Ecco, 2012, p. 206.

temps, ces trois heures sont très loin d'être aussi insupportables qu'elles l'étaient il y a trente ans. La dernière fois que ça m'est arrivé, j'ai eu l'impression d'avoir à peine eu le temps de prendre un café, et encore moins d'avaler le sandwich que j'avais amplement mérité après avoir bataillé pendant une demi-heure pour obtenir un coupon auprès du personnel de la compagnie aérienne. Ce n'est pas simplement que le temps passe plus vite à mesure qu'on vieillit ; c'est la vie qui devient peu à peu moins trépidante, jusqu'au jour où, pour finir, la seule chose qui se passe, c'est qu'il ne se passe plus rien et qu'elle s'arrête. Pour les jeunes, une année dure une éternité, et une soirée passée seul chez soi – une soirée qu'on n'a pas passée à se mettre minable – est synonyme d'une existence minable, d'une vie gâchée. Sans le Covid, la vie que j'aurais menée en 2020 aurait été peu ou prou la même que celle que j'ai menée en 2019, alors que la vie qu'on mène pendant n'importe quelle année de la fin de l'adolescence ou du début de l'âge adulte, aux alentours de la vingtaine, est un bouleversement radical, surtout si on est étudiant. Dès lors, quand bien même je m'insurge face au comportement civiquement irresponsable des gamins qui partout en Angleterre bravent le confinement pour aller faire la fête et laisser libre cours à leur bonheur (j'ai l'impression de parler comme quelqu'un qui passe ses longues soirées confinées à écrire aux journaux des lettres indignées), au risque d'expédier avant l'heure des "aînés" comme moi vers leur dernière demeure, je songe à quel point ce doit être atroce d'avoir vingt-cinq ans et d'être obligé de rester enfermé chez soi, et cette rime inopinée entre "bonheur" et "dernière demeure" m'incite à convoquer ici une référence improbable pour leur témoigner mon soutien :

Qu'ils laissent éclater leur bonheur.
La pluie fait de la musique dans l'arbre
Dessus l'herbe qui recouvre ta dernière demeure.
Qu'ils laissent éclater leur bonheur[01].

01 — Tennyson, "A Dirge".

17.

"Si triste, si étrange[01]..."

Martin Amis, dans *Inside Story*, est convaincu que chacun possède une humeur le prédisposant à une certaine destination, qu'on atteint en général vers le milieu de la vie. Dans le cas de Tennyson, cette humeur – une rumination perpétuelle sur tout ce qui arrive à son terme – se manifesta de manière précoce. Dès 1833, à la mort de son ami Arthur Henry Hallam à l'âge de vingt-deux ans, Tennyson, qui n'en avait lui-même que vingt-quatre, s'aperçut que le matin (*morning*) était entièrement envahi par son homonyme, *mourning* – la tristesse, le deuil. "Calme est le matin, sans un bruit, écrit-il dans *In Memoriam*, d'un calme accordé à un chagrin plus calme encore." À peine un nouveau jour s'est-il levé, dans *Maud*, qu'il devient source de regret : "Le matin se lève, pâle et orageux / Nul soleil, mais un éclat blafard / [...] j'eusse tant aimé que la journée fût belle." Je n'ai pas mené une étude approfondie sur le sujet, et il y a des exceptions – la plus évidente étant l'entrain juvénile avec lequel il salue les progrès de son temps tels que les symbolise par exemple la technologie (mal comprise) des chemins de fer dont les "*sillons* font retentir le changement" dans "Locksley Hall" –, mais l'argument tient pour l'essentiel : il est toujours tard, à la fois dans la vie quotidienne de Tennyson et dans le contexte plus général de son âge déclinant. La fin du jour étant une idée ou une image qui revient sans cesse chez lui, il est approprié que Hallam ait identifié les effets de rime – "la récurrence de la fin[02]" – d'une façon qui résume également l'atmosphère des nombreux poèmes, des vers innombrables, dans lesquels sa propre disparition est remémorée, rejouée et réimaginée. Dès que Tennyson médite sur l'approche du crépuscule

01 — Tennyson, "Tears, Idle Tears".

02 — Arthur Hallam, cité in Christopher Ricks, *Tennyson*, Londres, Macmillan, 1978, p. 314.

– ce qu'il commence à faire très tôt dans sa vie, avant d'en venir, tel un alcoolique qui s'enfonce, à s'y mettre de plus en plus tôt dans la journée –, son humeur rappelle celle de Dylan dans sa période tardive : il ne fait pas encore noir, mais on n'en est pas loin[01].

Tennyson est on ne peut plus différent de Housman, dont les élégies pour la jeunesse perdue débordent de la sève de la jeunesse, de la jeunesse fauchée au printemps. Tennyson, de son côté, regarde toujours en arrière, depuis l'automne de l'âge déclinant. Comparé au Garçon du Shropshire de Housman, il fait figure de vieux barde maussade, avançant d'un pas lourd sur cette plage de l'île de Wight où il croise deux jeunes filles. Dans *Maud* – cette étrange lueur d'aurore protomoderne surgie dans les profondeurs du soir victorien –, même l'extase de la jeunesse est obscurcie par l'obsession qui l'engendre :

01 — Au cours des trois années où j'ai été étudiant à Oxford, j'ai assisté à une douzaine de conférences. Neuf d'entre elles étaient à périr d'ennui – des radotages de vieux profs – et celle de Raymond Williams, invité comme intervenant exceptionnel, était incompréhensible. Les trois autres étaient également des soirées spéciales : une conférence de David Lodge, qui avait malicieusement soumis la nouvelle de Hemingway intitulée “Un chat sous la pluie” à des formes inédites et excitantes d'analyse narrative (serait-ce à cette occasion que j'ai entrevu pour la première fois les rites obscurs du structuralisme ?), et deux autres de Christopher Ricks, qui avait été non seulement brillant deux fois mais brillant les deux fois à propos de Dylan. La première de ces conférences portait sur Dylan et le cliché ; l'autre, sur la manière dont ses chansons se finissent, comment il parvient à ces fins du point de vue technique – un style d'analyse qui m'était familier car j'avais lu le livre de Ricks sur Tennyson. “All Along the Watchtower” se termine, explicitement, par l'évocation de ce qui est sur le point d'arriver, de commencer : “Deux cavaliers approchaient, le vent s'est mis à hurler” (Dylan, *op. cit.*, p. 171). Mais l'inévitabilité de la rime suivie (*aabb*) – gravée dans notre esprit par les deux strophes précédentes – signifie que le récit qui s'ouvre, signalé par le “hurlement” du vent (*howl*), est interrompu dans son élan par le “grondement” du chat sauvage (*growl*) au vers précédent. L'attente de ce qui va advenir est contenue par l'attente des rimes déjà advenues, qui annoncent et encouragent tacitement la manière dont la chanson va se replier sur elle-même et se terminer. Je continue de trouver exemplaire et remarquable de délicatesse de la part de Ricks cette façon d'écouter et de décrypter la chanson.

Les oiseaux du jardin en haut du domaine
À l'heure où le crépuscule tombait,
Maud, Maud, Maud, Maud,
Criaient-ils et appelaient.

Les après-midi de Tennyson sont longs, s'étirant pour se fondre en des crépuscules plus longs encore, dans lesquels la lumière du jour est absorbée par les lacs, les plantes, les arbres sur lesquels elle a brillé. La source de cette lumière a disparu, mais l'obscurité continue de luire. Il peut tenir cette note pendant une éternité, parfois même jusqu'à frôler la parodie : "Les brises à ras du sol parcourent la large vallée plongée dans la pénombre de la lueur du soir." On pourrait penser qu'il s'agit là d'une simple série de mots alignés, mais lorsqu'elle est à son meilleur, une humeur peut saturer un poème si puissamment qu'elle finit par envelopper le lecteur dans ce qui semble l'expression de la conscience profonde d'une époque donnée.

J'imagine que le jeune Joyce partageait l'opinion de Dedalus dans *Portrait de l'artiste* – "Tennyson, poète ! Un rimailleur tout au plus[01] !" –, mais cette façon de se récrier a quelque chose d'adolescent. Le surnom "Lawn Tennyson", ou "Tennys-on-gazon"[02], était amusant, la trouvaille d'un génie du calembour – même si la blague circulait déjà avant que Joyce ne s'en serve (deux fois !) dans *Ulysse* –, mais lui aussi finit par perdre de son mordant, dans la mesure où il convoque le souvenir d'un match bien particulier : la finale de Wimbledon en 2008 entre Roger et Rafa, qui se prolongea tard dans la soirée. Tout était devenu flou dans la lueur du crépuscule, à l'exception des polos blancs des deux joueurs. Il faisait si sombre à la fin que c'était pratiquement injouable, au point que la victoire semblait devoir revenir au bout du compte non pas à celui

01 — James Joyce, *Portrait de l'artiste en jeune homme*, traduit de l'anglais par Jacques Aubert, Gallimard, 1992, coll. "Folio", p. 137.
02 — James Joyce, *Ulysse*, nouvelle traduction sous la direction de Jacques Aubert, Gallimard, 2004, coll. "Folio", p. 77 et 294.

qui frapperait le mieux la balle mais à celui qui arriverait encore à la *voir*.

18.

Blague et tennis à part, l'auteur d'*Ulysse* était-il réellement capable de résister à l'immense force d'attraction de la marée d'"Ulysse" ?

Le long jour décline ; la lente lune monte ; l'abîme
Mugit de ses mille voix tournoyantes.

Lisez ces vers à voix haute, et votre corps se retrouve tout entier englouti par leurs ténèbres grandissantes. Comme le fait remarquer Ricks, le manifeste d'Ulysse, celui d'une affirmation réitérée, peut être aisément lu comme l'aveu de son contraire : la soumission et le consentement à l'obscurité qui vient. Il nous implore de faire tout cela alors que partout alentour il apparaît de plus en plus évident que le temps manque, que c'est l'énumération de toutes les aventures qu'il reste à accomplir qui le réconcilie avec l'idée de ne pas les entreprendre – notamment parce qu'une grande partie de ce temps est consacrée à préparer ce riche itinéraire d'intentions, à ramener à la vie les fantômes des ambitions inassouvies. Ulysse laisse le temps se consumer, regarde s'éteindre les dernières lueurs du jour tout en continuant à méditer sur les mille et une façons dont cela pourrait être évité. Une fois que le match est plié, comme disent les commentateurs de foot, sa position, en dépit et à cause de ses orgueilleuses et lyriques dénégations, est une manière de se résoudre à la vie "oisive" contre laquelle il vitupérait dans le premier vers du poème. Au bout du compte, il n'est en rien différent du Larkin d'"Aubade" qui travaille toute la journée, s'enivre le soir et se trouve constamment ramené à "L'extinction assurée vers où nous voyageons". La lumière agonisante du soir d'Ulysse – une agonie qui commence par la mort de l'ami de Tennyson, Hallam – se fond, au point d'en devenir presque indiscernable, dans le matin de Larkin où "Lentement la lumière se renforce, et la pièce prend forme[01]".

Lorsqu'il avait l'âge que j'ai aujourd'hui, Larkin faisait déjà face à la mort depuis des années. Pour ma part, j'y pense rarement, lui accorde à peine une seconde de mon temps. Ce à quoi je pense, c'est comment m'occuper, comment profiter au mieux du temps qu'il reste – qui diminue de jour en jour, évidemment, mais qu'il faut néanmoins continuer de remplir.

19.

"Il y a une prise de conscience essentielle mais très difficile à laquelle il faut bien se résoudre, écrit David Thomson au tout début de la notule consacrée à Cary Grant dans son *Dictionnaire biographique du cinéma*. Difficile, en tout cas, pour de nombreuses personnes qui aiment à penser qu'elles prennent au sérieux l'art du cinéma." Thomson dresse ensuite la liste d'un certain nombre de réussites et de qualités à porter au crédit de Grant avant de révéler en quoi consiste cette prise de conscience : "Il fut le meilleur et plus important acteur de toute l'histoire du cinéma[02]."

Certes, une telle affirmation prête plus le flanc à la polémique que celle selon laquelle Roger est le plus grand joueur de toute l'histoire du tennis, mais elle est moins discutable que celle que j'avancerais au nom de Thomson lui-même, à savoir que son *Dictionnaire* est la grande œuvre littéraire de notre temps. Dès le début, c'était un livre de référence de la plus haute excentricité. "Au fil des années, la conception de ce livre m'a procuré un immense plaisir, écrit-il. Lorsqu'on essaie de dégager une forme dans l'histoire

01 — Larkin, "Aubade", in *La Vie avec un trou dedans*, *op. cit.*, p. 163 et 165.

02 — David Thomson, *The New Biographical Dictionary of Film*, 6e éd., New York, Knopf, 2014, p. 424.

cinématographique, on se trouve pris dans une bataille de chaque instant entre l'érudition et la partialité, propre à suggérer que le savoir est souvent plus biaisé qu'il n'aime à le croire, tandis que les élans d'enthousiasme benêt mènent souvent à de vastes pans de connaissances obscures[01]." Ces lignes sont extraites de la notule consacrée à Shirley MacLaine dans la première édition. L'une des grandes joies des éditions ultérieures, c'est de voir Thomson réviser ses opinions, s'excuser de ses omissions et corriger certaines de ses erreurs les plus flagrantes, même si cela l'amène parfois à les aggraver (comme lorsqu'il réfute l'information "exacte" d'une édition précédente en faveur de la "vérité spirituelle[02]" selon laquelle Chris Marker serait né à Oulan-Bator, en Mongolie). Au fil du temps, ce *Dictionnaire biographique* est devenu une autobiographie en forme de livre de référence, un guide de sa propre composition et révision (ce qui n'est guère surprenant, étant donné que sa première édition remonte à 1975, trois ans après la parution d'une biographie critique de Laurence Sterne par le même Thomson). "J'ai toujours su que, pour moi, ce livre est en partie un moyen de rester loyal à l'écriture face à la séduction presque totale qu'exerce sur moi le cinéma[03]." Cette phrase figure dans la notule consacrée à Raúl Ruiz, apparue pour la première fois dans la quatrième édition. Chaque édition est mise à jour, mais l'ajout le plus important de tous a été introduit dans la troisième, en 1994, avec une notule que Thomson consacre à un ami dont je ne révélerai pas le nom ici parce que je veux que vous la trouviez par vous-même plutôt que de vous faciliter le travail en vous indiquant la référence exacte. Il commence par évoquer sa vie dans les années 1950, raconte comment il a rencontré cet ami sur les marches du National Film Theatre à Londres. Il dresse la liste des quatorze films qu'il a vus en une seule semaine, en 1961, rapporte les discussions cinéphiliques qu'il avait

01 — *Ibid.*, p. 653.
02 — *Ibid.*, p. 672.
03 — *Ibid.*, p. 911.

avec ce nouvel ami et explique comment celles-ci l'ont aidé à "[se] débarrasser peu à peu du bégaiement qui [lui] gâchait la vie depuis toujours[01]". Cette nouvelle éloquence et cette confiance en soi se sont progressivement manifestées à travers l'écriture du livre dans lequel, plusieurs éditions plus tard, nous sont révélées les étapes de sa propre gestation. Et puis, dans le dernier paragraphe, il évoque la maladie et la mort de cet ami. "C'était le meilleur ami que j'aurai jamais, et en un sens j'ai l'impression que le cinéma est fini, maintenant qu'il n'est plus là." Je ne connais aucun passage plus émouvant que celui-ci en littérature. Et il figure dans un livre de référence.

D'autres éditions devaient encore suivre, dont certaines comportaient des notules intéressantes (dans la cinquième, par exemple, quand Thomson s'avise que, "même si ce livre est connu pour sa réticence affichée à l'égard des jeunes et belles actrices[02]", Scarlett Johansson aurait dû figurer dans la quatrième), mais pour l'essentiel il se contentait dorénavant de le mettre à jour, incluant de nouvelles notules – sur Jennifer Lopez, mettons – uniquement parce qu'il avait le sentiment de devoir le faire. Mais il ne retrouvait plus que rarement – c'était quasi impossible, bien sûr – la magie de certains passages tels que celui où il avoue, au milieu de la lettre *D*, être "tiraillé entre son devoir de parler de tout le monde, de Thorold Dickinson à Zinnemann, et le fait pur et simple qu'Angie [Dickinson] est [son] actrice préférée[03]". Une notule consacrée à Ralph Fiennes a fait son entrée dans le livre, respectueuse et témoignant d'un intérêt plutôt tiède, juste après celle sur W. C. Fields, rédigée sous la forme d'une lettre adressée à Wilkie Collins par Dickens (que Fiennes avait incarné dans un film dont il était également le réalisateur), qui était là, pour le coup, dès la première édition. Parfois, Thomson se borne à

01 — Ah non, interdit de tricher ! Comme je vous le disais, je veux que vous alliez chercher par vous-même l'emplacement de cette notule dans le livre.

02 — Thomson, *op. cit.*, p. 531.

03 — *Ibid.*, p. 285.

indiquer la filmographie, que ce soit devant ou derrière la caméra, d'une nouvelle personnalité émergente du cinéma. Je n'irai pas jusqu'à dire que ce dictionnaire a pâti de ces ajouts successifs, d'une édition sur l'autre, mais le fait est que sa grandeur s'est légèrement diluée, amoindrie par le sens scrupuleux du devoir. Et comment aurait-il pu en être autrement, après l'apparition de cette notule cruciale et déchirante dans la troisième édition ?

20.

Gary Peacock est mort aujourd'hui (4 septembre 2020) à l'âge de quatre-vingt-cinq ans. Pendant plus de trente ans, il a tenu la basse dans le trio qu'il formait avec Jack DeJohnette et Jarrett, les Standards. Le 10 juillet 1964, avec le batteur Sunny Murray, il faisait partie du trio mené par Albert Ayler qui a enregistré le mythique album *Spiritual Unity*, avec ses deux versions immortelles de "Ghosts".

21.

"... dans ce monde obscur et vaste[01]."

Enregistré en concert à Dallas en 1987, "Endless" est l'un des nombreux titres où le trio de Jarrett atteint d'incomparables sommets. Par la suite, il est parfois arrivé que les Standards produisent une musique un peu standardisée, marquée par une certaine prévisibilité, quoique de grande qualité. Parallèlement, en fouillant dans le cellier de ses archives, Jarrett ne cessait de tomber sur de vieux disques – en solo, en trio ou en quatuor – qui le sidéraient par la qualité exceptionnelle, transcendante ou quasi divine de tel concert, telle session. Tout cela laissait présager que, contrairement à ce que suggérait le titre d'une anthologie

01 — John Milton, Sonnet 19, "Sur sa cécité".

d'enregistrements solo datant de 1986, *No End* (sortie en 2013), la fin était proche et commençait déjà à se manifester sous la forme de cette rétrospection de plus en plus poussée. Mais *No End* – un disque sur lequel il joue de la guitare électrique, de la basse Fender, de la batterie, des tablas, de la flûte à bec et du piano – est un *double* CD, ce qui indique à quel point cette vie créative avait été abondante, et avec quelle robustesse il continuait de croire en lui.

Et puis, à la fin du mois d'octobre 2020, la nouvelle dévastatrice est tombée. Jarrett avait subi deux attaques cérébrales, en février puis en mai 2018. Après avoir passé deux ans en soins de convalescence, il déclarait être "toujours partiellement paralysé" du côté gauche. Et le *New York Times* de commenter : "Il est peu probable qu'il remonte un jour sur scène." Il n'y aurait donc pas de prolongation à la phase de "redescente", tout compte fait.

L'annonce de la dégradation de l'état de santé de Jarrett coïncida avec la sortie d'un concert solo enregistré à Budapest durant sa dernière tournée, en 2016, qu'il déclara lui-même considérer comme "l'étalon-or" de son art[01].

22.

Quelques instants plus tard, nous étions
soudain debout dans la cuisine
où tu as soudain ouvert une boîte de pâtée pour chat
et moi tout aussi soudainement je t'ai regardée faire[02].

01 — En 1975, Roland Kirk, qui était aveugle depuis l'âge de deux ans, fut lui aussi frappé par une attaque cérébrale qui le laissa partiellement paralysé du côté droit. Ayant appris seul à jouer de plusieurs instruments *en même temps*, il demeura capable de jouer du saxophone à une main. Il continua à se produire sur scène jusqu'à son dernier souffle – jusqu'à ce qu'une deuxième attaque l'emporte au matin du 5 décembre 1977, le lendemain d'un concert à Bloomington, dans l'Indiana.

02 — Billy Collins, "Tension", *Aimless Love : New and Selected Poems*, New York, Random House, 2013, p. 102.

La carrière sur scène de Jarrett n'aurait pas pu se terminer de façon plus soudaine. J'avais moi-même été victime d'une légère attaque cérébrale – qui m'avait fait perdre la vue du côté gauche pendant environ trente-six heures – en 2014, puis j'avais oublié, petit à petit, que la vie peut changer en un instant. On résume souvent tel ou tel roman en disant qu'il se focalise sur le jour ou la nuit qui va "changer à jamais le destin des personnages". Ce genre d'accroche a le don de me dissuader à tous les coups de lire le livre en question. Ce qui est vraiment intéressant, c'est d'observer comment les choses changent de manière non pas dramatique ou soudaine mais *progressive* – au point de rendre ce changement imperceptible. Personne ne l'a mieux formulé que George Oppen lorsqu'il confiait (à Paul Auster) à propos de la vieillesse : "Étrange, ce qui peut arriver à un petit garçon[01] !"

23.

Quand j'avais une petite trentaine d'années, je jouais au squash pendant une heure, une heure et demie, quatre jours par semaine. Je rentrais chez moi, prenais un bain (il n'y avait pas de douche dans mon appartement), avalais un petit gâteau Mr. Kipling Manor House, faisais une sieste, me réveillais frais comme un gardon, me remettais au travail, puis je sortais (dîner, voir un concert, boire, faire la fête, prendre de la drogue). À l'occasion, je recevais un coup de fil d'un ami qui avait réservé un court dans la soirée et dont l'adversaire avait déclaré forfait, sur quoi je me changeais aussitôt et enfourchais de nouveau mon vélo pour retourner sur les courts que j'avais quittés à peine quelques heures plus tôt. Vers le milieu de la trentaine, je me rappelle que je

01 — George Oppen, cité in Paul Auster, *The Paris Review Interviews*, vol. IV, édité par Philip Gourevitch, Édimbourg, Canongate, 2009, p. 328 ; Auster cite également cette phrase dans *L'Invention de la solitude*, traduit de l'américain par Christine Le Bœuf, in *Œuvres romanesques*, vol. I, Actes Sud, 1988, coll. "Thesaurus", p. 163.

pouvais encore disputer une partie de foot pendant quatre-vingt-dix minutes, trois manches de tennis et un match de ping-pong avant d'aller au pub.

Je suis *toujours* cette personne.

24.

Je suis rentré chez moi aujourd'hui, après avoir joué au tennis, dans le même état que d'habitude : totalement lessivé. C'est à peine si j'ai eu la force, après avoir grimpé les marches de mon immeuble avec mon vélo, de prendre une douche (si je m'étais fait couler un bain, je serais sans doute encore dedans à l'heure qu'il est), mettre une poche de glace sur mon bras et mon épaule, rincer mon tee-shirt sale, me préparer une assiette de pâtes et l'engloutir avant de sombrer dans un sommeil profond. Cette partie de tennis a consisté en soixante-dix minutes passées à taper dans la balle sans parvenir à en mettre une dedans, entrecoupée de quelques rapides gorgées de Gatorade environ tous les quarts d'heure, pendant les changements de côté. Après avoir couru pour rattraper un lob et réussi à renvoyer la balle d'un petit coup de poignet, le mouvement de rotation auquel j'ai été contraint a provoqué un vertige ; presque comme si le sang, ou je ne sais quel fluide à l'intérieur de mon cerveau, s'était mis à clapoter violemment contre les parois de mon crâne. Cette sensation était inédite et d'autant plus déconcertante que j'ai toujours eu un style de jeu centré sur les déplacements – c'est pour ça que je déteste jouer en double, parce que j'adore courir. L'essence de ma personnalité – l'idée que je me fais de moi-même –, c'est que je suis un chien. Vous pouvez me lancer la baballe autant de fois que vous voudrez, je continuerai à courir pour aller la chercher, en frétillant de la queue, au comble du bonheur. Il y a eu deux ou trois longs échanges après lesquels j'ai eu du mal à reprendre mon souffle. J'ai réussi à remporter l'un d'eux sur un coup gagnant, mais ça m'a laissé complètement cuit pendant les deux ou trois points suivants.

De retour chez moi, j'ai émergé de ma sieste de plomb pleinement revigoré – c'est-à-dire que j'ai réussi à m'extraire de mon lit, à m'affaler sur le canapé, à étendre les jambes et à passer le reste de la soirée à regarder la télé avant de retourner m'effondrer au lit. À aucun moment il n'a été question de me remettre au travail.

Je suis *progressivement* devenu cette personne.

25.

Accidents et blessures mis à part, notre visage et notre corps changent si lentement qu'il est impossible de remarquer leurs transformations pour ainsi dire en temps réel. Ou peut-être serait-il plus juste de dire que l'expérience de ces transformations, *c'est* le temps lui-même. Dès que nous sortons du royaume du temps corporel, nous entrons dans la dimension impersonnelle non pas du temps mais de l'histoire. 1958, pour moi, est une date qui appartient à l'histoire ; le temps n'a commencé que quelques années plus tard, dans les années 1960, quand j'ai commencé, progressivement, à accéder à la conscience.

C'est de manière progressive que l'on devient plus fort, plus grand (avec quelques pics de croissance soudaine pendant l'adolescence) et plus éloquent. Et puis, beaucoup plus tard, de manière encore plus progressive, on se rend compte qu'on est de plus en plus faible, lent, fragile, et de moins en moins enclin à sortir de chez soi. Mais il est impossible de situer dans le temps ce moment de bascule, *précisément* – et paradoxalement – parce qu'il n'y a *pas* de moment de bascule. Il n'y a que le sentiment, émergeant peu à peu, que les choses ne sont plus telles qu'elles étaient, même si par certains aspects elles demeurent exactement telles qu'elles ont toujours été. Et ce n'est pas comme s'il y avait un pic, un instant bien défini avant lequel tout s'améliore, devient plus fort, et après lequel tout se détériore. Non, certaines parties du corps et du cerveau gagnent sans cesse en force tandis que d'autres sont déjà sur le déclin. Et dans la mesure où ce déclin, même après que les choses ont cessé de s'améliorer de manière générale, n'évolue pas à une cadence uniforme, on peut avoir l'impression que certaines parties, d'un point de vue relatif, continuent de se renforcer alors qu'en réalité elles déclinent déjà, mais de façon plus mesurée.

Depuis environ deux ans, chaque fois que je reste trop longtemps dans un bain brûlant – c'est-à-dire chaque fois que je prends un bain –, je suis pris de vertiges quand je sors de la baignoire, au point que je dois parfois rester assis pendant un moment sur le siège des toilettes, penché en avant, la tête entre les jambes. C'est comme si je m'évanouissais mais sans perdre connaissance. Rien d'inhabituel ou d'inquiétant à cela – c'est le prix à payer en contrepartie de ces longs moments passés à tremper dans l'eau chaude, qui n'en demeurent pas moins revigorants, même s'ils ont pour principal effet de provoquer un état de faiblesse généralisé.

Dernièrement, il m'arrive à l'occasion de ressentir le même genre d'étourdissement, quoique de manière moins prononcée, quand je me lève du canapé. Et j'ai parfois la tête qui tourne quand je me mets debout après avoir travaillé à mon bureau. Sachant que Larkin a célébré son soixante-deuxième anniversaire (son avant-dernier) en écrivant à Kingsley une lettre dans laquelle il mentionne ses "épisodes de vertiges[01]", c'est le genre de chose, à soixante-deux ans, qui mériterait d'être porté à l'attention de mon médecin traitant, mais je préfère attendre la fin de l'épidémie de Covid – même si d'ici là il se peut que je commence à ressentir des vertiges avant même de me lever, *pendant* que je suis assis ou allongé. Autrement dit, il se pourrait que j'aie bientôt la tête qui tourne en permanence – mais comme cela constituerait dès lors mon état habituel, par défaut, d'une certaine façon je n'aurais même plus conscience d'éprouver ces vertiges ; ils seront progressivement devenus le mode de fonctionnement routinier de ma conscience.

Et pourtant, l'expérience du progressif contient en elle-même une part de soudaineté. À la toute dernière page de

01 — Larkin, *Selected Letters*, *op. cit.*, p. 714.

Et rien d'autre de Salter, Bowman prend soudain conscience de quelque chose qui s'est produit de manière si progressive qu'il n'y avait pas prêté attention jusqu'à cet instant. Alors qu'il est en train d'arracher les mauvaises herbes dans son jardin, il baisse les yeux "pour regarder, sous son short de tennis, des jambes qui semblaient être celles d'un vieillard[01]".

26.

Je me sentais comme Bowman quand j'ai recommencé à jouer au tennis après un mois d'arrêt forcé à cause de mes problèmes de genoux. Fin d'après-midi. Un ciel plus bleu qu'il ne l'avait jamais été où que ce soit sur la planète Terre. Après avoir longtemps hésité, je m'étais acheté deux genouillères de protection. Elles étaient si serrées que, la première fois que j'ai marché avec, j'ai eu l'impression qu'on venait de me transplanter les deux jambes d'un donneur athlétique qui avait la moitié de mon âge et qui était mi-homme mi-gazelle. Mes genoux me procuraient les mêmes sensations que les nouvelles chaussures de course Vaporfly : ils étaient souples et spongieux, élastiques et puissants, comme si on les avait enveloppés de plusieurs couches flambant neuves de muscles renforcés. Je ne crois pas avoir jamais ressenti un tel bonheur sur un court de tennis. Le ciel a commencé à rosir et le soleil à s'affaisser derrière l'horizon au-dessus de l'océan, mais moi, je ne trahissais aucun signe d'affaissement.

"J'ai bénéficié d'un soutien incroyable", ai-je déclaré dans mon discours d'après-match, la voix étranglée d'émotion.

J'étais tellement enchanté par ces genouillères que j'ai passé la matinée du lendemain à faire de plus amples recherches. Il existe quantité de dispositifs de soutien orthopédique, pour toutes les parties possibles et imaginables du corps – même pour les fléchisseurs de hanche. La seule chose qui n'existe pas, c'est un dispositif qui soutiendrait l'ensemble du corps, quelque chose qui ressemblerait à une

01 — Salter, *op. cit.*, p. 364.

combinaison de plongée et qui assurerait le maintien de la moindre articulation, du moindre point sensible. Comme la vie s'en trouverait améliorée ! Cela dit, cette combinaison existe bel et bien, j'imagine : elle a pour nom yoga ou Pilates, et elle recouvre l'intégralité de votre frêle squelette d'une fine couche de muscles harmonieux et extensibles à souhait sous une peau luisante et sexuellement irrésistible. Disponible dans de nombreux endroits en Californie, pour ne pas dire universellement, cette forme d'équipement corporel n'est toutefois pas éligible à l'achat en un clic ou dans les boutiques de prêt-à-porter et ne peut être acquise et atteinte qu'à force de patience pendant de nombreuses années.

Ces genouillères entrent dans le cadre d'un projet de plus grande envergure. Ce n'est pas simplement que j'espère pouvoir continuer à jouer au tennis ; j'*investis* dans cet espoir en accumulant équipements et accessoires de toutes sortes – balles, grips, chaussures (Asics), chaussettes (Falke), raquettes –, poussé par le raisonnement suivant : dans la mesure où la pingrerie sans bornes de mon paternel constitue une bonne partie de mon héritage génétique, la seule idée que tout ce barda puisse être laissé dans un coin à prendre la poussière incitera ce pauvre *corpus* qui est le mien à tout faire pour continuer de mener un semblant d'existence tennistique alors même qu'il manifeste à cet égard une réticence chaque jour un peu plus farouche.

27.

Rares sont les œuvres musicales qui changent de manière plus progressive ou subtile que *The Disintegration Loops* de William Basinski. Dans la première de ces variations, une mélodie très simple, d'une durée d'environ six secondes, est répétée en boucle. On dirait l'enregistrement d'un orchestre de cuivres mélancoliques, auquel restent accrochés des morceaux du passé dont il a été exhumé. Avec un peu de réverbération et d'autres effets d'une infime subtilité, la boucle continue de se dérouler mais, au fur et à mesure, la qualité du son se détériore lentement et imperceptiblement. Au bout d'une cinquantaine de minutes, on ne distingue presque plus la mélodie, qui continue toutefois de résister vaillamment tandis que nous nous raccrochons à sa beauté résiduelle. À la fin, il en reste si peu que ce que nous entendons est presque impossible à distinguer du souvenir de ce qui s'est gravé dans notre esprit au cours des cinquante minutes précédentes.

Ces boucles ont été créées en partie de manière accidentelle, alors que Basinski était en train de numériser de vieilles boucles de musique d'ambiance enregistrées sur bande magnétique. À mesure que la bande défilait, des petits bouts de métal ont commencé à se détacher, si bien qu'elle se détériorait physiquement un peu plus à chacun de ses passages sur la tête de lecture. Les boucles constituent le souvenir auditif ou la trace documentaire de ce processus. “C'était presque comme si le cœur de cette mélodie essayait de tenir bon jusqu'à la fin”, selon Basinski lui-même. La détérioration ou la perte de qualité de ces quelques secondes de mélodie répétée à l'infini est contrebalancée par la façon dont l'artiste les laisse s'étendre dans le temps, de sorte que la boucle fermée acquiert la dimension d'une sorte de récit capté au cours de sa propre consumation à la fois passive et active. Adorno décelait quelque chose de similaire dans le style tardif de Beethoven : “une sorte de tendance à la dissociation, à la désintégration, à la dissolution ; non pas au sens où le procédé compositionnel ne parviendrait plus à faire tenir les choses ensemble : la dissociation et la désintégration deviennent elles-mêmes des moyens artistiques[01]”.

Chaque moment ajouté de ce qui a survécu de la bande magnétique représente également un nouveau palier dans le processus d'autodestruction. Les derniers instants sont présents de manière latente dans le premier, et le résidu de ce premier moment est toujours là, même à l'approche

01 — Theodor Adorno, *Beethoven, une philosophie de la musique*, traduit de l'allemand par Sacha Zilberfarb (avec le concours de Jacques-Olivier Bégot), Rue d'Ulm, 2020, p. 261.

de son extinction totale. Il y a vers la fin, à moins que je ne m'abuse, une accélération progressive de la décomposition, correspondant à la désintégration de plus en plus rapide de la bande magnétique. On pourrait comparer ce processus à la façon dont un rouleau de papier toilette se dévide plus vite vers la fin (parce qu'il y a de moins en moins de papier à chaque tour complet du rouleau – à peine une demi-feuille à la toute fin, contre deux au début – à mesure que son épaisseur se réduit et se rapproche de la circonférence étroite du tube vide en carton au centre[01]). Ou encore, pour employer une comparaison un tantinet moins triviale, c'est comme l'accélération du temps dont nous faisons l'expérience à mesure que nous vieillissons, chaque année qui passe représentant une proportion de plus en plus réduite du temps qu'il nous reste à vivre. Le rythme de la décomposition s'accélère dans *The Disintegration Loops* tandis que le temps – la pulsation presque imperceptible de la musique, la durée de la boucle – demeure constant. Ce qui *augmente*, c'est l'intervalle entre les fragments que nous pouvons toujours reconnaître comme étant de la musique.

Ces boucles se chargèrent d'un poids narratif supplémentaire, peu de temps après leur composition, le jour où Basinski, installé sur le toit de son immeuble à Brooklyn en compagnie de quelques amis, regarda et filma les tours en train de brûler puis de s'effondrer au son de cette musique.

01 — Il est particulièrement déprimant, lorsqu'on va aux toilettes, de découvrir le tube en carton entièrement dépouillé de ses feuilles, hormis quelques lambeaux de papier qui continuent de s'y accrocher. Il s'agit là bien entendu d'un problème d'ordre purement pratique – y a plus de papier ! – mais la seule vision de ce tube dénudé, même si nous savons qu'il y a d'autres rouleaux rangés dans le placard de la salle de bains (juste à côté des flacons de shampooing volé), est atroce. C'est comme un augure de la disparition de la vie elle-même, l'image de ce à quoi l'existence finira un jour ou l'autre par se réduire. Cela tient peut-être au contraste entre le papier doux et blanc et le carton beige et rugueux : une vision domestique de l'extinction et de l'épuisement. Inutile d'en rajouter sur ce sujet, mais je tenais à souligner combien le choc que nous éprouvons alors est excessif en regard de la simple réalité pratique et esthétique.

Un photogramme des tours en feu a été utilisé pour illustrer la couverture de l'album, et une version orchestrale de cette œuvre a été jouée à l'occasion du dixième anniversaire du 11-Septembre.

28.

Nous étions à Londres pendant la journée – et la nuit – la plus chaude de l'année, assis sur notre terrasse, et nous écoutions la première de ces “boucles de désintégration”. Le ciel était encore éclairé par la lueur d'un crépuscule dont on avait l'impression – les nuits étant si courtes – qu'il aurait pu se prolonger jusqu'aux premières lueurs de l'aube. À l'est, la tour Trellick était illuminée, d'une beauté sévère – quoique pas aussi somptueuse qu'elle l'avait été quelques semaines plus tôt, le soir où la tour de service avait été baignée de lumières vertes pour commémorer l'incendie de la tour Grenfell (également visible, par-delà les toits, légèrement à l'ouest et au sud de l'endroit où nous nous trouvions). Des traînées de condensation laissées par le passage des avions striaient la pénombre. Un fin croissant de lune entaillait le ciel telle une faucille, cerné par un léger halo. Nous avions accroché des guirlandes lumineuses rouges sur le conduit de cheminée : ambiance magique et vaporeuse. Des années plus tôt, j'avais peint ce conduit de cheminée en violet hippy ; les lumières des guirlandes lui donnaient à présent une teinte lie-de-vin. On se serait cru dans une boîte de nuit ou un bar à l'atmosphère feutrée, où l'on ne servait pas d'alcool et où il n'y avait que deux clients qui se trouvaient également être des employés de l'établissement. À mesure que la nuit s'assombrissait, le rougeoiement des guirlandes était de plus en plus intense – mais toujours aussi doux. Les boucles musicales se déroulaient et continuaient de progresser – tout en se détériorant – vers leur propre consumation. J'avais une petite soixantaine d'années et je portais un short et un tee-shirt.

C'est exactement le genre de scène que j'écrivais autrefois, que je créais, ou recréais, sur un ton lyrique et romantique. Avec le temps, tout cela a diminué, s'est désintégré – à la fois ces expériences vécues et ma capacité à les décrire. Ce qui reste, ce sont les faits. Il n'y avait pas d'étoiles.

29.

Être allongé sur le dos, sur un banc, dans un jardin en Toscane, et lever les yeux vers les étoiles en écoutant le quatuor à cordes en *la* mineur, opus 132, de Beethoven...

Nous étions arrivés par le train de nuit en provenance de Vienne, où, peut-être toujours sous l'influence résiduelle de cette conversation entre Ginsberg et Dylan à propos des sépultures, nous avions pris le tram pour aller sur la tombe de Beethoven au cimetière Zentralfriedhof. Elle était signalée par un énorme obélisque ou je ne sais quoi, et il était tout de suite apparu évident qu'elle ne présentait strictement aucun intérêt. Même si Schubert reposait là lui aussi, dans le caveau voisin, il ne se dégageait aucune puissance de cet endroit. Autrefois, je mettais un point d'honneur à visiter certaines tombes – celle de Joseph Brodsky à Venise, celle de Jim Morrison au Père-Lachaise, celle de Jean Rhys dans le Devon –, et si d'aventure je me trouvais dans les parages de la sépulture d'une personnalité dont la vie ou l'œuvre avait eu une grande importance pour moi, j'allais évidemment m'y recueillir, mais ce jour-là, je me suis juré que c'était bien la dernière fois que je me donnais cette peine. Nous étions restés moins de cinq minutes avant de remonter à bord du tram puis, quelques jours plus tard, à bord du train de nuit pour Chiusi, où nous avions raté notre arrêt. Nous avions énormément de bagages, aucun signe nulle part de l'employé de la compagnie ferroviaire en charge d'aider les passagers dans notre voiture, et impossible d'ouvrir la porte. Le train s'était à peine arrêté, il n'était resté à quai que quelques secondes avant de repartir, si bien que nous avions dû poursuivre notre voyage jusqu'à Orvieto, qui n'était situé qu'à vingt minutes de Chiusi, mais le prochain train n'arriverait que deux heures et demie plus tard. C'était un dimanche à huit heures du matin, il n'y avait pas de taxis, et je fulminais, bouillonnant d'une telle haine envers le monde entier, avais-je dit à ma femme, que j'étais prêt à me fracasser la tête contre la vitrine de la minable cafétéria de la gare et à me trancher la gorge avec les bris de verre. Je le pensais sincèrement, au demeurant, mais le temps était passé (assez vite) et nous étions montés dans le train à destination de Chiusi en transbahutant tout notre bahut. À Chiusi, il y avait des taxis partout, et une demi-heure plus tard nous dégustions le petit déjeuner que nous aurions dû déguster trois heures plus tôt dans l'hôtel-boutique niché au cœur de la campagne toscane où nous étions déjà descendus lors d'un précédent séjour, douze ans auparavant, et où, cette fois, j'ai fini par me retrouver allongé dans un jardin, en train d'écouter le mouvement lent de l'opus 132.

30.

Le quatuor à cordes en *la* mineur fut composé entre février et juillet 1825, avec une interruption de un mois, en avril, pendant lequel Beethoven dut rester alité en raison de graves douleurs abdominales. D'un point de vue nietzschéen, ces souffrances furent une bénédiction, puisqu'elles furent à l'origine du mouvement lent, avec son sous-titre explicatif à rallonge : "*Heiliger Dankgesang eines Genesenen an die Gottheit, in der lydischen Tonart*" ("Chant sacré de gratitude d'un convalescent à la Divinité, dans le mode lydien"). C'est peut-être ce qui est marqué sur l'emballage, mais ce n'est pas ce que j'entends. "Tourné vers l'intérieur, comme vers le lointain[01]" : c'est ainsi que Lou Salomé décrivait le regard

01 — Lou Salomé, citée in Ronald Hayman, *Nietzsche : A Critical Life*, Londres, Weidenfeld & Nicolson, 1980, p. 245.

singulier de Nietzsche, et c'est cela que j'entends, une forme d'adieu à la fois intérieur et d'une ampleur cosmique.

31.

Un autre mouvement lent, extrait d'un quatuor composé durant la deuxième moitié de l'année 1825 – la cavatine de l'opus 130 –, figure parmi les morceaux de musique compilés sur les Disques d'Or envoyés dans l'espace au moment du lancement des sondes *Voyager* en 1977. Je me rappelle mon émotion en 2012, quand il a été confirmé que *Voyager 1* était entrée dans l'espace interstellaire. Dans *En route vers l'infini*, un documentaire consacré à cette mission spatiale, une membre de l'équipe de la NASA raconte qu'elle a fondu en larmes en apprenant que cet objet de fabrication humaine avait franchi l'héliosphère. Mon ami John Wray ne comprenait pas pourquoi on en faisait tout un foin, puisque cela signifiait qu'il n'arriverait désormais plus jamais rien d'intéressant à la sonde *Voyager*. Ce qui est peut-être précisément la raison pour laquelle tant d'entre nous étions si émus.

32.

Quel est le rapport entre cette image de *Voyager* disparaissant aux confins de l'Univers et la présentation du mouvement lent de l'opus 132 par Beethoven lui-même comme l'expérience d'un convalescent ?

Frappé par la conscience aiguë d'avoir *recouvré* la santé, le convalescent se réjouit du retour progressif de ses forces, qui l'emplit "de la foi ranimée en un demain et un après-demain, du brusque sentiment et pressentiment d'avenir, de proches aventures, d'un grand large de nouveau offert[01]". Ces mots sont de Nietzsche, lequel, confronté à de fréquents

01 — Nietzsche, *Le Gai Savoir*, *op. cit.*, p. 36.

problèmes de santé, passa toute sa vie, comme Lawrence, dans un état perpétuellement renouvelé de convalescence – et de rechute[01]. Si le retour à la santé est envisagé comme un prélude à de possibles nouvelles aventures, pourquoi ce chant de gratitude a-t-il une tonalité à ce point *élégiaque* ? Si l'on part du principe que le compositeur ne saurait porter sur l'expérience de sa maladie un regard rétrospectif empreint de tendresse, l'œuvre devient dès lors une élégie en prévision de la délivrance ultime, de l'adieu définitif à la myriade de contrariétés – dont Beethoven tenait scrupuleusement le registre et se plaignait si souvent – auxquelles nous expose le simple fait d'être vivant, d'être au monde. Se pourrait-il que Beethoven exprime sa gratitude par anticipation – et désir – du moment où plus rien d'intéressant ne lui arrivera ? La musique s'efforce de s'arracher aux lois de sa propre gravitation – une force précisément créée, en partie, par cet effort – afin d'atteindre à un état de pure apesanteur.

Deux éléments alternent au sein du "*Heiliger*" : l'hymne lent (ou choral), et une danse pleine d'entrain, signalée par l'indication "*Neue Kraft fühlend*" ("avec un sentiment de force renouvelée"). Nous entendons le retour du choral, de plus en plus faible, mais aussi de plus en plus insistant. À la fin, ce n'est presque plus qu'une réminiscence de la manière dont il a pris forme, de sa propre origine. Le motif de la danse qu'on entend en alternance revient également à plusieurs reprises, mais ses prétentions à attirer notre attention diminuent un peu plus à chaque récurrence ; sa force revendiquée *s'affaiblit*. Dans le choral, les souvenirs

01 — C'est à Larkin, naturellement, que revient la palme légèrement fanée de la guérison la moins enviable. "Ma convalescence à la maison est présentement égayée par ma re-relecture de *La Danse de la vie humaine*. C'est bien simple, je le dévore, et mon seul regret est qu'il soit trop court." C'est du moins ce qu'il écrit à Powell le 7 août 1985. Trois jours plus tard, il confie dans une lettre à John Wain que cette re-relecture n'a fait que "[le] renforcer dans [sa] conviction antérieure, à savoir que cette œuvre s'égare après les volumes consacrés à la période de la guerre, et qu'à la fin elle verse carrément dans la démence". (Philip Larkin, *Selected Letters*, *op. cit.*, p. 746-747.)

– de *tout* ce qui est arrivé – se révèlent de plus en plus difficiles à laisser derrière soi, alors même qu'ils sont en train de s'effacer. C'est un chant de gratitude adressé à tout ce qui *a été*.

33.

Je ne suis pas le seul (pour reprendre un motif du mouvement shampooing-et-serviettes du présent ouvrage) à entendre la musique de cette façon ; ce n'est pas une simple déficience de ma part. "La gratitude, chez Beethoven, est toujours apparentée à la prise de congé[01]", note Adorno dans son livre inachevé sur Beethoven. Pour Rebecca West, Beethoven "consignait ce qui se passe après qu'il s'est passé quelque chose, ce en quoi consiste la vie après qu'elle a été vécue[02]". Et dans *Beethoven pour un autre temps*, Edward Dusinberre, premier violon du quatuor Takács, explique que la "*Neue Kraft*", ou la partie dansante du "*Heiliger*", se sape elle-même parce que, à cause de la répétition, sa "force n'est plus renouvelée". À mesure que l'œuvre se déploie, le caractère de chacune des sections semble "de plus en plus provisoire, la rhétorique de la guérison et de la nouvelle force ouverte à la remise en question"[03].

Ravi de pouvoir m'appuyer sur le soutien d'un musicien, j'ai été heureux de remarquer que Dusinberre, quelques pages plus loin, s'appuyait lui-même sur celui d'un écrivain, Aldous Huxley. Dans son roman *Contrepoint* (1928), Maurice Spandrell invite Mark Rampion (personnage directement inspiré par Lawrence) et sa femme à écouter un enregistrement de l'opus 132. Avec un entêtement typiquement lawrencien, Rampion est déterminé à résister aux charmes et aux pouvoirs de consolation de la musique, mais Spandrell,

01 — Adorno, *Beethoven*, op. cit, p. 246.
02 — Rebecca West, *The Essential Rebecca West*, Harmondsworth, Penguin, 1983, p. 378.
03 — Edward Dusinberre, *Beethoven for a Later Age*, Londres, Faber&Faber, 2016, p. 190.

qui a planifié cet épisode comme le prélude aux derniers instants de sa vie, entend pour sa part

> *la sérénité du convalescent qui se réveille de sa fièvre et se trouve renaître en un monde de beauté. Mais la fièvre, c'était "cette fièvre qu'on appelle la vie", et la renaissance n'était point en ce monde-ci ; cette beauté était extra-terrestre ; la sérénité convalescente, c'était la paix de Dieu. La combinaison des trames de mélodies lydiennes, c'était le ciel*[01].

Le mouvement répété d'effacement et de retour – si insistant que même l'effacement final de l'hymne porte encore en lui la possibilité d'un nouveau retour – m'incite moi-même à retourner, une fois de plus, à *La Nef de mort* de Lawrence :

> *Et tout a disparu, le corps a sombré,*
> *il s'est abîmé, a disparu, totalement disparu.*
> *Les ténèbres d'en haut pèsent sur celles d'en bas,*
> *et, entre elles, la petite nef*
> *a disparu*
> *elle a disparu.*
>
> *C'est la fin, c'est l'oubli.*

Le poème, rappelons-le, ne se termine pas là mais continue avec "l'aurore cruelle du retour à la vie, / hors de l'oubli".

Toutes ces tensions se font sentir dans la sérénité de l'adagio. Qu'y a-t-il de plus beethovénien, après tout, que la tension dans la sérénité et la sérénité dans la tension ?

01 — Aldous Huxley, *Contrepoint*, traduit de l'anglais par Jules Castier, Les Belles Lettres, 2023, p. 625.

34.

Telle est la toile de fond de l'expérience que j'ai vécue ce jour-là, en écoutant l'adagio dans mon casque, allongé sur un banc en Toscane, les yeux levés vers le ciel parsemé d'étoiles, conscient du léger trouble causé par la pollution lumineuse, d'une légère brume nuageuse, du léger inconfort que j'éprouvais à être allongé ainsi, d'une légère sensation de froid, de la distraction provoquée par la tentation de retourner à l'hôtel chercher un pull et un oreiller afin de me débarrasser de l'obstacle du moi – de la conscience corporelle – qui obstruait la vision des étoiles. Me trottaient également à l'esprit d'autres mots de Lawrence, ceux de *Crépuscule sur l'Italie* sur la façon dont "nous concevons les étoiles. On nous dit que ce sont d'autres mondes. Mais, groupées ou solitaires, les étoiles sont les clartés de notre ciel nocturne[01]".

Se pourrait-il que les étoiles apparaissent toujours ainsi – non pas comme le défunt souvenir d'elles-mêmes, mais comme le vivant souvenir de notre monde – même vues d'en haut, depuis l'espace lui-même ?

35.

Il ne peut pas y avoir de dieux, plaisantait Nietzsche dans *Zarathoustra*. Autrement, comment aurait-il pu souffrir de ne pas en être un lui-même ? Beethoven, qui était croyant, "traitait Dieu en égal". En 1798, il déclarait, du ton bravache et protonietzschéen d'un jeune homme qui n'a pas encore soufflé ses trente bougies : "La force est la morale de ceux qui se distinguent du reste de leurs semblables[02]."

Compte tenu de ces signes de connivence, il paraît étrange que Nietzsche ait si peu écrit sur Beethoven, que

01 — D. H. Lawrence, *Crépuscule sur l'Italie*, traduit de l'anglais par André Belamich, Gallimard, 1954, p. 39.

02 — *Beethoven : Letters, Journals and Conversations*, édité par Michael Hamburger, New York, Anchor, 1960, p. XIII et 10.

ce compositeur n'ait pas occupé une plus grande place dans ses réflexions. Cela s'explique sans doute en partie par le fait que Nietzsche, pendant très longtemps, fut tellement obnubilé par Wagner qu'il n'y avait pas la moindre place dans son esprit pour d'autres musiciens. Et ce "pendant très longtemps" pourrait tout aussi bien être remplacé par "l'intégralité de sa vie adulte", puisque même après leur violente rupture, Nietzsche n'a jamais douté que la période la plus heureuse de son existence était celle où il avait été accueilli dans le cercle restreint des proches du compositeur à Tribschen puis, beaucoup plus brièvement, à Bayreuth. Cette époque était révolue, mais Nietzsche parvint à en conserver le souvenir vivant, fût-ce de manière négative, en revenant sans cesse, sous des formes diverses et variées, sur les raisons de cette rupture (sans jamais mentionner cependant ce qui était peut-être le facteur le plus important de tous, ce qu'il appelait en privé "l'offense mortelle[01]" que lui avait faite Wagner en affirmant que les problèmes oculaires chroniques du philosophe étaient une conséquence de son onanisme compulsif). Cela rappelle la chanson dans laquelle Dylan ne cesse de dresser la liste des nombreuses preuves attestant qu'il s'est remis de sa rupture avec une certaine jeune femme (dont le nom n'est jamais cité), à tel point qu'il ne pense même plus à elle – "la plupart du temps". Nietzsche devait envisager son existence comme une entreprise visant à surmonter les épreuves, à *vaincre* – sa philosophie tout entière en dépendait. Comme il l'écrit dans l'avant-propos du *Cas Wagner* : "Tourner le dos à Wagner, ce fut une fatalité pour moi ; aimer quelque chose ensuite, une victoire." Ce qu'il aima ensuite, ce fut Bizet, et *Carmen* en particulier. Ce n'était pas, concède-t-il, "par pure méchanceté" – même si ce jugement n'était pas exempt de moquerie – qu'il louait Bizet "aux dépens de Wagner". Il fallait qu'il passe à autre chose, pour montrer qu'il y avait

01 — Cité in Martin Gregor-Dellin, *Richard Wagner*, traduit de l'allemand par Odile Demange, Jean-Jacques Becquet, Élisabeth Bouillon et Pierre Cadiot, Fayard, 1991, p. 734.

encore de la musique et de la vie après la fin de la période étourdissante pendant laquelle il s'était "mêlé à la 'wagnérie'" de manière obsessionnelle. Il fallait qu'il rompe non seulement avec Wagner mais avec la part de lui-même qui s'était laissé séduire à ce point par Wagner. Cela exigeait une grande discipline – "prendre parti contre tout ce qu'il y a de malade en moi" –, laquelle s'inscrivait dans le plus vaste projet exigé de tout philosophe : "Vaincre son temps et se mettre 'en dehors du temps'." Wagner, à cet égard, "n'appart[enait] qu'à [ses] maladies" et ne constituait qu'un prélude à la "*guérison*" qui fut le "plus grand événement de [sa] vie"[01].

On retrouve là une fugace expression de quelque chose qui s'apparente à la guérison et à l'adieu de Beethoven dans le "*Heiliger*", où la force du bonheur envolé est d'autant plus puissamment ressentie qu'il est abjuré avec insistance. Mais alors que Beethoven adressait ses remerciements à la divinité, pour Nietzsche, une telle attitude n'aurait été qu'un symptôme supplémentaire de la maladie : le signe non pas d'une délivrance mais d'un asservissement plus insidieux. Nietzsche ne pouvait plus s'adresser qu'à lui-même, exprimer la gratitude dont il était redevable non pas au Créateur mais à chacun des aspects de sa propre vie, *y compris* le rôle qu'y avait joué Wagner, dans la mesure où l'on pouvait entendre dans cette musique, à condition de l'écouter avec suffisamment d'attention – voire de dévotion –, cela même qui pointait vers la nécessité de lui tourner le dos. Et il y a plus encore – plus encore *de la même chose.*

Rien n'est plus crucial dans la pensée de Nietzsche que son rejet de toute possibilité de soulagement et de délivrance. Paradoxalement, le meilleur moyen pour comprendre son idée de l'Éternel Retour est de l'envisager comme le

01 — Nietzsche, *Le Cas Wagner*, traduit de l'allemand par Henri Albert, in *Œuvres*, *op. cit.*, p. 977-978. Stefan Zweig, quoique tout acquis à la cause de Nietzsche, tempère cette dernière affirmation et considère pour sa part que Wagner avait ouvert chez le philosophe "une plaie béante et presque mortelle, [...] qui jamais ne se fermera ni ne se cicatrisera complètement". (Zweig, *op. cit.*, p. 85.)

contraire exact de la répétition sans fin. Elle insiste bien sur le fait que nous revivrons *cette* vie, encore et encore, sans la moindre variation, écartant ainsi toute possibilité d'aménagement, d'apaisement ou de changement. Concrètement, cela se traduisait pour lui-même par la perspective de longues années d'errance et de solitude quasi totale. Une mauvaise santé chronique, des espoirs amoureux sans cesse déçus, des tensions et des querelles avec sa famille – tels seraient les fondamentaux de son existence. Cela vaut également en grande partie pour Beethoven, dont les rapports problématiques avec son neveu, Karl, l'accablèrent sous le poids d'une angoisse quotidienne plus encore que ceux de Nietzsche avec sa sœur. (L'ampleur cosmologique apparente de l'Éternel Retour, il faut le souligner, met à rude épreuve la vie et les petites habitudes de tous les jours.) Il y a de nombreuses différences entre les deux hommes, bien entendu. Beethoven n'aimait rien tant que le tumulte des débauches paillardes et généreusement arrosées auxquelles il se livrait avec ses amis – même si ces moments de franche rigolade avaient quelque chose d'un peu bancal, puisque en raison de sa surdité ses compagnons de réjouissances étaient obligés de coucher par écrit leurs reparties. Nietzsche, quant à lui, qui éprouvait la plus vive répugnance à l'égard de toute manifestation de vulgarité avinée chez ses compatriotes, faisait déjà figure de drôle d'énergumène même pendant les jours heureux du petit cénacle de Tribschen. “Dieu : Nietzsche !” écrivait Cosima à Richard Strauss, en 1901, cinq ans après que ce dernier eut composé *Also sprach Zarathustra* en hommage au philosophe. “Si vous l'aviez connu ! Il ne riait jamais et semblait toujours surpris de notre humour. De plus, si myope qu'il en était presque infirme ; ce malheureux oiseau de nuit se cognait à tous les angles ! Le voir présenter comme un prédicateur du rire me laisse quelque peu perplexe !”[01]

La myopie de Nietzsche n'était pour ainsi dire rien comparée à la surdité dont souffrait Beethoven. Se trouver

01 — Cosima Wagner, citée in Gregor-Dellin, *op. cit.*, p. 618.

incapable de lire fut, affirme-t-il dans *Ecce Homo*, l'une des choses qui rendirent possible sa transition de professeur de philologie à écrivain et, à ce titre, c'était pour lui un motif non pas de regret mais de gratitude : "Je ne lus plus rien des années durant – le *plus grand* bienfait que je me sois jamais accordé[01] !" Pour Beethoven, la seule consolation ou rédemption était la possibilité que sa surdité lui permette de concevoir une musique plus complexe que celle qu'il aurait jamais été capable d'entendre.

Il y a toutefois un aspect essentiel au regard duquel le sort de Nietzsche fut beaucoup plus difficile à endurer que celui de Beethoven. Ce dernier fut honoré, reconnu et révéré comme le plus grand compositeur de Vienne et, par extension, de toute l'Europe et du monde entier. Jusqu'à la fin de sa vie (avant qu'il ne sombre dans la démence), l'échec critique et commercial de Nietzsche en tant qu'écrivain et penseur fut total. Il avait une compréhension inouïe du monde, de son époque et de sa propre personne – Freud disait qu'il "avait de lui-même une plus pénétrante connaissance que tout homme ayant déjà vécu ou devant vivre un jour futur[02]" –, et pourtant chacun de ses livres, après les *Considérations intempestives*, non seulement se vendit très mal mais n'eut pas le moindre écho, ce qui était incompréhensible. Wagner, sujet de la dernière de ces quatre "considérations", n'avait pas tort lorsqu'il prétendait, non sans quelque perfidie, que "les gens ne lisent Nietzsche que dans la mesure où il soutient notre cause[03]". (Et même, aurait pu ajouter Wagner par la suite, lorsqu'il cherche à la saper, car ce n'est qu'avec la parution du *Cas Wagner* – "un panégyrique, avec un simple changement de signe[04]", comme disait Thomas Mann – qu'un livre de Nietzsche

01 — Nietzsche, *Ecce Homo*, *op. cit.*, p. 1260.

02 — Ernest Jones, *La Vie et l'Œuvre de Sigmund Freud*, vol. II, traduit de l'anglais par Anne Berman, PUF, 1988, p. 365.

03 — Cité in Roger Hollinrake, *Nietzsche, Wagner, and the Philosophy of Pessimism*, Londres, George Allen & Unwin, 1982, p. 255.

04 — Thomas Mann, *Souffrances et grandeur de Wagner*, traduit de l'allemand par Félix Bertaux, Fayard, 1933, p. 52.

reçut enfin ne fût-ce qu'une fraction de l'attention qu'il désirait si avidement.) Étant donné qu'il tenait lui-même son *Zarathoustra* pour "le plus grand cadeau qu'on ait jamais fait à l'humanité jusqu'à présent[01]", le silence qui accueillit sa publication fut, écrit-il, "une expérience dévastatrice qui peut détruire le plus fort des hommes ; elle m'a libéré de toutes mes attaches avec les vivants[02]". Dans un moment de lucidité, Beethoven avoua un jour que, en dehors de la musique, il faisait tout de travers et de manière stupide. Mais la musique rachetait tout.

Chaque nouvel opus de l'œuvre de Nietzsche creusait un peu plus l'écart entre le monde et lui. Il se proposait de refaire ce monde, mais il en était réduit par ailleurs, semblait-il, à écrire uniquement pour lui-même. "Ce livre, annonce-t-il dans l'avant-propos de *L'Antéchrist*, est pour les très rares élus. Peut-être même n'en existe-t-il plus aucun[03]." Au violoniste Felix Radicati qui lui demandait s'il pensait vraiment que les quatuors opus 59 étaient de la musique, Beethoven répondit d'un ton badin : "Oh, ils ne sont pas pour vous, mais pour une autre époque[04] !" Affirmation qui semble parfaitement plausible et sensée. En 1888, Nietzsche avait pris conscience que "l'une des idées essentielles de la vie [s'était] éteinte en [lui], l'idée de l'avenir[05]". Et pourtant, il "[allait] parmi les hommes comme parmi des fragments de l'avenir : cet avenir que je vois[06]". À cet égard, il voyait tout aussi juste que Beethoven, mais quiconque l'aurait écouté faire de telles déclarations l'aurait pris pour un esprit dérangé. Mais personne ne l'écoutait. Si Beethoven avait écrit une autobiographie comportant

01 — Nietzsche, *Ecce Homo*, *op. cit.*, p. 1205.
02 — Nietzsche, cité in Hollinrake, *op. cit.*, p. 1.
03 — Nietzsche, *L'Antéchrist*, traduit de l'allemand par Éric Blondel, in *Œuvres*, *op. cit.*, p. 1127.
04 — Cité in Lewis Lockwood, *Beethoven : The Music and the Life*, New York, Norton, 2005, p. 312.
05 — Nietzsche, cité in Chamberlain, *op. cit.*, p. 127.
06 — Nietzsche (se citant lui-même dans *Zarathoustra*), in *Ecce Homo*, *op. cit.*, p. 1276.

un chapitre intitulé “Pourquoi je compose de si bonnes symphonies”, personne n’aurait trouvé à y redire – et tout le monde aurait eu hâte de connaître son explication. Pour Nietzsche, qui alla encore plus loin (“Pourquoi je suis un destin”), c’était une sorte de blague – la blague d’un fou furieux. Même en faisant abstraction des causes physiques de sa démence – que ce soit la syphilis, comme on le crut pendant longtemps, ou, selon une conjecture plus récente, un méningiome du nerf optique droit –, tout, dans les circonstances de la vie de Nietzsche, conspirait à le mener droit vers la folie. Il était cruellement conscient de la divergence entre la valeur qu’il attribuait à son propre travail et la considération – ou plutôt *l’absence* quasi totale de considération – que lui accordait le monde en général. Un écrivain, ou n’importe quel artiste, dans quelque domaine que ce soit, doit pouvoir conserver un certain degré de confiance en soi pour continuer d’œuvrer, mais il éprouve toujours la crainte, en raison de ce genre d’écart dans le jugement de valeur, d’être un mégalomane ou un malade mental. Dans le cas de Nietzsche, la solution à ce problème fut de pousser plus loin encore l’idée grandiose qu’il se faisait de l’importance sans précédent de ses livres afin d’expliquer leur insuccès. L’indifférence réservée à son œuvre était un symptôme parmi d’autres de la dimension pathologique qu’avait fini par prendre la nécessité de la poursuivre : une stratégie sensée, qui semblait la énième manifestation d’un esprit insensé.

36.

Il y a quelques années, j’ai eu l’idée d’un livre centré sur trois personnages, un peu dans la veine de la trilogie des “Grands Maîtres” de Stefan Zweig dont chaque volume s’intéresse à un trio. Deux de ces trois personnages seraient Turner et Beethoven. Du point de vue chronologique, ils étaient presque contemporains, leurs carrières se recoupaient (Beethoven est mort en 1827 à l’âge de cinquante-six ans ; Turner en avait alors cinquante et un), et j'avais été frappé de m'apercevoir que de nombreux traits du peintre auraient pu être appliqués au compositeur, et vice versa. "Que tout ce qu'on nomme la vie soit sacrifié à l'Art sublime[01] !" avait décrété Beethoven en 1815. "Aussi fit-il un choix très simple, écrit Franny Moyle dans sa biographie de Turner. Il décida que son Art serait l'unique but de sa vie. La vie domestique n'était plus autorisée à empiéter sur ce qui le définirait dorénavant tout entier[02]." De manière plus générale, j'étais attiré par l'idée du génie fruste à son aurore, ou par la façon dont toute une histoire socio-économique pouvait s'incarner dans la vie de ces deux hommes. Leur foi en eux-mêmes était absolue, sans réserve. Ils avaient courtisé les mécènes aristocratiques, dans la compagnie desquels ils se trouvaient parfaitement à leur aise – et auxquels ils s'estimaient supérieurs –, sans jamais acquérir le raffinement social de cette classe. "Prince ! écrit Beethoven à l'un de ses soutiens les plus fidèles, le prince Lichnowsky. Ce que vous êtes, vous l'êtes par le hasard et la naissance. Ce que je suis, je le suis par moi-même. Des princes, il y en a eu et il y en aura encore des milliers. Il n'y a qu'un seul Beethoven[03]." Décrit comme "un petit homme à l'air méchant[04]" par l'un de ses contemporains, un "étrange petit mortel[05]" ou qualifié encore de "mesquin et misérable[06]" (par Thomas Cole), Turner fut comparé à un cocher, à un marin et, par Eugène Delacroix, à "un fermier anglais[07]". Si Beethoven et Turner avaient tous deux un physique peu avantageux, ni l'un ni l'autre ne faisaient

01 — Beethoven, in Hamburger, *op. cit.*, p. 128.

02 — Moyle, *op. cit.*, p. 118.

03 — Beethoven, cité in Jan Swafford, *Beethoven : Anguish and Triumph*, Londres, Faber, 2014, p. 428.

04 — Cité in Ian Warrell, "J.M.W. Turner and the Pursuit of Fame", in *J.M.W. Turner*, édité par Ian Warrell, Londres, Tate Publishing, 2007, p. 13.

05 — Cité in Ackroyd, *op. cit.*, p. 25.

06 — Thomas Cole, cité in Franklin Kelly, "Turner and America", in *J.M.W. Turner*, *op. cit.*, p. 233.

07 — Eugène Delacroix, *Journal*, José Corti, 2009, p. 892.

guère d'efforts pour cultiver les manières qui auraient pu quelque peu adoucir l'impression défavorable qu'ils donnaient d'eux-mêmes à première vue. Ils restèrent – même aux yeux des nombreuses personnes qui les vénéraient, leur complaisaient et les finançaient – frustes, grossiers et souvent ingrats. Ceux qui étaient moins convaincus de leur génie n'éprouvaient aucun scrupule à juger leur travail à l'aune de leurs défauts de caractère ; d'aucuns estimaient ainsi que *Les Chutes du Rhin à Schaffhouse* de Turner, par exemple, étaient une toile "caractérisée par la négligence et la vulgarité[01]". Mais la réciproque n'était pas moins vraie. La foi qu'ils avaient en leurs capacités, leur succès indubitable, et ce qu'Updike (à propos de Turner) appelait leur "ambition brute[02]", conspiraient à faire peser sur les calibrages établis du statut social une influence similaire à celle qu'exerceraient leurs œuvres tardives sur les conventions de leur art respectif. Comme le disait un contemporain de Beethoven, "il y avait dans l'ensemble de sa personne quelque chose qui ne rentrait dans aucune classification[03]". De nombreux témoignages révèlent un inextricable entrelacs d'impressions contradictoires. Constable, la première fois qu'il rencontra Turner, le trouva très exactement tel qu'il se l'était imaginé : "Il est fruste mais possède un esprit d'une admirable ampleur[04]." Goethe trouvait Beethoven "plus concentré, plus énergique" que n'importe quel autre artiste. "Son talent m'a ébloui ; mais c'est hélas un homme indompté."[05] Là encore, les avis sur le peintre et le compositeur semblent parfois se répondre en miroir. Un écrivain et diplomate autrichien qui

01 — Cité in *J.M.W. Turner*, *op. cit.*, p. 49.

02 — Updike, *op. cit.*, p. 259.

03 — Cité in Laura Tunbridge, *Beethoven : A Life in Nine Pieces*, Londres, Viking, 2020, p. 204.

04 — John Constable, *Memoirs of the Life of John Constable*, édité par C. R. Leslie, Londres, Phaidon, 1995, p. 38. *Cf.* l'ami de Jean Rhys qui disait qu'elle était "presque dépourvue de toute éducation – mais douée d'un merveilleux esprit" (cité in Alvarez, *op. cit.*, p. 341).

05 — Goethe, cité par Nietzsche dans une note du *Gai Savoir* (§ 103).

avait “fait la connaissance de Beethoven” en 1811 trouva que “cet homme de réputation sauvage et asociale [était] le plus magnifique artiste qui soit, doté d’un cœur d’or, d’un esprit glorieux et d’une disposition fort amène. Ce qu’il a refusé à des princes, il nous l’a d’emblée accordé : il nous a joué du forte-piano.”[01] Avant de rencontrer “l’homme qui sans l’ombre d’un doute est le plus grand de notre temps”, Ruskin écrivait dans son journal que “tout le monde [le lui] avait décrit comme un être fruste, grossier, dépourvu de qualités intellectuelles, vulgaire”. Persuadé qu’une telle chose était impossible, Ruskin fut ravi de découvrir en Turner “un gentleman quelque peu excentrique, aux manières avenantes, sans façons, d’une disposition d’esprit tout anglaise : à l’évidence affable, à l’évidence colérique, détestant les balivernes, astucieux, un peu égocentrique peut-être, supérieurement intelligent, la puissance de son esprit se manifestant sans complaisance ni aucune intention démonstrative, mais jaillissant çà et là dans un mot ou un regard”[02].

Alors que leurs œuvres leur rapportaient des sommes d’argent conséquentes, ils conservèrent un train de vie frugal, voire austère. La reconnaissance sans cesse grandissante de la valeur de leurs talents en poussa certains à se demander qui en seraient les véritables bénéficiaires. Sir Walter Scott fut offusqué de découvrir que Turner ne faisait “rien sans argent et tout pour en avoir. C’est le seul homme de génie à ma connaissance qui se comporte de manière aussi sordide sur ces questions[03]”. Manifestement, Scott ne connaissait pas Beethoven ! À chaque témoignage d’admiration extatique devant la noblesse et la générosité d’esprit du compositeur – et il y en a beaucoup – fait pièce une anecdote visant à dévoiler au grand jour son hypocrisie, sinon sa malhonnêteté foncière. Turner, se souvient l’une de ses connaissances,

01 — Cité in Swafford, *op. cit.*, p. 572.

02 — Ruskin, in *Ruskin Today*, édité par Kenneth Clark, Harmondsworth, Penguin, 1988, p. 26.

03 — Walter Scott, cité in Ackroyd, *op. cit.*, p. 93.

"était soupçonneux par nature[01]" ; Beethoven avait laissé à certains le souvenir d'un homme "avaricieux et toujours méfiant[02]". Chez les deux hommes, le débraillé et le sublime, la mesquinerie épique et la grandeur poétique se côtoyaient à parts égales et entretenaient des rapports d'une proximité problématique. À propos de Turner, un marchand d'estampes observait avec stupeur que "l'aspect rustre et grossier de sa personne, son allure pesante et ses manières ordinaires offraient un étrange contraste avec la beauté et la grâce merveilleuses des [...] créations qu'il faisait naître de son crayon[03]". Un visiteur venu frapper à la porte de Beethoven se rappelle s'être retrouvé nez à nez avec "un homme très laid et de fort méchante humeur". Invité à entrer, il fut naturellement enchanté de découvrir le piano du compositeur, mais beaucoup moins ravi – quoique tout aussi naturellement – d'apercevoir sous l'auguste instrument "le pot de chambre qui n'avait pas été vidé"[04]. Cette juxtaposition était une expression saisissante à la fois de ce qui rendait Beethoven incomparable et de ce qu'il avait en commun avec le reste des mortels. (Une célèbre anecdote veut que Beethoven ait lancé, en réponse à un critique qui déplorait la piètre qualité de la pièce symphonique intitulée *La Victoire de Wellington* : "Ce que je chie vaut mieux que tout ce que vous avez jamais pensé[05].") Il n'est pas interdit de supposer que Turner aurait été flatté de se voir qualifier

01 — Cité in Moyle, *op. cit.*, p. 116. Ce témoignage concernant le tempérament soupçonneux de Turner avance par ailleurs une explication partielle de ce phénomène : "Oh ! quel homme différent aurait été Turner s'il avait mis à contribution tous les sentiments de bonté et de générosité de son esprit ; hélas, ils restèrent en sommeil, et connus de bien peu de gens." Adorno relève pour sa part que "ce que l'on sait de la personne privée de Beethoven permet de conclure que sa rugosité et ses emportements sont liés à la pudeur et à l'amour rejeté [...] Les manières d'ours mal léché vont de pair avec une disposition serviable, une certaine libéralité, et en même temps une méfiance marquée". (Adorno, *Beethoven*, *op. cit.*, p. 42.)

02 — Cité in Swafford, *op. cit.*, p. 707.

03 — Cité in Hamilton, *op. cit.*, p. 274.

04 — Cité in Swafford, *op. cit.*, p. 525.

05 — Cité in Tunbridge, *op. cit.*, p. 143.

de “visionnaire Cockney[01]” par Peter Ackroyd. Cet aspect “populaire” fait de lui le descendant direct de Blake, mais la rapidité avec laquelle son talent fut reconnu – et le changement tout aussi rapide des horizons sociaux qui s’ouvrirent dès lors à lui – annonce les figures archétypales du Londres des années 1960 que sont David Bailey et Michael Caine. Inutile de dire que tous ces changements ne laissèrent pas Turner inchangé ; “M’lord Turner”, comme on le surnommait parfois pour plaisanter, pouvait être impérieux, suffisant et imbu de lui-même.

Beethoven est encore plus complexe et contradictoire. Le diplomate qui était tombé sous son charme en 1811 fut choqué, en 1814, de constater qu’il était devenu “grossier”, qu’il était “particulièrement hostile à l’égard de nos notables et qu’il exprimait sa répugnance avec une furieuse véhémence”[02]. Nonobstant ses sympathies révolutionnaires et son mépris affiché pour le droit de naissance des princes, Beethoven était enclin à revendiquer son statut en des termes appartenant au même registre aristocratique que celui employé plus tard par Nietzsche. Beethoven avait beau jeu de croire en ce que le biographe Jan Swafford appelle “une aristocratie de pensée, de talent et d’esprit[03]”, cela n’avait aucune incidence réelle, puisque lui-même, au cours de la bataille juridique qu’il dut livrer pour obtenir la tutelle de son neveu Karl, concéda que “van”, la particule hollandaise de son patronyme, était loin de lui conférer la même noblesse que le “von” allemand.

Wagner avait salué la musique de Beethoven comme l’expression d’un “fait germanique, un art germanique, un effort germanique en vue d’un objectif germanique[04]”. Nietzsche souligne à plusieurs reprises la noblesse et la majesté spirituelle de Beethoven, mais le terme “allemand” était pour lui synonyme de la vulgarité et de la grossièreté

01 — Ackroyd, *op. cit.*, p. 26.
02 — Cité in Swafford, *op. cit.*, p. 649.
03 — Swafford, *op. cit.*, p. 366.
04 — Wagner, cité in Tunbridge, *op. cit.*, p. 238.

dont le compositeur faisait si souvent montre dans la vie de tous les jours – comportement incompatible avec la regrettable croyance de Nietzsche en un idéal d'excellence aristocratique paneuropéenne[01]. Sa comparaison entre Goethe et Beethoven était en tout cas clairement défavorable à ce dernier, en raison de son comportement lors de la fameuse rencontre des deux hommes avec l'impératrice et sa cour à Teplitz en 1812. En dépit de l'injonction proférée par Beethoven – "C'est à eux de s'écarter sur notre passage, pas à nous" –, Goethe se plia sans mot dire au protocole, s'écartant et ôtant son couvre-chef tandis que Beethoven fendait la foule d'un pas insolent pour aller se mettre au centre du groupe des ducs et des têtes couronnées. Aux yeux de Nietzsche, ces deux attitudes diamétralement opposées représentaient "la demi-barbarie [Beethoven] à côté de la culture [Goethe][02]". Cet incident est indissociable dans mon esprit de celui de Turin, quand Nietzsche se jette au cou du cheval. Tout aussi apocryphe, puisque aucune preuve concrète ne corrobore la réalité des faits tels qu'ils furent racontés ensuite (en l'occurrence par une jeune Bettina Brentano totalement sous le charme du compositeur), il est tout aussi empreint de résonances historiques et mythiques.

Mais il y a encore autre chose – quelque chose de ténu qui ne relève que de l'association d'idées mais qui me paraît étrangement approprié. Je plaisantais précédemment, dans mon petit plaidoyer pour l'érection d'une nouvelle statue sur la piazza Carlo Alberto, en disant que si Nietzsche avait voulu réconforter le cheval, c'était lui en réalité qui avait besoin d'être réconforté. La comparaison demi-barbarie / culture est

01 — "Hugo von Hofmannsthal dit quelque part à propos de Napoléon qu'il se savait incapable de marcher comme un roi. On pourrait en dire autant de Nietzsche, écrit Zagajewski dans *En défense de l'ardeur*. Ses éloges incessants du comportement, de la puissance et de l'élégance aristocratiques le révèlent plus proche d'un Napoléon que d'un monarque héréditaire." (Adam Zagajewski, *A Defense of Ardor*, New York, Farrar, Straus, and Giroux, 2004, p. 66.)

02 — Nietzsche, *Le Gai Savoir*, *op. cit.*, p. 143.

la première d'une longue liste d'antinomies qui distinguent Beethoven et Goethe aux yeux de Nietzsche. De manière coïncidente – mais souvenons-nous que Nietzsche lui-même déclarait, peu avant l'incident du cheval, qu'"il n'y a plus de hasard", plus de coïncidences –, il voit en Beethoven, à Teplitz, "celui qui a besoin de consolation à côté de celui qui est consolé[01]". En énumérant les chefs d'inculpation mineurs qu'on pourrait verser au dossier à charge ouvert contre Beethoven, Nietzsche ne fait en réalité que fournir des preuves – certes rapportées et relevant à ce titre de la pure conjecture – de leur profonde affinité d'esprit et de besoins.

37.

Pour compléter mon trio, après le peintre anglais et le compositeur allemand, j'avais besoin d'un écrivain, français dans l'idéal, américain à la rigueur, qui aurait été doté de qualités similaires et dont la carrière – du moins en partie – serait plus ou moins contemporaine de celle des deux autres. Walt Whitman était arrivé trop tard (il avait sept ans à la mort de Beethoven) et, en dépit de la fameuse description qu'il avait donnée de lui-même – "l'un des durs" –, qui aurait été parfaite pour les besoins de ma démonstration, il ne convenait pas ; d'une certaine manière, il était même *tout le contraire* de Beethoven et de Turner[02].

J'aurais pu m'en tenir à ce duo formé par Beethoven et Turner, mais je sentais qu'un trio, ou un triangle, serait mieux à même de donner de la stabilité à une structure qui

01 — *Ibid.*, p. 143.

02 — Lorsqu'il rencontra Whitman, dont l'œuvre lui avait initialement déplu, W. D. Howells découvrit que "l'apôtre des rustres et de la vulgarité était l'être le plus aimable qui soit ; son cri barbare, transfiguré dans le cadre de la rencontre sociale, était une parole d'un calme singulier, livrée d'une voix empreinte d'une irrésistible et touchante bienveillance". (W. D. Howells, *Literary Friends and Acquaintances*, Bloomington, University of Indiana Press, 1968, p. 67.)

risquait autrement d'être un peu bancale. L'absence d'une tierce partie n'était pas le seul problème. Il y avait aussi le fait que ce qui m'intéressait essentiellement, c'était la dernière période de Beethoven et de Turner (à partir de 1814 et 1835 respectivement), décrite dans de nombreux récits et témoignages en des termes quasi identiques pour l'un et l'autre : tantôt celui-ci "renonçait à toute prudence" pour "se lancer dans une quête ultime de liberté"[01], tantôt celui-là – pour reprendre la formule sévère d'Adorno – tournait le dos à "la séduction sensuelle au profit de la tyrannie souveraine de l'esprit enfin libéré[02]". Attitude conforme à la trajectoire attendue de l'artiste vieillissant qui, selon l'expression des biographes de De Kooning, Mark Stevens et Annalyn Swan, "commence à se laisser aller avec une sorte d'abandon intrépide", qui "troque la substance pour la lumière"[03].

Dès lors que je me suis résigné à cette restriction de mon champ d'intérêt, la recherche d'un troisième personnage (un écrivain qui, outre les prérequis déjà cités, aurait également eu une "dernière période" distincte – autre raison pour laquelle Whitman ne convenait pas) n'avait plus lieu d'être.

Or c'était là justement un autre aspect de la problématique qui m'intéressait : les livres qu'on ne peut pas écrire et qu'on n'écrira jamais ; la manière dont une vie de travail atteint son terme non pas en raison de quelconques sentiments inspirés par ce qu'on a fait, par ce qui a déjà été accompli (si Philip Roth a continué d'écrire Dieu sait combien de livres, tandis que Wittgenstein a pour sa part résolu tous les grands problèmes philosophiques après en avoir écrit un seul, ce sont là des cas extrêmes), mais à cause d'une impossibilité de passer outre les obstacles, quels qu'ils soient, qui se dressent à présent en travers du chemin. (Souvent, les deux vont de

01 — Moyle, *op. cit.*, p. 356 et 357.
02 — Theodor W. Adorno, "Le style tardif de Beethoven", in *Moments musicaux*, traduit de l'allemand par Martin Kaltenecker, Contrechamps, 2003, p. 9.
03 — Stevens et Swan, *op. cit.*, p. 607.

pair, comme dans le cas de Borg, qui, après avoir remporté onze titres majeurs, s'inclina face à McEnroe à Wimbledon et à l'US Open en 1981.) Cela m'intéressait au plus haut point, et dès lors, une solution alternative m'était apparue avec évidence. L'obstacle pouvait *devenir* le chemin.

Ces livres jamais écrits et impossibles à écrire font partie d'un autre livre, dans les plis duquel ils trouvent leur place – un livre qu'on *peut* écrire, pour le coup. *Celui-ci.*

38.

Beethoven me posait un autre problème. Ne connaissant rien à la pratique ou à la terminologie musicale, n'ayant aucun accès au langage de la musique – une langue d'un autre monde, que je n'ai jamais apprise –, je suis particulièrement sensible à l'affirmation acérée de Barthes selon laquelle, dans le domaine de la critique musicale, "l'œuvre (ou son exécution) n'est jamais traduite que sous la catégorie linguistique la plus pauvre : l'adjectif[01]". Mais qu'y a-t-il d'autre ?

Eh bien, ma foi, il y a *do* dièse mineur, *la* mineur, *si* bémol majeur[02]...

01 — Roland Barthes, "Le grain de la voix", in *Œuvres complètes*, vol. IV, Seuil, 2002, p. 148.

02 — L'une des raisons pour lesquelles l'univers de la musique classique paraît inaccessible et intimidant est la simple difficulté de la dénomination des compositions et des diverses parties d'un morceau donné. Dites "opus 132" et vous passerez pour un cuistre ; clarifiez votre propos en ajoutant "*la* mineur", et vous aurez l'air deux fois plus pédant ; enfoncez le clou en employant des "termes absurdes", comme disait Beethoven (in Hamburger, *op. cit.*, p. 157), tels qu'"andante" ou "adagio" – sans même parler du terme "Toscane", une pure provocation ! –, et la chatouilleuse aiguille de cette infaillible et tenace prouesse d'ingénierie anglaise qu'est notre bon vieux cuistromètre plongera aussitôt dans le rouge. Et comme le cerveau n'est pas configuré pour retenir les chiffres, la combinaison d'"opus 132" avec l'incompréhensible code "*la* mineur" ou "*ré* majeur" a pour conséquence que j'ai le plus grand mal à identifier et à me souvenir de quel quatuor il est question au juste, alors que si vous me dites "sonate *au clair de lune*" ou "trio *à l'archiduc*", je vois immédiatement de quoi vous parlez.

Je n'ai pas la moindre idée de ce que peut bien signifier la phrase qui précède. C'est pourquoi – même si je suis sensible à l'aveu rassurant de Mingus lorsqu'il reconnaît, sur l'album *Blues and Roots*, que "*mi* bémol est aussi *la* bémol" ("E's Flat Ah's Flat Too") – j'ai dû faire appel à l'aide lointaine de la sonde *Voyager*.

Mais lorsque *j'écoute* de la musique, suis-je en mesure de comprendre ce que je n'apprendrai jamais ? Les musiciens me répondront que non, et je serai le premier à les approuver d'un vigoureux hochement de tête. Le mieux que je puisse faire, avec la musique, c'est de m'y laisser aller. Et le meilleur moyen pour moi d'illustrer l'étendue de cette aptitude aussi impossible à prouver qu'à exprimer est peut-être de recourir à un exemple cinématographique.

39.

> "En quoi consiste l'expression de l'humain chez Beethoven ? En ceci, je dirais, que sa musique a le don de vision[01]."

Baraka, de Ron Fricke (1992), s'ouvre sur des images du Népal, de l'Himalaya recouverte de neige. Tout là-haut sur la montagne – ou c'est du moins ce que nous sommes incités à croire –, un singe des neiges grelotte, frissonnant calmement dans une flaque d'eau givrée. Ce singe se trouve en réalité dans les sources chaudes de Nagano, au Japon, mais le film s'appuie sur les habitudes de lecture hautement évoluées qui sont les nôtres lorsque nous regardons un film pour créer et entretenir l'illusion d'une continuité narrative. Une évidente parenté nous relie à ce singe au visage rose qui affiche un air pensif, quoiqu'il soit un cousin très distant, qui ne s'intéresse pas le moins du monde aux quatuors à cordes, et encore moins à leur structure ou à leur numéro d'opus, pas plus qu'à la grammaire de la construction filmique. Pour nous autres humains qui maîtrisons le

01 — Adorno, *Beethoven*, *op. cit.*, p. 232.

langage du montage cinématographique, cependant, cette suggestion est irrésistible : après avoir vu le singe cligner des yeux, regarder ailleurs, puis se tourner de nouveau vers nous, l'image que nous découvrons ensuite – plan de coupe sur un cosmos rempli d'étoiles, qui s'illumine tout à coup – est filmée de manière subjective : une image absolument extérieure qui est en même temps un cliché aux rayons X de la vie intérieure ou de la conscience du singe perdu dans une contemplation “perplexe et mélancolique de l'espace infini”. Ces mots sont ceux qu'emploie le violoniste Karl Holz pour évoquer Beethoven au moment où celui-ci eut l'idée de l'adagio du deuxième des trois quatuors à Razumovsky, au cours d'une nuit “où la clarté des étoiles illuminait les cieux[01]”. C'est aussi une image de ce que je voyais, allongé sur ce banc dur et un peu frisquet, en Toscane, tandis que mon esprit se laissait envahir par les sonorités de l'opus 132.

40.

Si, dans l'ensemble, Nietzsche a très peu écrit sur Beethoven, un commentaire figurant dans *Humain, trop humain* se révèle crucial dans le cadre de la présente réflexion. Bien que Nietzsche songe en l'occurrence à un passage de la *Neuvième Symphonie*, il anticipe non seulement les sentiments évoqués par l'adagio de l'opus 132 mais aussi les adjectifs et les images auxquels j'ai eu recours pour exprimer ces sentiments :

> *il se sent planer au-dessus de la terre dans une cathédrale d'étoiles, un rêve d'immortalité au cœur : toutes ces étoiles lui semblent scintiller autour de lui et la terre s'abîmer toujours plus bas. – S'il prend conscience de cet état, il se sentira sans doute le cœur percé jusqu'au fond et ses soupirs iront à l'homme qui*

01 — Karl Holz, cité in Maynard Solomon, *Late Beethoven*, Berkeley, University of California Press, 2003, p. 54.

lui ramènerait la Bien-aimée perdue, qu'on la nomme Religion ou Métaphysique[01].

La pertinence de ces mots va bien au-delà de Beethoven. Rédigé à l'époque où les relations entre Nietzsche et Wagner étaient en train de tourner au vinaigre, *Humain, trop humain* fut un facteur décisif de leur rupture. Wagner avait envoyé à Nietzsche une copie autographe de l'argument de *Parsifal* en janvier 1878 ; Nietzsche lui retourna le compliment en lui faisant parvenir deux exemplaires d'*Humain, trop humain*, que Wagner et Cosima reçurent en avril. Nietzsche devait affirmer par la suite, dans *Ecce Homo*, que chacun répondit à l'envoi de l'autre par le silence, même s'il demanda à sa sœur d'adresser au compositeur une lettre pleine d'admiration, gardant pour lui et pour ses échanges privés avec d'autres correspondants les réactions hostiles que lui inspirait *Parsifal*. Wagner, de son côté, ne lut que quelques lignes d'*Humain, trop humain* avant de le refermer, afin – confia-t-il poliment à un ami – que ce nouvel ouvrage ne gâche pas l'impression que lui avaient faite les livres précédents de Nietzsche. La relation entre les deux hommes se détériora jusqu'à l'irréparable, pour d'autres et nombreuses raisons – l'éloge de Brahms par Nietzsche, l'antisémitisme de Wagner, l'"offense mortelle", etc. –, mais cette rupture, pour Nietzsche, ne fut pas sans entraîner un sentiment déchirant de perte.

Si l'on substitue le nom de Wagner aux termes "bien-aimée perdue", ce passage d'*Humain, trop humain* se double d'une description prophétique de la puissante nostalgie avec laquelle Nietzsche repensait à la période bénie du petit cercle de Tribschen et de sa première visite à Bayreuth en mai 1872. Le festival de Bayreuth devint très vite corrompu à ses yeux, mais il évoquait cette première visite, au moment de la pose de la première pierre, comme "les jours les plus heureux de [sa] vie. Il y avait quelque chose dans l'atmosphère que je n'ai jamais connu ailleurs, quelque chose

01 — Nietzsche, *Humain, trop humain*, *op. cit.*, p. 121.

de tout à fait inexprimable mais plein d'espérance[01]". Seul à Turin, alors que Wagner était devenu la cible principale de son mépris, Nietzsche restait capable de déclarer que le compositeur avait été "le grand bienfaiteur de [sa] vie[02]".

L'un des biographes de Wagner, Martin Gregor-Dellin, souligne que si son amitié avec Nietzsche avait bouleversé l'existence de ce dernier, pour lui en revanche, "le cas Nietzsche ne constitua jamais qu'un épisode dans [sa] vie[03]". Cela ne fait aucun doute, mais quand on se souvient que Nietzsche considérait Wagner comme un maître "dans l'invention de ce qu'il y a de plus infime : la conception des détails[04]", certains détails surgissent du tableau d'ensemble de manière saisissante. Wagner prétendait avoir rendu service à son ami en ne lisant pas son livre, mais Roger Hollinrake, dans une chronologie minutieuse, écrit que "le journal de Cosima révèle cependant que W consacra l'essentiel des mois de mai et juin à [l']étudier[05]".

Lorsque Nietzsche apprit la mort de Wagner – "de beaucoup l'être le plus *pleinement* humain que j'aie jamais rencontré" –, il en fut "terriblement éprouvé" mais reconnut que ce serait aussi, "à la longue, [...] un soulagement" : "Il était dur de devoir être, six années durant, l'adversaire de celui qu'on a le plus vénéré et je ne suis pas d'une trempe assez grossière *pour cela*, écrit-il. [...] je veux être en bonne partie son *héritier*"[06]. Si Wagner ne fut pas aussi attristé que Nietzsche par leur rupture, le philosophe demeura dans ses pensées et continua de le tourmenter jusqu'à la fin – sans que cela le conduise pour autant, apparemment, à faire preuve ni de la mansuétude perceptible en filigrane dans la répudiation véhémente de son cadet, ni du même ultime éclair de compréhension : "Nous – Wagner et moi – avons

01 — Nietzsche, cité in Hollinrake, *op. cit.*, p. 227.
02 — Nietzsche, *Ecce Homo*, *op. cit.*, p. 1231.
03 — Gregor-Dellin, *op. cit.*, p. 616.
04 — Nietzsche, *Le Cas Wagner*, *op. cit.*, p. 992.
05 — Hollinrake, *op. cit.*, p. 253.
06 — Nietzsche, *Correspondance*, vol. IV, *op. cit.*, p. 336, 334 et 333.

au fond vécu une tragédie l'un avec l'autre[01]." À Venise, le 3 février 1883, dix jours avant la mort de son époux, Cosima consigne dans son journal ce que ce dernier pense de Nietzsche : "L'homme tout entier lui est odieux." Et le lendemain : "R. finit par me dire que Nietzsche n'a jamais eu de pensée personnelle, pas de sang qui lui soit propre, tout est un sang étranger qui lui a été infusé."[02]

Cette combinaison de rancœur et de rejet – exactement le genre de nœud que Nietzsche, en tant que psychologue, s'entendait comme personne à dénouer – suggère que Wagner devait confusément se douter que c'était peut-être l'inverse en réalité, que ce pauvre petit professeur myope comme une taupe était susceptible de produire des œuvres égales sinon supérieures aux siennes. Le fin mot de l'histoire lui eût été encore plus intolérable – le fait que les idées de Nietzsche finiraient par irriguer de leur sang toute la pensée du XXe siècle. Mais elles seraient par ailleurs associées de manière tragique au sang réellement versé, au "souvenir, comme Nietzsche lui-même l'avait écrit, de quelque chose de formidable, – une crise comme il n'y en eut jamais sur terre".

41.

Dans *Les Montagnes de Thessalie*, deuxième volume de la saga romanesque *La Fortune des armes* d'Olivia Manning, l'héroïne Harriet et son ami Alan marchent dans les rues d'Athènes en 1941 lorsqu'ils tombent sur une petite foule de Grecs furieux en train de saccager le bureau allemand de propagande. Quelqu'un jette un portrait de Hitler par la fenêtre, et on s'apprête à mettre le feu à des piles de livres éparpillés – "un bûcher d'anticulture".

01 — Cité in Nietzsche, *Œuvres philosophiques complètes*, vol. VIII, *op. cit.* p. 581.

02 — Cosima Wagner, *Journal*, tome IV, traduit de l'allemand par Michel-François Demet, Gallimard, 1979, p. 497-498.

Un des livres atterrit aux pieds de Harriet. Elle le ramassa. C'était Herrenmoral und Sklavenmoral.
— Pauvre vieux Nietzsche. Je me demande s'il était capable de faire la différence entre maîtres et esclaves ! dit Alan en riant. (Il mit le livre dans sa poche.) Un souvenir, ajouta-t-il.
— De quoi ?
— De la haine de l'homme pour lui-même[01].

Dans *Alamein to Zem Zem*, Keith Douglas, qui fut tué à vingt-quatre ans en Normandie le 9 juin 1944, écrit : "J'avais sur moi un ou deux romans et des magazines allemands que j'avais ramassés dans des véhicules et des postes ennemis, ainsi qu'un exemplaire d'*Also sprach Zarathustra*, dont le propriétaire avait souligné la plupart des citations applicables aux idées nazies[02]."

42.

Zarathoustra deviendrait le livre le plus connu de Nietzsche. C'était aussi le plus wagnérien – au pire sens du terme. Il avait affirmé que *Parsifal* serait ruiné par sa mise en scène, par le jeu des acteurs et par les costumes (par les problèmes de production qui accablèrent le tout premier festival de Bayreuth) ; on pourrait en dire autant de la parabole à grand spectacle sous forme de monologue qu'était *Zarathoustra* : une suite orchestrale pour un seul homme qui, en grande tenue d'apparat et armé d'un mégaphone, débitait une rhétorique mytho-poétique mal assortie à ce qui, ironiquement, caractérise Nietzsche à son meilleur : sa vulnérabilité humaine, absolument humaine, et sa sensibilité psychologique. Nietzsche était un écrivain

01 — Olivia Manning, *Les Montagnes de Thessalie – La Fortune des armes II*, traduit de l'anglais et adapté par Michèle Lévy-Bram, Robert Laffont, coll. "Pavillons Poche", 2021, p. 269.
02 — Keith Douglas, *Alamein to Zem Zem*, Harmondsworth, Penguin, 1969, p. 103.

prophétique dans le sens où il entrevit des dispositions d'esprit et des façons d'être au monde qui étaient alors en train de se former – qui étaient en train d'advenir, précisément, en partie grâce à ses écrits. Que ce soit sous la forme d'invectives, de rodomontades, d'apartés, de confessions, de commentaires ou d'enquêtes psycho-philosophiques, ces pensées étaient exposées avec légèreté, brio, esprit, subtilité, dédain, tendresse, espièglerie, exubérance – toutes qualités qui se trouvent défigurées lorsqu'elles se manifestent sous le masque amplificateur de Zarathoustra. Pensez à n'importe laquelle de ses sentences même les plus fracassantes – vous n'êtes jamais tenté de la faire suivre d'un “ainsi parlait Nietzsche”. Thomas Mann, dans ses *Études*, est presque admiratif lorsqu'il évoque les “insultes dont [Nietzsche] ose couvrir son temps” ; il n'a pas moins raison lorsqu'il qualifie la figure de Zarathoustra de “fantôme vacillant au bord du ridicule”[01]. Je ne me lasse jamais de la lecture de Nietzsche, mais celle de *Zarathoustra* est pénible à l'extrême. Il a beau prétendre être de la dynamite, lancer des éclairs et parachever l'œuvre de plusieurs millénaires, Nietzsche n'était pas taillé pour les scènes grandioses, pour l'équivalent philosophique d'un concert de rock dans un stade. Fantasmant de voir son *Antéchrist* “traduit en 7 langues, la première édition en chacune de ces langues se vendant à près d'un million d'exemplaires[02]”, il continua toute sa vie durant de noircir du papier dans l'anonyme solitude de sa chambre. S'il parle de sa fierté, c'est le signe que celle-ci a été profondément blessée. Les plaies psychiques qu'il cherchait à soigner, à la manière de Whitman, étaient aussi les siennes propres. Les passages les plus tonitruants de son œuvre sont aussi bien souvent les plus intimes. Ses ambitions sont simultanément modestes, vastes, et privées. “J'aimerais pouvoir *retirer* à l'existence humaine une part

01 — Thomas Mann, *Études : Goethe, Nietzsche, Joseph et ses frères*, traduit de l'allemand par Philippe Jaccottet, Mermod, 1949, p. 81 et 85.
02 — Nietzsche, cité in Andreas Urs Sommer, postface au 9e volume des œuvres complètes en anglais (*The Complete Works of Friedrich Nietzsche*, vol. IX, Stanford, CA, Stanford University Press, 2021), p. 685.

de son caractère désolant et cruel, écrit-il dans une lettre de 1882. Mais être en mesure de poursuivre sur cette question m'obligerait à vous révéler ce que je n'ai encore révélé à personne – la tâche face à laquelle je suis, la tâche de ma vie[01]."

43.

Il est bien plus fréquent pour un artiste, un écrivain ou un musicien de laisser derrière lui des œuvres inachevées plutôt qu'un corpus complet, emballé, pesé et prêt à être expédié à la postérité. Il revient dès lors à ses ayants droit de décider ce qui mérite d'être porté à la connaissance du public en dépit de cet inachèvement. Mais interrogeons-nous un instant sur la différence entre une œuvre inachevée (une symphonie de Schubert ; *Le Premier Homme* de Camus ; l'autobiographie de Jean Rhys, *Souriez, s'il vous plaît* ; le livre d'Adorno sur Beethoven ; l'étude *Du style tardif* d'Edward Said) et une œuvre inachevable, tous ces projets qui, presque dès le départ, sont voués à ne jamais être menés à terme – ce que Vila-Matas appelle les livres "impossibles[02]". Le dernier roman de Jane Austen, *Sanditon*, était inachevé au moment de sa mort ; dans *Middlemarch*, George Eliot a créé l'archétype de l'œuvre qui ne serait jamais terminée – *La Clé de toutes les mythologies* du révérend Casaubon – quand bien même son auteur avait toute l'éternité à sa disposition pour y parvenir. "L'ampleur de l'entreprise, la masse des documents rassemblés, prenait des proportions épiques, écrivent les traducteurs anglais du *Livre des passages* de Walter Benjamin, tout aussi épiques que l'était la nature à l'évidence interminable de la tâche[03]."

01 — Nietzsche, *Correspondance*, vol. IV, *op. cit.*, p. 291.
02 — Vila-Matas, *op. cit.*, p. 28.
03 — Howard Eiland et Kevin McLaughlin, avant-propos à Walter Benjamin, *The Arcades Project*, Cambridge, Belknap Press of Harvard University, 2002, p. x.

“Quelque nouvelle lubie me prend soudain, expliquait Turner, et je commence quelque chose qui très probablement ne sera jamais fini[01].” Son angoisse était compréhensible, étant donné qu’il avait alors soixante-six ans. Robert Caro, quatre-vingt-quatre printemps à l’heure où j’écris ces lignes, s’est lancé dans une course diligente contre la montre pour tenter d’arriver au bout du cinquième et dernier volume de sa biographie de Lyndon Johnson. Si sa santé ne le trahit pas, nul doute qu’il y parviendra. La situation est plus incertaine dans le cas du *Cratère Roden* de James Turrell. Il semble depuis plusieurs années déjà sur le point d’achever cette gigantesque combinaison d’installation et de land art. Certains journalistes et mécènes ont été autorisés à visiter le site, dans le nord de l’Arizona, mais chaque fois que Turrell paraît s’approcher de la dernière ligne droite, une nouvelle phase de construction est annoncée. À plus d’un égard, le fait est qu’il n’a aucune raison de mener ce projet à son terme, puisque les financements dont il bénéficie se réduiraient dès lors au strict minimum nécessaire à l’entretien du site. Mais peut-être est-ce là une remarque par trop cynique ; peut-être que l’accomplissement de cette apothéose de terre et de lumière, de perception humaine et de transcendance, était depuis toujours destiné à prendre bien plus longtemps qu’il ne l’avait envisagé au départ – ou qu’il n’était *possible* de l’envisager.

Et ce n’est pas non plus comme si Turrell était un cas isolé. Comme l’a remarqué Robert Harbison, si d’innombrables architectes ont dessiné les plans de structures qui n’ont pas encore été construites mais qui ont le *potentiel* de voir le jour (de même que la vingt-neuvième sonate pour piano de Beethoven – opus 106, ou *Hammerklavier* – était réputée injouable[02]), d’autres se sont contentés d’élaborer

01 — Turner, cité in Moyle, *op. cit.*, p. 397.

02 — Beethoven, plus modestement, estimait qu’il faudrait un bon demi-siècle aux pianistes pour en venir à bout. Et Kretzschmar, dans *Le Docteur Faustus* de Thomas Mann, note que les dernières sonates de Beethoven donnent l’impression d’être inachevées, notamment la toute dernière, opus 111, qui ne comporte que deux mouvements. La brillante

des fantaisies qui non seulement sont farfelues d'un point de vue technologique mais relèvent en outre de la troisième catégorie du titre de son ouvrage, *Le Construit, l'inconstruit et l'inconstructible*.

44.

Les rapports entre l'achevé, l'inachevé et l'inachevable sont essentiels chez les romantiques, surtout, bien entendu, dans la vie des artistes fauchés avant l'heure, avant d'avoir pu mener à bien l'intégralité de leurs projets : Shelley, Keats, Chatterton ("le merveilleux garçon", comme le surnommait Wordsworth). Au sein du corpus d'un poète, l'inachevé ou le fragmentaire – le célèbre *Kubla Khan* interrompu de Coleridge, par exemple – en venait parfois à être plus estimé que ce qui avait été terminé, ce qui était complet. En termes de sujet poétique, peu de choses suscitaient autant l'inspiration que la vision de ce qui était tombé en ruine. Achevés à des moments divers et distants l'un de l'autre dans le passé, les sites des poèmes "Le cottage en ruine" et "Michael" de Wordsworth, ou, de manière plus spectaculaire encore, "Ozymandias" de Shelley, atteignaient un degré supérieur d'accomplissement de par leur déliquescence, se chargeaient de sens de par leur déréliction. L'idéal, naturellement, était tout ce qui tombait en ruine avant même d'avoir pu être achevé. La manifestation poétique de cette aspiration était l'œuvre inachevable par essence, celle qui atteignait ainsi sa forme idéale du fait même qu'elle était restée inachevée ou qu'elle avait été abandonnée.

---

conférence de Kretzschmar sur l'opus 111, dans laquelle il explique pourquoi il n'y a pas de troisième mouvement, est presque certainement inspirée d'Adorno, qui servit de "conseiller musical" à Mann au cours de l'écriture du roman.

45.

Nietzsche avait la manie d'écrire des préfaces et des avant-propos ; il était incapable de résister à la tentation d'ajouter des introductions aux nouvelles éditions de ses anciens livres – qu'il considérait eux-mêmes comme des introductions à ceux qu'il lui restait encore à écrire. En dehors du fait que c'était le plus beau cadeau jamais offert à l'humanité, même *Zarathoustra* était décrit comme "un seuil, une préparation, une préface", comme "un simple portail pour accéder à une œuvre philosophique cohérente"[01]. À un moment, ce livre devait s'intituler *La Volonté de puissance*, avant de laisser place à une tâche qui devait prendre la forme d'un *Renversement de toutes les valeurs* en quatre parties. Le 3 septembre 1888, il rédigea un avant-propos à ce *Renversement* qu'il considérait comme "l'avant-propos le plus impressionnant sans doute jamais écrit[02]". Il n'en acheva que le premier volume, *L'Antéchrist*, mais, fidèle à son habitude de renoncer à ses grands projets pour les rebâtir aussitôt sous la forme de nouveaux ouvrages autonomes – quoique parfois redondants –, il se ravisa et décréta que le *Renversement* était définitivement achevé avec ce premier et unique volume. *Ecce Homo*, dans lequel il s'intéresse aux origines et à la conception de ses précédents livres, devait lui aussi être "un travail préparatoire au plus haut degré[03]" et un "prélude au *Renversement de toutes les valeurs*[04]". Le 15 octobre 1888, jour de son quarante-quatrième anniversaire, Nietzsche se lança avec fougue dans la rédaction de ce livre retraçant "comment l'on devient ce que l'on est" et l'acheva en trois semaines ; il fut publié de manière posthume, par sa sœur, en 1908.

Conçu à l'origine comme une partie d'un très long poème intitulé *Le Reclus* – auquel serait également intégré le long

01 — Nietzsche, cité in Hollinrake, *op. cit.*, p. 2 et 3.
02 — Nietzsche, cité par Mazzino Montinari in *Complete Works*, vol. IX, *op. cit.*, p. 440.
03 — *Ibid.*, p. 554.
04 — *Ibid.*, p. 684.

poème intitulé *L'Excursion* (dans le premier livre duquel serait incluse une version du "Cottage en ruine") –, *Le Prélude* de Wordsworth ne cessa de se développer autour de son thème, sans jamais en dévier : "La croissance de l'esprit d'un poète". Le poème fut "achevé" en mai 1805, mais au lieu de le publier, Wordsworth continua, par intermittence, de le réviser jusqu'en 1839. Même dans la toute dernière version, le titre n'était "pas définitivement arrêté". Coleridge, en octobre 1799, sans doute en réaction à une suggestion de Wordsworth, déclarait aimer l'idée que ce poème constitue "la partie finale du *Reclus*". La sœur du poète, Dorothy, en 1804, le qualifiait d'"appendice au *Reclus*[01]", mais le poème dans son ensemble finit par acquérir le titre – sur la suggestion de la veuve de Wordsworth – qui désigne précisément tout le contraire d'un appendice ou d'une conclusion, et fut publié après la mort du poète en 1850.

Ainsi, l'histoire de la manière dont Wordsworth devint poète finit par rester dans un état de perpétuel devenir, incapable d'atteindre une forme définitive ou fixe, en partie parce que cette histoire demeurait en cours d'élaboration et en partie parce qu'elle intégrait – c'était, après tout, précisément ce à quoi préludait *Le Prélude* – son incapacité à lui donner une forme satisfaisante, à la mener jusqu'à sa conclusion. L'introduction aux extraits du poème figurant dans *L'Anthologie Oxford de la littérature anglaise : la poésie et la prose romantiques* formule la chose sans ambages : "peut-être ne voulait-il tout simplement pas que soit rappelé à son souvenir – ou à celui d'autrui – tout ce qu'il avait perdu[02]". Tant que Wordsworth continuait, fût-ce de manière occasionnelle, de travailler sur ce poème – ou du moins tant qu'il ne l'avait pas publié –, il restait poète. Dès que le poème serait achevé, parvenu "en bout de course" – pour reprendre l'expression employée par mon amie à

01 — Citée in J. C. Maxwell, introduction à William Wordsworth, *The Prelude : A Parallel Text*, Harmondsworth, Penguin, 1973, p. 17, 18 et 19.

02 — *The Oxford Anthology of English Literature : Romantic Poetry and Prose*, édité par Harold Bloom et Lionel Trilling, Oxford, Oxford University Press, 1973, p. 187.

propos de Dylan après ce fameux concert au Texas –, lui aussi serait en bout de course.

Les incessantes révisions apportées par Wordsworth à son *Prélude* sont comparables, dans une certaine mesure, à celles apportées par Dylan à ses chansons. À la fac, on nous avait donné à étudier les deux versions du *Prélude* dans l'édition Penguin Parallel Text (celle où figure *Paysage de montagne avec arc-en-ciel* de Caspar David Friedrich en illustration de couverture). L'anthologie Oxford juge la version de 1850 "rhétoriquement supérieure" ; d'aucuns estimaient à l'inverse que celle de 1805 avait plus d'immédiateté que celle de 1850, où Wordsworth courait laborieusement après des effets de style qui étaient venus plus naturellement sous sa plume dans la version d'origine. Pour ma part, mes convictions n'étant guère difficiles à ébranler, je n'avais pas d'avis tranché sur la question, dans un sens ou dans l'autre. Et je n'en ai toujours pas. Certains passages sont légèrement meilleurs dans telle version, certains dans l'autre, et pour l'essentiel c'est à peu près du pareil au même dans les deux.

Dans le livre 11 de 1805, ou le livre 12 de 1850, figure un passage crucial qui ne diffère que par de minuscules détails. Voici la version de 1805 :

[...] Les jours envolés
Retournent en moi depuis l'aube, ou presque, de ma vie :
Les lieux secrets de la force résidant en [moi]
S'ouvrent ; je voudrais les approcher, mais ils se referment.
Je ne peux qu'entrevoir ; lorsque viendra l'âge,
À peine pourrai-je voir vraiment ; et je voudrais donner,
Tant qu'il est temps, autant que le peuvent les mots,
Corps et vie à ce que je sens, enchâssant
(Tel est mon espoir) l'âme du passé
Pour une renaissance future[01].

01 — Toutes les citations du poème sont tirées de Wordsworth, *Le Prélude*, traduit de l'anglais par Denis Bonnecase, Éditions du Sandre, 2013, p. 275-277.

En 1850, “la force résidant en moi” est devenue “la force résidant en l’homme”, de sorte qu’on passe d’une observation d’ordre personnel – avec toute l’angoisse qu’elle implique intrinsèquement de la part du poète – à une sentence d’ordre général (avec toute l’aversion que les sentences inspirent de façon non moins intrinsèque au lecteur). En dépit de son sous-titre – *La Croissance de l’esprit d’un poète* –, *Le Prélude* évoque aussi la diminution – annoncée, puis progressive, et enfin flagrante dans son ensemble – de cet esprit. Si Wordsworth reconnaît tacitement l’affaiblissement de ces mêmes pouvoirs dont il comptait célébrer l’éclosion, alors le poème réussit la double prouesse simultanée d’accomplir *et* de repousser indéfiniment ce déclin annoncé. En 1839, au moment où il apporte au poème ses toutes dernières révisions, il parvient encore à “entrevoir”, malgré sa crainte, exprimée des années plus tôt, de ne plus être capable à ce stade de voir quoi que ce soit. La “renaissance” est ainsi accomplie précisément par les mots qui en expriment le projet ou l’intention : “[enchâsser] / (Tel est mon espoir) l’âme du passé / Pour une renaissance future.” Il aurait peut-être été plus juste de parler d’“exhumation future”, mais les connotations d’une telle formulation ouvraient la voie à des perspectives trop effrayantes. Et pourtant, c’est très exactement cette funeste suggestion qui s’immisce dans le poème, quelques vers plus loin. Lorsque le poète reprend le récit des événements qui ont marqué son enfance, “ces incidents qui m’affectèrent tant” dans la version de 1805 se sont transformés, en 1850, en “ces mémorials”. Le poème est devenu un tombeau – érigé en mémoire de lui-même. Wordsworth n’approcherait plus jamais de l’expérience originelle, immédiate. Cette expérience pouvait être verbalement réarrangée – exprimée avec tantôt plus de félicité, tantôt moins de puissance rythmique – mais pas réévaluée ou reconstituée puisque, comme il l’avait écrit en 1805, elle avait déjà été “enchâssée”, intégrée au poème. La première version n’était pas simplement devenue une barrière dressée entre ses expériences et lui-même ; elle était *devenue* ces expériences.

Il s'agit là d'une variante (ou d'un prélude) de quelque chose qui est devenu commun depuis l'avènement de la photographie et de l'utilisation de la technologie au service de la création, de la préservation et de la reproduction de moments figés dans le temps ; ainsi arrive-t-il fréquemment que nos souvenirs d'enfance consistent en des souvenirs de photos de nos expériences plutôt que de ces expériences proprement dites. Ce phénomène est dans la continuité de l'un des éléments clés des "points du temps" décrits et énumérés par Wordsworth : tous ces moments qui conservent un "pouvoir de régénération" tout au long d'une vie. Le "point" – c'est le terme qu'emploie Wordsworth en 1805 pour désigner le lieu géographique en question, mais le jeu de mots (point dans le temps / dans l'espace) a disparu dans la version de 1850 – où un meurtrier fut jadis pendu est mémorable non pas uniquement à cause de ce qui s'est passé à cet endroit mais parce que le nom du meurtrier a été gravé en "lettres [...] monumentales", autour desquelles, "en raison de la superstition du voisinage", l'herbe est régulièrement tondue, si bien que "jusqu'à maintenant, / Les caractères sont comme récents, et visibles". Contemplant des mots précédemment inscrits par une "main inconnue [...] à une époque / Depuis longtemps révolue", puis inscrits par sa propre main (en 1805), Wordsworth se réserve la possibilité de les inscrire de nouveau ou de les corriger.

J'ai conscience, naturellement, que quelque chose de similaire à ce processus est répété ici même, que j'ai déjà cité ces vers autrefois, dans un autre livre, *The Ongoing Moment* ("le moment en cours"). J'y reviens sans cesse parce que l'histoire – un prélude en cours qui est aussi un accompagnement, un appendice ou un post-scriptum – de l'esprit de n'importe quel écrivain concerne toujours la croissance (inévitablement suivie, si l'on n'y prend garde, par le rétrécissement) de sa vie de *lecteur*. Pour moi, *Le Prélude* est lui-même un "point du temps", mais quand je dis que "j'y reviens sans cesse", ce n'est pas tout à fait vrai. J'en ai appris par cœur des passages entiers à dix-huit ans. Je n'ai pas besoin d'y revenir (sauf dans certaines circonstances, comme ici même, pour vérifier l'exactitude d'une citation), parce qu'il ne m'a jamais quitté.

46.

Ces "points du temps" dans ma vie de lecteur sont par ailleurs inextricablement liés à l'éveil de mon goût pour les arts visuels. Le goût des mots a entraîné chez moi une fascination et une curiosité pour les œuvres picturales utilisées en couverture des livres publiés par Penguin. Friedrich a été l'un des premiers artistes que j'étais capable de reconnaître, au sens où je remarquais que ses toiles illustraient les couvertures non seulement du *Prélude* mais aussi de *Narcisse et Goldmund* de Hermann Hesse (arbres décharnés et ruines spectrales au centre de *L'Abbaye dans une forêt de chênes*), d'une anthologie de textes de Nietzsche (arbre dénudé sur un flanc de colline) et de *Ecce Homo* (la silhouette solitaire du *Voyageur contemplant une mer de nuages*).

47.

Entrevoir pour la toute première fois la signification de l'Éternel Retour, juché comme le voyageur de Friedrich sur un sommet "à 6 000 pieds au-delà de l'homme et du temps", peut être raisonnablement décrit comme une expérience vertigineuse ; se lancer dans une entreprise de renversement de toutes les valeurs est un projet colossal à tous égards, qui a de fortes chances de rester inachevé. Mais il ne faut pas perdre de vue la modestie des propositions avancées par Nietzsche au cours de ce cheminement. Célèbre pour avoir annoncé la mort de Dieu, l'Antéchrist autoproclamé conseille, plutôt que de se livrer au rituel de la prière matinale, "de se demander au réveil si l'on ne pourrait pas ce jour-là faire plaisir au moins à quelqu'un[01]". Quelle merveilleuse

01 — Nietzsche, *Humain, trop humain*, *op. cit.*, p. 291.

idée ! Partisan de ce qu'il appelait "la politesse du cœur", Nietzsche portait aux nues les vertus qui prendraient plus tard la forme de la gentillesse coutumière propre à la culture californienne, dont il est si facile de se moquer :

> *Au nombre des petites choses, mais indéfiniment multipliées et donc très efficaces, auxquelles la science se doit d'accorder plus d'attention qu'aux grandes choses extraordinaires, il faut aussi compter la bienveillance ; je veux dire ces manifestations d'esprit amical dans les rapports humains, ce sourire des yeux, ces poignées de main, cette bonhomie dont s'entourent douillettement d'ordinaire presque tous les actes des hommes. [...] On trouve de même beaucoup plus de bonheur dans le monde que n'en découvre un regard mélancolique : à condition de bien faire son compte, s'entend, et de se garder surtout d'oublier ces heures de contentement dont chaque jour est si riche dans toute vie humaine, même la plus tourmentée*[01].

48.

Le séjour turinois de Nietzsche fut égayé par ce genre de "petites choses", par la façon dont – du moins lui semblait-il – le visage des gens s'illuminait chaque fois qu'il entrait dans une boutique, ou par les vieilles marchandes des quatre-saisons qui lui mettaient de côté leurs meilleures grappes de raisin ("les plus exquis", dit-il dans une lettre, "d'une douceur hâlée"[02] dans une autre). Et en même temps était attachée à son nom "une indicible quantité de malheurs[03]".

Après qu'il se fut arraché à l'emprise de Wagner, l'idée que se faisait Nietzsche de ce que devait être la musique changea inévitablement – il voulait désormais qu'elle virevolte d'un pas léger, qu'elle soit "de belle humeur et profonde", plus

01 — *Ibid.*, p. 56.
02 — Nietzsche, *Dernières Lettres, op. cit.*, p. 218 et 172.
03 — Nietzsche, *Selected Letters, op. cit.*, p. 340.

proche “du midi”, débarrassée de toute trace germanique (“Je n’admettrai jamais qu’un Allemand soit capable de savoir ce qu’est la musique”)[01]. Wagner, dans une remarque restée célèbre, disait que le mouvement lent qui ouvre le quatuor à cordes opus 131 de Beethoven était la chose la plus triste jamais écrite avec des notes de musique. Le plus triste, pour moi, c’est que Nietzsche, à Turin, n’ait pas eu accès à ces notes, à cette musique. Après avoir achevé *Le Cas Wagner*, il ajouta un post-scriptum, puis un autre post-scriptum, suivi d’un épilogue – comme il avait du mal à lâcher Wagner ! Dans le second post-scriptum, il précise que sa guerre contre Wagner ne signifie pas qu’il “veuille le moins du monde faire fête à un *autre* musicien[02]”. Beethoven n’avait guère besoin qu’on lui “fasse fête”, mais quand j’imagine la silhouette exubérante, solitaire et ridicule de Nietzsche à Turin – prenant prétexte des nouvelles qu’il reçoit de quelques rares lecteurs, ici ou là, pour se convaincre qu’il en a partout dans le monde, s’enferrant chaque jour un peu plus dans l’étau de ses folles illusions, avant que celles-ci ne soient finalement vengées –, je ne peux pas m’empêcher de penser à ces derniers quatuors et à la *consolation* qu’ils auraient pu lui procurer.

49.

Peut-être est-il sentimental et inapproprié de discuter d’œuvres qui, si belle que soit leur mélodie, ne peuvent jamais être jouées de manière sentimentale. Était-ce Joyce qui définissait la sentimentalité comme une émotion qui ne se conquiert pas ? Jouer les derniers quatuors, même atrocement mal, signifie forcément que leurs émotions ont été conquises de haute lutte (écrit celui qui ne sait ni jouer ni lire la moindre note de musique). Il est même impossible de les *écouter* de manière sentimentale.

01 — Nietzsche, *Ecce Homo*, *op. cit.*, p. 1231.
02 — Nietzsche, *Le Cas Wagner*, *op. cit.*, p. 1009.

Pour rester dans cette note, cette petite note sur la sentimentalité, j'aimerais évoquer au passage un dîner à Palos Verdes où, comme il arrive parfois en Californie, je me suis retrouvé assis à côté d'une astrophysicienne. Nous n'avons pas parlé de Beethoven mais, naturellement, je lui ai posé des questions sur la sonde *Voyager* et le fait qu'elle venait d'entrer dans l'espace interstellaire. Or cette idée semblait non seulement la laisser de marbre mais lui inspirer même un certain dédain. Il n'y a pas de transition, affirmait-elle. Il n'y a que toujours plus de la même chose – c'est-à-dire, si j'ai bien compris, toujours moins de la même chose.

50.

Je ne suis pas le seul à voir un lien particulier entre Nietzsche et Beethoven. *L'Insoutenable Légèreté de l'être* commence par une méditation sur l'Éternel Retour et le fait que cette idée était pour Nietzsche "le plus lourd fardeau (*das schwerste Gewicht*)". Un peu plus loin, l'un des personnages justifie une importante décision qu'il a prise par ces mots : "*Es muss sein.*" "C'était une allusion", explique Milan Kundera, au dernier mouvement du dernier quatuor de Beethoven. Pour clarifier ce que Beethoven et lui-même voulaient dire par là, Kundera explique que le compositeur avait noté en guise d'indication pour introduire ce mouvement : "*Der schwer gefasste Entschluss.*" Généralement traduite par "la décision difficile", cette expression peut aussi se comprendre comme "la lourde décision" ou "la décision gravement pesée"[01].

À travers un jeu de mots et des réflexions d'une légèreté caractéristique (quoiqu'il omette de mentionner que l'inscription solennelle de Beethoven peut très bien être interprétée comme une simple plaisanterie aux dépens – littéralement – d'un riche admirateur de sa musique), Kundera

01 — Kundera, *L'Insoutenable Légèreté de l'être*, *op. cit.*, p. 54.

suggère un bref rapprochement entre le dernier mouvement du dernier quatuor de Beethoven et l'idée de l'Éternel Retour de Nietzsche, sans qu'à aucun moment leurs noms n'apparaissent sur la même page. Dans *Les Testaments trahis*, cependant, l'association entre les deux devient explicite puisqu'on les voit, formellement, partager le même *espace de vie*. Après avoir décrit les qualités "compositionnelles" des livres de Nietzsche, Kundera remarque que la pensée exprimée dans ces livres ne peut pas être dissociée de leur forme et de leur style. En musique, *a contrario*, l'une des raisons pour lesquelles certains compositeurs tels que Haydn étaient si prolifiques est que leurs inventions se coulaient dans une forme, ou une "matrice préexistante". Beethoven, dans ses sonates pour piano, se contentait de s'appuyer sur ces formes établies, jusqu'à ce que la forme elle-même devienne "radicalement individuelle". Par la suite, chacune des sonates plus tardives fut "composée d'une façon unique, jamais vue". Cela implique de manière plus globale, pour tous les artistes, que "la composition elle-même doit être une invention, une invention qui engage toute l'originalité de l'auteur". Ainsi le philosophe de l'avenir – le philosophe après Nietzsche – sera "*expérimentateur*".

Une autre conséquence de tous ces éléments – signature stylistique distinctive, innovation formelle, rejet des "systèmes communément acceptés", refus des barrières entre les différentes disciplines philosophiques – est d'élargir la palette thématique, au point de "rapproche[r] la philosophie du roman". Pour la première fois, le philosophe, comme le romancier – et comme le grand compositeur –, est capable d'embrasser "*tout ce qui est humain*". La tâche de la philosophie à partir de Nietzsche, conclut Kundera, sera "d'ouvrir des brèches pour s'aventurer dans l'inconnu"[01].

L'ironie, c'est que Kundera ait exposé ces intuitions et ces formulations dans un ouvrage de non-fiction, ouvrant ainsi la possibilité de s'aventurer *au-delà* du roman.

01 — Kundera, *Les Testaments trahis*, *op. cit.*, p. 861-866.

51.

Les derniers enregistrements studio de John Coltrane, réalisés le 22 février 1967 avec le batteur Rashied Ali, sortirent de manière posthume sous le titre *Interstellar Space*. Coltrane mourut moins de cinq mois plus tard, le 17 juillet 1967, à quarante ans. Dans n'importe quel autre domaine d'activité, ce serait une mort tragiquement prématurée. Mais dans l'univers du jazz, c'est à peu près conforme à l'espérance de vie moyenne. Et comme Coltrane tomba malade et mourut subitement, on ne peut pas parler d'une période tardive dans son œuvre – il était trop tôt pour cela – mais uniquement d'une *dernière* phase. Plutôt qu'une période tardive au sens généralement admis du terme, comme on parle par exemple du style tardif de Beethoven, il n'y eut dans le cas de Coltrane qu'une brusque interruption du torrent ininterrompu de son. De même, la maladie et la mort soudaines de Garry Winogrand à cinquante-six ans en 1984 signifient qu'il laissa derrière lui un océan d'images – un tiers de million de photos, selon certaines estimations – auxquelles il avait à peine eu le temps de jeter un œil.

L'intérêt des enregistrements datant de la phase finale de Coltrane réside en partie dans ce qu'ils préservent et en partie dans les indices distillés laissant entrevoir la direction qu'il aurait pu prendre par la suite. À en juger par les titres des morceaux enregistrés lors de cette dernière session – "Mars", Venus", "Jupiter", "Saturn" –, on peut raisonnablement se poser la question : *où* aurait-il encore bien pu aller ? La réponse du trompettiste Charles Tolliver à cette question est imparable. Coltrane, déclara-t-il, était parti vers un horizon "cosmique[01]".

L'une des récentes découvertes (ou *re*découvertes, plutôt, puisque certaines parties de ce concert circulaient déjà sous la forme de disques pirates de médiocre qualité) effectuées

01 — Charles Tolliver, cité in Ben Ratliff, *Coltrane : The Story of a Sound*, Londres, Faber, 2007, p. 149.

lors des fouilles archéologiques entreprises dans l'œuvre de Coltrane – et toujours en cours – est un enregistrement réalisé à l'université Temple de Philadelphie le 11 novembre 1966. Il y a un soupçon d'ironie dans cette date, jour de l'armistice, avec sa minute de silence traditionnelle, quand on entend le déchaînement, le hurlement, la sauvagerie – le farouche *anti*silence – de cette musique. Il se passait tant de choses dans le jazz à l'époque – et tout particulièrement chez Coltrane – qu'il s'était écoulé quatorze mois à peine depuis le dernier enregistrement majeur (du moins en partie) réalisé avec sa formation habituelle (le quatuor qu'il avait constitué avec McCoy Tyner, Elvin Jones et Jimmy Garrison) le 2 septembre 1965.

En remettant sur ma platine *First Meditations (for Quartet)* après avoir écouté le concert de Temple, j'ai trouvé ce disque encore plus extraordinaire, si tant est que ce soit possible, qu'à l'époque où je l'écoutais en boucle, dans les années 1980[01]. Je dis "majeur du moins en partie" parce que je continue de décrocher après les deux premiers morceaux, "Love" et "Compassion". À maintes reprises par le passé, le quatuor avait ramené une mélodie du silence dans lequel elle s'était estompée (dans "Spiritual" sur l'album *Live at the Village Vanguard*, par exemple, ou "Alabama" sur l'album *Live at Birdland*). La transition entre "Love" et "Compassion" sera la dernière résurrection de ce genre, d'autant plus miraculeuse que, dans "Love", l'ardeur du cri de désir de Coltrane est amplifiée par la résignation – par la conscience (annonçant la section ainsi intitulée sur l'album *A Love Supreme*) qu'il ne recevra aucune réponse.

01 — J'ai écouté *First Meditations* pour la première fois dans la turne de mon ami Chris à Brixton vers le milieu des années 1980, mais c'est sa *deuxième* écoute, quelques mois plus tard, qui reste gravée dans ma mémoire. J'étais à une soirée chez quelqu'un, dans le couloir d'entrée, et derrière la musique funk diffusée dans les pièces principales, j'ai cru distinguer quelque chose qui ressemblait à du Coltrane. Remontant cette piste sonore, je me suis bientôt retrouvé dans une chambre, à l'étage, où trois ou quatre types écoutaient cet album à plein volume, plongés dans une concentration proche d'un état de transe, comme s'ils étaient complètement défoncés.

Coltrane n'a peut-être pas eu de phase tardive, mais son quatuor, si, assurément.

Tyner et Jones sont restés à bord pendant un certain temps, les prestations de ce dernier éclipsées par celles de Rashied Ali qui figure, aux côtés de Pharoah Sanders, sur la version révisée de *Meditations* enregistrée le 23 novembre. C'était cet album-là qui passait au Jazz Café du festival Burning Man, le jour où j'ai apporté ma contribution inopinée et manifestement importune au séminaire sur le free-jazz, en conseillant instamment aux gens présents dans la salle d'écouter la version du quatuor d'origine. Après le départ de Jones et de Tyner, seul le contrebassiste Jimmy Garrison est resté dans la dernière formation de Coltrane (quoiqu'il n'ait pas joué lors du concert de Temple, remplacé par Sonny Johnson) avec Sanders, Ali et la femme de Coltrane, Alice, au piano.

D'un côté, c'était une idée extraordinaire d'ajouter un batteur alors qu'il avait déjà *Elvin* sous le coude. On dirait que Coltrane, à cet égard, avait éprouvé la nécessité de multiplier les musiciens dans l'espoir que cela aiderait à clarifier la raison qui l'avait poussé, précisément, à opérer ces changements au sein de sa formation. D'un autre côté, on entend distinctement, dans *First Meditations*, que le quatuor est coincé dans une sorte d'impasse, qu'il essaie par tous les moyens de se libérer de lui-même – tout en contrariant ces tentatives, inévitablement et simultanément. Les musiciens additionnels forcent le trait, entraînent la musique au-delà de l'immense force gravitationnelle générée par Tyner et Jones au mépris des risques encourus et de toute direction – même si cette direction paraît rétrospectivement inévitable. Pharoah, fidèle partenaire au ténor pendant cette dernière phase, est brièvement rejoint sur scène, lors du concert de Temple, par deux jeunes saxophonistes, Steve Knoblauch et Arnold Joyner. Quatre percussionnistes supplémentaires sont également invités à rejoindre le groupe. On a beau applaudir l'esprit inclusif et démocratique de la démarche, le résultat demeure peu convaincant. Il devait être incroyablement exaltant d'être dans la salle ce soir-là (même si, pour des raisons purement circonstancielles, le public était clairsemé) mais, comme il arrive souvent dans le free-jazz, cette exaltation retombe une fois l'événement passé – on n'en décèle aucune trace sur l'enregistrement. À moins que cela ne mette en évidence ce qui était plus difficile à saisir dans la frénésie enivrante du moment : le fait que le free-jazz était à bout de souffle – qu'il avait atteint ses limites – alors même que les musiciens continuaient de souffler dans leurs instruments et de repousser toutes les limites. Le fait que les choses s'effondrent ne signifie pas qu'elles ne peuvent pas continuer, surtout compte tenu de l'énorme poids historique dont cette musique, à ce stade, se trouvait forcément chargée. À ce propos, on est en droit de s'interroger sur l'affirmation de Yeats selon laquelle les meilleurs sont dénués de toute conviction tandis que les plus médiocres sont pleins d'une intensité passionnée. Coltrane est plus passionnément intense que jamais. Manquait-il donc de conviction ? Peut-être que la dichotomie relevée par Yeats est inexacte et que l'intensité passionnée est simplement un moyen de camoufler ou de travestir une plus profonde absence de conviction.

La nouveauté ou l'intérêt spécifique du concert de Temple est la manière dont Coltrane se met pour ainsi dire à chanter, ou à faire des vocalises, ou à produire toutes sortes de petits bruits en se frappant la poitrine au beau milieu de “Leo” et de “My Favorite Things”. Ces moments attendus avec fébrilité ont quelque chose d'un peu idiot quand on les entend – ce qui ne veut pas dire qu'ils sont dépourvus de valeur. Peut-être – comme les bruits similaires que produisit Ayler lorsqu'il joua à l'enterrement de Coltrane – sont-ils allés se loger quelque part dans l'esprit de Pharoah et lui ont-ils servi d'inspiration la fois où, alors qu'il est en train de mettre en pièces le “Olé” de Coltrane au Keystone Korner, le 23 janvier 1982, il écarte de ses lèvres le bec de son saxo et pousse un cri. Ce cri est une giclée d'huile jetée sur un feu qui flamboie déjà de toute l'intensité du solo de Pharoah soutenu par la puissance de la section rythmique. Cette force de propulsion – saturée d'éléments captés à l'origine par le quatuor de base de Coltrane – s'est atténuée dans le scintillement sonique de la dernière phase de Coltrane : c'était quelque chose dont il ne ressentait plus le besoin, qui en était même peut-être venu à ses yeux à constituer un frein dans sa quête.

On a coutume de qualifier cette quête de spirituelle, mais je me demande si l'on entend vraiment quelque chose de "spirituel" dans une musique qui était à la fois feuille de route (indiquant la voie qu'il pourrait emprunter) et trace (de ce qu'il laissait chemin faisant dans son sillage). Si cette dimension existe, pour ma part je ne l'entends pas, et je ne l'éprouve pas – comme j'éprouve mon incapacité à lire jusqu'au bout *Le Bruit et la Fureur* – comme une perte. Ce que j'entends, dans le Coltrane de la fin, c'est la façon dont tout ce qu'il a accompli auparavant – et la situation qu'il avait contribué à créer – lui donne un élan qui l'amène à un terminus, un mur de brique, un cul-de-sac caractérisé par une musique qui, pour Elvin, expliquant les raisons de son départ du groupe, se résumait à "beaucoup de bruit". Voilà, pour le coup, un sujet sur lequel j'aurais aimé avoir l'avis de ma voisine de table astrophysicienne de Palos Verdes. Est-il possible que, dans l'univers des paradoxes insondables et extravagants de la physique théorique, le vide interstellaire sans fond soit aussi une impasse ?

Cette impression d'inévitabilité est tempérée par une autre figure du jazz, apparentée à Coltrane et non moins imposante – j'ai nommé Miles Davis. On a du mal à imaginer ce type réputé impitoyable donner à tous ces gamins la chance de monter sur scène avec lui (en revanche il n'aurait eu aucun scrupule à enrôler l'un d'entre eux après l'avoir entendu jouer pour un autre musicien) ou quiconque décrire sa trajectoire musicale en termes de "spiritualité". Pour diverses raisons – musicales, personnelles et, surtout, commerciales –, il évita de tomber dans le piège du free-jazz, tout en s'appropriant sa tourbillonnante énergie. Au moment du concert de Coltrane à l'université Temple, Miles était à la tête de son deuxième grand quintet (avec Ron Carter, Herbie Hancock, Wayne Shorter et Tony Williams) et s'engagerait bientôt dans la voie du minimalisme sidéral de *In a Silent Way*, puis dans celle du maelström électrique de *Bitches Brew*, et au-delà (avant de frôler l'autodestruction au volant de sa Lamborghini verte et dans un blizzard blanc de cocaïne – illustration terrestre de l'impasse du vide).

Davis survécut, puis revint sur le devant de la scène après une longue éclipse, diminué mais actif jusqu'à la fin de sa vie. Avec Coltrane, impossible de savoir. Le reste n'était peut-être pas voué à n'être que du bruit. Sur le premier album du quatuor sous le label Impulse, il avait enregistré "The Inch Worm", et peut-être essayait-il à la toute fin lui aussi, comme cette "chenille", de creuser un trou par lequel se faufiler pour accéder à de possibles nouvelles découvertes stupéfiantes. S'il avait vécu plus longtemps, sans doute aurait-il traversé bien d'autres phases encore. Et même si, pour reprendre le distinguo évoqué plus haut, Coltrane eut une "dernière" phase plutôt qu'une phase "tardive", certains éléments du style tardif selon la définition séminale qu'en donne Adorno surgissent à l'esprit quand on écoute ses ultimes enregistrements. Le cliché traditionnellement convoqué pour décrire le style tardif de Beethoven, explique Adorno, veut qu'il ait fini par entrer dans la dimension de la pure expression, affranchie de toutes les conventions. Dans les œuvres tardives, la personnalité de l'artiste, "pour sacrifier à l'expressivité, briserait la rondeur de la forme, […] refusant la séduction sensuelle au profit de la tyrannie souveraine de l'esprit enfin libéré[01]" – voilà comment Adorno résume ce jugement conventionnel. Est-ce vraiment le cas ici ? Et n'est-ce pas précisément ce en quoi consiste le free-jazz ? Sauf que, bien entendu, Coltrane ne cesse de revenir aux formes d'avant et aux vieux classiques – entamant ainsi le concert de Temple avec "Naima" et le concluant par une version étripée jusqu'à l'os de "My Favorite Things" dont ne subsiste plus que le cœur battant. (Comparée à cette version, celle enregistrée au Japon moins de trois mois plus tôt est carrément entraînante.) Il ne reste quasiment plus rien

01 — Adorno, "Le style tardif de Beethoven", *op. cit.*, p. 9.

de la composition originelle de Rodgers et Hammerstein, mais parmi ces ruines, comme le disait Adorno à propos du Beethoven tardif, “on rencontre partout, enchâssées dans le langage formel, les formules et les expressions toutes faites de la convention[01]”. Leur charme est brièvement rehaussé par le paysage dévasté qui menace en permanence de les engloutir.

52.

“Le style tardif de Beethoven” d’Adorno a été un point de référence important au commencement de ce livre à propos des *dernières* choses, qui pour certaines arrivent bel et bien sur le tard, tandis que d’autres surviennent plus tôt, de façon prématurée. Non pas que j’aie jamais eu l’intention d’écrire un essai exhaustif sur ce qui arrive en dernier, ou sur la finitude de manière générale. Ce livre aborde tout un éventail d’expériences, de choses et d’artefacts culturels qui, pour diverses raisons, en sont venus à se regrouper en une vague constellation autour de moi durant une certaine période de ma vie. Bien que ce ne soit pas la dernière, du moins je l’espère, cette phase est marquée par la conscience chaque jour un peu plus aiguë que la prochaine pourrait bien l’être – à tel point que j’ai l’impression de devoir me dépêcher de finir cet ouvrage, au cas où cette dernière phase arriverait plus tôt que prévu, ou de crainte qu’elle ne se signale, peu importe le moment où elle arrivera, par une incapacité de ma part à l’identifier ou à la traduire en mots.

53.

Le 5 juillet 2018, j’ai attrapé le métro à Wimbledon pour me rendre à Soho, juste à temps pour assister au concert de Pharoah Sanders au Ronnie Scott’s. Il y avait là une sorte

01 — *Ibid.*, p. 10.

de continuité assez opportune : le barbu Benoît Paire avait joué ce jour-là avec une jambe engoncée sous une couche de bandages tellement épaisse que, lorsqu'il a gagné, après avoir concédé le premier set 6-0, on aurait dit qu'on venait d'assister non pas tant à une remontée spectaculaire qu'à la résurrection d'une momie singulièrement athlétique.

J'avais déjà vu plusieurs fois Pharoah en concert, mais celui-ci serait certainement son dernier. Même s'il apparaissait seul en tête d'affiche, il s'agissait en réalité d'un trio, au sein duquel le saxophone semblait presque faire de la figuration. Pharoah était très diminué ; il ne jouait plus qu'avec une infime fraction de la puissance dont il disposait vingt ans auparavant. Mais quelle puissance il avait alors ! Nous aimerions croire que d'autres qualités – sagesse, profondeur, expressivité – peuvent pallier la perte de puissance et d'énergie, mais dans le cas de Pharoah, cette énergie et cette puissance d'autrefois étaient déjà empreintes de profondeur, d'expressivité et de tout ce qu'on voudra. Il ne restait donc plus que la perte.

Il a passé une bonne partie du concert assis sur son tabouret. Jamais il n'avait eu l'air aussi pharaonique, perché ainsi, les yeux fermés, avec sa barbe blanche et cette impression qu'il donnait d'être figé dans l'éternité, ou peut-être dans un état catatonique. La section rythmique a commencé à jouer la mélodie de “The Creator Has a Master Plan”, mais son créateur se contentait de chantonner à propos de la belle journée que nous avions eue à Londres ce jour-là. Et c'était vrai, la journée avait été belle. Mais les ombres du crépuscule avaient entièrement recouvert les berges du Nil à présent. Il parlait dans le pavillon de son instrument, comme s'il s'agissait d'un énorme téléphone sur lequel quelqu'un au Caire avait composé par erreur un numéro dont le souvenir s'était presque totalement effacé. Ce spectacle, dans l'ensemble, était un mélange de bouffonnerie et d'obligation contractuelle (un aspect de la vie des légendes en fin de parcours auquel on s'intéresse rarement) dont il semblait s'acquitter du bout des lèvres. En le regardant se lever de son tabouret, on avait l'impression d'assister au moment crucial d'une excavation archéologique ; lorsqu'il a quitté la scène pour regagner sa loge, on aurait dit qu'il retournait d'un pas chancelant s'allonger dans son sarcophage.

J'étais là avec mon ami Chris, qui m'avait initié au jazz, sur la stéréo de qui j'avais entendu tant de morceaux inouïs pour la première fois. Un jour de novembre 1987, en fin de matinée, nous nous étions retrouvés à la pizzeria Franco's, à Brixton. Puis nous avions acheté chacun un album sur le stand d'un disquaire au marché. J'avais choisi *Fire Music* d'Archie Shepp ; lui, *Tauhid* de Pharoah. Nous avions remonté Effra Road pour aller les écouter chez moi, mais une fois arrivés dans mon appartement de Crownstone Court, comme il faisait un temps magnifique ce jour-là, nous avions finalement décidé, poussés par l'appétit omnivore des jeunes intellectuels à l'orée de la trentaine que nous étions, de prendre quelques champis et de ressortir. Nous avions fini par nous poser dans le parc Clapham Common, au milieu des gigantesques bûchers allumés pour brûler les arbres arrachés par le récent passage d'un ouragan. C'est devenu la scène finale de mon premier roman, *La Couleur du souvenir*.

54.

La récurrence de la fin ! Le 12 octobre 2019, je suis allé revoir Pharoah, à Santa Monica. Il était, à tout prendre, dans un état encore plus lamentable que la dernière fois, sa fragilité d'autant plus flagrante qu'il n'était accompagné que d'un pianiste (sur les épaules duquel reposait l'essentiel du concert). Il se remettait par ailleurs d'une chute et quelqu'un a dû l'aider à monter sur scène en glissant sur ses claquettes. Il a joué un peu, chantonné bêtement comme la dernière fois sur “The Creator Has a Master Plan”. On percevait ici et là quelques faibles éclats de majesté, pâles réminiscences de sa gloire d'antan, mais impossible de se cacher la vérité : c'était une soirée de jazz sous assistance.

Pharoah est devenu célèbre grâce au free-jazz, mais ses racines, comme celles d'Ayler, sont dans le R&B. Après la mort de Coltrane, les stridences frénétiques et les profondes impulsions rythmiques se sont mutuellement renforcées. Quand "Upper Egypt and Lower Egypt", sur l'album *Tauhid*, prend enfin son envol, Pharoah pousse un cri puis répond lui-même à ce cri en lui enjoignant de danser – ce qui était précisément la raison à l'origine de ce cri et la direction dans laquelle celui-ci aspirait à aller. Et maintenant il avait presque disparu.

Tout le monde mit un certain temps à s'en apercevoir, à l'entendre, mais la tradition avait toujours été là, même dans son nom. King Oliver, Duke Ellington, Count Basie...

Ah, Pharoah – où donc tes cendres devraient-elles être dispersées ? En Égypte ou dans l'Arkansas ? À Little Rock ou à Louxor ? Quoi qu'il en soit, il a bien mérité de reposer pour l'éternité dans la Vallée des Rois.

55.

En octobre 2019, ma femme et moi sommes allés au Disney Hall écouter des membres du Philharmonique de L. A. jouer l'opus 132. Je formule les choses ainsi parce qu'au lieu d'un quatuor proprement dit, il s'agissait simplement de quatre musiciens issus de l'orchestre. Ça pouvait aller – autrement dit, ça n'allait pas du tout. Ils n'étaient pas capables de générer suffisamment de résistance à l'âme du "*Heiliger*", cette impression de tout-laisser-derrière-soi. Le regret de devoir partir – la réticence – doit être immense pour que les adieux accomplis prennent toute leur dimension. Nous avons donc entendu ce soir-là un extraordinaire morceau de musique, très bien exécuté, et rien de plus – alors qu'il devrait avoir une tout autre ampleur. C'est précisément de cela qu'il s'agit, en un sens ; laisser *la musique elle-même* derrière soi... C'est en tout cas le sentiment que suscitèrent ces derniers quatuors chez les contemporains de Beethoven. Il y a là quelque chose, remarquait l'un d'eux, comme s'il avait obscurément entrevu un autre monde à travers la lentille d'un télescope inadapté, mais nous ne savons pas quoi.

Cependant, la formule précédente, à propos de laisser la musique elle-même derrière soi, était incomplète. Le but était de prendre congé de la musique sans que cela cesse d'être de la musique. ("Ce qui transcende, nous rappelle Adorno, ne va pas sans ce qu'il transcende[01].") Pour Beethoven, quel plus grand repos aurait-il pu y avoir ?

56.

Tout cela me trottait dans la tête pendant le concert – preuve indubitable que je n'étais pas complètement transporté par celui-ci – parce que j'avais passé le week-end chez mon ami Tao, à Joshua Tree. J'étais allé là-bas en voiture avec Jamie, un surfeur décontracté et large d'épaules. La moitié de la population du sud de la Californie s'adonne au surf, mais Jamie avait évolué dans le circuit pro. Il a la cinquantaine bien sonnée aujourd'hui ; nous nous comparions volontiers, lui à Cliff Booth et moi à Rick Dalton. Non seulement je me plaisais en sa compagnie, mais je ressentais aussi une espèce de fierté à l'idée d'avoir pour ami un type si débonnaire, comme si cela me rendait plus cool par association. Nous étions habillés presque à l'identique – chaussures de skate, jean, chemise à carreaux en flanelle – et il était facile d'oublier, en nous voyant installés côte à côte dans son break déglingué, que, loin de me donner l'air cool, ses larges épaules décontractées me faisaient paraître en réalité encore plus chétif et coincé que d'habitude.

Le vendredi après-midi, à l'époque d'avant le Covid, on avait souvent l'impression que la Californie tout entière était tellement encombrée de véhicules que personne n'aurait pu espérer arriver à destination avant le samedi matin. Nous sommes restés dans cette voiture pendant une éternité,

01 — Adorno, *Beethoven*, *op. cit.*, p. 242.

immobilisés dans les embouteillages pendant des heures à L. A., puis pendant plusieurs heures encore à Riverside. Nous étions soulagés en arrivant chez Tao, mais il est toujours un peu intimidant de débarquer dans un endroit où les gens sont déjà en train de se prélasser au bord de la piscine ou dans le jacuzzi, surtout quand tous ces gens sont à poil, certains déjà défoncés, et qu'on aperçoit, abandonné sur un transat, un exemplaire gondolé d'humidité d'*Être-au-monde*, l'essai de Hubert Dreyfus sur Heidegger.

J'avais prévenu Jamie, je lui avais parlé de ce facteur d'intimidation initiale, et je lui avais dit également que, si un week-end chez Tao était la promesse assurée de passer un moment merveilleux, chaque week-end était merveilleux d'une façon distincte et imprévisible. Lors de ma dernière visite, je m'étais retrouvé avec un cerveau humain entre les mains (sorti tout à trac du coffre de sa voiture par un neuroscientifique invité ce jour-là). Ce week-end-ci avait fini par tourner autour de la DMT, une substance que j'avais rêvé d'essayer vingt ans plus tôt, durant ma dernière phase d'expérimentations psychédéliques.

Personne ne savait trop quelle était la meilleure façon de l'ingérer. Nous ne disposions que d'un petit bang. Tao a dit qu'il fallait mélanger la DMT avec du tabac, mais je savais d'expérience, ayant plusieurs fois essayé de fumer de l'herbe mélangée à du tabac, que cela me provoquerait des nausées. Nous avons fini par opter pour de la sauge en lieu et place de tabac. Pour le reste, nous avons procédé aux préparatifs avec la plus grande méticulosité. Un fauteuil confortable a été disposé face à un mandala marron foncé rapporté du Bhoutan et accroché au mur du salon – dans lequel trônait la splendide sono McIntosh de Tao. Quelqu'un tiendrait la pipe à eau pour celui à qui ce serait le tour de fumer la DMT puis quitterait la pièce et rejoindrait les autres dans la cuisine. Le vendredi soir, je me suis installé confortablement devant le mandala. Sur la sono, un disque du groupe SUSS : musique ambient-country, vastes paysages sonores à ciel ouvert. J'ai tiré de la pipe une bouffée brûlante, retenu la fumée dans mes poumons, puis tiré et retenu une nouvelle taffe avant de me mettre presque aussitôt à tousser. J'ai ressenti une brève turbulence intérieure, puis le mandala a commencé à briller d'une éblouissante lumière dorée et à se déployer à l'infini en trois dimensions. Mais je savais toujours très exactement où je me trouvais, qui j'étais, et j'étais pleinement conscient du passage du temps. La drogue a eu des effets similaires sur tous les autres.

J'ai retenté l'expérience le samedi matin, et cette fois les effets ont été moins prononcés que la veille au soir, si bien que trois d'entre nous (Jamie, moi-même et notre ami Danny) avons décidé de partir en quête de matériel plus adéquat – autrement dit, inutile de tourner autour du pot, d'acheter une pipe à crack. Ce qui n'est pas très difficile à Joshua Tree, à condition de s'en tenir à la plus discrète politesse et de demander une simple pipe en verre. Après avoir acheté la pipe en verre qui était en réalité une pipe à crack qui était en réalité une pipe à DMT, nous sommes allés nous offrir un petit déjeuner gargantuesque au Crossroads Café, où, tandis que nous attendions notre table, j'ai reçu un texto d'un ami de Dublin. “Petit conseil de la plus haute importance : mets le paquet sur la dose. Sinon tu passeras à côté de ce qui rend l'expérience unique.”

Pour je ne sais quelle raison, en plus d'une énorme plâtrée d'œufs brouillés pour chacun, nous avons également commandé une quantité faramineuse de pancakes, que Danny a découpés avec sa fourchette. Comme il avait au coin des lèvres une espèce de bouton de fièvre qui faisait lui aussi la taille d'un pancake, toutes proportions gardées, ni Jamie ni moi n'avons voulu toucher à notre part de ce festin partagé, que Danny a donc méthodiquement entrepris d'engloutir en entier. Le défi était si colossal que Jamie lui a demandé s'il avait déjà “mangé à un niveau compétitif”. C'était probablement la question la plus saugrenue que j'avais jamais entendue de ma vie, et même si je n'avais pas inclus de questions, quelles qu'elles soient, dans la liste des choses susceptibles de rendre merveilleux un week-end chez Tao, c'est l'un des détails qui ont contribué à rendre merveilleux celui-ci en particulier. Il est important de signaler par ailleurs que nous surnommons notre ami “Crop-Top Danny”, parce qu’il porte des tee-shirts trois fois trop courts afin de mettre en valeur les muscles impressionnants de son abdomen, lequel n’a pas trahi le moindre signe de distension même après qu’il a eu terminé d’avaler et son petit déjeuner et la pile entière de pancakes surnuméraires.

Nous sommes repartis chez Tao dans la voiture de Danny, une Buick LeSabre des années 1980, en roulant incroyablement vite sur les nids-de-poule, les ornières et les énormes cailloux de la route de terre menant à la propriété. Les amortisseurs de cette voiture étaient fabuleux – même si, lors de mon séjour suivant, un mois plus tard, elle était hors d’usage, à cause d’un problème d’amortisseurs justement, lesquels, allez savoir, avaient peut-être rendu l’âme parce qu’ils avaient été mis à trop rude épreuve par le poids excessif de la quantité de nourriture ingurgitée ce jour-là par Danny.

Histoire de nous assurer que nous faisions tout bien dans les règles, nous avons regardé des vidéos pédagogiques sur YouTube destinées au grand public désireux de s’initier à la DMT. Il y en a beaucoup, dont certaines postées par des ados dans leur chambre, quoique la plupart semblent avoir été réalisées par des individus plus âgés et plus expérimentés – l’un d’entre eux au moins donnait l’impression de ne s’être toujours pas remis du traumatisme causé par la mort de Jerry Garcia. Un évangéliste scrupuleux nous recommandait l’usage d’une balance de cuisine afin de calibrer au plus juste une dose de cinquante milligrammes. Comme nous ne disposions pas d’un tel ustensile, nous avons eu l’astucieuse idée de réduire en poudre un cachet d’ibuprofène deux cents milligrammes puis de diviser en quatre le petit tas ainsi obtenu pour voir à quoi ressemblait une dose de cinquante milligrammes. Nous avons passé le reste de l’après-midi à grimper au sommet d’une colline voisine puis à en redescendre en la dévalant à toutes jambes – ce que j’ai réussi à faire sans me tordre la cheville – et à lézarder au bord de la piscine et du jacuzzi. Je portais un short et un vieux tee-shirt délavé arborant le logo d’un café-vélo à

Sedona. Deux nouveaux invités ont débarqué, comme nous la veille. Je me délectais d'avance à l'idée d'être témoin de leur léger embarras initial, mais pas du tout, ils se sont tout de suite sentis à leur aise et, quelques minutes à peine après leur arrivée, ils étaient dans le jacuzzi et le plus simple appareil, si bien que c'est moi qui me suis soudain senti horriblement gêné, avec mon short et mon tee-shirt ; pour me donner une contenance, je me suis alors mis à "lire" *Être-au-monde*, parfaitement conscient que je n'en comprenais pas un traître mot, avant de me lever de mon transat pour aller faire joujou avec la sono.

Ce samedi-là, en vue de la séance DMT du soir, le salon avait été encore plus magnifiquement aménagé. À côté du mandala avaient été disposées des plantes luxuriantes, au pied desquelles se trouvait une peluche. Dans *Le Chasseur céleste*, Roberto Calasso parle d'un temps où l'on ne pouvait jamais savoir, lorsqu'on tombait sur un animal, s'il s'agissait ou non d'un dieu. Quand j'y repense, il me paraît évident que cette adorable peluche était une divinité, même si je ne me souviens plus de quel animal il s'agissait. Une amie de Tao qui habitait non loin nous avait rejoints pour le dîner : une fille très cool, musicienne, la trentaine, prénommée Janie, ce qui a provoqué chez moi une certaine confusion. Les frontières identitaires bâties autour de ces consonnes voisines étaient trop poreuses pour être efficaces ; à plusieurs reprises, au cours de cette soirée qui allait se révéler très longue, j'ai dit "Janie" au lieu de "Jamie", et "Jamie" au lieu de "Janie", comme si, en plus de tout le reste, ils ne cessaient de se transformer l'un en l'autre. Janie a été la première à fumer la DMT dûment préparée et nous a fait part de ses impressions : les effets de la drogue semblaient plutôt légers. Puis est venu mon tour. Les sensations étaient encore plus nébuleuses que celles de la matinée (elles-mêmes déjà atténuées par rapport à ce que j'avais éprouvé la veille). Jamie le Surfeur : idem. La DMT s'était-elle éventée ? Danny Lèvre-en-croûte s'est ensuite emparé de la pipe, qu'il a allumée lui-même. Ayant déjà expérimenté plusieurs fois la pleine puissance des effets que pouvait avoir cette drogue, il était le mieux placé d'entre nous pour rendre un verdict fiable. "Ça marche", a-t-il déclaré en revenant dans la cuisine, mais ce n'était pas aussi fort que ce qu'il avait connu les fois précédentes. Il avait dû y mettre du sien, en prenant de grandes respirations.

Après tous ces échecs et ces faux départs, il ne nous restait plus qu'une seule dose. Je ne voulais pas retenter ma chance, et Jamie non plus, mais notre réticence n'avait aucun rapport avec le bouton de fièvre de Danny – lequel, avions-nous appris entre-temps, n'était pas un bouton de fièvre, tout compte fait. Nous étions soudain passés de la pénurie au trop-plein. Janie s'est vaillamment portée volontaire pour un deuxième essai, assistée de Tao pour allumer la pipe. En lorgnant par l'embrasure de la porte de la cuisine, nous l'avons vue s'affaler en arrière dans le fauteuil, conformément à ce qui était censé se passer, sous le regard bienveillant de la divinité en peluche. Puis nous l'avons entendue se mettre à pousser des grognements.

"Elle est complètement dans les vapes", a dit Tao.

Les grognements et les gémissements ont continué, tant et si bien que nous avons fini par devenir un peu inquiets, puis carrément effrayés. Je me trouvais pour ma part dans un état d'esprit tout à fait caractéristique, balançant entre soulagement ("Dieu merci je ne suis pas à sa place") et regret ("Dire que j'aurais pu être à sa place"), ce qui résume assez bien, en version miniature, la teneur essentielle de mon expérience d'être-au-monde-sans-y-être-vraiment.

Au bout de vingt minutes, Janie nous a rejoints dans la cuisine d'un pas flottant ; on aurait dit qu'elle venait de passer plusieurs heures – que dis-je, plusieurs années ! – à profiter de la plus belle partie de jambes en l'air de toute sa vie, voire de toute l'histoire de l'humanité. Et elle n'avait pas du tout eu peur, elle – ce qui était particulièrement impressionnant dans la mesure où, d'après tous les témoignages, la DMT est une expérience *réellement* effrayante. Même les habitués éprouvent cette frayeur, parce que cette drogue vous emmène vraiment très loin. Vous avez beau l'avoir déjà visité, l'étrangeté du monde dans lequel vous plonge la DMT vous submerge à tous les coups. Chaque fois que vous franchissez ce seuil, c'est comme si c'était la première fois – même si, paraît-il, vous avez aussi la sensation d'être de retour chez vous, en terrain connu.

De retour chez moi, après avoir échoué à franchir le seuil menant à cet autre monde, j'ai passé de nombreuses heures, au cours des jours suivants, à regarder des vidéos de Terence McKenna, qui, dans l'une d'elles, explique que le danger, avec la DMT, c'est qu'on risque de mourir de sidération. Il faudrait donc être fou pour ne pas essayer. Nous investissons beaucoup de temps et d'argent dans nos projets de voyage aux Galápagos ; nous endurons toutes sortes de désagréments et d'inconforts pour nous rendre à Sossusvlei, en Namibie – or voici un monde radicalement différent que vous pouvez atteindre en quinze secondes et d'où vous pouvez revenir en quinze minutes, pour environ quinze dollars, sans lever les fesses de votre fauteuil. Dans une autre vidéo, McKenna affirme que, même si une soucoupe volante atterrissait sur la pelouse de la Maison-Blanche, la DMT resterait l'expérience la plus extraordinaire de tout l'univers. Et quand bien même cette expérience prendrait une tournure catastrophique, un quart d'heure, ce n'est rien – surtout en comparaison de l'atroce marathon que constitue un trip sous acide, avec son potentiel illimité d'aléas inattendus. Le problème, c'est que si, du point de vue des gens qui vous attendent dans la cuisine, vous n'êtes jamais parti que le temps de boire une tasse de thé à la camomille, pour celui qui a pénétré dans le monde de la DMT, le temps n'existe plus. Vous êtes échoué sur les rives de l'éternité – et l'éternité, c'est horriblement long. Vous vous retrouvez coincé Dieu sait où, pendant un quart d'heure ou à jamais – et vous ne savez pas non plus qui vous êtes. Tao m'a transmis le témoignage d'un autre ami à lui, spécialiste de Heidegger, qui avait essayé la DMT (sous la supervision de Tao) et avait trouvé cette expérience proprement terrifiante. La bande-son qu'il avait choisie pour l'accompagner dans ce voyage vers l'inconnu n'était pas une apaisante musique d'ambiance mais l'un des derniers quatuors de Beethoven (il ne précisait pas lequel, hélas). Ce qui revenait à chercher les ennuis à plus d'un titre. Ce qu'il vous faut dans ce genre de circonstances, ce n'est surtout pas une musique qui exige de la concentration. Ce qu'il vous faut, c'est un environnement agréable – non pas, comme avec l'acide, pour vous y immerger totalement, mais pour retrouver votre calme avant de le laisser derrière vous.

Il est donc parfaitement naturel, comme l'affirment tous ceux qui ont expérimenté cette drogue, d'éprouver de l'appréhension, de l'angoisse, de la peur. Le secret, c'est de continuer à respirer, de rester calme, de se laisser aller. La pire chose à faire, c'est d'essayer de résister, parce qu'une fois que vous avez inhalé cette deuxième ou troisième bouffée brûlante, ce qui doit arriver arrivera de toute façon. Si vous avez l'habitude de pratiquer la méditation, si vous savez contrôler votre respiration, alors vous pouvez augmenter vos chances de transformer un potentiel tour de montagnes russes à vous faire blanchir les phalanges en une souple et rapide glissade dans cet autre monde. Ce sont tous des pros de la respiration, ces Californiens : des adeptes de la respiration, de la méditation et du polyamour, et des inconditionnels du yoga, alors que moi, je ne savais respirer que dans le sens normal et anglais du terme, ayant réussi à me livrer à cette activité sans avoir reçu la moindre instruction dans ce domaine, sans y accorder la moindre pensée ni me plier à la moindre discipline, depuis plus de soixante ans, même s'il fut un temps durant mon enfance, je me souviens, où ma mère affirmait à qui voulait l'entendre dans notre entourage que je n'arrêtais pas de retenir ma respiration – c'était un phénomène assez répandu chez les gosses à l'époque, un geste de protestation minimaliste et instinctif contre les clauses et les conditions municipales inhérentes à l'être-au-monde.

Il n'est pas inintéressant de noter que les deux personnes les plus hésitantes étaient aussi les plus âgées, à savoir Jamie et moi-même. À quarante ans, je me serais prêté à cette expérience avec l'abandon le plus total, et cet abandon lui-même aurait accru les chances que l'expérience soit réussie. La flexibilité qu'on perd en vieillissant n'est pas seulement d'ordre physique mais aussi mental. L'ami qui m'avait envoyé par texto ce conseil "de la plus haute importance" a trente-cinq ans. À l'image de quelqu'un qui aurait écouté le vieux marin radoter sa complainte pendant quarante ans, je suis plus sage aujourd'hui que je ne l'étais le jour où j'ai pris de l'acide pour la première fois, à vingt ans, mais à quoi bon être sage, à quoi bon s'être fadé les mille cent pages d'*Agneau noir et Faucon gris*, deux fois, si cela réduit vos chances d'éprouver pleinement les effets stupéfiants de la DMT ne serait-ce qu'une seule fois ? N'est-ce pas là l'exact opposé de la sagesse ? N'est-ce pas de la stupidité pure et simple ? D'autant que, d'après mes recherches, la DMT, contrairement au LSD, ne présente aucun risque de dommages ou de dérangements cérébraux irréversibles (une fois que vous avez réémergé de l'ultime permanence de l'éternité) hormis celui de devenir un obsédé de la DMT. Et puis j'ai moins à perdre, à présent que mon cerveau a accompli l'essentiel du travail dont il a jamais été capable. J'ai la ferme intention de vivre au-delà de soixante-dix ans, mais si l'on traduit en jours de la semaine les bonnes vieilles "trois fois vingt et dix" années qui, dans la Bible, constituent l'espérance de vie moyenne, j'en suis aujourd'hui à l'aube du dimanche. Ou à la rigueur, si quatre-vingts ans est le nouveau soixante-dix ans, un dimanche suivi d'un jour férié, d'un lundi gracieusement offert en bonus – l'un de ces jours fériés des années 1970 en Angleterre où tout était fermé, où il n'y avait rien à faire, raison pour laquelle vous abordiez le dimanche soir comme un samedi soir et passiez ensuite ce fameux lundi à traîner à la maison, désœuvré et terrassé par une gueule de bois carabinée.

D'une certaine manière, l'expérience de la DMT est donc un test. Une façon de mettre son moi à l'épreuve. Et le résultat dépend de la capacité de chacun à perdre ce moi, à le laisser de côté pendant dix minutes *et* – l'écho nietzschéen est ici inévitable – pendant toute la durée de l'éternité.

Le royaume de la DMT : savoir qu'il est là, qu'il vous attend, "préformé", comme me l'expliquait mon ami dublinois dans un autre texto – "une dimension autonome d'une solidité totale et intacte". C'est rassurant, de savoir que ce royaume n'est pas près de disparaître, qu'il reste du temps. C'est cela qui vous autorise à remettre à plus tard ce voyage, à attendre une prochaine occasion pour franchir le seuil.

57.

Puisque nous avons fini par en revenir – de façon allusive en tout cas – à notre point de départ, il me faut à présent avouer que la toute première chanson que j'aie entendue de ma vie qui ait trait de près ou de loin à "La Fin" n'a pas été écrite par Jim Morrison en Californie mais par Peter Hammill en Angleterre : il s'agit du dernier morceau de *Chameleon in the Shadow of the Night*, son premier album solo après la dissolution du groupe Van der Graaf Generator. Le titre exact de cette chanson est "In the End" ; Hammill avait vingt-trois ans lorsqu'il l'a composée en 1972, et j'en avais quatorze quand l'album est sorti, en mai 1973. Après une longue introduction au piano, il chante :

Promis, je ne laisserai pas le moindre indice :
Aucune empreinte, aucune remarque révélatrice.

Mouais, bon, admettons, quoique cette chanson soit en elle-même à la fois un indice et une longue litanie de remarques sur le renoncement à la vie de star du rock progressif enchaînant les tournées européennes – même s'il faut bien reconnaître que, en fait de "star", l'étoile de Hammill n'a jamais brillé du même éclat que celle du Martien David Bowie. Et si les images convoquées au début de la chanson suggèrent qu'il quitte une potentielle scène de crime, l'existence dont il prend congé est singulièrement tranquille – "Fini la précipitation, fini les jeux d'échecs de voyage" – comparée aux excès d'un Keith Moon ou de Mötley Crüe. Pourtant, conclut-il, il est "temps d'abandonner avec équanimité et placidité / La partie" pour mener une autre vie, une vie consacrée à jouer aux échecs sur un vrai plateau de jeu (du moins à en juger par l'aquarelle au dos de la pochette, où il arbore une chemise à l'encolure dégagée et au coude déchiré) et à se promener cheveux au vent dans les paysages bucoliques de l'Angleterre rurale déployée en double-page (photo intérieure). Dans les années 1970, rappelez-vous, la campagne n'était pas un lieu de retraite mais de régénération et de renouveau. Il était tout à fait possible de résider dans une maison au fin fond des feuillues forêts d'Albion et de se trouver à quelques coups de pédale à peine d'une fête exubérante ou d'une session d'enregistrement organisée dans la majestueuse demeure de tel ou tel dieu du rock au faîte de sa gloire et occupé pendant une bonne moitié de l'année à remplir les stades du monde entier.

J'ai découvert Van der Graaf trop tard pour les voir en concert, sous leur première incarnation, ou par la suite, lorsque le groupe s'est reformé, et je n'ai jamais vu non plus Peter Hammill sur scène en solo. Je serais bien allé à l'un des trois concerts qu'il a donnés au Café Oto à Londres en mars 2017, mais je vivais alors à L. A. et, de toute façon, toutes les places avaient été vendues presque aussitôt après l'ouverture de la billetterie. Je l'ai vu jouer "In the End" en public, au piano, à Amsterdam en janvier 2010, sur une vidéo YouTube ; il avait alors soixante et un ans – l'âge que j'ai moi-même à l'heure où j'écris ce passage sur lui. À cause du confinement (du moins en partie), nous avons fini par avoir la même coupe de cheveux, lui et moi. Quand j'ai commencé à écouter Van der Graaf, j'avais presque la moitié de son âge ; cette proportion s'élève aujourd'hui à environ six septièmes.

58.

> "Mon cou est incurable [...] parce qu'il n'a aucun problème. Ha ha[01]."

Il y a un mois, tout le côté gauche de mon corps s'est presque entièrement effondré : genou gauche, nuque gauche,

01 — Larkin, *Selected Letters*, *op. cit.*, p. 450.

lombaires gauches, coude gauche… Il y a trois ans, souffrant d'un violent tennis-elbow, je suis allé consulter un certain docteur Lyn, dans le quartier de Koreatown. C'était un vieux type blanc hostile à toutes les âneries new age qui se qualifiait lui-même de mécanicien. Aux murs de son cabinet étaient accrochées des photos dédicacées de divers patients reconnaissants, parmi lesquels Laurence Olivier (en roi Lear) et un membre du groupe Canned Heat. Si ces photos laissaient soupçonner que l'époque de sa splendeur remontait à un passé lointain, j'en avais eu la confirmation lorsque, ayant été informé des douleurs au coude que je ressentais, il avait par mégarde entrepris d'investir le peu de pouvoir qu'il lui restait dans la manipulation des os de mon *poignet* gauche. Deux jours plus tard, j'étais prêt à lui envoyer une photo dédicacée de moi-même, de retour sur les courts : mon tennis-elbow s'était volatilisé comme par magie (et ne reviendrait plus jamais me tourmenter pendant trois bonnes années). Cette fois, Lyn se déplaçait dans son cabinet d'un pas de vieillard, à l'aide de cannes, et ses pouvoirs magiques de mécanicien pragmatique sont restés sans effet – mon coude me fait toujours souffrir le martyre. Et ce n'est pas un simple tennis-elbow, mais un *elbow*-elbow, en plein sur l'articulation du coude – horrible vengeance karmique destinée à me punir de ma mauvaise blague sur le scrotum-elbow de Boris Becker.

J'ai un mal de chien ; la douleur me réveille parfois en pleine nuit, quand mon coude devient engourdi et que je n'arrive plus du tout à le bouger. J'ai passé un nombre d'heures incalculable à essayer de m'habituer à tenir ma raquette dans l'autre main (la droite) ; aujourd'hui, à moitié endormi, j'utilise mon bras droit pour débloquer le gauche. Je crains que ce ne soit la première étape d'une nouvelle série de blessures – les prémices corporelles du style tardif – qui *empirent* avec la mise au repos forcé. Compte tenu de l'actuelle vague de Covid – et des déferlantes successives contre lesquelles on ne cesse de nous mettre en garde –, je suis réticent à l'idée d'aller chez le kiné. Les perspectives ne sont donc guère riantes. On dirait bien que la fin se profile, mais je me raccroche à quelque chose que j'ai écrit précédemment, quelque chose qui n'était pas une blague, pour le coup, à propos des charges de cavalerie. Je me rassure en songeant que la dernière charge a toujours fini par devenir l'avant-dernière, en songeant aux mots de l'amoureuse de Dylan dans cette première version de "Tangled Up in Blue", en songeant que ce n'est pas la première fois, tant s'en faut, que la fin semble se profiler à l'horizon à cause de diverses combinaisons de problèmes physiques : coiffe des rotateurs, fléchisseurs de hanche, poignet, torticolis, lombaires et genoux en compote (les deux). La totale. Et pourtant je ne lâche pas ma raquette. Ou plutôt je *n'ai pas lâché* ma raquette, jusqu'au jour où j'ai bien dû finir par m'avouer vaincu, suite à ce dernier épisode en date de dysfonctionnements de la main gauche, de sénestre sinistrose, et encore, même pendant tout ce temps où j'ai continué à me servir de ma raquette, ce n'était jamais pour *servir*. Je ne l'avais pas encore signalé, ça ? J'ai dû arrêter de servir il y a déjà plusieurs années, afin de préserver mon épaule (ou de lui *rendre service*, peut-être ?). Ce qui n'a pas représenté une grande perte, cela dit, dans la mesure où, en dépit de ma grande taille, mon service a toujours été un point faible plutôt qu'une arme fatale, une épée à double tranchant unique en son genre, maniée d'une main malhabile, dont la lame était tout aussi émoussée des deux côtés. J'y ai bien volontiers renoncé, même si, il y a dix ans, il me semblait que ne plus pouvoir servir revenait à ne plus pouvoir jouer au tennis. Aujourd'hui, cela signifie tout simplement que je ne peux plus jouer au tennis *service compris* (ou "au tennis" tout court, comme on dit plus communément) : parfaite illustration de la simultanéité de la détérioration et de la résilience entêtée de la vie. Du point de vue des étudiants – ces étudiants que le Covid empêche aujourd'hui de profiter de ce qu'ils appellent "l'expérience de la fac" –, la vie que je mène s'est tellement racornie que j'en suis déjà réduit à produire un tennis d'une qualité largement inférieure au jazz pour EHPAD de Pharoah (que les gens étaient prêts à payer pour voir jouer). Je suis déjà bien content de continuer à pouvoir tout faire à part servir – ou de me dire que je *pourrais* tout faire à part servir, si seulement je pouvais encore jouer –, et même si, à un certain niveau, j'ai bel et bien l'impression que c'est le début de la fin, au *même* niveau, très exactement, le fait est que, depuis l'insurpassable, ineffable et immortelle époque glorieuse qui m'a vu décrocher un triple-A à mes A-Levels, quatre décennies se sont écoulées durant lesquelles je n'ai cessé de me relever de tous les coups que m'a assenés la vie comme de toutes les pertes qu'elle m'a fait subir. Les preuves factuelles sont incontestables. Genou à terre, je sors ma genouillère. Je quitte le court en miettes. Je rentre chez moi en claudiquant. Je lèche mes plaies. Vaincu peut-être mais défait jamais, je me repose, je me colle des poches de glace, peu à peu je refais surface, je prends deux cents milligrammes d'ibuprofène deux fois par jour. Je me plie à la corvée fabuleusement fastidieuse des étirements et autres exercices de kinésithérapie jusqu'à ce que je sois prêt à retourner dans l'arène, jusqu'à ce qu'une autre partie de mon corps me trahisse, ou que la même partie de mon corps me trahisse de nouveau. Remettez-moi en selle, comme disait Tom Simpson après son malaise cardiaque, tout sourire (il était bourré d'amphétamines à ce moment-là), sur les pentes du mont Ventoux pendant l'édition 1967 du Tour de France. Mais qu'est-ce qu'ils ont avec la montagne, tous ces Simpson ? Ou encore le présentateur John Simpson, tant qu'on y est, qui se trouvait dans le peloton de journalistes touché par des tirs alliés sur une route en Irak. Est-il resté allongé dans un fossé à ruminer, à se demander ce qui aurait pu se passer s'il avait porté sa célèbre veste blanche au lieu d'un gilet pare-balles ? Bien sûr que oui. Mais dès qu'il a retrouvé ses esprits, il s'est épousseté et empressé d'improviser un reportage sur le vif, face à l'objectif moucheté de sang de la caméra de la BBC, galvanisé à l'idée de la tête que tireraient ses petits camarades Jeremy Bowen et Kate Adie, verts de jalousie en le regardant à la télé ce soir-là. Et n'oubliez pas. Les secours sont en route. Le vaccin arrive bientôt. La cavalerie ne va pas tarder – mais, comme l'a dit à la télé Anthony Fauci, conseiller de la Maison-Blanche au sein de la cellule de crise sur le coronavirus, ce n'est pas parce que la cavalerie arrive qu'il faut arrêter de tirer. Même si vous n'arrivez plus à tenir votre fusil parce que votre bras est complètement bousillé, comme si vous aviez le coude transpercé par une flèche, vous continuez à tirer jusqu'à ce que vous soyez à court de munitions, et quand vous êtes à court de shampooing, vous descendez en racheter un flacon. Tout cela est assez bouleversant, je sais. À mesure que j'avance dans ma péroraison – "je vais vous lire deux derniers poèmes" –, j'ai conscience de prendre de plus en plus les accents de l'Ulysse de Tennyson, de Larry Olivier à Azincourt, du marathonien qui s'est fait arracher la jambe dans l'attentat de Boston. Ou étaient-ce les *deux* jambes ? Je ne sais plus. Mais qui tient le décompte, de toute façon ? Qui s'en soucie ? Voilà où je voulais en venir. Tout le monde se fout royalement de savoir si oui ou non on reverra un jour mes membres déliés virevolter sur les courts de tennis d'Ocean View – oh ! mais je peux vous assurer que si, on les reverra... enfin, probablement... même s'*il commence à faire noir, trop noir pour y voir*... car ce n'est pas demain la veille que j'irai *frapper à la porte du paradis*... Je n'ai certainement pas l'intention d'aller où que ce soit dans l'immédiat, mais dussé-je partir, je partirais en fonçant droit sur le champ de bataille, même si le champ de bataille, dans mon cas, est un bureau. Et même si ce bureau était en réalité un lit, ça ne changerait rien à l'affaire. Quoique beaucoup nous soit ôté, il nous reste beaucoup. Le long jour décline, la lente lune monte. Est-ce me condamner moi-même d'avance à la défaite de penser que, si je ne devais plus jamais remettre un orteil sur un court de tennis, je pourrais faire fortune en devenant coach en développement personnel ?

59.

Quand j'y repense, je crois que j'ai bel et bien réussi à franchir une sorte de seuil chez Tao à Joshua Tree : j'ai atteint le niveau de regret le plus pur que j'ai jamais éprouvé. Si seulement je me trouvais de nouveau là-bas à cet instant précis, ou si Tao et sa divine peluche se trouvaient ici, dans mon appartement, avec un joli petit sachet tout neuf de DMT... Je foncerais sans hésiter, et je m'y prendrais correctement cette fois, affalé avec appréhension dans le vaisseau spatial de mon canapé, immergé dans le cône sonore projeté par mes enceintes, lesquelles diffuseraient le dernier album de Basinski, *Lamentations* (mais je prendrais soin de sauter l'avant-dernière piste, "Please, This Shit has Got to Stop" – "Pitié, il faut que cette saloperie cesse"). Ou peut-être serait-il plus sage d'écouter la *Trilogie de la mort* d'Éliane Radigue, tout bien considéré : une musique à ce point détachée de toute temporalité que ce n'est même presque plus de la musique. Un ami m'a dit un jour qu'écouter cette musique s'apparentait à entendre le sang circuler dans ses propres veines ; la comparaison semblait pertinente à première vue, mais en fait non, parce que la circulation du sang implique une pulsation, un rythme. On serait plus proche, à la rigueur, du bruit du cerveau, mais ce n'est pas exactement cela non plus ; c'est celui de l'âme, de "l'âme frêle[01]", pour reprendre la belle expression de Lawrence, au moment où elle quitte le corps.

60.

La nuit dernière a été le théâtre d'une nouvelle représentation de mon rêve footballistique semestriel. Cette fois, le ballon n'était pas vraiment un ballon, mais une simple touffe de végétation qu'il était difficile de distinguer de la pelouse du terrain. Elle s'effilochait un peu plus à chaque coup de pied, au point qu'il devenait bientôt impossible de l'envoyer derrière la ligne de but – oh, et d'ailleurs il n'y avait *pas* de ligne de but. Ce rêve constituait-il une avancée conceptuelle dans la pureté d'une parabole sur l'inutilité

01 — Lawrence, *Poèmes*, *op. cit.*, p. 830.

de tout objectif, sur la vanité de toutes les entreprises humaines en général ? Dans ce cas, il n'est pas bien difficile d'imaginer la suite. Plus aucun vestige du moindre ballon, ni de quelqu'un pour taper dedans ; pas plus que de rêve ni de quelqu'un pour rêver – rien que la funeste immensité d'une pelouse déserte.

Triste chose ! Toujours la même vieille histoire ! Quand on a achevé de construire sa maison, on remarque que ce faisant, on a appris à son insu quelque chose que l'on aurait absolument dû savoir avant de – commencer à la bâtir. L'éternel et contrariant "trop tard !" – La mélancolie de tout ce qui est achevé !...

Nietzsche

POST-SCRIPTUM

Même après avoir ajouté deux post-scriptum et un épilogue au *Cas Wagner* – puis envoyé, “en toute bonne humeur, un post-scriptum[01]” au directeur d’une revue dans laquelle était parue une critique –, Nietzsche n’en avait pas encore fini avec son ancienne idole[02]. La dernière tâche, ou presque, à laquelle il s’attela, quelques mois à peine après avoir reçu les premiers exemplaires du *Cas Wagner*, fut de réunir une anthologie de passages consacrés à ce dernier, extraits de ses ouvrages précédents, dans *Nietzsche contre Wagner*. “Pour qui les lit dans l’ordre, expliquait-il dans un avant-propos (encore un), ils ne laisseront aucun doute, ni sur moi, ni sur Wagner : nous sommes deux antipodes[03].” Le plus ancien texte sélectionné datait de 1877 mais, s’il en avait eu le temps, on peut penser que Nietzsche serait remonté encore plus loin afin de montrer que, même pendant cette période d’idolâtrie totale, il n’était pas dépourvu d’esprit critique et avait déjà commencé à se retourner contre Wagner avant même d’avoir entendu une traître note de sa musique.

La demi-finale contre Djokovic à l’Open d’Australie en 2019 ne devait pas être le dernier match de Roger, finalement. Il est revenu, en petite forme, en 2021, et a battu Dan Evans au premier tour de l’Open du Qatar avant de perdre contre Nikoloz Basilashvili, après avoir eu une balle de match, au deuxième tour. (Parmi les nombreux records

01 — Nietzsche, *Correspondance*, vol. IV, *op. cit.*, p. 403.

02 — Je me demande si le besoin compulsif, chez Nietzsche, d’ajouter des post-scriptum et des épilogues ne serait pas la manifestation formelle d’un désir plus profond (et voué à engendrer sa propre déception) : celui d’échapper à la boucle hermétique de l’Éternel Retour.

03 — Nietzsche, *Nietzsche contre Wagner*, in *Œuvres philosophiques complètes*, vol. VIII, *op. cit.*, p. 345.

de Roger, se pourrait-il qu'il détienne aussi celui, regrettable, du plus grand nombre de matchs perdus après avoir eu une balle de match ?) À Roland-Garros, il a réussi à sortir vainqueur d'un match éreintant au troisième tour contre Dominik Koepfer, et déclaré aussitôt forfait pour le tour suivant, qui devait l'opposer à Matteo Berrettini, afin de ménager son genou en prévision de la saison sur gazon – laquelle a commencé (et s'est arrêtée pour lui dès le premier tour) par le tournoi de Halle. Restait Wimbledon, où le temps et le score au tableau d'affichage étaient restés figés depuis sa finale contre Djokovic en 2019. Il aurait pu facilement se faire sortir au premier tour si Adrian Mannarino n'avait pas glissé et fait une chute impressionnante. Tout le monde n'arrêtait pas de se casser la figure sur le gazon gras et lisse, sur tous les courts ; la plupart des joueurs parvenaient à se désemmêler les pinceaux, à se relever et à reprendre le match. Mais Mannarino (genou), tout comme Serena Williams (cheville), a été contraint d'abandonner. Après cette victoire inopinée et arrachée de justesse, Roger a donné l'impression de revenir peu à peu à son meilleur niveau – mais difficile à dire s'il s'agissait du niveau dont tout le monde se souvenait ou que tout le monde avait oublié – jusqu'au mercredi de la deuxième semaine, où, sous un vent à décorner les bœufs, il a joué comme une chèvre, s'inclinant en trois sets secs face à Hubert Hurkacz et quittant le tournoi pour retourner tout droit sur le billard se faire une fois de plus opérer du genou.

Pendant ce temps-là, Andy Murray persistait à vouloir faire son grand retour – hélas, plus il ratissait le gazon, moins il récoltait de lauriers. Après sa défaite cuisante en trois sets face à Denis Shapovalov, au troisième tour de Wimbledon, a commencé à flotter dans l'air le sentiment distinct que, si admirable soit-il d'enrager contre l'agonie de la lumière, tout le monde en avait plus ou moins assez de l'entendre marmonner et râler sur le court, de le voir se mettre en permanence dans tous ses états, en proie à une fébrilité qui servait de carburant à sa rage de vaincre. Au lieu de continuer le combat, peut-être le temps était-il venu pour lui de battre en retraite et de s'en aller dans le crépuscule.

Le public britannique, en tout cas, regardait déjà ailleurs. Tandis que la lumière s'assombrissait sur le court central, le soleil se levait, à une vitesse improbable, sur le court nº 1, pour Emma Raducanu. Du haut de ses dix-huit printemps – le même âge que Geoffrey Wellum lorsqu'il avait commencé à piloter des avions de chasse –, elle jouait en arborant un sourire ravageur plutôt qu'en tirant une tête d'enterrement : "avec une allure légère" et "sans grimace"[01], comme disait Nietzsche à propos de *Carmen*. L'Emmamania rayonnait sur toute la nation ! Deux mois plus tard, à l'US Open, c'est le monde entier qui en serait illuminé. Et c'est alors qu'il s'est produit quelque chose d'absolument inouï, quelque chose de plus inattendu encore que la victoire de Raducanu : je me suis aperçu que je commençais à oublier Roger.

Je ne me suis pas converti au Dylan tardif, mais j'ai passé de nombreuses heures à me laisser ensorceler par les mystères lancinants de "Key West". On a l'impression d'entendre la confession d'un homme en train de se noyer dont la vie défile devant les yeux, hanté par les fantômes de son passé (qui est aussi, toujours, un passé partagé) : de voir la grande histoire se détacher de la chronologie en ruine et partir lentement à la dérive. Peut-être, du reste, faudrait-il plutôt dire "un noyé" plutôt qu'"un homme en train de se noyer" ; la chanson flotte dans un espace liminaire dont la durée est incommensurable, à la fois infinitésimale et océanique, entre la fin de la vie et le recommencement, suspendu entre un lieu géographique identifiable – "là-bas dans les plaines, tout là-bas à Key West" – et la ligne d'horizon.

Aucune autre chanson de l'album *Rough and Rowdy Ways* n'a vraiment réussi à me toucher. Pas plus, hélas, que cette simulation de concert intimiste qu'est *Shadow*

01 — Nietzsche, *Le Cas Wagner*, *op. cit.*, p. 980.

Kingdom, même si beaucoup y ont vu un "retour aux sources", en grande partie parce que la voix de Dylan avait retrouvé un peu de son grain d'origine grâce au long hiatus du Covid. Je n'ai pas pu télécharger à temps la captation avant qu'elle ne soit supprimée de la plateforme de streaming, mais il n'en reste pas moins vrai, et stupéfiant, que je connais quelqu'un qui a joué avec Dylan. Nous l'avions laissée dans la cuisine de chez Tao, à Joshua Tree, et la voici qui réapparaît : sa voisine Janie, qu'on peut apercevoir sur scène, à la contrebasse – ou qu'on *aurait pu* apercevoir, avant que le film de cette session ne devienne invisible et introuvable. Comme quoi, pour faire mentir Nietzsche, tout ce qui s'en est allé ne finit pas toujours par revenir.

Un jour, au cours d'une rencontre en public, j'ai demandé à John Berger comment il expliquait sa longévité créative, comment il avait fait pour écrire tant de livres, sur une si longue période de temps. C'était, a-t-il répondu (après un silence tellement interminable qu'on avait presque l'impression que la conversation était terminée), parce qu'il pensait que chacun de ses livres serait son dernier.

Pour me mettre du baume au cœur, ma femme me fait remarquer que cela fait plus de vingt ans, depuis le premier jour de notre rencontre, qu'elle m'entend affirmer que ma carrière d'écrivain est derrière moi. Pendant tout ce temps, j'ai écrit des tas de livres. Un peu comme Berger, c'est la conviction que ma carrière est finie qui me pousse à continuer, mais la gravité avec laquelle il avait répondu à ma question me paraissant parfaitement inappropriée dans mon propre cas, l'explication que je préfère avancer pour ma part est que chacun de mes livres s'apparentait à mes yeux au verre supplémentaire qu'on se dépêche de commander avant que ne sonne l'heure de la fermeture du pub. Mais cette heure finira par sonner, tôt ou tard, et je pourrai alors dire que j'avais raison. Continuez à répéter "c'est la fin" suffisamment souvent, comme je l'ai écrit dès le début de ce livre, parmi les tout premiers des quelque 108 700 mots qui le composent[01] – Nietzsche avait vu juste : “il n’y a plus de hasard” –, et vous finirez forcément par avoir le dernier mot. C’est une raison de continuer à parler, de continuer à continuer.

“Entre mes trente et mes quarante ans, j’allais régulièrement à la salle de gym, même si je détestais ça. Le but, en allant à la salle de gym, était de repousser le jour où je cesserais d’y aller. Voilà ce qu’est l’écriture pour moi : une façon de repousser le jour où je n’écrirai plus, le jour où je sombrerai dans une dépression si profonde qu’elle sera impossible à distinguer de la plus pure félicité.”

Ces mots figuraient dans l’un de mes “dix conseils pour écrire” publiés dans le *Guardian* il y a dix ans. Je continue à y souscrire.

“J’ai achevé mon livre !” ai-je écrit à un ami. Aujourd’hui, après avoir passé les six derniers mois à ne pratiquement rien faire, je me demande si ce ne serait pas plutôt l’inverse. Est-ce *lui* qui m’a achevé ?

On dit souvent que les écrivains n’ont qu’un ou deux grands thèmes auxquels ils retournent systématiquement, trouvant de nouvelles façons de les aborder, de nouvelles situations romanesques à travers lesquelles ils peuvent les explorer. Mon thème, cela ne fait pour moi aucun doute, est l’abandon. C’est ça qui m’a poussé à continuer.

Aussi, un peu à la manière de Nietzsche, suis-je tenté de feuilleter mes anciens livres afin de rassembler tous les passages qui parlent d’abandon, de fin, de baisser les bras, d’arriver en bout de course, de jeter l’éponge. Je réserve ce projet pour une journée pluvieuse – me ménageant ainsi une perspective dans laquelle me projeter. Pour l’heure, je me contenterai de ceci, un extrait de *The Ongoing Moment*,

01 — En prenant en compte toutes les épigraphes, mais pas le titre, ni les notes de bas de page, ni les numéros de chapitre.

sur le jour où Edward Weston et sa femme, Charis, tombent sur un cadavre dans le paysage sauvage et aride du désert du Colorado en 1937 :

Charis n'avait encore jamais vu de cadavre et s'était attendue à quelque chose de plus dramatique. Contemplant l'homme inanimé, elle trouva qu'il avait l'air si paisible "qu'il était difficile de croire qu'il était vraiment mort". [...] Charis trouva un petit mot dans la poche du mort – il était originaire du Tennessee – et elle se demanda ce que la Californie symbolisait pour lui. Peut-être avait-il continué à "s'accrocher à la vision de jours plus radieux, même quand il avait écrit : 'S'il vous plaît, dites à mes proches...'" Charis ne nous dit pas ce que cet homme voulait qu'on dise à ses proches. Le seul message que nous avons de lui, c'est cette photo [...] C'était un homme qui avait épuisé toutes ses ressources vitales, qui ne pouvait plus avancer d'un pas, ou qui savait que, quand bien même il en aurait fait un de plus, il ne pourrait sûrement pas en faire trois, ou quatre, ou cent de plus, et qu'à moins d'être capable

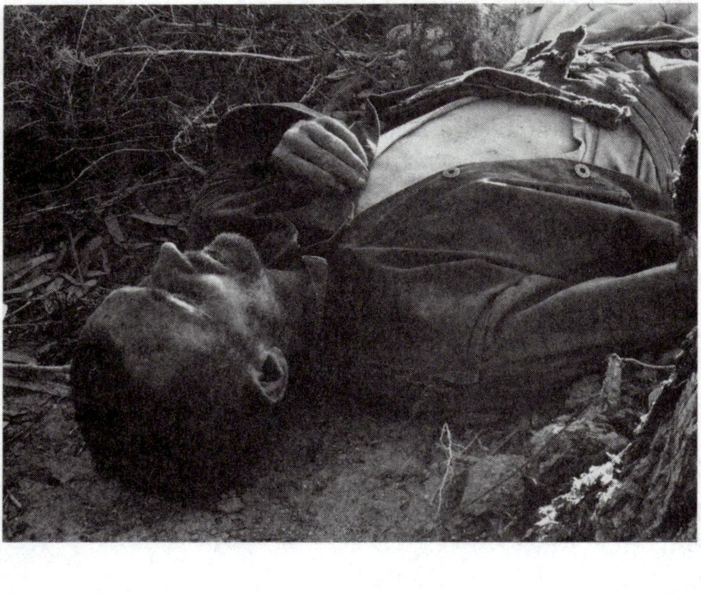

d'en faire au moins quatre ou cinq mille de plus, il ne servait à rien d'en faire encore un seul. Et à cet instant, lorsqu'il s'était assis pour la dernière fois, il avait dû se sentir aussi paisible que l'avait trouvé Charis. La seule chose qu'il aurait voulue, c'était d'avoir encore un chapeau pour empêcher le soleil de l'éblouir. Pour le reste, il était tout aussi bien ici que n'importe où ailleurs, quelle que fût sa destination. Une fois que vous êtes arrivé à cette conclusion, vous n'avez pas besoin d'autre oreiller que la terre ferme elle-même. Alors il était resté allongé là, les yeux forés par la lumière du soleil, les oreilles emplies du bruit des insectes et le visage chatouillé par une mouche, jusqu'à ce qu'il n'y ait plus rien, même pas ces sensations, rien que le chaume sur son menton qui n'avait pas conscience d'avoir été vaincu.

Je crois qu'ici je vais vous laisser. Il est devenu probable qu'il n'y a pas de fin parfaite. En effet, il y a des fins infinies. Ou peut-être, lorsqu'on commence, n'y a-t-il que des fins.

Louise Glück

REMERCIEMENTS

Merci à : Chris Mitchell d'avoir lu une première version du manuscrit ; Alex Star et Francis Bickmore de m'avoir suggéré des façons de l'améliorer ; Logan Hill de l'avoir corrigé avec scrupule et délicatesse ; Ian van Wye et Hannah Goodwin d'avoir œuvré avec talent et patience pour le transformer en livre (et de n'avoir jamais perdu le fil du décompte des mots en dépit de ses fluctuations aussi exaspérantes qu'incessantes) ; Andrew Wylie, Sarah Chalfant, Luke Ingram, Alba Ziegler-Bailey, Katie Cacouris et Hannah Townsend, de l'agence Wylie, de s'être occupés de tous les aspects relatifs à la publication ; David St. John, le merveilleux président du département d'anglais à USC, qui a vu les Doors en concert à dix-huit ans et qui demeure éternellement jeune ; Rebecca Wilson pour la vie.

RÉALISATION : NORD COMPO À VILLENEUVE-D'ASCQ
IMPRESSION : IMPRIMERIE NORMANDIE ROTO S.A.S.
DÉPÔT LÉGAL : MAI 2024. N° 153108 (2402899)
IMPRIMÉ EN FRANCE